Hajduk Stanko

Hajduk Stanko

Janko Veselinović

Globland Books

JUNAKU NAŠEGA DOBA

velikom Srbinu
NIKOLI TESLI

Devetnaesti vek plete Ti venac slave. Dopusti i meni da u nj upletem jedan cvetak sa naših polja, cvetak prost, ali pokropljen krvlju i orošen suzom naših predaka. Njegov miris neka Te seća Tvoje otadžbine, neka Te seća onih zanosnih priča o junaštvu i požrtvovanju kojima Te je Tvoja srpska majka u detinjstvu zapajala.

Primi ga, Srbine, onako srdačno kao što Ti ga srdačno pruža

Tvoj veliki poštovalac
JANKO M. VESELINOVIĆ

Praštajte, svete seni, što vam kosti potresam!... Praštajte što vam imena pominjem, jer ću ih samo po dobru pomenuti!... Jer najsvetiji putir što se izli na oltar otadžbine Srbinove, behu grudi vaše; krv koju tada proliste i danas je blagodet Srbinu... Zaliste, i kostima potrusiste svaku stopu zemlje, a iz krvi i kostiju vaših niče bujina, koja nam oči k nebu podiže!...

Hvala vam, i... praštajte!...

A ja ću pričati o vama onako kako mi drugovi i sinovi vaši pripovedahu; kitiću dela vaša kao što devojka kiti venac ivanjski; slaviću vas kao što vas gusle slave; pronosiću dela vaša i junaštva vaša po svetu kao što ih i danas pronose nemirni talasti valovite Drine!... Neka vam se sveća ne ugasi; neka vam se imena pominju do istrage srpskoga kolena!...

I deo: Odmetnik

Crna Bara

Nema veće ravnice u Srbiji od Mačve. Ona se proteže od Mišara do Drine, i od najvišeg vrha Cera planine, Vidojevice, do Save... To je prostor od dvanaest sahata hoda. Možeš u dugu danu hoditi po Mačvi, a nećeš videti jednog brežuljka; sve je ravno kao tepsija. Zamori se pogled putnikov gledeći jedno isto: njivu, pašnjak, njivu, pašnjak, i ništa više. Ili uđe u selo. Tu vidi kućicu do kućice; uz kuću staje, iza stajâ bunar, iza bunara voće... Iznajpre ga to oveseli; ali, malo-pomalo, ta mu jednolikost dodija, on saginje glavu i postaje zlovoljan...

Takva je Mačva danas. Pa, i pored svega toga, ona je lepa, divna!... Ona je bogata cura. Sve što se u njenu crnu utrobu baci, donosi bogata ploda. Lepa su njena polja kad ozelene, a još lepša kad se pozlate zlaćenim vlaćem... Ona vam je kao tuđinka, ne da se svakom poznati!... Ko hoće da zna njene draži i njene lepote, taj mora živeti u njoj. Tome ona otvara svoja nedra i daje svoju miloštu... A ko proživi u njoj, taj je lako ne ostavlja, ili, ako je baš mora ostaviti, nikad je ne zaboravlja.

U doba kad se događaj o kome pripovedam desio, Mačva je drukčije izgledala. Mesto njiva i pašnjaka beše tu gusta šuma. Hrast do hrasta, grm do grma, a česte tako guste „da nisi mogao guju za rep izvući". A u toj starodrevnoj šumi beše ovde-onde pomalo krčevine poorane i zasejane. Tu, na toj krčevini, videla se kućica sa potrebnim stajama, za smeštaj kućevnih potreba. Oko svake kućice bio je zasađen voćnjak bilo od šljiva, bilo od jabuka.

Te su kućice bile vrlo proste, tek koliko za to da čovek ima gde zakloniti glavu od kiše i zla vremena. Građene su ovako: udare se četiri sojira (direka) u četvrt. Naokolo se oplete prućem, ali se ostavi rupa za vrata i badža, koja je služila mesto prozorića, pa se ono pruće ulepi blatom, da ne bi vetar produvao. Ozgo se pokrije krovinom ili korom od drveta.

Takva kućica imala je samo jedno odeljenje, a to je: sve što krov pokriva. Na sredini je veliko ognjište, na kome vazda vatra gori. Oko vatre ukućani sede; kraj ognjišta večeraju i razgovaraju, pa tu i umorne kosti odmaraju. To su odeljenje zvali „kuća". Zato se, u Mačvi, i danas ono odeljenje gde vatra gori zove „kuća".

Bilo je i boljih kuća. To behu kuće zadružnih porodica. Odlikovale su se svojim visokim krovovima od šindre, natkrivenim dimnjakom, a ko je bio malo bešnji, i krstom nakraj slemena. Još i danas imamo dobro očuvanih ostataka od tih kuća. U unutrašnjosti njihovoj bilo je još odeljenja sem „kuće", kao: domaćinova soba, ćiler itd., itd.

Pa iako su te kućice izgledale siromašne, po spoljašnosti svojoj, opet je svaka bila puna kao košnica. Svaki, pa i onaj najmanji kućerak, imao je hrane dovoljno za svu porodicu i usev; sem toga, imao je belog smoka; o motkama, nad ognjištem, visile su cele slanine... Narod je bio vredan i raden — nije čudo ako je imao!...

Eto, takva je bila Mačva.

***

Na severozapadnoj strani Mačve, baš u samom ključu gde se Drina u Savu uleva, leži Crna Bara. To je staro selo. Priča veli da se negda zvalo „Jordan". Tu se, u jednoj drinskoj otoci, Starači, koja iznad sela teče, udavila devojka, jedinica u majke, koja beše s majkom došla u Jordan, u goste. Kažu da je majka tako tužno naricala da niko ko ju je čuo ne mogaše zaboraviti njene zapevke. U zapevci nazvala je otoku „Crnom Barom", a okolna sela nazvaše i sam Jordan tim imenom.

Uostalom, to ime gotovo i dolikuje. Selo je sa sviju strana opkoljeno, a sredinom promrežano samim barama; i ako se i za što može reći „ovo bog čuva", može se reći za Crnu Baru. I pored tolikih baruština, zdravljem se ne mogu pokuditi Crnobarci.

Neki istorici tvrde da je tu bila episkopija, i to jedna od onih osam što ih je zasnovao kralj Milutin Nemanjić.

Danas je to selo veliko i ušoreno. Ima u njemu preko tri stotine poreskih glava; ali u ono doba jedva da beše pedeset kuća. Ama iako je bilo malo, bar je valjalo!

Crna Bara imala je svoga kmeta i svoga popu.

Kmet Jova Jurišić odavno je kmet Crnoj Bari. Stari se njegovi tu davno nastaniše, pa su njegovu kuću smatrali kao starosedelačku. I deda i otac mu pomreše kao kmetovi, pa i on se tako isto nadao. Trideset godina kmetuje on Crnoj Bari. Znao je svaku kuću kao svoju, znao je svakog domaćina kao sebe. On nije smatrao svoju dužnost kao breme, nego kao počast. Dičio se što je glava tim čestitim ljudima, koji ne učiniše nikad ništa što bi bio greh pred bogom, a stid pred svetom. Prostodušan, blag, tih, mirne savesti kao dete, on je lako brojao dane života i vedro čekao čas kad će ostaviti svoju kuću, punu kao košnicu, svoj porod očuvan i nedirnut bolešću ni smrću, svoje prijatelje i drugove, i otići u večnost poštovan i uvažen...

Pop Miloje beše pop na svome mestu. On je imao jednu uzrečicu kojom se dičio:

— Ko je mom „Trebniku" došao — morao se pokloniti!

I... ejvala njegovom „Trebniku"!...

Ako koga uhvati groznica, troletna groznica, neka mu popa Miloje očita „veliku" molitvu — mora ga pustiti, pa da kugu kumi!... Bilo je slučajeva kad su mu dovodili bolesnike koji boluju od „one" (padavice). Tako jedared dovedoše mu jednoga iz Banova Polja. Vezali ga, jer se zbesio.

Popa reče da ga odreše.

— Ne smemo, popo! — rekoše ljudi.

On priđe bolesniku, pogleda mu u oči, pomilova ga po glavi, pa ga odreši.

Onda stade čitati „Strašnu molitvu".

Strahota je slušati „Strašnu molitvu"; još strašnija je kad je pop Miloje čita... I sam se bolesnik uzjazbio, pa dršće kao prut...

A on mu čita, čita... Kad svrši, on podnese krst, reče mu da se prekrsti i celiva.

I bolesnik se prekrsti i celiva, pa onda reče:

— Al' sam umoran!

— Hoćeš prileći malo? — pita ga popa.

— Hoću — veli on.

Popa ga povede do svoje postelje, pa mu reče da legne. On je spavao prilično, a kad se probudi, on sasvim mirno priđe popinoj ruci i reče:

— Hvala neka je bogu pa tebi!...

I ode s ljudima kući, miran kao jagnje.

Nego i knjige su mu bile!... Nije kao ove jako što ništa ne pomažu, nego one stare, „kosovske" knjige, što je u njima svako slovo svetom rukom napisano, a listovi nisu od hartije nego od kože. A u tim knjigama ima molitava od svakog zla i napasti... Popa je iz tih knjiga čitao opelo ljudima „nemirosanim", i nijedan se nije povukodlačio!... I za vreme njegovog popovanja nije bilo nijednog vukodlaka u Crnoj Bari.

Ali, brate, on se i umeo moliti bogu!... Jesi čuo, junački sine! Kad se taj Srbin zamoli, najpakosnija Ciganka ne bi se mogla oglušiti o molitvu njegovu, a to li dobri bog, otac sviju nas!... Lepo veruješ da mu se molitva uslišava. To nije da samo čita i baca reči, nego čisto čuješ kako mu srce jekće — tako se on molitvi preda... Možeš ispred njega odneti sve kad se bogu moli, možeš mu kuću zapaliti, on glave ne okreće!...

Nego, on nije bio samo pop. Bio je on čovek od perčina do pete, i to pametan čovek... Sve što ti on rekne — rečeno je. On nikad nije ludu reč izustio. Čak i šala mu beše lepa; osećaš kako ti blaži dušu kao blagi povetarac. Savete je davao ozbiljno, ukore blago... A svakad je govorio istinu...

I sama njegova starost činila je te njegovi saveti nađoše

odziva u duši njegovih parohijana. Bio je to starac od svojih osamdeset godina, zdrav i krepak. Lice rumeno kao jabuka, a vlasi sede kao runo. U bistrom oku ogledao se razum, a u pokretu snažna i čvrsta volja.

Za njega su govorili:

— On zna šta radi!

I zaista, tako je. On nije bio čovek od nauke, ali je bio jedan od ljudi svoga doba, pun prirodne svežine i pravilnih pogleda na svaku stvar; jedan od onih što nam stvoriše narodnu mudrost, naše poslovice...

I, eto, ta dva čoveka bili su prvi ljudi u Crnoj Bari. Oni su bili svima ugled. U svakom su poslu prednjačili. Ne bi kmet Jova ništa uradio bez sporazuma s popom, a popa opet htede sve s ljudima. Zato ih je češće i prizivao i dogovarao se.

A bilo je i ljudi pametnih!... Tu je Aleksa Aleksić, pa Ivan Miraždžić, pa Sima Šokčanić, pa Jevta Popović, i mnogi drugi, sve čestiti domaćini.

Trebalo je, recimo, svršiti kakav posao seoski. Kmet Jova to odmah kaže popi, a popa mu rekne te pozove po nekog od ovih domaćina, pa se o svemu razgovore. I kad se sporazumu, zađe čiča Sima „knez" (birov) i sazove domaćine sudnici, koju su nasred sela podigli.

Ne prođe mnogo, a tek vidiš: s jedne strane jedan, s druge drugi, dolaze sudnici. Ne vidiš tu mladića: sve sami sedi perčini. Svaki se obukao u čisto rublje, na plećima sukneno gunjče bez rukava ili veliki gunj „resanik". Na glavama se crvene alevi fesovi, kao da u crkvu idu... Retko u koga da vidiš bradu: svaki je obrijan; retko ćeš koga videti s lulom, jer se tada slabo pušilo. Bradu je puštao i duvan „palio" samo onaj koga je snašla kakva grdna nesreća, kao kad mu umre sin, itd...

Prilaze mirno i ozbiljno jedan drugom i zdrave se. Onda posedaju i razgovaraju. Razgovor im pametan, šala uljudna. Nikad kavge ni inata, nikad vike ni galame; a već o psovci i da ne govorimo. Za nju se u to doba nije znalo. Ili ako je ko baš bio veoma ljut, on je psovao „dušu", „papriku", „vrežu nesrećnu", „krv materinu" itd.; ali to je bilo vrlo retko. Godine prođu dok se psovka čuje...

Tek eto ti kmeta gde s popom izlazi iz sudnice. Svi se odmah dignu na noge i prilaze bliže.

— Zvao sam vas, braćo, da se dogovorimo o jednom važnom poslu — počne kmet.

Onda im kaže šta je to „važno", pa nastavi:

— Pa sam razgovarao o tome s popom i Ivanom, i mislimo da bi ovako najbolje bilo... Šta velite vi, braćo?...

— Pa, dobro, Jovo! — vele starci.

— Kud ćeš mu bolje! — vele seljaci.

— Velite li svi tako?

— Velimo!... velimo!...

— E, dobro, braćo! Sad znate šta smo dokonali.

Ta odluka, od toga časa, postala je zakon svemu selu. Domaćini se vraćaju kućama i prema tome naređuju svojim mlađima. I kad pogledaš: svi u selu, počev od kmeta do čobanina, znaju zakon!...

Živeli su složno. To ne beše selo ni opština, to je bila jedna kuća. Ako je veselje, veselje je sviju njih: ako je žalost, i ona je opšta. Bili su svi uzovnici. Nije se pitalo je li bogat ili siromah, nero je li Crnobarac. Ta sloga njihna već beše prešla u poslovicu. Druga im sela zavideše, a oni behu ponositi.

Nego, u tom ponosu bilo je i taštine. Bili su veoma ponositi svojom slogom, pa su se ne samo dičili i ponosili pred drugim selima, nego ih čak zadirkivali i peckali; toliko su daleko išli da su im i imena izdevali... A to izdevanje imena beše tako duhovito!... Ako je ko dobio nadimak od nekog Crnobarca, to je tako pristajao uza nj kao da se s njim rodio.

I sam besni Marko Štitarac zazirao je od toga. Od Sovljaka do Crne Bare ima pešačkog hoda pola sahata; a Marko Štitarac od Sovljaka do Crne Bare triput odmotava i zavija šal oko glave, samo da mu se ne bi Crnobarci podsmehnuli!...

Pa kakvi roditelji onaka i deca. I danas mi srce zaigra kad vidim kako se mladež baca kamena s ramena, rve i skače... Nekad je, zaista, to moralo lepo biti, jer se omladina crnobarska samo tim i takvim igrama igrala... A mlade cure nadmetaše se koja će više svile podgajiti, lepše opresti i otkati, i smišljenije čarape oplesti...

2

Subaša

Ali pravo veli poslovica: „Nikad dva dobra!" Život je bio odista lep. Takvim bi se životom dalo živeti i dva veka, ali se vazda nađe nešto što ga remeti, što ti zagorčava njegove slasti. I Crnobarci bi zaista lepo proživeli da im poneko ne bahne s večera na vrata i ne grmne hrapavom glasinom:

— Rajo, bre!

— Čujem, dragi aga! — odgovara siromah, a sav strepi da se ne bi što izrodilo.

— Daj da ijem!

— Sad, sad, aga! — viče on i skače, onako izuven, pred nezvana gosta, te mu vrata otvara.

Turčin natmuren ulazi u kuću i gleda naduveno i besno oko sebe.

— Peci, baba, cicvaru!

— Sad, aga, sad!

I odmah se raspretava vatra, te mu se sprema cicvara. Turčin seda kraj ognjišta i poteže čibuk... Zadimi pa — blene... Najedanput, kao da se nečemu doseti, smiče opanke s nogu:

— Na — veli — rajo, vodaj mi opanke!

A domaćin, gologlav, prilazi smerno, uzme u ruke uzice od opanaka, pa vuče opanke po avliji... To se zove „vodanje opanaka". I vuče ih sve dotle dok se Turčin ne smiluje i ne rekne:

— Dosta!

I toliko ponižavanje, i opet se otrpi!... Kako može da se trpi?... Mora se!...

A zašto?

U selu je živeo subaša.

Pa ko je taj subaša?

Da objasnim.

Neki Turci u Beogradu odmetnu se od svoga cara, ubiju pašu beogradskoga, zauzmu beogradski grad i naume zavladati Srbijom, koja se tada zvala „Beogradski pašaluk".

Ti su Turci prozvani „dahije".

Radili su s planom. To se videlo i po tome što najedanput po svima varošima u Srbiji postaviše svoje ljude, koji u njihovo ime počeše upravljati nahijama (okruzima). Te okružne starešine nazvaše „kabadahije".

A da bi se naređenja dahija i kabadahija što sigurnije i brže izvršivala, kabadahije u svakom selu postaviše „subašu".

I onda je išlo sve kao po loju. Ti odmetnici su imali samo jedno pravilo, a to je: da uguše svakoga ko je protiv njih. Najmanje se usprotivi — ode glava!... Međutim, svi su smatrali za najsvetiju dužnost da klanjaju i po volji čine svakome ko je ma beo ubrus oko glave omotao. Tako su tekli sebi prijatelje. I zato su jadni Srbi morali klanjati i metanisati.

Vlast subašina beše velika. Mogao je uzeti život čovečiji na dušu, pa nikom ništa! Kome da se žališ? Što ti je subaša ili njegov pandur, to ti je i dahija. Sve što si tada mogao raditi, to je da digneš oči k nebu; ali bog ne žuri!...

Od Rače k Šapcu vodio je put. Beše to običan krčanik: oboreni grmovi, iskrčena česta, koliko da se ima kuda ići. Taj put vodio je, severnom stranom, iznad samog sela. Ukraj puta beše han. Tu je stanovao subaša sa svojim pandurima.

Zvao se Sulja. Prezime niti mu je ko tad znao niti danas zna. Ali je od Crnobaraca dobio nadimak kojim je obeležena jedna njegova strast. Strasno je voleo kruške, kao medved; neka jedna stoji na drvetu, ako je ne može oboriti, on će je gledati i pljuckati. Zato ga Crnobarci prozvaše „Kruška". Tim su ga imenom među sobom zvali, pod tim imenom pričaju o njemu, pa ćemo ga i mi tako zvati.

Da kažem još: i on je znao da ga tako zovu, i sam se katkad tako nazivao.

On beše malo neobičan Turčin. Crnobarci su poznavali Turke kao besne i naduvene. Kruška ne beše takav. On beše, može se reći, više prijatan no neprijatan, više blag no surov, više tih no naprasit. Nije se tuđio od ljudi, baš je išao među njih. O svemu je vodio računa. Ako je neko žalostivan, i Kruška je, samo što mu ne kane suza iz očiju!... Umeo se uvući svuda; hteo je da zna sve, voleo je da mu je svaka stvarca u Crnoj Bari poznata... Znao je svakog Crnobarca po imenu; znao je svakog mladića; išao je kućama seljačkim, dolazio u kola gde mladež igra, pa se tu razgovarao i šalio... Jednom reči: hteo je pošto-poto da se saživi sa Crnobarcima.

Ali, kao da od svega toga ne može biti ništa. Ljudi ostaše hladni prema njemu. Bilo je nešto u onom prijatnom licu što je neprijatno dirnulo ljude. To su oči njegove, vrlo čudnovate oči: čas plave, čas zelene, čas sjajne, čas mutne, a dosta puta i krvave. One te glede nekako čudnovato, pa kad mu reči slušaš, ti jedno misliš, a kad mu u oči pogledaš — prođe te volja...

Pa, nešto to, nešto baš i što je Turčin — odbi ljude od njega. Popa veli:

— Ama, ja bih voleo da je on pravi Turčin!... Ovako je on opasniji. To je kao lepa guja: šarena, a puna otrova. Što mi se ulaguje?... On je Turčin, a ja sam Srbin, i mi ne možemo jedan drugome dobra misliti!... Gde je njegov život, tu je moja smrt; gde je meni dobro, tu je njemu nesreća!

I te popine reči odbiše ljude od Kruške...

Premišljao je Kruška i dan i noć šta to može biti. Koji je taj što njegov plan remeti?... Ali nije mogao ništa saznati... Sumnjao je na pop-Miloja, ali nije bio siguran...

A on, zaista, beše rđav čovek, čovek koji je u kavzi živ, u nesreći ljudskoj — srećan.

Jednoga dana uputi se u selo, koje mu ne beše daleko. Išao je zamišljen stazom; suve grančice puckahu mu pod nogama, a opalo lišće šuštaše.

Na stazi se susrete sa Marinkom Marinkovićem. Kako ga smotri, Marinko siđe sa staze i dočeka ga dubokim poklonom. Kruška nazva boga.

— Bog ti pomogao, čestiti efendija!

Marinkov mu glas zazvoni prijatno. On zastade i pogleda ga, a ovaj priđe te mu celiva skut i ruku, pa, držeći ruke na prsima, može glavu...

Da kažem ko je Marinko.

On je — seljak. Orao je i kopao te se hlebom hranio; a to su mu i stari činili. Otac njegov doselio se iz Obarske, iz Bosne, u Crnu Baru, pa je, naskoro zatim, umro. Marinko, kao muška glava, prihvati se domaćinstva, ali mu je ono išlo vrlo loše za rukom, jer beše lenj. Mrzelo ga potrčati i ukaljati se. Da mu je otkud da padne s neba u usta. Pa je izbegavao poslove i muvao se oko sudnice i hana. Ni u čemu nije uživao koliko u dočeku i ispratnji Turaka. To su bili za njega ljudi kojima je bog rekao da žive. Za sve vreme njihovog razgovora čečao je kao pas i slušao njihne „pametne" razgovore... A kad su polazili, bio je srećan ako je nekom begu ili agi pridržao uzengiju da na konja uzjaše...

S punim ustima hvale, po odlasku njihnom, kupio je kokice duvana što su oni iz svojih lula istresali, pa je to posle pušio...

Radio je samo kad je morao, a premišljao je i kad treba da spava. Kovao je vazda planova. Želje mu behu veće od carskih... Imao je oštro oko da sve zapazi, imao je jako pamćenje. Dosta puta, kao besposlen pas, tumarao je po selu i oko sela. Znao je šta ko danas radi; znao je koji momak s kojom devojkom stoji; znao je koliko ko kašika u kući ima; znao je koja je žena trudna; znao je... sve. Niko nije poznavao Crnu Baru kao on, i niko nije poznavao, čak i poimence, dečurliju seosku kao on. Stoku, koliko ko čega ima... sve! On je sve znao.

Kruška ga je poznavao. Ama srodne duše kad se nadmeću, mrze se. I Kruška njega nije voleo. Ali, kad mu zazvoni glas Marinkov onako prijatno, on zastade, a kad mu Marinko celiva skut i ruku, on stade.

— Kud si pošao? — upita ga.

— U šumu, čestiti efendija.

Kruška ga gledaše onako ponurena.

— A je l', Marinko?

— Čujem, efendija.

— Šta je ovo od ovijeh đaura?... Zar, što ja s njima bolje, oni sve gori?

— Čestiti efendija — reče Marinko — tu ne treba mnogo pameti.

— Da ko ne podgovara ovi narod?

— Pa, šta drugo i može biti!...

— A ko je taj?

— Onaj prema kome si ti najčovečniji. Ti guju na srcu gajiš!

— Pop?

— On.

— I kmet?

— I on!...

— Pa, šta vele?

— Mnogo vele!... Vidi se da su razmaženi!... Vele da im se umiljavaš zato da bi im se lakše na dušu popeo... Vele da je tvoja čovečnost prema ovom narodu samo laž!... Vele: on je Turčin, a Turčin je Srbinu dušmanin!... Vele...

— I to sve veli pop?

— I pop, i kmet, i... svi!...

— Pođi sa mnom — reče Kruška.

I vrati se nazad. Marinko je išao za njim. Turčin je bio vrlo ljut. Krivo mu što ga tako brzo prozreše. On je smišljao lepe planove; o njima je dan-noć mislio; a sad vide kako se njegovi planovi razleteše kao sapunski mehurići...

Ćuteći dođoše do hana. Turčin povuče Marinka u svoju odaju, koja, sem jednog minderluka i nešto oružja na zidu, ne imađaše nikakva nameštaja. Marinku se ta odaja učinila sjajna kao carska... Neka duboka unutarnja radost prožma mu celo telo kad Kruška reče:

— Sjedi ovdje, kraj mene, dobri čovječe!

— Mogu ja i stajati, čestiti efendija!

— Sjedi, Mašo, sjedi!... Evo ti duhana. Ti pušiš, čini mi se?

Marinko diže glavu i ispravi se tek upola; priđe minderluku i spusti na nj samo jedan maleni delić svoga tela. I zagleda se Turčinu u lice.

A to lice beše tako blago, tako milo da ti se činilo da je svetiteljsko. Marinku se i nehotice oteše reči:

— Moj dobri efendija!...

I on je iskreno, u dubini duše, bacao anatemu i na popa, na kmeta, i na Crnobarce, što vređaju ovakvog čoveka!

Turčin mu pruži kesu s duvanom, a Marinko je prihvati s najvećom poštom, gotovo onako kako u crkvi prihvata svetu navoru.

— E, moj Mašo, moj dragi brate!... Nijesam ja za ova posla. Ovdje treba Mujo iz Bogatića, a jok ja!

— Ti si dobar čovek, efendija! Ama ja bih rekao da treba biti malo oštriji.

— Pa, kako ću! — stade se Turčin prenemagati.

— Ja bih prvo popu podviknuo!... On prvi treba da me pozna! — reče Marinko.

— Ne, ne, ne!... Krvi neću!... Ja hoću čovješki!

— Ama, dragi efendija, uzalud ćeš ćoravoj kvočki drobiti!

— Ja neću krvi!... Ja hoću da ovi narod vidi da mu ja nijesam dušmanin!... Ja hoću da se bratski razumem sa ovijem ljudima!

Marinko je žalio Turčina.

Obojica dugo ćutahu. Turčin je puštao dimove iz svoga dugog čibuka, a pogled mu je leno išao za onim kolutima... Najedared zapita:

— A kako žive pop i kmet?

— Kao braća.

— Bi li se oni mogli zavaditi?

Marinko poćuta.

— N... ne mogu!... Ne bi ih mogao niko zavaditi!... Ja znam Crnu Baru bolje nego svoju kuću, ali u Crnoj Bari nema čoveka ko bi njih zavadio! — reče on odsudno.

— Da mi je tako nešto! — reče Kruška. — Da mi je da se njetko zavadi, pa da ja mirim!... Tako bi vidjeli da sam ja čovjek!...

Marinku se nasmeši brk. On pogleda Krušku pravo u oči. Ovaj spazi.

— Šta je? — upita radosno.

— Čestiti efendija, ne pitaj! Pusti mene da radim!... Ja sad dobro vidim šta ti želiš!... I kad stvar bude svršena, ti ćeš miriti ne samo dva čoveka nego Crnu Baru!...

— Marinko! Brate! Čovječe!... Ako to uradiš, bićeš mi brat!... Učiniću te najčestitijim čovjekom!... Hoćeš duhana?... Evo! Daj duvankesu!... Tako!... Treba li ti para?... Čega hoćeš ima u Sulje, i sve je tvoje!... Evo!... Naj!...

Beše skočio. Oči mu sjaje kao žeravica, a lice se smeši ozareno radošću.

I Marinko se podiže.

— Hvala ti, čestiti efendija!... Kad uradim, videćeš. Ja ne radim za pare. Tvoju ljubav ne može mi niko platiti!

— Idi, Marinko, idi!... I neka je sa srećom!

Marinko opet udari „temena" i izide iz odaje.

Vrljao je vas dugi dan. Roj misli obujmio mu pamet... On je želeo da ono što uradi, uradi najbolje. Pred očima mu stojaše sjajna budućnost. Družiće se sa prvim begovima... Neće biti Turčina koji neće znati ime njegovo. Nijedan proći neće, a da za njega ne zapita. Prolaziće begovi, paše... pa, možda, i sâm čestiti vezir, i pripitaće za ime njegovo...

A Kruška?

I on je sanjao sjajne snove. Nije se mogao skrasiti na jednom mestu. Grudi mu nabrekle, a srce igra od radosti.

— Zavade se dvojica — šapuće on — a ja tamo te spotaknem ugarke. Povučem stranu jednom, i on dobija... Jedan pada, drugi skače... Uz jednog prijatelji, uz drugog prijatelji, pa se i oni zavađaju...

I čisto gleda očima taj lom. I oseća onu veliku radost koju oseća radnik videći kako mu posao napreduje; radost od koje buknu obrazi, od koje igra srce, i... koja se ne da ničim isplatiti...

Niti je šta jeo ni pio. U samo veče zatraži vode te ispra usta, koja mu behu, od silnog duvana, ogorčala...

3

Jarani

Aleksa Aleksić i Ivan Miraždžić bili su susedi. To su bili prvaci među seljacima. Iz mladosti dobri drugovi, pa su to ostali i pod starost kao domaćini u domovima svojim. Kao što im kuće gledahu jedna u drugu, tako se i ove starine nikad ne razdvajahu.

Obe kuće pune naroda i berićeta. Odvajkada bili su u pozajmenici. Letinu su sabirali jedan drugom zajednički. Nije hteo Ivan gutljaj rakije bez Alekse popiti, niti Aleksa bez njega. Ako je veselje u kući Aleksinoj, Ivan je domaćin, a ako u Ivanovoj, tamo je Aleksa. Radost, žalost, zlo, dobro — delili su zajednički.

Pazili se oni, pa im se i deca pazila. Ivan je imao tri sina i jednu kćer, Aleksa samo četiri sina. Podesilo se nekako te je Aleksin Stanko parnjak Ivanovom Lazaru.

Rasli u ljubavi, pa se zapazili; rasli u dobru, pa odrasli ojačani, viti i stasiti. Dika ti je bilo pogledati!

Stanko crnomanjast, Lazar rið; Stanko blag kao mleko materino, Lazar bujan kao prolećna travka; Stanko umiljat kao malo jagnje, Lazar već naprasitiji; Stanko je ovlaš primao i lako praštao uvrede, a Lazar jedva mogaše otrpeti i svoga roditelja.

Ali, pazili su se. Od milosti zvahu jedan drugog „jaranom".

Bili su najbolji momci u Crnoj Bari.

Ko obori Lazara, neće Stanka; ko nadskoči Stanku, neće Lazaru; ko odbaci kamena Lazaru, neće Stanku; a već sva je Crna Bara znala da je Stanko najbolji nišandžija.

Ali... đavo ga znao!... Kao da je neka premaglavica!... Oba se pobratima zagledaše u jednu devojku!

Bila je to Jelica Sevića. Grom devojka! Bila je to lepota, ali ne gospodska nego junačka lepota. Što ono pesma peva „struk momački, pogled devojački". Oko bi joj goru zapalilo. Da uprti četiri momka kao četiri snopa, pa da ih nosi preko sela!... A što se rada tiče, o njemu se pričalo. Nije ona samo radila, ona je izmišljala nove i nove lepote u šarama, pa su se u Sevića dom sticale žene i devojke da uzmu prepočetke od njenih radova.

Dva momka a jedna devojka! Baš nije pravo!... Morao se tu neki vrag izleći!...

Bilo u kolu, bilo da iz kola idu, Stanko i Lazar su uz Jelicu. Ona ih gleda obojicu. Oba iz dobrih domova, oba dobri momci... nije znala na koju će stranu!... Pa, opet, Stankove crne oči osvojiše. Zagleda se cura u njih, a njihov sjaj pomuti joj pamet... Stade radije gledati Stanka nego Lazara...

Ono, istina, ona to ne reče nikome, ali Lazar opazi. I ne da se to sakriti od oka koje motri!... Čovek i steže srce, i kruti se, ali ga samo oko odaje... Pogled mu se nehotice zaustavlja na onome koga voli; obrazi rumene, a on i ne zna. Ta, samo srce lupa i gurka ga napred k njemu!

I kad to smotri Lazar, a u njemu se nešto poremeti... On je dotle voleo Stanka više nego oba brata; a otada Stanko mu poče izlaziti iz volje. I što se Stanko više družio sa Jelicom, on ga je više mrzeo. A kad se ovaj poče i šaliti, on ga omrznu sasvim... Sklanjao se od njega; bežao je da na senku njegovu ne stane; a kad je baš morao progovoriti s njim, govorio je preko srca i ljutio se bez uzroka. Više u njemu nije gledao jarana nego krvnog dušmanina...

Stanko to ne opazi. On upravo i nije mogao ništa opaziti. Negove su oči bile zatvorene za sve, samo ne za Jelicu. On je video samo nju, njenu dugu, smeđu kosu, njene grahoraste oči, njeno rumeno lice... Ona mu je bila san i java, on je samo o njoj mislio...

Tako su prolazili dani... Kao zlikovac svoj zločin, tako je Stanko krio svoju ljubav. Nije puštao ni zračka svetlosti da padne na dušu njegovu da je osvetli... I mislio je: niko o tome ne zna! A osećao je da se mora nekome poveriti; morao je imati nekoga s kim bi mogao o tom govoriti da bi mu duši laknulo.

I naumi da sve kaže Lazaru.

I, baš na Ilijindan, oko velike ručanice, srete se s njim u šumi.

— Jarane! — reče.

Lazaru pade mraz na obraz, ali mu ne bi na ino. On se odazva.

— Akobogda?

— U šumu!

— Da ti kažem nešto!

Lazar stade.

On mu priđe bliže i, posle običnog pozdrava, reče:

— Mnogo sam premišljao da li da ti kažem, pa najposle velim ako njemu neću, ja kome ću.

— A šta to? — upita Lazar preko srca.

I Stanko mu se ispovedi. Iznese mu dušu i srce kao na dlanu. Još ga zamoli da on pomene njegovoj snasi, Mari, ne bi li ona materi kazala!

— Stid me, jarane!... Stid, boga mi! Ne bih ja to smeo kazati, pa da me kolješ!... A ti smeš!... I onda, jarane, ako milostivi bog što da, ti si pobratim!... Tako smo rekli!

Lazar se menjao u licu. Gorela mu je crna zemlja pod nogama...

— Hoćeš li, jarane?

On nešto promrmlja kroz zube, pa okrete leđa i pođe.

— Pa stani malo, da razgovaramo! — reče Stanko.

— Moram odneti marvi pomam!

— E, dobro! Ali, u kolu da se nađemo!

Lazar već beše odmakao. Kao da su ga munje šibale... Dah mu se zaustavljao. On oseti da ga pamet ostavlja; nekakav mrak pade mu na oči. Sama ga duša zaboli, a srce da mu iskoči iz grudi... Kadar je bio na četu udariti...

Iza jednog grma prema njemu pojavi se čovek. Kako ga muke behu obuzele, on ga nije čestito ni video a toli poznao.

Čovek taj beše Marinko.

On priđe bliže.

— Lazo, rode — reče smeškajući se — šta radiš?

— Ništa, čiča-Marinko — reče on, trudeći se da se pokaže miran.

— Što si tako pomrkao, kao da su ti svi po kući pobijeni?

— Ko, zar ja? — upita Lazar i nasmeja se.

Marinko upilji u njega.

— A... ne varaj, sinak!... Ti, jest... Da nije koja curica zamakla za oko?...

— Jok! — reče Lazar i poče kriti oči.

— Ha!... ha!... ha!... Znam!... Jelica Miloševa!

Lazar sagao glavu i ćuti.

— Nego, tu i tvoj jaran obleće, a?

U Lazaru poče da vri...

— Bogami, sinko, ne daj mu da te izbije iz sedla!... Upustiti onaku priliku grehota je!

Lazaru već nabrekle žile na slepim očima.

— I, kao bajagi, šta je on bolji od tebe!... U gazdaluku nije, lepši nije, stasitiji nije!... Što baš on da je uzme?

Lazaru se svrteše suze u očima. Stari lisac smotri to, pa kao pas kad trag nanjuši... i on, po prvim znacima, potera odmah dalje. Video je da je u žicu darnuo.

— Bogami, jest!... Šta mi je i to: jednako popuštati!... Lepo, bogami! Svakom ejvala, osta glava ćelava!... Ja, slave mi, ne bih dao! Da je što drugo, pa hajd'... Ali take se stvari čoveku glave meću!... Zapamti, glave se meću!

— Pa šta da radim? — upita Lazar, videći da Marinko sve zna.

— Ja bih činio sve, samo da ona ne bude njegova! E, moj sinko!... Još si ti žut oko kljuna, pa ništa ne znaš!... A znaš li ti šta bih ja ovako sed uradio?

— Šta?

— Ja... ja bih ga ubio!...

Lazaru sevnuše oči... Marinko je darnuo gde treba.

I to smotri oštro oko njegovo.

— Ubio? — upita Lazar.

— Ubio!

— A sud?

— Za sve je drugo lako, samo kad on nije tu! A sinu Ivana Miraždžića još je lakše!... Nego, primiri se!... Mlad si ti još, moj sinko!... To bih uradio ja, ovako mator; a ti si nastao tek da živiš, ti nemoj!... Šta mi je to: devojka?!... Taki momak od onakog oca i iz onake kuće... može naći na svaki nokat po curu!... Zbogom, Lazo sinko, zbogom! — reče Marinko.

Pa ga potapša po plećima, okrete se i ode najlak. A duša mu se smeškala:

— Ovaj je pečen! — zašaputao je on. — Ja sam podstakao ugarke... biće vruća mesa!... Jedva jedanput!... Ili će on ubiti Stanka ili, ako to ne učini, Stanko će ubiti njega! To znam utvrdo!... Ovo je kavgadžija, a ono je delija: udariće sila na silu!... Moj Sulja mi već više ne može reći: ti pušiš džaba moj duvan!... Evo mu i beza i makaza, pa neka reže kako mu je drago!...

I, pun zadovoljstva, ode niz dubravu...

4

U kolu

Varnica je pala vrlo zgodno: i gde treba i kako treba. Sve do toga trenutka Lazar se kolebao; sad je bio rešen... Davno i davno, još u prvim časovima ljubomore, javljala se u njemu ova misao, ali je on sam odbijao i prituškivao. I što je on nju više gušio, tim jače je ona izbijala, jurišala na njegovo srce i borila se s njim po čitave dane i noći. Tu beše detinjstvo, i pažnja, i ljubav njihovih roditelja, i one slatke i mile uspomene. I strašno se beše rešiti na taj korak, tim strašnije što Lazar dosad ne ču slična primera...

Ali sad, kad mu i jedan star čovek veli ono isto što mu jednako njegova crna misao šapuće, sad mu se učini da je u pravu da tako uradi!... I šta ga se tiče Stanko!... I ko je taj Stanko?... On da je drug, prijatelj, da je pravi jaran, on ne bi prkosio onako kao on njemu jutros: „jarane, ti si dever; tako smo rekli"!... I uskipe mu bujna mlađana krv...

— Nije dever! — riknu on. — Nije dever nego pogani dželat!... To ću ja tebi biti!... Odsecaću komade mesa sa tela tvoga, pa ih onako žive jesti!... Da si najveća sila, meni nisi ništa!.... Ja ću te srušiti... smožditi!...

I, ne znajući šta radi, on skide kapu pa opuči koračati. Toplo ilinsko sunce probijaše kroz gusto lišće, a njegovi svetli zraci padahu ovde-onde po zemlji. On je goreo i bez sunčeve toplote. Jed i muka podložiše vatru u grudima njegovim, a ta vatra sagore sve što je bilo lepo i plemenito u tim grudima...

Dugo je lutao. Niti je osećao gladi ni žeđi. Sunce je bilo na velikim zarancima kad je došao u kolo, gde je mislio naći Stanka i zavaditi se s njim.

Stanko je već bio tu s Jelicom. On se topio od milina... Raj pravi čoveka anđelom. I Stanko, u raju duše svoje, bio je zaista anđeo. Da si mu ma šta zaiskao, dao bi. Da si koga grdio, on bi ga branio. Da si rekao da ima rđavih ljudi, on bi ti dokazao da nema... Da si mu kazao da neko misli o ubistvu, on bi te gledao začuđeno, sa nevericom; pitao bi te: zar ima ljudi koji hoće namerno da ubiju čoveka?

Mladež zametnula igru, odskaču jedan drugom.

Lazar se uputi Stanku.

— Stani-de, Lazo! — reče Stanko Jurišić. — Odskoči Šokčaniću, tako ti krsnog imena!... Pobesne lepo od jordama što nema nikog da mu odskoči!...

— Ne mogu — reče Lazar. — Zar nema ko drugi?...

— Zvao sam imenjaka, ali on tamo s Jelicom...

Lazar se namršti. Poćuta malo dvoumeći, pa reče:

— Dobro!... Da mu odskočim!...

I priđe meti, mahnu dva-tri put rukama i preskoči belegu.

— A!... Pero!... — zagraja momčadija. — Ded jako!...

Pera nadskoči Lazaru.

Lazar skoči i doskoči mu. Pera skoči opet na belegu. Otpoče nadmetanje.

Ali nabrzo ubarabariše. Jedan drugom ne mogoše odskočiti... Svi stali i glede. I devojke dođoše; čak i Stanka prenuše iz njegovog raja.

— Ne možeš, Pero, ne možeš! — viče Jurišić.

— Ne može ni on dalje! — veli Pera ponosito. — A vi ne možete ni donde!

— Pa i mnogo je! — rekoše neki. — Iz mesta onoliko skočiti — to je slota!

— Dalje ne može niko! — reče Lazar.

— Skačem stopu više! — viknu Stanko Aleksić.

— Manj ti? — povika momčadija.

Lazaru pisnuše oba uva.

— Da vidimo! — viknuše devojke.

Stanko priđe i stade na metu. Mahnu dvaput rukama, pa, kao na krilima, podiže se i odskoči stopu više.

— Aih! — začu se uzvik.

Sve živo pogleda u Stanka s nekim poštovanjem; Jelica je gledala ispod oka, ali tako da Lazaru, koji to smotri, nabreknuše žile na čelu i slepim očima.

— Skloni se! — viknu on.

— Aha!... Ček' sad Lazara! — viknu mladež sklanjajući se. Lazar priđe meti.

Sve stalo, ne diše.

Lazar skoči na belegu.

— To vredi!... Ded' sad, Stanko!...

Stanko beše vedar kao prolećnji danak. On se nasmeši pa reče:

— Mogu još stopu!... Lak sam kao tica!...

I, bez ikakva naprezanja, odskoči belegu za čitavu stopu.

Lazaru smrče pred očima...

On napreže svu snagu, ali ne može doskočiti. Skoči dvaput u mesto, ali treći put udari nazad.

— Ostav’ se, Lazare, ne možeš! — povika momčadija.

— Ovo nije čisto skočeno. On je prekoračio metu! — reče zlobno.

— Nisam, jarane! — reče Stanko.

— Jesi!... Jesi!...

— Nisam!... A da se baš uveriš: još ću stopu skočiti!

— Batali! — reče Lazar.

— Braćo!... ne dajte mi lagati!... Skačem još stopu! — viknu Stanko.

— E, čekaj! — reče Lazar.

Pa priđe belezi. Odmeri jednu stopu, izvadi nož iz cagrija, položi mu tiluće na zemlju, a oštricu okrete gore.

— Skači! — reče, odstupajući od belege, a oči mu sipahu paklenu mržnju.

Momčadija se umeša.

— Nećemo tako! — povikaše sa sviju strana.

— Hoću! — reče Stanko sigurnim glasom i priđe meti. — Pazite, jesam li na meti?...

Sve živo zastade. Jelica, kao da je prozrela Lazarevu nameru, preblede kao smrt.

Stanko se hipnu i preskoči nož...

Graknuše sa sviju strana kao da dobiše nov život... Sve živo skoči oko Stanka. On pogleda Jelicu, kojoj se lagano vraćaše rumenilo na lice... U njenim očima vide on veliku radost, koja je vredela više od sviju pohvala...

— Odskočio si; ali da se porvemo! — reče Lazar.

— Ja i ti?! — pita Stanko začuđeno, jer se njih dvojica nikad ne rvaše. — A što?

— Da vidimo ko je bolji rvač?

— Ostavi se! — reče Stanko.

— Da ti padnem „s kolena”! — jeknu Lazar. I samim pogledom izazivao je.

Stanko se ljutnu.

— Šta je tebi, jarane? — upita on, a u tom glasu zvonio mu prekor.

— Šta tu vazdan!... Smeš — ne smeš?! — viknu Lazar, a beonjače mu od zala zakrvavile.

— Najposle... kad hoćeš! — reče Stanko, čudeći se šta mu je naspelo...

I uhvatiše se.

I poneše se po onoj čistini... Dva diva, dva rvača, dva najbolja momka u selu kušaju snagu... Sve živo pretvorilo se u oko...

A oni se nose... Obe strane jednake. Koliko ko vlada snagom, toliko i veštinom; jedan drugom paze na svaki pokret...

— Ne mogu se oboriti! — veli Šokčanić.

— Oboriće Stanko!

— Neće!

— Hoće!

— Neće!... Pašće „pokoške”! — reče Popović.

Stanko se smeška, a Lazara znoj probija.

— Oboriće Stanko, Lazar malaksava! — reče Ivanković.

Kad to ču Lazar, on navali svom snagom na Stanka... Ali Stanko se čudio tako vešto da milina beše pogledati!... Kao da je znao svaku misao Lazarevu...

Vide Lazar da se ni snagom ni veštinom ne može ništa učiniti, pa pribeže lukavstvu, podbi nogu Stanku i ovaj posrte.

— Jarane — reče Stanko — mi se „čisto" rvemo!... Da sam ja tako hteo, ja bih tebe davno oborio!...

— Ja se ovako rvem! — reče on besno.

I desnom nogom udari levu Stankovu, pa navi snagom na levu stranu da ga obori... Ali mu ne pođe za rukom. Stanko se već nadao tome kolaču. Leva noga, koju Lazar htede podbiti, osta čvrsto pripijena za zemlju... On mirno sačeka da se Lazar navije na njegovu levu ruku, pa da ga onda najedared odbaci... Ispade Lazar iz njegovih ruku kao neki trupac i breči o ledinu, a on osta dupke...

Diže se duga u nebo. Što je Stanko sad uradio, bilo je junački. Sve živo, i muško i žensko, potrča mu i obasu ga hvalom...

Lazar se diže. Njega je bilo stid ovog sveta. On oseti kako s pravdom zajedno i ovaj narod beše uza Stanka. On vide kako mu svi veselo trče i ruku pružaju... On vide i onaj radosni Jeličin pogled: i ona se radovala što ga je Stanko oborio!...

I nabreknuše mu žile... Nešto besno, nešto silno poče mu drsati srce, kao da hoće da ga iščupa!...

On dokopa kapu, koja mu beše spala sa glave, i pobeže...

Za trenuće oka bio je u lugu...

Jurio je kao mahnit, besan, otrovan. Dokopao zubima

svoju desnu ruku pa je grize, a ne oseća bola... One „zle" suze udariše mu na oči... i tada je bio kadar svašta učiniti...

Neko ga, sa straga, udari po plećima... On se okrete. Za njim je stojao Marinko:

— Zar momci plaču? — upita on zajedljivo.

Lazar odmahnu glavom.

— Moj sinko!... Pravo vele: prošlo je vreme kad se ljudi rađaše!... Ovo je neki izmet... plače!...

To beše što i nadraženom psu palica kroz plot... Samo što pogleda Marinka strašnim pogledom, pa jurnu kao zver...

U trenutku se vratio. U ruci je nosio zapet pištolj... Jurio je pravce kolu...

— Lakše!... prikradaj se!... Oni će te drugi smotriti! — vikao je Marinko, hvatajući ga za rukav od košulje. — Eno, vidi, kako se rebri!... Gledaj, gledaj, kako joj nešto šapuće!... vidi, vidi, vidi, kako se ona smeška!... sigurno joj priča o svome junaštvu i tvojoj sramoti!... nuto, kako joj se preginje!... Lakše... lakše!... Za onaj cer onde!... Baš će tikom mimo tebe proći!...

Lazar se kao guja vukao od drveta do drveta... On više ne beše čovek — nego zver...

Kolo, veselo kolo, veliko kao gradina, povija se kao plamen na vetru: to ovamo, to onamo... Svirač zaduvan, oznojen, zastao pred Ivankovićem, pa svira mesta, a ovaj prepleće nogama, kao da koske u njima nema.

Najedared se prolomi da gora jeknu:

— Jelice!... Sad igraj!...

Poslednji slog zagluši pucanj iz pištolja, koji se razleže po lugu... Stanko posrte i pade na desno koleno...

Jelica ciknu i diže ruke nada se, a sve drugo okameni se na mestu...

Nasta tajac... Samo se čulo kako puca suvo granje u česti...

Nekoliko trenutaka potraja mrtva tišina... Stanko Jurišić prvi dođe k sebi. On pritrča svome imenjaku.

— Imenjače!... Imenjače!... — viknu i uhvati ga za ruku.

— Čujem! — odgovori Stanko.

— Jesi živ?

— Živ sam — reče on i, uhvativši ga za ruku, diže se polako. Ali se ljuljao.

Sve dođe k sebi i opkoli ih.

— Jesi ranjen?

— Ne znam.

— Boli li te gde?

— Ne boli... Ali mi neki crveni kolutovi na očima pa ništa ne vidim...

— Ama ko to puca, ljudi? — upita Ivanković.

— Lazar! — viknu nekoliko njih.

Stanko trljaše oči...

Kad je sebi došao i počeo malo nazirati, on sede.

— Ama, kažite mi, ljudi, šta ovo bi! — reče on.

Jurišić mu ispriča.

— Ne mogu da budem pametan zašto je to činio!... Nisam ni mislio o tome!... Najedared samo mi mrče svest!... Nisam čuo ni pucnja!...

— Znate li gde je udario kuršum? — viknu Šokčanić.

— Gde? — zagrajaše sa sviju strana.

— U kapu, evo!...

Stanko ne beše priseban, pa nije mogao ni nazreti opasnost

koja mu je pretila. Sasvim ravnodušno je zavlačio prst u rupe koje mu je kuršum na njegovoj kapi načinio... Jedino što je osećao beše da ga glava zanosi...

Momčad se ljutila.

— Hoće da ubije što mu je odskočio i što ga je oborio!... Sram ga bilo!... — viče Stanko Jurišić. — Onda je trebalo i ja njega, što mi je odskočio!...

— Nije — viče Šokčanić. — Trebalo bi od Crne Bare napraviti groblje!...

I dok se još mladež ljutila, sunce se žurilo svome smiraju. Senke drveća behu ogromne; čak i senka čovečja beše već kao grm... Od Drine je pirkao svež povetarac.

— Evo noći!... Hoćemo li kućama? — viknu jedan.

— Možemo! — reče nekolicina.

— Hajde ko hoće!

I počeše se razilaziti u gomilicama.

I Stanko se diže, uze Jelicu za ruku pa pođe najlak... Osećao je umor i klonulost... I nikako ne može da se osvesti, da dođe k sebi i da razume sve što se desilo... Nešto, kao neka grmljavina iz dubine, zbunjivaše mu mozak.

— E, brate! — reče on tiho, kao da je samom sebi govorio.

Jelica prošaputa:

— I baš htede da te ubije?

On sleže ramenima.

— I to zbog mene!

Kao da mu neko opali šamar, on se trže, razrogači oči i pogleda je strašnim pogledom:

— Zbog tebe?!...

— Zbog mene!... Zar ti ne znaš?... A on te odavno mrzi...

Stanku najedanput puče pred očima... On se sećao svega; sećao se kako ga je Lazar izbegavao; sećao se kako je uzviknuo: „Jelice!... Sad igraj!...”

I u njegovoj se duši nešto zakuva... Nešto čudno, ali strašno... Nešto što on, do danas, nikad ne oseti...

5

Zločinac

Čim je opalio pištolj, čim je video Stanka da posrte i pade — Lazar se najedanput okrete, baci pištolj, pa naže bežati... Trčao je što igda može; jurio je kao da ga besi gone...

Čuo je da puca granje za njim, pa mu se učini da ga neko vija. Beše zaboravio da je kraj njega bio Marinko... Mislio je da se sve selo diglo za njim u poteru... Nije imao kuraži da se osvrne; bojao se stići će ga, osvrtajem će izdangubiti!... Napregao svu snagu pa juri. Kuda?... On nije znao, nije čak ni mislio kuda će. Hteo je da pobegne, da se sakrije, pa ma u pakao, ako samo skloništa nađe... Preskakao je trn, panj, sve što mu na putu beše, jer nije gledao kud ide ni gde glavom udara.

Ali snaga ga poče izdavati. Dah mu je bivao sve kraći i kraći, a korak sve manji i manji... I najzad on pade ničice i pokri lice rukama... Zaptio sluh, pritajao dah, rešio se na sve: što je — tu je!...

Krv mu jurnu u glavu, i kao neka mala nesvestica pomrče mu svest za časak...

Naskoro dođe k sebi. Onako ponuren osluškivao je, ali ne

ču ni šuma ni vreve, i on diže glavu... Diže je malo više i zveraše po onom večernjem sutonu... Nigde nikog... On dahnu dušom, diže se i sede...

Ali je umor bio veoma veliki... Ruke, kojima se opirao o zemlju, drhtale su; svaki ribić na telu igrao je... Krv je naglo jurila po žilama, kao planinski potočić kad se voda u njega slije; lepo je osećao kako se ponegde zgusne i zastane od silne navale... Noge mu počeše trnuti, a tabani bujati; u glavi je grmelo, a oba uva pište kao dve pištaljke.

On opet klonu na zemlju i sklopi oči...

Ali to ne beše san... Bio je kao u nekom polusnu, u kojem je čuo i onog malog crvčka što crvči iznad njegove glave, i onaj šušanj što ga zelembać pred sami smiraj sunčev pravi hvatajući muve i bubice, i onaj cvrkut male ptičice što cvrkuće u svako božje doba dana; ali mu pamet ne beše prisebna... On je čuo sve to, znao je sve to, ali nije mogao razmišljati ni o čemu...

I, malo-pomalo, taj šušanj i ta cvrka navukoše mu tvrd san na oči, kao zastor neki, te mu usnu i telo i duša...

Dugo je tako ležao... Probudio ga je glas jedne sovuljage što beše na drvetu, više njega.

On diže glavu i stade zverati oko sebe... Ne beše to kuća njegova...

Gde je sad?...

Poče trljati čelo i češati se po glavi... Napreže misao da ga seti gde je... Ovo je šuma, a otkud on u šumi?...

Polako, vrlo polako poče mu dolaziti svest... On se sećaše... i seti se svega što je bilo, seti se i onora što je uradio...

Misli mu se malo zadržaše na samom delu... Pred očima mu se javi slika Stankova: kako bezbrižno igra pored Jelice, kako joj nešto šapuće na uvo, i kako se ona smeška; zatim, kako ga je on privrebao i opalio pištolj...

Savest ga nije grizla... Štaviše, osećao je i nešto osvetničkog zadovoljstva gledajući u pameti kako Stanko pada...

— Tako i treba! — mislio je. — Hoće on meni da otme Jelicu... Nema, sinko krvavi, to se glavom plaća!... I kako je bezočan, pa me još zove da mu budem dever!... Budiboksnama!... Ovako ja tebe, pa sad neka ti deveruju hladne guje pod zemljom; ja ću uzeti Jelicu i bez tvoga deverstva!...

I bio je tako miran... bilo mu je tako pravo kao da je učinio kakvo dobro delo...

Jelica!... Ta lepa devojka!... I ona će biti njegova!... Što je bilo na putu, on je sklonio; a Crna Bara boljeg od njega nema!...

U pameti je gledao Jelicu kako se smeška na njega... Video je kako je njegov babo prosi, kako ih popa Miloje venčava... Srce mu se razdragalo, pa igra, igra u prsima...

U tom slatkom zanosu zaboravi i gde je, i šta je učinio, i šta sad radi...

Najedared se nešto prolomi nad njim, nešto što mu odjeknu u duši kao grom nebesni; nešto što ga zaprepasti i prenerazi, što mu prekide taj lepi nit snova njegovih... Učini mu se da se svet sruši.

A to beše sovuljaga na hrastu više njega!... Ona zaleprša krilima i prolete mu tikom pored lica, tako da je osetio vetar krila njenih...

Beše skočio na noge, ali je stojao na mestu kao zakovan... I uzdrhta kao prut...

To ga osvesti... Odoše mu mili snovi. On vide samo da je begunac i ništa više...

Neka strašna misao, strašna kao avet, dođe mu na pamet.

— A ako ti nisi ubio Stanka!... Ako on bude živ, kud misliš onda?...

On oseti da mu se zemlja pod nogama giba... Ali se opre toj misli.

— Ubio sam ga!... Ubio!... Dobro sam gađao!... Kuršum je udario u glavu!... On je posrnuo i pao. To sam video ovim mojim rođenim očima!

Pa, opet, opet!... Činilo mu se neverica: on nije bio uveren da je Stanko pao!...

I opet napreže misao da ga seti celog događaja!...

— Posrnuo je... posrnuo je... to sam video!... A ja sam gađao u glavu... usred glave!... A kad je posrnuo, onda je i pao!... Nije mu glava od kamena, pao je!... Jeste, pao je!...

I on uveravaše sebe da je pao...

Ali na uveravanju i ostade... Nešto mu iznutra šaputaše:

— Živ je on, živ!... Možda još luta dubravom noćas, pa te traži!...

Kosa mu se diže uvis... Užasan strah ovlada njime...

Nešto zašušta iza njega... Telo mu prožma jeza... Zaustavi dah, napreže uvo i — ne ču ništa!...

Pogleda nada se... Nebo se osulo zvezdama; a one zvezde glede ga hladno i podrugljivo kao oči uhodine, koji je pronašao krivca, pa se pravi da ga ne vidi, nego dremljivo trepće... Ali krivac kao da čita iz toga pogleda, koji mu veli: znam te, vidim te!... Ti si... ne možeš pobeći!...

I zvezde mu uliše strah...

I opet nema tišina... I listak stoji, i ptica ćuti, i sve je zanemelo, samo iz duboke dubrave jekne po neki glas... Ali to nije glas ni čovečji ni životinjski... to je glas tavne noći: dubok i taman, i neodređen i silan, i tajanstven; glas koji te razdraga, ali ti od njega i pamet stane, i krv se sledi; glas koji te ubija, ali i krepi — prema raspoloženju duše tvoje...

I od ove gore uhvati ga strah. Od gore u koju je pobegao!... Uhvati ga strah usred luga gde, možda, nije nikad kročila noga čovečja...

On se oseti sam, ostavljen i od boga i od ljudi. Sam usred prirode pune života: kod neba — bez neba, kod boga — bez boga, kod onolike roditeljske i bratske ljubavi — bez ljubavi! Nikoga kod njega, nikoga oko njega, nikoga nad njim sem straha... On mu se jedini naturio za prijatelja.

I on naže da pobegne od toga prijatelja...

Jurio je i jurio. Najedanput stade.

Učini mu se da ugleda vatru, ali vatru veliku, kao da kuća gori. On zastade, dršćući, a hladan znoj pocuri niz slepe oči i lice...

Vatra je bila velika, sjajna; probijala je kroz gustu šumu... a plamen je lizao sve više i više... I on oseti toplotu toga plamena...

Malo-pomalo, vatra se poče tuliti, a iznad drveća podiže se mesec, istina malo okrnjen, posle uštapa, ali opet veliki i sjajan.

Prvi put, te noći, dahnu on dušom... Mesec mu osvetli šumu, a njemu kao da svanu. Zastajaše ovde-onde ne bi li našao kakvu putanjicu da se njome uputi. I posle malog tumaranja nađe je.

I oseti lastak duši... Bio je uveren da će ga ta putanja izvesti na put. I to ga je veselilo. Ta, samo da mu se oprostiti ove puste dubrave! Nisu ljudi tako strašni! Strah je pustolina, jer u pustolini osećaš kako su i tvoje grudi prazne...

I on pusti korake...

Ali... najedanput zastade...

Na nekoliko koraka pred njim poče pucati granje, kao da neko ide. On diže glavu i vide pred sobom čoveka...

Da je smotrio vuka ili medveda, lakše bi mu bilo...

Prva misao beše mu: Stanko. Od te senke što mu se lagano približavala učini mu se Stanko. Učini mu se da vidi i garavu cev upravljenu pravce na grudi njegove...

Svu je noć obamirao, ali sad umre!... Noge mu se podsekoše, i on se surva na zemlju kao panj kad mu žile podsečeš... Zatvori oči da ništa ne bi video...

I učini mu se kao priđe neko i nadnese se nada nj; neka ledena ruka uhvati ga za vrat i steže... On oseti kako ga ta ruka sve više i više steže; kako hladni prsti utanjaju sve više i više u oblinu njegovoga vrata. Dah mu se poče gubiti...

I... on se obeznani...

6

Preobražaj

Vodeći Jelicu i držeći je čvrsto za ruku, Stanko izide na put. Onda stade, zagleda se u oči Jeličine, pa reče:

— Idi kući.

— Dobro — reče ona poslušno i izvuče svoju ruku iz njegove.

— Nego... stani!...

Ona stade.

— Je li, Jelice? Pravo mi kaži: ili voliš mene ili njega?

Ona se zarumene i obori glavu.

— Ti znaš — prošaputa.

— A za njega ne mariš?

— Ne marim.

— Nimalo?

— Nimalo.

— I... svejedno ti je?

— Svejedno!...

— Dobro, idi sad!

Ona se okrete i ode najlak.

On pogleda žalostivo za njom... I što je ona više odmicala, njemu sve žalije... A kad je nesta s očiju, on se pokaja i htede je viknuti.

Ali se uzdrža...

Još mu je grmelo u glavi, još su mu crveni kolutovi leteli pred očima, a na duši mu nekakav težak teret, tako težak da mu je telo pritiskivao pa ne može da ide.

I on se vukao i posrtao kao prebijen. Sve beše neodređeno i zbunjeno u mislima njegovim. On još nije mogao ni pojmiti, a toli razmišljati o događaju koji se desio. Misao se njegova otimala od zabune, ali ona beše tako zamršena i prepletena, tako prignječena onim lenim nemarom da se ne može ni maći između zidova tesne lobanje...

Sunce je bilo već na smiraju. Oko njegove glave zuzukahu komarci; sa sviju strana čuo se cvrkut... I u toj lepoti sunce se lagano spušta, nestaje ga na zahodu, u onom lepom rumenilu koje je svakoga dana drukčije...

A Stanko, koji bi se vazda zagledao u izlazak i zalazak sunčev, koji se bacao u sanjarije čim insekti zazuzuču oko njega — prvi put to ne pogleda.

On je išao tromo i leno... I stiže kući.

Radeni ljudi rano večeraju, rano ležu, da bi ranije sutra na posao ustali.

Otac njegov, koji ništa ne znađaše o događaju, dočeka ga s prekorom:

— Tako svakad! Nikad nisi došao kući kao druga, srećna braća!... Svakad njega moram čekati!...

Stanko sagao glavu i ćuti.

— Momčadija!... Momčadija!... Trice i kučine!... Samo pilji

devojkama u zube!... Ne znam kakve su i te devojke! Što im ne kažu: idite, more, kući! — vikao je starac. — Sve se iskvarilo!... Nema tu momka pa da ga svećom tražiš!... Maro!... Je li gotovo?

— Jeste, tajo! — odgovori snaha.

Starac se pridiže sa svoga mesta, uze voštanicu što beše prilepljena uza zid i zapali. Mara mu prinese, u zemljanoj kadionici, žara. On uze s police zrno tamnjana, prilepi svećicu uza zid, spiri puhor sa žara i spusti zrno... Podiže se plavičast, mirisan dim, a starac se prekrsti.

— Va im' oca i sina i svetoga duha, amin!...

I onda poče kaditi prvo sveću, onda sebe, pa ukućane po redu i starešinstvu... Zatim otpoče molitva, u kojoj je starac prizivao sve božje ugodnike da pomognu domu i narodu njegovom: zdravljem i berićetom... Čak je prizivao i „dobre" i „zle" duhove: dobre da mu pomognu, a zle da se otklone od doma njegova... Dugo je trajala ta molitva njegova; mnogo je prošlo dok starac učini poslednji poklon, metnuvši krst na se. Onda se okrete.

— Na zdravlje vam molitva! — reče blago i veselo kao da nije maločas vikao.

Mlađi priđoše ruci i ocu i materi, i onda zasedoše za večeru.

Za večerom se vodio običan, domaći razgovor. Govorilo se o vršidbi, koju je trebalo sutra početi.

— Bogami, deco, požurite. Ima se dosta posla ove jeseni... Eto, moramo i ovoga ženiti...

I pokaza rukom na Stanka.

— Bogami, i reda je — veli Petra, majka Stankova.

Stanko obori glavu.

— Kako da nije reda?... Ja i Ivan čekamo da nam se sinovi jednog dana zaplaču!... Vere mi, da ih ne iženimo ove jeseni, ruljali bi kao volovi!

Svi se oko sovre zasmejaše, samo Stanko ne. Njemu tek sad puče pred očima, sad tek vide šta htede Lazar učiniti s njim. Ta on je pucao na njega, on ga htede ubiti!...

— Nego, ne znam koju li je ludu ovaj ludak našao?... Ivan mi reče da je onaj njegov bacio oko na onu Sevića.

Stanku zastade zalogaj. Kao da mu neki dokopa srce i trže ga, takav bol oseti.

On skoči i pobeže napolje.

— Ej, more! — smejao se starac. — Bajagi stidi se, a ovamo bi poleteo četvoronoške da se ženi!... Dobro, dobro!... He-he-he-he!... Je li, babo, da je lud?...

— Ha-ha-ha-ha! — smejala se majka. — Pa mlad je, stidi se!... Hodi, večeraj, rano!

— More, mani večeru!... Ne bi ti on sad okusio pa da su carske đakonije!... Ha-ha-ha-ha! — smejao se starac.

— Pa i ti, brate, mnogo ga diraš! — reče Petra prekorno. — Eto dete i ne dovečera!...

— More, babo, ćuti!... Neka ga! Zar si mi ti svakad povečerala!... Ostavi ti mladosti njeno, nije on gladan!

A dok se oni smejaše, Stanko je muke mučio!

Njegovo skoro detinjsko srce otrova najedanput ljubomora, silna, besna, strašna ljubomora... Dakle, Lazar ga htede ubiti zato da bi ga sklonio s puta!...

I stvori mu se strašna slika pred očima: Kao on mrtav... Iz glave mu lopi krv i mozak... Otac, majka, braća, snahe, sinovci, sinovice — sve jada i nariče... Njega spuštaju u crnu zemlju...

Oko negova lica vuku se hladne zmijurine... A tamo? Lazar se smeška na Jelicu; njegov mu je otac prosi i ona polazi... Prilaze oltaru...

On riknu kao ranjena zver. U njegovoj duši buknu nešto. To beše gnev. On je rastao naglo kao kvasac, i ispuni ga svega. I duša, i srce, i... svaki damar njegov postade gnevan na Lazara.

Da je to njemu Lazar kazao, da je bar on ma šta opazio, on bi i oprostio. Ali... Lazar htede njega ubiti samo zato da ne uzme Jelicu. A u Stankovim očima taj greh beše veći od svakog drugog greha. Da mu je Lazar ne znam kakvu pakost učinio, da mu je uzeo sve do gole kosti, i to bi mu oprostio. Setio bi se detinjstva, mladosti, drugovanja, bratske pažnje, i oprostio bi mu.

Ali Lazar hoće Jelicu. I to mučki!... I još htede da ga ubije!...

A... to mu ne može oprostiti!

I on oseti mržnju, silnu, strašnu mržnju prema Lazaru... Ona beše velika. On nije hteo samo da ubije Lazara, on je hteo da ga uništi, da nijedna ljuljka od njega ne ostane!...

I ta ga mržnja poče preobražavati. On je osećao kako postaje drugi, sasvim drugi čovek...

Pravo vele, u čoveku je sve: i dobro i zlo; obe su klice u njemu. Koju više dražiš, ona jače i osvaja.

Da Lazar nije podstakao zlu klicu u duši Stankovoj, ona bi ostala u njemu mirna kao jagnje, uspavana, pa bi tu zakržljala i sasvim izumrla... On bi bio dobričina, miran, blag, skroman; pravio bi se manji od makova zrna, poštovao starije, voleo mlađe; živeo bi u miru sa susedima; sklanjao bi se da ga ne diraju; molio bi i preklinjao i gore od sebe da ga ne vuku po sudovima, da se parbi s njima... Mira radi popuštao bi pa ma štetovao... Jednom reči, bio bi to miran seljanin: davao bi bogu božje, a caru carevo, i begu begovo, i nikad se, ama jednom rečcom, ne bi protivio.

Ali darnuta je klica zla. A ona je bure baruta. U to bure Lazar je bacio varnicu, i barut je buknuo...

Sad — ne zaustavi!... Grudi Stankove postadoše vulkan koji je bacao sve, a nije primao ništa. Nikakvi razlozi više ne mogoše njime ovladati; ništa na svetu ne bi ga moglo zadržati da ne ubije Lazara...

On je bio čovek svoga doba. Juče mleko majčino, danas ljuti ris; juče miran ratar, a danas veliki vojvoda!... U trenutku se rešavao na sve. I, mećući sve na kocku, on je morao pobediti... Nije se osvrtao na prošlost, nije mislio o budućnosti, njemu je samo sadašnjost bila pred očima... Ona mu je govorila:

— Ubij Lazara!...

— Jest, ubiću ga... kao muvu!... Da pirnem, nestaće ga!... Sad mi je manji od mrava, a lakši od paperka!

I pogleda u nebo, pa se stade zaklinjati bogu, zvezdama i plavom nebu da će ubiti Lazara...

Hodao je nemirno po voću; kapu zabacio na zatiljak, te mu vetrić hladi vrelo čelo.

— Jest!... Ubićeš ga, ali kuda ćeš onda??... Znaš li: ko ubije, i njega ubiju? — šaputaše mu jedan glas.

On se trže. Zaista, tako je. Ako on ubije Lazara, ubiće i njega. I onda, Jelica opet neće biti njegova.

To ga zaprepasti i gotovo pokoleba... Zar da se odrekne Jelice? Pa kako će proživeti one dane do smrti?...

E, ali kako da ostavi Lazara? Zar da ne kazni greha

njegovog?... I zar neće Lazar, ako u životu ostane, opet mučki pokušati da mu život uzme?...

Duša ga zaboli... Ništa crnje, mislio je, nema od života njegovog. Ta, dokle je god mogao pogledati unapred, video je samo patnju i neizvesnost.

Stojao je kao na ivici nekog ponora, ne mogavši se rešiti ni na šta.

— Da ga ubijem!...

— A kuda ćeš onda?...

— U goru! — senu mu kroz glavu. — Jest, u goru!... I kad tamo budem, onda se ne sme niko taknuti Jelice!... Ona samo može moja biti!...

— A otac, a majka?...

On pogleda. Vrata na kući otvorena. Jasni plamen osvetlio im lica, smeju se i razgovaraju.

Ko da ih ostavi?... Zar da ih pod sedu kosu ubija?... Zar da im pod starost zagorča dane?... Zar da im tako bude zahvalan za njihova dobročinstva i negu?...

Pa onda, ona dobra braća i snahe, pa ona mila dečica, sinovci i sinovice što ih je on na svom kolenu cucao, pa oni vedri i veseli dani, radni dani što su šalom začinjeni, pa oni lepi svečanici, pa kolo, pa prelo, pa drugovi... Svega, zar svega da se odreče?...

Živi plamen goreo je u duši njegovoj... Srce ga je bolelo za tim mirnim i tihim životom... Znoj mu oblio čelo... On je stojao kao okamenjen pred tom svetom slikom domaćom....

A ta slika, živa slika, kao da ga je mamila k sebi, kao da mu govori: Hodi k nama! Sladak je život u domu tvome!... Slatka je ruka materina; blagi su ukori staroga babe!... Hodi k nama!... Sve će biti što ti duša zaželi. Dovešćemo mi tebi i Jelicu!... Tek tada ćeš osetiti kako je topla ljubav njezina... Ta, ti nigde zgodnijeg kutka za sebe naći nećeš!...

I udariše mu suze. On raširi ruke i pođe da padne u naručje tome blagu ovoga sveta...

Dok se, ujedanput, kraj ove lepe slike pojavi i riđe lice Lazarevo.

Nešto vrelo, nešto strahovito prožma mu snagu... On ciknu, ciknu kao guja pod kamenom... I sve svoje milo i drago, ovu lepu sliku, složi na plamen i sažeže...

Osta nešto strašno u grudima njegovim, nešto što zija kao ala nenasita, osta osveta...

Lazar i on ne mogu živeti pod nebom, jedan mora biti mrtav!

On se reši u goru, ali najpre da ubije Lazara...

I, čudnovato! Od toga časa on beše drugi čovek. Niko više nije mogao raskvariti nameru njegovu. To osta kao u kamen urezano... Otac, mati, braća, deca, Jelica... sve je na svome mestu, ali nada svima je smrt Lazareva... Činilo mu se da neće moći živeti, da neće moći disati ako Lazar diše...

I, stegnuvši pesnicu, baci strašan pogled na kuću oca Lazareva.

— Teško tebi, stari Ivane! — riknu on. — Teško tebi, krove, koji si prvo zaklonio glavu onome zlikovcu!... Od tvoje kuće, Ivane, ostaće kućište, a od naroda iz doma tvoga strašna pripovetka!... Tako mi Gospod glasa ne čuo, tako me ne ogrejalo sunce sutrašnjega dana!...

7

Spletka

Lazar se nije prevario. Ono je zaista bio čovek. Ali ne beše Stanko nego Marinko.

Subaša je bio nešto zamišljen kad mu javiše da je tu Marinko. On reče da ga puste. Po licu Marinkovom poznalo se da nešto ima.

— Šta je, Mašo?

— Dobro je, dragi aga!

— A kako je dobro?

Marinko mu ispriča ceo događaj, samo što je i sam mislio da je Stanko mrtav. Turčin je slušao zadovoljno. Pošto Marinko svrši priču, upita on:

— Pa, šta misliš sad?

— Ja dobro mislim, čestiti efendija. Sad treba da se ti zauzmeš za Lazara... I onda je Ivan Miraždžić tvoj!... A kad bude Ivan uza te, onda je Crna Bara zavađena. Želio si da miriš Crnobarce, želja ti je ispunjena.

— A gdje je Lazo?

— Bogami, dragi aga, to ni ja ne znam. Pobegao je u šumu.

— E, moj lijepi bratac, ti mi ga moraš naći!

— Hoću, naći ću ga! Kako ne bih! Kad ti hoćeš, naći ću ga, pa, aman, da se u zemlju sakrio!

— Eh, tako, tako!... Idi, nađi ga!... Hoćeš malo duhana?...

— Pa, ako je bog dao...

— A dao je, ja!... Za tebe svega u Sulje ima!... Evo, naj!...

I dade mu punu pregršt.

Marinko napuni duvankesu, zatim zapali lulu, pa se diže u šumu...

Tumarao je po dubravi; već spade s nogu i mišljaše da prisedne da se odmori, kad smotri Lazara. On pođe, zausti da ga vikne, a Lazar pade...

— Lazare, Lazo! — viknu ga.

Ali Lazar beše onesvesnuo od silna straha, pa ne ču viku njegovu. Marinko prikleče na jedno koleno pa mu pridiže glavu.

— Lazo!... Lako!... Lazo!...

Lazar poče dolaziti k sebi. U strahu on ne poznade glasa Marinkova, pa ne smede ni oka otvoriti. Marinko je neprestano vikao.

Jedva se Lazar osvesti i poznade glas. Tada otvori oči:

— Šta je?... Ko je to?...

— Ja sam, Lako brate, ja.

— A, ti si, čiča Marinko?

— Ja, sine, ja.

— Otkud ti?

— Tražim tebe.

— Moji te poslali?...

— Jok. Subaša me poslao da te nađem pošto-poto...

Lazara prođe jeza... Tek beše odahnuo od jedne, eto ti mu druge brige!... Šta će subaša s njim?... Da nije od sve zbilje ubio Stanka, pa ga subaša traži da mu naturi „lisice" na ruke i da ga pošlje kadiji?...

I... učini mu se da je već okovan, i... zaseli pa mu sude... I kao stoji sto, na njemu čutura i dve čaše, a kao kadija prilazi, naleva čaše iz čuture i veli ocu Stankovom: „Pij mu samrtnu!..."

Strašna ova slika ukoči ga.

— Hajde! — zove Marinko.

— Čekni!... A što li me zove subaša?

Čudan čovek beše Marinko!... Mada je već unapred znao raspoloženje subašino, opet ne hte rečce kazati. On je mislio: da je samo subaša u pravu objaviti tu radost Lazaru. I reče:

— Ne znam.

— Nije ti ništa kazao?

— Ništa.

— Čuješ, čiča Mašo...

— Šta?

— Ja ne smem ići!

— Moraš!... Meni je subaša rekao da te dovedem!

— Kaži da me nisi našao.

— Šta?!... Da lažem!... Subašu da lažem?!... Jesi li ti poludeo?!... Polazi!...

I pogledom diže Lazara. Lazar ide, a kolena mu klecaju. Mislio je da beži, ali ne može; sem toga, znao je da od Marinka ne može pobeći. On bi trčao za njim dok bi duše osećao. Bio je to užasan čovek. Neka mu Turčin kaže da svoga sina sveže, on će ga vezati kao dušmana, pa da mu oči iskaču...

I Lazar je išao kao ovca na klanje...

Opet se okrete Marinku:

— Je li, čiča Mašo?

— Šta je, rode?

— Što me ne pustiš?

— Jesi poludeo, bogami!... Neću, polazi!

— Moj babo ima para!... Išti koliko hoćeš, samo me ne vodi tamo!...

Marinko je gledao nekim životinjskim pogledom, pa se nasmeja.

— Para!... Para!... A što će meni pare? Zar su pare za budale?... Meni to ne treba! Što mi treba, dâ mi moj Kruška, bog mu zdravljica dao!... I on svakad lepo sa mnom... Ali zato, opet, ja njega poslušam. Šta ćeš: pokornu glavu sablja ne seče!... Što nisi bio miran?... Bar ne bi mučio starog čiča-Marinka da tumara noćas po šumi...

— A zar ne znaš, nesrećniče matori, da se ovo tiče moje glave? — jeknu Lazar.

Marinko se stade ceriti:

— Bogme, dete, pa i glave, ja!... Šta se mene tiče tvoja glava, ja čuvam svoju!... Kad bih ja sad tebe pustio, kud bih onda?... Misliš Kruška ne bi doznao?...

— Išti šta hoćeš! — jeknu Lazar opet i stade kršiti prste.

— Ne tražim ništa! I šta će mi? Ja sam čovek star. A Kruška ima više vere u meni nego u svima njegovim pandurima. Pa kad mi čovek veruje, je li pravo, pitam te, je li pravo da ga slažem?!...

U tom izidoše na put. Lazar vide da su blizu hana...

Napreže svu snagu i jurnu da pobegne... Ali ga Marinko stiže i uhvati za vrat.

— Pre bi od munje pobegao nego od mene! — reče on i pogleda Lazara strašnim pogledom...

Lazar se predade sudbini...

Dođoše pred han... Marinko propusti Lazara napred. Lazara beše snaga izdala. Bez Marinkove pomoći on ne mogaše prekoračiti praga.

Vatra sa ognjišta osvetljavala je han. Handžija i panduri subašini spavahu oko vatre. Marinko probudi jednog pandura, reče mu da javi subaši da je našao onog čoveka i doveo ga.

Pandur priđe vratima i taman ih otvori a iz sobe se začu subašin glas:

— Dođe li Marinko?

— Došao je... I doveo nekoga.

— Neka dođe ovamo.

Marinko uze Lazara za ruku i uvede ga u odaju.

Lazar sasvim izgubio svest. On već nije znao šta radi. Išao je, jer ga je Marinko vukao. Da ga on nije poveo, ostao bi na mestu kao okamenjen.

— Eh... biva, Marinko!... Ti pa ti!... Bez tebe ništa! — reče Kruška.

— Ja samo slušam starijega! — reče Marinko, celujući mu skut.

— Ako... ako!... Izidi, odmori se!

Marinko udari „temena" i izide.

Lazar je čuo ovaj razgovor, ali beše ravnodušan. Duševni umor beše toliko jak da on nije mogao više ni pojmiti svoga položaja.

Kad Marinko izide, Kruška se diže sa divana, priđe Lazaru pa mu pogleda u oči i reče blago:

— Nemoj se plašiti... Ne boj se!...

Lazar zakoluta očima. On nije verovao da te reči subaša govori. Da ne beše još koga u sobi?... I on poče zverati oko sebe...

— Ne boj se!... Ne boj se!... — reče Kruška i opet blago. — Ali prevario si se.

Ove tople i blage reči, posle onolikih muka i onolikog straha, padoše kao na usijano gvožđe... Srce mu zalupa naglo, čisto htede da ga uguši... Poliše ga suze, on zajeca...

— Oprosti!... Oprosti!...

Pa kleče preda nj.

— Ja nisam hteo!... To je bilo najedanput!... Ni sam ne znam šta mi bi!... Dođe mi da ga moram ubiti! Ili njega ili sebe!... Nisam mogao otrpeti da on bolje skače od mene! Pa onda, i oborio me!... Pa onda, srce mi se cepalo na param-parče kad vidim samo kako ga Jelica gleda!... E dođe, pa mi se smrče pred očima!... Morao sam ga ubiti!...

— Ali ti ga nisi ubio! — reče subaša.

Lazaru kao da neko opali šamar.

— Nije mogućno! — reče on i pogleda razrogačeno Krušku.

— Nisi ga ubio!

— Ali, on je... pao!

Turčin udari u dlan. Jedan se pandur pojavi na vratima.

— Je li tu Meho?

— Jeste.

— Nek dođe.

Meho uđe u odaju.

— Kad si ti vidjeo onog Aleksinog čapkuna?

— Prije jedan sahat. Vidjeh ga u voću, kod kuće.

Lazar obori glavu, kao da je sv. Arhanđeo nožem dohvati.

— Idi, Meho.

Meho izide.

Obojica zaćutaše. Turčin stade hodati preko sobe. Podavio bradu, pa gricka, vidi se: nešto krupno misli. Najzad reče:

— Sad, nijesi ga ubio, nijesi!... Ali kako ćeš svijetu reći zašto si pucao na nj?...

— Kazaću: zato što ga mrzim!

— Ali to nije pametno...

— Ja ga od istine mrzim!

— To znam... Ha! A kaži ti meni ima li u tvojega baba para?

— Ima.

— Znaš li gdje mu stoje pare?

— Znam. U starom vajatu, u jednom sanduku.

— Jesu li pod ključem?

— Jesu.

— Je li i Stanko znao za te pare?

— Jeste.

— Je li tvoj babo znao da Stanko zna?

— Jeste. Naše su kuće kao jedna. Ništa od njihovih ukućana nije skriveno.

— Eh, eto vidiš! — reče Kruška i upilji u Lazara...

Lazar se poče dosećati.

— Sad idi kradom kući... Idi pravce u vajat, razbij sanduk, uzmi pare pa skloni gdjegod!... A sjutra kaži da si pucao na Stanka zato što te je pokrao!... Jesi razumio?...

Lazaru se nasmeši brk. Ta Kruška ne samo da mu prašta nego mu daje saveta kako i pred svetom da se pravda!... Još će, osem svega, načiniti Stanka i lopovom... On pože glavu i reče:

— Jesam, razumeo sam.

— Vi'š — reče Kruška — kako se brinem za te!...

— Vidim, i... hvala ti!

— Ali ti me moraš slušati, ili...

— Slušaću te kao oca, bolje nego oca!...

— Lijepo, lijepo!... Tako ja i hoću! — reče Kruška i udari u dlane.

Pandur promoli glavu na vrata.

— Kaži Marinku neka dođe.

Marinko uđe, govoreći još s vrata:

— Ja malo prisedoh da jednu, u tvojme zdravljicu, popušim, čestiti efendija... A malo sam pijno i rakijice...

— Ako, ako, Marinko!... Ti si moj, ako!...

Marinko razvukao lice, pa se ceri od radosti što ga subaša tako mazi.

— Hvala ti! — reče.

— Nego, znaš šta, Marinko?

— Šta?

— Ti ćeš sjutra kod sudnice pričati kako si juče vidjeo Stanka kad je izišao iz starog vajata Miraždžićevog, i kako se krio da ga ko ne bi vidjeo... Jesi utuvio?

— Jesam, ne beri brige! Kad ti hoćeš, ja ću se i zakleti, a toli lagati!

— Ali kad lažeš, pazi!... Nemoj da te uhvate!

— Ama ne uči ti mene! To je moj stari zanat!... Ja kad stanem lagati, i sam mislim da je istina!

— E, tako, vidiš! — nasmeje se Kruška. — A sad idi s Lazarom do kuće, neka dijete nije samo.

— Hoću, efendija, kako ne bih!... Hajde, Lazo! Hajde, rode!...

Obojica udariše „temena", pa izidoše iz odaje.

— Laku noć, efendija!

— Laku noć!...

Turčin osta sam. Raspali čibuk, pređe preko odaje nekoliko puta, gladeći bradu.

— Eh, biva, ovo valja! Ovo vrijedi roba iz tamnice!... Sad sam lijepo, bez po muke, turio ugarak u obje kuće... Dok se sad zavade, neće im se ni čukun-unuci pomiriti!... Ha-ha-ha-ha!... I selo će se njih radi pozavađati!... Pravo veli Marinko, ondaj će mi Crnobarci doći da ih mirim!... Neće im ništa pomoći oni drljavi pop, nego Suljo, ili, kako me oni vabe, Kruško... A ja ću se ondaj do mile lasti rebriti po Crnoj Bari!... Vidjećemo da li više vrijedim ja ili Uso iz Bogatića, te ga jednako hvale!...

I, pun zadovoljstva, izvali se na divan, puštajući guste dimove... I u onim plavetnikastim kolutima on vide divne i krasne slike, vide svoje lepe nade ostvarene...

Čibuk mu ispade iz ruke, a u odaji se začu lako hrkanje...

8

Grom iz vedra neba

Osvanuo je 21. juli. Po samom jutru videlo se da će dan biti veoma topal. Prvi zraci sunčevi čisto su pekli kroz onaj čisti vazduh.

Kmet Jova uranio, umio se, molio bogu, pa, po svom davnašnjem običaju, izišao do svoga kovanluka.

U kući život. Užurbali se mlađi, spremaju se na posao na koji ih je odredio sedi domaćin. Tu je i čiča Sima, knez. Došao da vidi hoće li mu kmet što narediti. Spokojno sedi starina i još spokojnije naginje čuturicom, koju mu mlađi izneše!... Bio je uveren da toga dana neće mnogo kasati. A i kuda bi? Svet je po radovima, svaki to gleda da za lepih dana ovrše i odnese u ambar svoj trud i znoj...

Dok bahnu u avliju Ivan Miraždžić. Bio je bled kao krpa. Kako dođe, on zapita za domaćina. Kad mu rekoše da je kod kovanluka, on se diže žurno k njemu.

Sima se čudio šta je Ivanu te se tako unezverio, ali se još više začudi kad vide i kmeta tako isto bleda, gde se vraća iz kovanluka.

— Simo! — reče on brzo.

— Čujem!

I Sima skoči kao oprljen.

— Brzo, ali što brže možeš, zovni mi popa!

Vide Sima da je to nešto ozbiljno, pa, koliko mu stare noge dopuštahu, požuri da izvrši kmetov nalog.

Jova povuče Ivana u svoju odaju.

— Ama... to ti ozbiljno veliš?

— Ozbiljno.

— Je li istina, pobogu?!...

— Da je i meni ko pričao, ja mu ne bih verovao... ali obijen sanduk i odneto sve!...

— A koliko ono reče da je bilo?

— Ravnih dve stotine dukata!...

— Dve stotine dukata!... Ih!... A sumnjaš li na koga?

Ivan umuknu. Saže glavu i poniče nikom...

Kmet je hodao preko odaje. Ta, to nije bilo za nj samo čudo nego strah božji... Trideset godina kmetuje, a toga čuda zapamtio pa ni čuo nije. U mislima sećao se on svakog domaćina i njegove čeljadi, i ne smede, ama nijednog časka, posumnjati ni na koga... Sve to behu ljudi časni i pošteni, sve to behu deca dobra i valjana.

— A je li?... Da nisi imao kakvih gostiju ovo dana?

— Nisam.

— Da ti nisu Turci dolazili?

— Nisu. Niko živi nije svratio u moju avliju ima mesec dana...

Jova opet poče hodati... On ne znade šta da misli... Pljesnu se od muke rukama i očajnički stade govoriti:

— Krađa!... U Crnoj Bari krađa!... Poharan čovek u Crnoj Bari!... I to onda kad kmetuje Jova Jurišić!... O, Gospode!... je li to mogućno?... Pa šta će nam sad reći druga sela?... Znam!... Reći će mi: ne ponosi se!... spusti malo durbilj... Ta u tvojoj Crnoj Bari obijen je čoveku sanduk i odneto mu dve stotine dukata!... Ko da preživi ovu bruku?... I to još pod sedu kosu!... O, Gospode!... Što mi juče život ne uze da ovoga pokora ne doživim!...

Pa poče drhtati od žestine... I suze mu udariše...

U taj par uđe popa.

— Dobro jutro!

— Zlo, moj popo! — reče Jova.

— Što, Jovo?

— Krađa!

— Krađa?! — upita preneražen pop. — A kome... gde?...

— Meni — reče Ivan.

Kmet jedva dođe do reči. On ispriča popu kako je Ivanu nestalo novaca.

Kad kmet ispriča, popa se okrete Ivanu.

— Na koga sumnjaš? — zapita ga.

Ivan opet nikom poniče.

— Ne znaš ko je? — upita pop opet.

— Ta, to i jesu jadi, moj popo!... Tu i nema više sumnje...

— Pa ko je? — rekoše uglas i pop i kmet.

— Video ga moj Lazar... Juče je i pucao na njega...

Obojica prenuše. Još sinoć za večerom čuli su šta je juče u kolu bilo. Obojica najedanput viknuše:

— Stanko?!

— Stanko — reče Ivan.

— Ama, zar Stanko Aleksin? — upita kmet.

— On glavom! — reče Ivan. — Onaj moj ljutac, ka' i sam što sam, smotri ga juče baš kad izide iz vajata. „Začudim se, veli, šta će Stanko u vajatu. Odem da vidim nema li koje od kućana. Kad tamo, razbijen sanduk i odnete pare... Ja ti se naljutim, dokopam pištolj, pa za njim..."

— Ivane! — reče pop. — Ne greši duše!...

— Ama, popo, boga mi!...

— Ama, ja čujem — preseče ga pop — da je Lazar pucao na njega zbog Sevića devojke...

— Veruj, popo, nije istina!

Pop ućuta, pređe jedanput preko sobe, pa, više za sebe, reče:

— Da su mi rekli: Stanko ubio čoveka, verovao bih; ali — Stanko pokrao, ne verujem!...

Onda se okrete kmetu:

— Jesi zvao selo?

— Nisam.

— Zovi!...

Kmet izide te naredi Simi da sazove selo, pa se vrati u sobu.

— Šta mislimo sad? — zapita on popa.

— Još ne znam... Hajdmo sudnici, pa ćemo se razgovarati.

I sva trojica krenuše se oborenih glava sudnici...

***

Nije prošlo ni pun sahat, a Sima već sazvao domaćine. Došli ljudi, užurbali se, pa pitaju jedan drugog što li ih kmet na takom lepom radnom danu saziva.

Skoro poslednji dođe Aleksa Aleksić. Ljudi ga pogledahu

ćuteći. Sve je selo znalo za jučerašnji događaj. Međutim, on još ništa čuo nije: niti mu kazao Stanko, niti se s kim sastajao. Pa, kao čovek čiste savesti, još je vedar i razgovoran. Krstom se krste ljudi; neki čak rekoše:

— Ja tvrda srca, pobogu brate!...

Siromah Aleksa!... Ni sanjao nije šta mu se sprema.

Najedanput nasta tajac. Iz sudnice izidoše popa Miloje, kmet Jova i Ivan.

Kmet beše ozbiljan. Danas prvi put ne videše seljaci njegovog vedrog čela i osmejka. I vedrinu i osmejak zamenile nabrekle žile na slepim očima i natmurene veđe.

— Braćo! — poče on. — Sazvao sam vas da vam javim da se nešto strašno u našem selu dogodilo, nešto što nas je obrukalo i osramotilo pred celim svetom...

Glas mu je drhtao...

Sve živo zinulo od čuda pa gleda u njega... Nisu ljudi naučili da ga takvog vide.

— Braćo! — reče on opet. — Trideset godina ja sam, po vašoj volji, glava Crne Bare. Za trideset godina moga kmetovanja ovakvog nepočinstva nije bilo!... Juče je, braćo, u našem selu učinjena krađa!...

Nešto prostruja kroz one starine. Nasta žagor kao u košnici... Iz toga žagora jedva se razabra jedan glas:

— A kome je učinjena krađa?

— Evo! — reče kmet. — Ivane, opričaj sam ljudima šta ti se desilo.

I uhvati Ivana za ruku, pa ga izvede napred.

Ivan stade pričati: kako je u starom vajatu, a u jednom

sanduku, imao dve stotine dukata, kako je neko došao, obio sanduk i novce odneo...

Ljudi se počeše gnušati lopova, pitajući:

— Ama, ko li to uradi?

Marinko Marinković istače se pa reče:

— Kmete Jovo, popo, i vi braćo!... Ono, istina, Ivan Miraždžić me svakad grdi, naziva me turskom ulizicom i svakojakim imenima, ali kad je stvar taka, onda ću i ja reći što znam, što sam svojim očima video, jer da to ne kažem — bogu bih sagrešio!...

Sve živo pogleda u Marinka. On se iskašlja, pa poče:

— Što Ivan reče, istina je... Sad, da li mu je baš toliko nestalo, ne znam; ali znam da je pokraden, jer sam svojim rođenim očima video lopova...

— Ko je? Ko je? — zagrmeše sa sviju strana.

— Čekajte, kazaću!... Evo kako je to bilo! Juče, posle podne, vraćam se ja iz šume. Tamo sam nosio marvi pomam... Kad sam bio prema Ivanovoj kući, smotrim Stanka Aleksinog gde izide iz starog Ivanovog vajata.

— Umukni, Turčine! — ciknu Aleksa i polete na nj, ali ga ljudi zadržaše.

— Čekaj, Aleksa brate, da ispričam šta sam video! — reče Marinko mirno i pogleda ga bezobraznim pogledom. — Ja od ovog nemam nikakve hasne, ali mreti mi valja, brate... Elem, vidim ja to... ništa!... Kao velim, on se sa Lazarom pazi, Ivan se pazi sa Aleksom... zar je tu što čudno kad je to kao jedna kuća?!... Ali ne lezi đavole!... Tvoj ti se Stanko nešto prikrada... nešto se hvata drva na se i osvrće se da ga...

— Lažeš!... Lažeš, ulizico turska! — čiči Aleksa.

— ...ko ne bi smotrio — nastavi Marinko spokojno ne osvrćući se na viku Aleksinu. — Kad to vidim, ja ti lepo pričučim iza jednog grma i uzmem ga na oko... On se vuče od drveta do drveta, dok ne dođe do svoje avlije; onda najedared pretrča preko nje, dođe do ara i stade nešto po đubretu čeprkati... pa se diže kolu... Mislim se: daj da vidim šta li je ono čeprkao!... Dok tek Lazar projuri pored mene sa pištoljem u ruci. Ja potrčim ne bih li ga stigao, ali gde mogu ja potrčati s onakim momkom?... Tek samo čujem pucanj... To sam, braćo, video ovim mojim starim očima i zakleću se u kom hoćete manastiru da je tako.

— Ali ti lažeš, skote turski! — riknu Aleksa i otrže se od ljudi što ga zadržavahu. — To si sam izmislio!...

— Lepo, Aleksa — reče kmet. — On je to video i priča. A mi hajdmo tvojoj kući. Tamo ćemo videti da li Marinko ima pravo.

— Hajde, kmete!... Hajde, popo!... Hajdete, braćo!... Svi me dobro znate!... S vama sam rastao i odrastao!... Svi vi dobro znate i moju decu!... Znaš ih najbolje ti, Ivo, stari kardo moj!... Ta u tvojoj su kući odrasla!... Sve selo zna da su to dobri radini!... Nisu lenštine, kao onaj što na moj dom pljuje!... Hajdete, braćo!...

I svi se krenuše kući njegovoj...

9

Strašna zakletva

Ljudi gledahu Aleksu onako rastužena, pa im se sažali... I samom Ivanu beše vrlo teško. On se kajao zašto prvo nije javio Aleksi za taj slučaj...

Dođoše kući. Aleksa je išao napred. Njegova Petra izide pred ljude i smeškaše se, kao dobra domaćica, kad vidi goste na svome pragu. Ali nabrzo izumre osmejak kad vide ona natmurena lica.

Aleksa joj reče:

— Idi u kuću!

Ona posluša i ode.

Ljudi se uputiše aru. Marinko se istače napred, pa reče:

— Evo, kmete, evo, popo!... Ovde je bio on i kopao nešto. A ja sam iza onog grma gledao...

I on pokaza jedan grm naprema se.

Na đubretu se videše tragovi kopanja. Još beše vlažno đubre na onom mestu gde je kopano. Bejahu tu debeli orahovi hladovi, te ne može dopreti sunčeva zraka da osuši.

— Simo — reče kmet Jova odzbiljno — vidi-de ovde.

I pokaza štapom na ono vlažno mesto.

Sima se saže i poče čeprkati.

Ledeni znoj probi čelo Aleksino. Srce mu je strepilo od slutnje, koja mu se baš tad javi...

I kažu ljudi da ne može srce potegliti!... Pedeset domaćina stojahu bledi i nemi pred ovim prizorom... I svih pedeset srca potegliše Aleksi: želja sviju beše da se ništa ne nađe!...

Sima je čeprkao. Njegova ruka napipa nešto u đubretu; neki gajtan natače mu se na prst. On povuče...

Beše to crvena, svilena kesica na svilenom gajtanu...

Sima je diže iznad sebe...

Sve se živo zaprepastilo... ljudi nisu verovali svojim očima. Pop Miloje priđe da je rukom opipa.

— Je li to? — upita kmet promuklo.

— Jeste — reče Ivan.

Kmet uze kesicu od Sime, prebroja novce pa reče:

— Dve stotine.

— Toliko — tvrdi Ivan.

Svi pogledi padoše na Aleksu.

A on je stojao bled, ukočen kao kolac.

Kao da mu stotinu vrelih kuršuma i hiljadu oštrih noževa prođe kroz njegovo nesrećno roditeljsko srce...

— Da si stenu izvalio, više bi se osevapio nego što si njega rodio! — viknu kmet strogo.

Aleksu osvestiše ove reči pune prekora.

— Jaoj, starosti moja! — jeknu siromah.

— A gde ti je taj nesrećnik? — pita kmet mrko.

On pruži ruku na gumno, koje ne beše daleko.

— Simo, zovni ga!

Sima ode. Ljudi stojahu nemi, oborenih glava. Beše im teško gledati čoveka gde se pred njima kao crv vije...

Petra izide iz kuće. Ona nije ništa znala o svemu tom. Za nju beše samo čudno to što toliki svet stoji.

— Što ne sednete, ljudi!... Hajte ovamo, evo sovre!... Sedite, da bar po jednu popijete...

Ali se užasnu od onih bledih lica. Neka zla slutnja obuze je kad vide svoga Stanka kako sa Simom žuri ovamo... Ona stade da vidi, da čuje šta je to...

Stanko stiže. On vide toliki svet, vide strogo popino i kmetovo lice, vide preneražene svoje roditelje, pa se i sam promeni u licu...

— Je li, more? — upita kmet.

— Čujem, čiča Jovo.

— Poznaješ li ti ovu kesu?

I podnese mu je. Stanko je dobro zagleda, pa mirno reče:

— Ne poznajem.

— Lažeš! — ciknu kmet.

Stanko se trže i pogleda oko sebe. Ona mrka lica ćute, one ukočene oči glede ga kao kakve aveti... On pogleda u kmeta.

— Ne lažem, čika Jovo, što bi mi nužda bila lagati?

— Zar ti nisi ovo ukrao?

— Ukrao?... A od koga, naopako?...

— Ta šta mi tu izvijaš?... Pravi se: ne zna!... Zar nisi ovaj novac ukrao iz Ivanovog vajata i zakopao ovde, u đubre?... I zar nije Lazar Ivanov zato juče na te pucao?...

Pri pomenu Lazarevog imena Stanku se diže kosa uvis. Pred njim ožive jučerašnji dan s celim događajem... On ne odgovori ništa.

— Je li? — pita kmet.

On je ćutao.

— Odgovaraj, more!

On je opet ćutao...

— Simo! — zapovedi kmet. — Veži ga!...

Stanku pisnuše oba uva... Oko mu se zapali plamenom... On pogleda prvo kmeta, pa onda ostale. I njegov pogled sve ih prikova za mesto na kome stojahu.

— Čekni malo, čiča Jovo, čekni! — reče on oštro.

I hitro kao jelen otrča u kuću...

Za nekoliko trenutaka vrati se naoružan do zuba: pištolji i jatagan za pojasom, a u ruci šara.

— Kome je život omrznuo, neka me sveže! — reče strogo.

Niko se ne mače s mesta. To više ne beše Stanko, to beše mladi div, snažan kao grom a oštar kao sablja... Iz oka mu sevahu munje.

— Čiča Jovo!... Ja toga novca nisam uzeo, nisam ga ni video, tako mi boga!

Onda se okrete Ivanu. Ovaj pretrnu i kolena mu klecnuše.

— Ivane Miraždžiću! Do juče sam te zvao čičom, ali od juče nisi mi rod!... Ko ima onakog sina kao ti, on meni ne može biti rod!... Pozdravi tvoga sina Lazara i kaži mu: Stanko Aleksić zna da je ova krađa njegovo maslo!... Juče me je hteo ubiti, ali mu bog ne dade!... Danas to već neće učiniti!... Pozdravi ga i kaži mu da je od danas za deset godina moj!... Da beži u svet, da beži u zemlju, na nebo — naći ću ga!... Ja se smiriti neću dok se triput njegovom glavom ne koturnem!... Tako mi onog nebeskog sveštila što nas greje, i tako mi ovog časnog znamenja!...

I prekrsti se.

Njegove reči lediše srca... On onda priđe ocu i materi i skine kapu:

— Babo! Nano!... Hvala vam na nezi i hrani!...

— A kuda ćeš, sine?

On se jetko nasmeja.

— Kuda ću?... Tamo, majko, tamo!... Idem tamo kud i svi nesrećnici kojima obest ili sila ljudska ne daju živeti među ljudima — u goru, majko!...

— Nemoj, sine! — reče očajno majka i pruži ruke da ga zadrži.

— Moram, nano! Ovde nije moje mesto!... Zar nisi videla kako htedoše da me svežu!... A ja se živ ne dam svezati!... Zbogom!

Pa poljubi one drhtave ruke, uze šaru po sredini, pa ode najlak, ne osvrćući se... Svi gledaše i videše kako zamače u lug, ali niko ne pokuša da ga zaustavi.

Kmet Jova se zagleda u Aleksu. Zatim pogleda po narodu, pa reče:

— Hajdmo odavde!... Ova je kuća prokleta!...

Pa bez oproštaja okrenuše svi leđa kući koju su do juče poštovali.

10

Rastanak

Iznajpre je Stanko išao lagano, ali ga gnev poče poduzimati. I što gnev bešnji, tim i koraci veći... Najpre se ražali, i bi zaplakao da ne beše onog naroda... Ali u srdžbi izumreše suze...

— Zar ja lopov? — vikao je glasno. — Zar ja lopov, što tuđe slamčice nisam taknuo?... Zar ja lopov, što tuđe mrvice hleba nisam uzeo?... I ko mi to reče?... Zar on?!... Je li mogućno da sam ja tolike godine guju na svom srcu hranio?... Ujela me je!... I boli!...

Juče... Ta još juče je verovao da je Lazar najpošteniji čovek na svetu, da od njega neće imati boljeg druga. A od juče?... Taj isti Lazar puca na nj; pa kad mu to nije za rukom ispalo, on nanosi sramotu domu njegovom i pljuje na sedi perčin oca njegova...

Dakle, ko je taj Lazar?

To je čovek koji ga je najviše lagao, čovek koji je nameravao da mu otme prvu, mladićku radost; pa ne samo to, nego najpre da mu uzme život; koji, da bi postigao svoje namere, htede osramotiti i njega i porodicu njegovu...

To je Lazar.

Pa šta je on?

Dušmanin... Dušmanin koga treba tući u glavu kao guju... Ne!... Dušmanin koga treba najpre izmučiti najnečuvenijim mukama, koji treba da oseti svoj zločin...

Ali kakvim mukama?... On nije znao... Što god mu padne na pamet, sve mu se čini vrlo blago prema zločinu Lazarevom...

— Da mi je da oseti!... Pa da ga više zabole njegovi gresi nego muke kojima bih ga mučio!... Njegova rođena krv treba da se uzbuni protiv njega!... Da mi je izmisliti kaznu koja bi mu dušu ubila!...

I, jureći šumom, umorio se. Živci napregnuti i razdraženi umorili se tako isto...

Mrtav umoran i oznojen spusti se pod jedan hrast... Nije mogao više mrdnuti... Jedna sunčana zraka pala mu na ruku i on je osećao kako peče, ali ne mače ruku iako mu je bilo nesnosno...

I misli mu leteše od stvarčice do stvarčice kao leptiri: lako darnu stvarku, pa idu dalje... Bio je prema svemu ravnodušan. Čuje cvrčka, pa pomisli samo: cvrčak cvrči... Nešto kucka nad njim. „A... to je detlić", pomisli, i dalje ništa... Gleda u njega, a ne misli o njemu... Gleda u sve, a ne misli ni o čemu!...

Sunce je sve više i više naginjalo zapadu. Vrućina je popuštala... Osećao je kako ga pirka hladan vetrić i kako ga krepi... Sa čela mu nestajaše bora... Gledao je kroz goru rumeni zapad, a on, obasjan rumenilom, kao da se smeška na nj...

Diže se. Prva misao beše mu da se pozdravi s Jelicom. Osećao je da se mora s njom sastati. On joj mora kazati da je laž sve ono što se danas selom pronelo o njemu i kući njegovoj... I još mnogo trebalo je da joj kaže...

Pa se krenu Sevića kući.

Išao je lagano; samo, kad je bliže voću došao, on požuri. Smotrio je u voću Jelicu gde zalučuje telad.

Priđe ogradi i zovnu je. A kad mu ona priđe, njemu se sveza jezik!... Tolike misli, toliki osećaji... a on ih ne umede kazati!...

Ali je osećao da joj mora nešto reći. I reče:

— Zalučuješ telad?

— Ja.

— Koliko ćeš imati „zimkulja"?

— Pet.

— Dosta...

— Dosta...

I umuknu. Više ne znade ništa reći. A i njoj nije bilo bolje: čula je sve što je danas bilo...

Prođe nekoliko trenutaka u ćutanju... Oboma beše vrlo teško. Dok će reći ona, pokazavši na šaru u ruci njegovoj:

— I... to?...

— Ja, eto.

— I to ti on učini?

— On.

— Znala sam. Čim je taja kazao da su našli kesu, pomislila sam da je samo on mogao zakopati...

— A šta veli taja?

— Ništa.

— Misli li i on da sam lopov?

— Misli.

— A ti?

— Ja ne mislim. Ja verujem da si ti najbolji i najpošteniji momak na svetu...

— A hoćeš li me čekati?

— Hoću!

— A ako te on zaprosi?

— Odbiću ga!

— Ako te tvoji budu terali?

Ona mu pogleda pravo u oči. Stanko je video njen odlučan pogled.

— Kazaću im da ga mrzim!

— A ako te budu naterali? — reče Stanko i upilji u nju.

— Mene ne može niko naterati! — reče ona i sevnu okom. — Ako sam teška rodu, onda...

— Onda?

— Onda ću kidisati sama sebi!... I što će mi život!...

Oko joj se zapalilo plamenom.

— Hvala ti, Jelice!... Ali ja ti velim: niti će te ko terati, niti sme terati!... Kaži tvome taji: da si ti devojka Stanka hajduka, i da onaj koji te se takne, nikog svoga više zagrliti neće!... A ti... bićeš moja!... Zbogom!... Zbogom!... Ti si mi dušu umirila, hvala ti!... Sad mi više ništa ne smeta... mogu i zapevati!... Zbogom! Veskaću se češće oko Crne Bare!... Daj mi tvoju ruku!...

Ona mu je pruži. On je steže...

Srce mu je igralo, da izleti iz grudi...

— Zbogom, sane moj... Snago, pouzdanje moje!... Devojko moja!...

Pa se okrete i jurnu kao vihor... Hteo je sakriti suze koje ga gušiše...

Ona i da je htela suze zaustaviti, nije mogla. One su lile potokom. Od njih jedva je nazirala njegovu belu košulju kako zamiče u lug... I širokim rukavom svojim brisaše oči...

Srce je povuče za njim. Htede da ga vikne, da se združi s njim; s njim da brodi mirne dubrave, s njim da jede gorki zalogaj, da mu bdi nad sanjivim i umornim telom...

Ali stid, stid što ga je s majčinim mlekom posisala, uguši želje njene. Ona samo mahnu rukom i uzdahnu:

— Devojka sam... ne valja se!...

Pa poče brisati suze...

— Ne valja se suzom ispraćati! Neka mu bog da života i zdravlja... Gospode!... Ti mu budi prijatelj!... Ti mu budi razgovor!...

I pogleda na nebo.

Jedna zvezda prelete preko plavog neba, pa se čak tamo negde ugasi... Ona prošaputa:

— Za grm, druže!...

Bila je uverena da je to Stankova zvezda...

I još dugo, dugo je gledala na onu stranu kuda on ode... Pa se onda s teškim uzdahom vrati natrag i pođe u vajatić. Majka joj stojaše na pragu kućnjem.

— Jelo, rano, hajde večeraj!

— Ne mogu, nano, glava me boli...

11

Deva

Ne beše lako Stanku rastati se od Jelice. Okretao se više puta i video je kako stoji i gleda za njim. Kad se već dohvatio luga, on se okrete još jedanput, ali nje ne beše tamo... Samo uzdahnu pa saže glavu...

Noć je bila tiha. Na nebu ni jednog oblačka, samo zvezde trepere, a mesec se lako podiže i plovi po plavetnilu nebesnom, kao laki čamac po glatkoj vodenoj površini...

A u vazduhu mir... Nijedan se listak ne zaleluja na drvetu, nijedna ptica ne zaleprša krilima; čak se i ćuk ućutao... Ni cvrčak ne cvrči, ni iz zemlje ne dija više topla para... sve se ućutalo, sve odmara sanjive oči, sve spava.

Samo jedno momče u selu ne beše zaspalo... Ono duvaše u dvojnice: priča mesecu i zvezdama osećaje mlađane, zanesene duše; a nežni zvuk dvojnica tepa i jeca tako burno, tako toplo, tako silno kao što samo ljubav može i ume...

Stanko je slušao dvojnice, pa mu se ražali... Ta, još juče je i sam tako svirao; i sam se topio u slasti i milini... Osećao je čisto kao da ga po kosi mazi topla i nežna ruka Jeličina...

Pa se zagleda u prošlost, skoru prošlost, i uzdahnu...

— Doći će dan kad će se i meni vratiti moje živovanje!... Oh!... ala ću umeti živeti!... A to će biti kad onoga psa nestane.

I sama pomisao na Lazara opomenu ga na dužnost i njegovu zakletvu. On se seti na šta se zakleo pred bogom, ljudima i pred sobom...

Pa priteže šaru uza se i uputi se lugom.

Premišljao je:

— Sad idem Devi... On će me uputiti... On će me poučiti... On će sigurno znati gde se oni nalaze...

I, mesto da se uputi dubravom, on okrete Drini. Put mu je poznat, prošao je njim bezbroj puta.

Već je čuo žubor talasa i huku. To Drina priča čudnovate priče. Priča čuda i pokore što ih se nagledala i naslušala... Mnogoga je nevoljnika u svoja nedra primila. Taj užasni huk, to je jauk njihov... Oni ga dižu bogu pravde i istine, te se smrtnom stvoru diže kosa uvis...

Stanko je tražio vodenicu. I nađe je. On se uputi pravo k njoj.

Vodenica je bila pripijena uz obalu, kao lastino gnezdo. Stanko pređe moštanicu... Ispod njega su jurili talasi.

Stade na vratima i zakuca, ali ne dobi odgovora. On viknu:

— Ej, domaćine!

Niko se ne odziva... Samo talasi huče...

— Domaćine!

Opet ništa.

On stade pesnicom udarati u vrata.

— Domaćine!

— Pa ti si lud! — zagrme glas iznutra. — Dom je dom.

On je na zemlji, a nije na vodi!... Na vodi stoji samo lađa i vodenica... Ja nisam domaćin nego vodeničar...

— Pa što si se zakapijao?... Otvori vrata! — reče Stanko.

Ključaonica kljocnu i vrata se otvoriše.

Stanko korači unutra.

Nasred vodenice gorela je vatra. Kraj vatre jedna ponjavica i malo sena — to je bila postelja vodeničareva. Kraj mučnjaka stojao je čovek, sav beo od paspalja. Stanko ga poznade i priđe mu.

— Dobar veče, čiča Devo!

— Bog te čuo!

Ime mu Gligorije. Bog bi ih znao što ga prozvaše Devom; ako nije zato što je vazda išao poguren, te je izgledao malo grbav.

Čudan beše to čovek. On je bio... vodeničar. Živeo je sam u svojoj vodenici, iako je imao kuću i imanje u selu. Sa ljudima se vrlo retko viđao; pa i ako dođe katkad na sastanak, on ćuti, ili, ako zbori, on kao da sa vetrom zbori...

O njemu su pričali strašne priče. Kažu da on ima jednu lađicu. Na toj lađici on prevozi, mahom Turke, preko Drine... Vozio je samo noću. Je li video da je Turčin bogat, onda taj nije stigao na drugu obalu. Nasred Drine on opipa koliko je tvrda Turčinova glava, pa, pre no što Turčin k sebi dođe, pridigne mu ono što kod njega nađe, pa ga onda spusti u vodu... Mnogi je Turčin tako zavrljao pošav iz Šapca ili iz Bosne, pa nikako ne našao puta da se kući vrati.

Obično je svršavao sam sa pojedincima. A ako li pak putuje kakav beg sa svojom pratnjom, njega opet moraju sresti haj- duci, pa da bi ne znam šta bilo!

A kad ga preokupe za to, on se smeje, priča im o kesegama i štukama, o pticama i bubama... I to priča sa takvom vatrom, smeje se tako slatko, da ga Turci puste kao budalu koja ništa ne zna...

A on je znao sve. Znao je goru, znao je vodu, znao brodove, znao hajdučke danike i zimovnike; jednom reči, znao je sve.

— Molim te, čiča Devo, gde bih ja mogao naći hajduke? — zapita ga Stanko posle pozdrava.

— Hajduke?

— Jest.

— Hm!... hm!... — mrmljao je Deva. — Pa ti, sinko, znaš da hajduci nisu u vodenici... Zvezde su na nebu, ribe u vodi, a hajduci u gori... Ti znaš, svaki je na svom mestu... Ako ti, dakle, hajduci trebaju potraži ih u gori!...

— Ali gde ću ih naći?

— Otkud ja znam?

— Ljudi kažu da znaš.

— Ljudi kažu!... Ljudi kažu!... Otkud ja sve znam?... Bog samo sve zna!... Idi u goru!...

Stanko saže glavu... Kamen je mleo zrna u paspalj, a čeketalo nadalo lupnjavu... Deva pogleda Stanka ispod oka.

— Je li, Stanko?

— Šta?

— Baš si namerio u goru?

— Ja nemam kud na drugu stranu! — reče Stanko i sleže ramenima.

— Ne žališ ništa?

— Sve sam prežalio.

— A znaš li ko to sve učini?

— Znam, Lazar.

— I ko još?

— Više niko.

— Eto, vidiš da ne znaš! Sem Lazara još je neko umešao svoje nokte.

Stanko pogleda preneražen u njega.

— A ko još? — upita.

— E, moj sinko!... Đavo je tu svoje nokte umešao!... To je majstorski smišljeno, a još smišljenije izvedeno!...

— Ama ko je, tako ti boga?

— Čekaj, ja govorim reč po reč; ne mogu dve najedanput!... Vidiš, ti si još žut oko kljuna, pa ne možeš da shvatiš svu tu majstoriju!... A ja ponešto natucam i u knjizi, iako nisam bio u manastiru... Evo šta je tu!... Turčin ne može besposlen sedeti, treba mu nešto da radi!... I on veli daj da zavadim ovu dvojicu; zbog njih će se zavaditi i njihovi stariji, a zbog njih opet u selu seljani... Razumeš?

Stanko zinu od čuda.

— N-n-ne razumem!

— Znao sam da me nećeš razumeti!... Dobro, znaćeš posle. Zasad znaj ovo. Koliko si dužan Lazaru što u goru ideš, toliko duguješ Kruški i Marinku Marinkoviću!... Upamti!...

— Ama otkud ti to znaš?!

— Kazala mi tica!... Doneo vetar... Ti znaš da ja moram znati sve... Nisu ti loše kazali!... Tražiš hajduke... Znaš li gde je Suvi grm?

— Znam.

— Tamo... Iz ovih stopa kreni se tamo!... Naći ćeš ih na okupu. Javi im se. Uzeće te na oko, okušati koliko vrediš, pa ako si za njih, primiće te, ako li nisi, pokazaće ti put!... Hajd' sad!...

— Ali, molim te, kaži mi... — poče Stanko.

— Kazao sam! — preseče ga on. — I mnogo sam ti kazao... Ja nikad ne puštam jezika iza zuba, jer on, đavo jedan, dosta puta odnese i samu glavu... Bos čovek može ići. Ako se ubode, on izvadi trn iz noge, a ako ga ne mogne izvaditi, on navuče čarapu pa sakrije. A kad se ubode na jezik... Ali, idi!... Idi!...

I uhvati Stanka za ramena, pa ga poče gurati napolje...

— Dakle, veliš: Turčin i Marinko?

— Njih dva!

— Krivi koliko i Lazar?

— Još krivlji!... Upravo, to je njihovo maslo... Je li dosta sad?

— Dosta, hvala ti!... Zbogom!

— Zbogom!...

I Stanko izide iz vodenice.

Deva sede na trupac, što mu beše i stolica i uzglavnik, zaroni glavu u ruke, pa poče premišljati... Vatra se skoro poče tuliti kad on diže glavu i reče više za sebe:

— Darnuli su ljutu guju ispod kamena!... I sami bi im đavo oprostio, ali on nikada!... Taj će se svetiti na sedmom kolenu!...

12

Gorski carevi

Stanko se uputi lugom. Pod nogama njegovim pucahu suve grančice i šuštaše opalo lišće, a on se zadubio u misli... Nije se mogao načuditi otkud tu Kruška i Marinko?... Premišljao je i dosećao se, ali se ne mogaše setiti da ih je ma kad uvredio; štaviše, nije ih ni popreko pogledao... Nije bio toliko srdit koliko začuđen...

— Najposle — reče — ja i volim! Neka bar džaba nisam otišao u goru!... Mesto jednom, ja ću trima glavama okititi Crnu Baru! Naplatiću se sa svima o jednom trošku!... Priče će pričati o mome hajdukovanju i mojoj osveti! I zar nije lepo biti hajduk? Gospodar si dokle ti puška nosi!... Sam sudiš i opraštaš!...

Pa se zanese. Misli ga nosiše po gorama i planinama... I družina mu se divi i bira ga za harambašu!

— Stanko harambaša!... Ala je to nekako sličito!... Baš bi vredelo da budem harambaša!... Oh, ala bih se svetio!... Prvo bih ubio Lazara, pa Krušku, pa Marinka!... Sve bi drhtalo samo kad moje ime čuje... Sve...

U taj mah kao da se nešto prolomi. Strašan neki glas zagrme:

— Stoj!...

To beše iznenada. Stanko se trže i stade kao ukopan.

— Ko si ti? — pitao je glas gromovito.

Stanko se zbuni i promuca:

— Ja sam... ja sam-m...

— Ko si?

— Srbin — odgovori on prvom mišlju koja mu na pamet pade.

— Odakle si?

— Iz Crne Bare.

— Koga tražiš ovde?

— Hajduke — reče Stanko i već se beše pribrao.

— Što će ti?

— Rad sam im stupiti u družinu.

Iza grma pojavi se čovek naoružan.

— Hodi ovamo... Priđi! — reče zapovedajući.

Stanko priđe.

Mesečina obasja lice njegovo, a hajduk se zagleda u nj.

— Dobro — reče.

Pa se okrete, namesti ruke na usta i zalaja kao pas.

Lavež se odazva.

Nije mnogo prošlo, a dvojica oružanih ljudi pojaviše se iza grmova...

— Vodite ovoga harambaši! — reče stražar.

Oni priđoše i stadoše Stanku jedan s desne, drugi s leve strane.

— Polazi! — reče stražar.

Pođoše...

Stanko je bio iznenađen. On nije vladao sobom nego se kretao po zapovesti. Ona dvojica iđahu pored njega kao senke...

Išli su poprilično, sve nekim stranputicama nekud su zaobilazili... On se voljno pokoravao.

Najzad vide on u gustoj senici šumskoj potuljenu vatru i pomisli: tu smo... Još se više uverio kad je video neke senke što se miču po noćnoj hladovini. Pratioci stadoše, stade i on i nazva boga.

— Bog ti pomogao! — reče jedan piskav glas. — Koga tražiš?

— Srećka harambašu — odgovori Stanko.

— Ja sam. A što ću ti?

— Tražio sam tebe i tvoju družinu. Rad sam s vama deliti dobro i zlo, ako me primite.

— A kakva te nevolja goni u goru?

— Osveta.

— Osveta, a kome?

— Ima ih koji me zadužiše. Reda je vratiti!... Samo zla druga zajma ne vrati!

I opriča mu sve.

— A kako ti je ime?

— Stanko Aleksić.

Harambaša poćuta malo. Zatim promumla kroz zube, više za sebe:

— Starije je jutro od večera. Kad svane, videću.

Pa se okrete družini:

— Jovane! Jovica! Pripazite na njega dok ne svane.

Iz prisenka se digoše dve prilike i priđoše Stanku.

— Razjaglite vatru i sedite. A ti, ako hoćeš, možeš i spavati — reče on Stanku.

Onda nasta tajac. Samo se čulo puckaranje vatre koju Jovica spotače. Plavičasto rumen plamen obasja svu šumu, ali Stanko ne može raspoznati lica spavača u senci... On sede i pogleda ovu dvojicu, koji takođe sedoše.

Behu to ljudi mladi i zdravi. Vidiš kako im zdravlje dija iz svakog pokreta.

On se onda zagleda u vatru. Gledao je kako se na jednoj cerovoj žišci hvata puhor.

Eto, želeo je da dođe međ hajduke, da ih vidi, da progovori reč s njima, a opet nije bio zadovoljan! Osećao je neki teret na duši i bio tako osetljiv da ga je sve vređalo, pa čak i hrka jednog spavača iza leđa njegovih.

Hajduci su ćutali. Ni s njim, niti jedan s drugim reči ne prozboriše. Gledali su ga nemo, ali tako drsko kao što trgovac gleda marvinče koje je rad kupiti.

Njihni su ga pogledi vređali. On leže da bi ih izbegao...

U tom mučnom ćutanju provede dva puna sahata.

Najedanput otpoče život oko njega. Iz okolnih sela dopirao je glas petlova; ptičija se rascvrkuta; sveža vazdušna struja pokrenu lišće na drveću i ono zašušta... a kroz to zeleno lišće video je kako zvezde blede. Bela jasna pruga probijala je kroz šumu, i ona postajaše sve rumenija, dok se ne pojavi jarko sunašce... Hiljadama njegovih zraka probi se kroz zeleno lišće, pa je treperilo i prelamalo se kao šareni šljunak u bistrom potoku...

Stanko diže glavu i prekrsti se.

Hajduci Jovan i Jovica digoše se na noge. Jovan uze čobanju i reče Stanku:

— Hajde!

Poslušno kao dete, diže se Stanko na noge i pođe za njima. Išli su kroza šumu ćuteći...

Najzad dođoše gde su hteli. U jednom šušnjaru, pokriven hrastovim brvnima, bio je bunar, koji su po svoj prilici sami hajduci iskopali.

Njih dvojica se raspasaše te povezaše pojaseve; jednim pojasom privezaše čobanju pa je spustiše i napuniše vodom... Onda Jovica poli Jovanu i Stanku, a Stanko opet njemu. Pošto se umiše, ubrisaše se svojim debelim rukama, pa se okretoše istoku te se bogu pomoliše.

Napuniše opet čobanju, pa se vratiše družini.

Hajduci su bili već na nogama.

Moglo ih je biti oko trideset. Svi bejahu mladi, sem harambaše, koji je bio prosed.

Stanku se dopadoše ova lica. Još više mu se dopade harambaša.

Stas, lice, ponašanje harambašino ulevalo mu je kao neko poštovanje. Beše to čovek ozbiljan, ćutljiv i ponosit. Stas mu prav kao sveća, a korak siguran. Svaki pokret, svaki korak njegov svedočio je o snazi i moći mišića njegovih. A što mu je najviše dolikovalo beše njegova proseda kosa i brci, i one kao trnjine crne oči, što sevahu ispod hlada dugih trepavica.

Stanku se činilo da bi preko sveta otišao za ovim čovekom!...

Umi se harambaša, poumivaše se i hajduci, pa, kao i u kakom domu, okretoše se sunčevom rođaju te se pomoliše bogu.

Po molitvi jedan hajduk prinese čuturu harambaši. On se prekrsti, napi se malo, pa pruži čuturu dalje.

Stanko je stao uz jedan hrast i posmatrao sve to.

— Hodi-de ovamo! — zovnu ga harambaša.

On priđe.

— Ti reče da ti je ime...

— Stanko.

— Ja, ja... Stanko! Pa, veliš, rad si da budeš hajduk?

— To mi je želja! — reče Stanko.

— A znaš li šta je hajduk?

— Od rana detinjstva slušao sam kako o njima uz gusle pevaju — odgovori Stanko slobodno i odrešito.

— Jeste, pevaju... ali to je mučan život... Vidiš, ti si naučio da ručaš, da večeraš, da odspavaš, a hajduku to nije dato!... Mnogo puta ne dojede; a šta puta probdeniše, i ne pitaj!

— Sve ja to mogu! — reče Stanko ozbiljno i pouzdano. — Ono, istina, ja nisam nikad gladovao, ali kad ustreba, ja ću gladovati bolje nego iko!

Harambaši se dopade ovo samopouzdanje.

— Ali hajduk hajduka mora čuvati i braniti. Ako mu druga rane, ne sme ga ostaviti da mu neprijatelj glavu seče i tice meso jedu; mora ga na plećima svojim iz boja izneti!

— Mlad sam, snažan sam!... To mi neće biti teško.

— Ali hajduk više nema porodice. Njegova su braća ovde. On više ne sme misliti o svojim zelenim poljima ni o ašiku sa curicama seljačkim!...

Stanko odmahnu glavom.

— Toga sam se morao odreći!... Sve mile i drage ostavio sam, pa dođoh amo da potražim bratstva i ljubavi! — reče on.

— Čekaj, čekaj!... A uhvate hajduka, pa ga na svake muke
meću...

— Ja ću trpeti!

— I traže da odaš družinu i jatake...

— Pre ću umreti no pustiti avaza od sebe!...

— Hajduk je kao zapeta puška!...

— Što ono rekao Starina Novak, „kadar sam stići i uteći, i
na strašnom mestu postojati!”

Hajduci su slušali ovaj razgovor između Stanka i haram-
baše. I, istinu da reknem, ona sloboda i odrešitost, a posle
Stanko je bio i ličit, sve se to dopade hajducima.

— Mo'š li skočiti? — upita ga harambaša.

— Mogu — reče on pouzdano.

Harambaša pokaza jedan visok panj nedaleko od sebe.

— Dede! — reče.

— „Iz mesta”? — pita Stanko.

— Jok, izâtrke.

Stanko se zakasa. Kad dođe do panja kao da krila dobi...

— Žestoko! — povikaše hajduci, koji to sve gledahu
netremice.

Stanko se okuraži. Ponosit kao soko, pogleda oko sebe,
pa reče:

— Mogu i „iz mesta”!

Hajduci odmahnuše glavama.

Stanko priđe panju. Mahnu dvaput rukama i... već beše na
drugoj strani...

Hajduci zinuše od čuda. Da nisu videli svojim očima, ne bi
verovali. Panj je bio vrlo visok.

— Zavrzane, Zavrzane! — zagrajaše sa sviju strana. — Ovaj i tebi odskoči!

Mladić jedan, osnizak, kruteljast, sjajnih očiju i veoma živahan, koga svi zvahu Zavrzanom, odvoji se od družine i priđe Stanku.

— Jesi rvač? — upita ga, a iz oka mu se moglo pročitati da mu je ponos uvređen.

— Jesam — odgovori Stanko.

— Hodi!...

Uhvatiše se i poneše, ali ga Stanko bez po muke obori.

Svi se čudom začudiše; čak i sami harambaša.

Ali se Zavrzan rasrdio. Bilo mu je krivo što se nađe neko bolji od nega.

— Oborio si me, priznajem!... Ali, ako te je nana rodila, uspuži se uz ovaj grm!

Stablo je bilo pravo kao strela i vrlo visoko. Sve do same krune nema nijedne grančice.

Stanko priđe drvetu, pljunu u dlane i poče se puzati brzo i vešto kao mačka. Kad se uspuza do krune, on odlomi jednu grančicu, metnu je u zube, pa se spusti na zemlju...

Hajduci se sve više i više diviše okretnosti i veštini Stankovoj. Oni su voleli Zavrzana sa okretnosti njegove, pa zavoleše i Stanka. I sam mu se Zavrzan divio...

— Dobro — reče on kad mu Stanko pruži odlomljenu grančicu — to je sve dobro... Ama kako ti puškom gađaš?

— Bio sam najbolji nišandžija u Crnoj Bari! —reče Stanko ponosito.

— Znam, u Crnoj Bari. Tamo je lako biti nišandžija; ali budi ti ovde, u gori!...

Stanko uze svoju šaru, privuče je k sebi i pogleda u Zavrzana.

— Jastreba sam u letu gađao!... Gde hoćeš da bijem?...

— Skini mi onaj suvarak! — reče Zavrzan i pokaza mu na vrhu drveta, na koje se maločas peo, suvarak. —Ali hoću da ga biješ u samu peteljku!

Stanko pruži pušku...

Nasta tajac...

Vrisnu šara i — suvarak pade. Hajduci skočiše oko njega.

— Evo, vala, skinuo ga je baš u peteljci!...

Zavrzan zagleda, pa pruži Stanku ruku:

— E, ejvala ti! U svemu si bolji od mene!...

Harambaša mu priđe, pa ga potapša po plećima. Oči su mu sijale od zadovoljstva.

— Reda je — reče on — da družinu upitam: prima li te? Ali, evo, neću pitati! U ime mojih trideset drugova velim ti: dobro mi došao!... Jovica!... Daj hlebac i so!

Jovica Ninković poskoči lako, dohvati jednu torbu, izvadi iz nje čitav hlebac i drven zastrug sa solju pa pruži harambaši. Harambaša izvadi nož iz cagrija, njim prekrsti najpre hlebac, pa onda odseče jednu krišku. Desnom rukom odlomi jedno parčence, umoči u so, pa pruži Stanku.

Stanko skine kapu, prekrsti se i pojede ono parče hleba.

Harambaša mu pruži čuturu, i on se napi.

— Sad da se poljubimo! — reče harambaša.

I poljubiše se.

Zatim počeše hajduci prilaziti i ljubiti se. Kad se svi izljubiše, harambaša svečanim glasom uzviknu:

— Stanko!... Naš si!

Ona mrka lica hajdučka najedanput oživeše. Stanko sad vide da su to ljudi kao i on, ljudi koji se šale, smeju i razgovaraju.

I bi mu milo, pa se rašćereta. Osećao je kao da je među svojim drugovima. A to su i bili mahom susedi njegovi: Nogić iz Sovljaka, Čonjaga iz Ali-aginog Salaša, Latković Jovan i Ninković Jovica iz Klenja, Ilija Zavrzan i Stanojlo Surep iz Glogovca itd., itd.

Za razgovorom dođe šala, za šalom igra... Ovi gorski vuci igrahu se kao deca ili kao mali mačići. Njihova mrka lica postaše vedra i vesela kao nebo... Ko bi ih sad video, zakleo bi se da ni jedan od njih mrava nije zgazio, a ovamo svaki je imao bar po jedno ubistvo na svojoj duši...

— Zavrzane, Zavrzane! — viče Jovan.

— Šta je, Klempo? — odazva se Zavrzan Latkoviću.

U Latkovića su bile velike i klopave uši.

— Dela, bolan, pričaj što!

— Šta ću?

— Šta znaš!

— Pričaj, Zavrzane, pričaj! — zagrajaše sa sviju strana.

— Ne znam šta ću!

— Ih!... Ti ne znaš!... Pričaj, bolan!

— Ne može da mi padne ništa na pamet!... Evo Surepa, neka priča! — reče on.

A smeh se zahori da se šuma prolamala. Čak i Surep razvuče usne, jer on ne progovori tri reči u dugu danu...

I opet ga okupiše moliti.

— Dobro, da pričam! — reče on. — Bili, tako, starac i baba, pa imali jedno malo, majucno detešce...

— Pa onda? — zapita Latković.

— Ništa.

— Kako ništa?

— Da je bilo veće dete, bila bi i veća pripovetka! — reče on kratko.

— Pričaj nam, bolan! — okupiše ga opet.

— Ne može da mi padne ništa na pamet, a ovako...

— A ti otpevaj jednu!

I u času gusle su bile pred njim.

— Bogami, ne mogu!...

— Onda dajte meni gusle! — reče Stanko.

— Zar umeš?

— Ponešto.

Dadoše mu gusle. On mahnu gudalom, zateže strune, namesti malo konjic pa razvuče...

Lako su leteli prsti njegovi po strunama... I izvi se zvuk i zatreperi nad glavama njihovim. Ali, iako beše setan, on nije duše slamao... Čudni su zvuci gusala! Oni su kao ranjenik na samrti, koji te izdišući preklinje da ga osvetiš...

Stanko zapeva. On je pevao Jankovića Stojana i Gojenog Alila. Stojan piše knjigu Alilu:

Oj, Alile, kladuško kopile!
Što se, kurvo, po Kladuši 'vališ
Da si mojoj kuli dolazio,
Na čardaku Anđu obljubio?...
Čemu lažeš, crn ti obraz bio,
Kad Kotara nisi ni vidio? —
Ja ti zato sitan mejdan pišem,

Da mi dođeš polju Petrovića,
Kod bijele Jablanaše crkve,
Kod studene vode Mukijele,
Da vranove mesom napitamo,
A zemljicu krvcom obojimo
I mejdane stare podnovimo;
Rok neđelja, mejdan poneđeljnik,
A utornik da kukaju majke:
Ali moja al' tvoja, Alile!...

Taman on utanačio, taman se razigraše srca hajdučka, taman se sve pretvorilo u uvo, a ču se lavež...

Hajduci prenuše. Gusle umuknuše i svaki prihvati svoju pušku.

Zavrzan se odazva lavežom.

Lavež se opet začu...

Harambaša spusti oružje i nasmeši se.

— Sigurno kakav glas — reče.

Ne potraja dugo, a iza grma se ukaza čovek.

— Deva — reče Jovan. — Šta li nam nosi?

— Nešto ima!... Deva ne dolazi džaba — reče Jovica.

Deva nazva boga i pozdravi se.

— Otkud ti? — pita harambaša.

Deva samo mahnu prstom. Harambaša se diže i priđe mu...

Počeše šaptati. Harambaši sevnuše oči.

— Dakle, tako je.

— Tako, Srećko.

— Dobro. Zbogom!

Deva priđe te odseče jednu divlju lozu, koja se vila oko jednog drveta, i ode najlak, praveći gužvu.

Harambaša pogleda po družini. Svi ga pogledaše radoznalo...

— Zovni stražu! — zapovedi on.

Zavrzan zagrakta kao gavran...

Dok dlan o dlan, i straža tu.

— Surepe, Stanko, Ilija, Jovane, Jovica!... Vi ćete sa mnom... A vi... Nogiću... Vodi ih na Drenovu gredu i tamo nas čekaj... Ako sutra do podne ne budemo tamo, onda nam potraži strv ili jav! Zbogom!

— Zbogom, harambašo!

— Zbogom!

I hajduci odoše.

— A mi, harambašo? — zapita Zavrzan.

— Mi ćemo na Žuravu. Hajde!

I krenuše se.

13

Prvi megdan

Harambaša dade Stanku svoju torbu. Išli su ćuteći. Svaki je svoje misli premišljao.

— Na Žuravu, dakle — reče Jovica.

— Da neće biti kakog okršaja danas?

— Pa... može biti.

— Da nisu trgovci?

— A... sa njima bih lako!... Nego beg. Putuje Sali-beg sa pratnjom.

— Ima li ih koliko?

— Deva veli do dvadeset.

— Tu će biti lepa ćara... Šta veliš ti, Surepe?

Surep samo sleže ramenima.

— Danas ćemo videti koliko nam Stanko vredi! —reče harambaša i pogleda Stanka.

Stanko se grozničavo nasmeja. Htede nešto reći, ali na osmejku osta... Iako je došao u hajduke, iako je znao da kao hajduk mora krv prolevati, opet mu ovo dođe nenadano, najednaput... Onaj tihi, mirni, domaći duh što se dojako beše ućutkao u njemu, poče se boriti...

Ali Stanko steže srce. Uguši te misli i truđaše se da sasvim zaboravi šta je bio. Stid ga beše da, ma i zboranim čelom, svome novom društvu pokaže kako se plaši. On se silom osmehnu pa reče:

— Baš da vidimo!

— Bogami, ti si batli! — reče Zavrzan. — Ja sam ti, brate, morao čekati nekih mesec dana dok mi se dade prilika...

— A ja petn'est — reče Jovica.

I počeše pričati o svojim prvim megdanima. Razgovarali su tako mirno i ravnodušno kao da su govorili o orbi ili kopnji kukuruznoj.

Stanku se grudi nadimahu. Nije se mogao nadisati, tako mu prsa postaše tesna.

Ali on htede da bude pribran i miran, i poče sebe razgovarati:

— Šta? — mislio je. — Neću ja njemu prsa u prsa!... Ja ću njega iza grma!... Nišaniću dobro, i oboriću ga!... Pa čovek ti je što i zec: nanišani, opali, on gotov!... Ne znam šta mi je te sav strepim. Proći će to. Dok samo prvu vatru preturim, onda je lako... Ostrvi se čovek...

Harambaša ga prenu iz misli:

— Tu smo!

On diže glavu. Žurava se pred njima vila kao guja; skoro da usahne od velike suše i vrućine. Preko same nje prelazio je put... A šuma kao četka sa obadve strane.

— Sad da se raspodelimo — reče harambaša. — Ovo je mesto dušu dalo za busiju... I, ovako ćemo!... Ti, Ilija, ti ćeš stati tamo. Na tebe će prvo Turci udariti, ali ti ih propusti... Ti, Jovane, do Ilije... još ovamo malo... Ti, Surepe, tu, blizu ćuprije... Jovica, ti ćeš ovde, a ja ću onde. Nas petorica smo sa leve strane puta. Ti, Stanko, ti ćeš sam biti s desne strane... onaj grm... tako!... I ti ćeš prvi pucati. Čim Turčin naiđe na ćupriju, ti pali!... Ako bi ga on promašio, pali ti, Surepe, ti ga nećeš promašiti!... Turci će onda jurnuti napred. Ja i Jovica dočekaćemo ih i zbuniti, a vi od ostrag jurišite... Ako li Turci nagnu bežati natrag, zbunite ih vi, Jovane i Ilija, a mi ćemo jurišati. Jeste razumeli?

— Jesmo, harambašo!

— Još nešto. Stanko, ti još ne znaš reda hajdučkoga. Dakle, kad već vidiš Turčina, uzeo si ga čak i na oko, opet ne pali dok mu ne vikneš: stoj!... Jesi upamtio?

— Jesam, harambašo.

— Sad... svaki na svoje mesto i... tajac!...

Hajduci se ponameštaše.

— Pazite!... Kad viknem: „Juriš!” — svi noževe iza pasa, pa jurnite pa drum!...

— Dobro, harambašo!

Nasta mrtva tišina. Stanko je slušao cvrčka pored sebe... Beli leptiri proletali su tamo-amo pa padali po travi, koja se na izdani vodenoj zelenila...

Ova tišina, ova tajanstvena cvrka baci ga u sanjarije. Izukrštaše se slike pred očima njegovim... Video je strašnu sliku svojih zaprepašćenih roditelja, pa onaj narod... popu... kmeta gde drži onu crvenu kesicu...

Pa onda izbi iznad tih slika krasna slika lepote devojke... Jelica stoji pred njim kao živa, ponosita... Gleda ga otvoreno, slobodno. Kao da mu vele ti pogledi: ja ti verujem!... ti si pošten čovek!... I biću tvoja, samo tvoja!... Samo nas grob može rastaviti, a više niko.

On se zagledao, zablenuo... duša mu se stapala s njenom dušom...

Začu se topot konjski... On diže glavu i pogleda... Topot je dolazio sve bliže; čak ču i glasove, iako nije reči razabirao...

Najedanput se pojavi čovek na konju. Čovek beše riđ, a konj alatast.

Čim vide riđa čoveka, Stanko planu. Da ima sto života, on bi mu ih svih stotinu uzeo.

On zape pušku. Noktom protre kremen na orozu...

Turčin stupi na ćupriju.

— Stoj! — grmnu Stanko.

I jeknu dubrava od njegovog gromkog glasa.

Turčin se trže i pogleda na onu stranu otkud glas dođe... Stanko dade vatru... Puška puče, a Turčin s konja kao pun džak...

Nasta zabuna. Turci jurnuše napred... Jedna... druga... treća... pukoše... začu se harambašin glas:

— Juriš!

Stanko okorami šaru, dokopa oba pištolja iza pasa pa jurnu na put...

Jedan Turčin minu mimo njega. On opali i Turčin pade. Drugi jedan jurnu na nj sa golim nožem. On opali i na njega, a onaj sunavratke s konja... On se saže, uze njegov nož, ali mu se odjedared navuče mrak na oči... Video je samo senke pred sobom i napadao ih... Krv mu je vrila, meso gorelo, ribići igrali od silne vatre... a on je proletao po drumu kao mahnit...

I ko zna gde bi se zaustavio da ga ne prenu poznat glas:

— Ne mene!...

On poznade Jovicu. I kao svuče mu se ona magla s očiju. On pogleda oko sebe i vide svoje drugove. Harambaša mu priđe i uhvati ga za ruku.

— Ejvala, junače! — reče i prodrma mu ruku.

Pred njim i oko njega ležahu Turci. On smotri Zavrzana nad Sali-agom.

— Harambašo!... Harambašo!... Molim te, hodi ovamo da vidiš samo... O, ljudi božji, ako ovo nije muški — ja ne znam šta je!... Molim te, harambašo, dođi da vidiš!... Ako nisi znao da se i puškom može zaklati, a ti hodi!... Dođite da vidite!

I harambaša i hajduci priđoše. Turčin beše udaren baš u samu jabučicu pa, kako ju je zrno raznelo, izgledaše kao da je zaklan.

— Valja! — reče harambaša.

— Muški! — hvali Zavrzan.

— Ruka ti valja Carigrada! — reče ćutljivi Surep.

— More, glave turskog cara! — viknu Zavrzan.

— Na posao! — zapovedi harambaša.

Hajduci pritrčaše mrtvim Turcima i počeše ih prevrtati te uzimati novac i oružje. Zavrzan nikako ne ćuti:

— To se zove nišaniti!... Nego i mi smo ti dobro... Čekaj! Jedan, dva... tri... četiri... pet... šest i dva: osam, devet, deset!... Deset mrtvih Turaka!... Da je i sutra deset i prekosutra deset, bilo bi trideset!... A za dve godine isekli bismo svu Bosnu!... Oho!... ovaj aga parajli!... Gledaj oružje... sama srma!

— To je Stankovo! — reče harambaša. — Neka mu to bude naš poklon za ovaj prvi megdan!...

— Pravo je! — reče Surep.

— Zaslužio je! — rekoše Jovan i Jovica.

— Ko ovako puškom kolje, zaslužio je pašaluk! — viče oduševljeni Zavrzan.

— Jeste gotovi? — pita harambaša.

— Jesmo.

— Onda polazi!

— A zar ćemo Turke ostaviti ovako, na putu?... Zar ih nećemo malo skloniti? — upita Jovica.

— Taman! — reče Zavrzan. — Još samo treba zvati popa da ih opoji!

Svi se nasmejaše.

— Turci će njih skloniti — reče harambaša. — A za nas će bolje biti da zaranije šumu hvatamo.

I dok dlan o dlan, njih nestade.

A nad razbojištem počeše šestariti ptice grabljivice...

14

Prokleta kuća

Juri vreme, prolaze lepi dani; nekome kao časak, a nekome kao večnost.

Najviše oseća roditelj, jer je njegovo srce puno osećanja. Pa još kad je tu starost, kad je jedna noga u grobu, kad se svakog trenutka očekuje smrtni čas — a krv tvoja i srce tvoje bludi po dubravama, prezajući od svakog šušnja, a ti nemaš ni nade da ćeš ga videti — onda je strašno!... Tu staje pamet, tu usišu suze... tu se i sama srž u kostima ledi!...

Jadni Aleksa!... Jadna Petra!...

Ovi robovi nezarobljeni, ovi krivci bez krivice, ova starost kojoj se na sedi perčin pljunulo, ovi okaljeni grešnici bez greha — svakoga jutra i večeri podizahu svoje smežurane, suve ruke k nebu, moleći se.

Ali se nebo zatvorilo!...

Moliše se bogu.

Ali je bog ćutao... Ni nade im ne dade.

Okretaše se ljudima.

Ali ih ljudi prezreše. Prezre narod „lopovsku kuću". On je na nju samo bacio prokletstvo...

A živeti se mora!... Grehota je kidisati svome životu; to bog nikad ne oprašta.

I oni su živeli... Kako?...

Srce im zna, duša im zna!... To nije bio život nego večne muke... I samo mučenje u paklu ne može biti gore: život njihov bio je pakao.

Kako da ne bude pakao?... Njihova kuća beše otvorena i sramnu i strašnu, u njihovoj kući beše život, pesma, veselje; ljudi i žene prilaziše njihovom pragu s poštom; oni su odlazili svojim komšijama i bili dočekivani srdačno: niko živi nije mrzeo na njih niti oni na koga... Veselje, radost, žalost... jednom rečju, sve deliše oni sa svetom i svet s njima...

A sad?

Od dana kad se ona prokleta kesica nađe za njihovim arom u đubretu, od onog dana sve im leđa okrete. Ljudi su izbegavali Aleksu, a žene Petru; upravo nisu ih samo izbegavali nego prezirali. Sve se odbi od praga njihova, čak i sami psi. Niko im više ne hte boga nazvati. Onaj dobri starac, čiča Sima, knez, i on kad pored Alekse prođe saginje glavu i čini se da ga ne vidi!...

Jednog dana Sima prolazaše pored njihove kuće. Aleksa je bio u avliji. Kako ga smotri, on viknu.

Ali se Sima učinio gluv.

— Simo!... Kneže!...

Sima sagao glavu, pa odmiče.

Aleksa viknu još jače.

Sima se bajagi zakašlja. Ali ga Aleksa ne hte pustiti tako nalijo. On je neprestance vikao:

— Simo!... Simo!...

Sima najzad stade.

— Ta, majkoviću, odreh gušu vičući te!...

— A... nešto ne čujem!... Ostarelo se! — veli Sima, a krije oči...

— Hodi, svrati malo!

— Bogami, nemam kad...

— Dugo je do smrti — pokuša veseli Aleksa da se našali.

— Al'... eto... kmet me poslao do pope...

— Pa nije tamo popina kuća nego ovamo...

Siromah Sima se ustumara. Videlo se na njemu da laže...

— Najpre... ovaj... htedoh do Ljubinka...

— Dobro, dobro! — reče Aleksa. — Vidim ja da sve beži od moga doma!... Idi, Simo, idi!...

Sima ne umede čak ni sakriti radosti što se otrese tako lako Alekse, nego prosto pobeže.

Aleksa saže glavu i osta na mestu kao ukopan!...

Zatim priđe k sovri, pa se surva na nju i zaroni glavu u ruke. Crne misli razdiraše mu dušu. Kad god pogleda, na njega zija mržnja i preziranje... Nije tu bilo čoveka koji bi se sažalio; niko ga ni čuti nije hteo!... On bi se pravdao. On bi dokazao da njegov Stanko nije kriv — bar nije kriv do onoga časa dok u goru ne ode...

Sunce se lagano spuštalo... On se diže i uđe u kuću... Petra i snahe stojahu kod ognjišta. Sinovi, Stanoje i Petar, nešto baratahu u avliji. Dečica, koja ne mogahu pojmiti ove teške muke, igrahu se u sobi...

On priđe ognjištu, uze trupac i sede na svoje mesto. U glavi mu je vrilo kao u loncu...

Tišina nasta, razgovor preseče, samo se još deca čula...

Ćutao je, premišljajući crne misli... Već se i noć spusti...

On diže glavu i reče:

— Večerajte, deco.

— A zar ti nećeš, babo! — upita ga snaha Mara.

— ... A? Hoću, hoću!... Da se pomolimo bogu, pa postavljajte siniju.

I diže se starac, upali svećicu i poče se moliti:

— Gospode!... Da li vidiš moju bedu?... Smiluj se, Gospode, ovom roblju što će ostati posle mene, ako sam ti ja što neznano zgrešio!...

Suze su ga polevale, a on je šaputao...

Sedoše za siniju. Ali su svi sedali više običaja radi. Niko od dana odlaska Stankova nije slatka zalogaja pojeo. Aleksa i Petra jeli su radi njih. Tuga je omotala ovu kuću kao magla jesenja...

Po večeri sve ode na legalo, samo ova dva stara groba ostaše na ognjištu. Njima se nije išlo. San više ne beše prijatelj starim trepavicama njihovim...

Dugo su ćutali... Napolju je vetrić pirkao i gonio opalo lišće po avliji, a vatra se tulila na ognjištu.

— Blago moje!... Gde li si sad? — procvile Petra... Napolju vetar duva, a ti ni čestitog pokrivača nemaš!...

— Ćuti, Petro! — reče Aleksa.

— A ćutim dosta!... I samo mi se srce skamenilo!... Zar ja da ne mislim o svome detetu, o svome srcu? Jesi li ti taj što mi braniš?

— Ne, nisam ja...

— I ne šali se!... Pedeset godina ja sam tvoj drug. Ja sam te slušala, ja sam bila tvoja senka!... Ali sad, ako mi budeš branio da čedo svoje pomenem, ja ću ti se protiviti... neću te poslušati!... On mi je sve!... Još mi je bog dece dao — neka su živi i zdravi! — ali on mi je odvojio!... I on, onako blag, onako dobar, on sad luta šumom... bije se od grma do grma!... I ja da ne plačem!... Ta iskapaću oba oka moja!...

Aleksa je ćutao. U dubini svoje duše osećao je i sam te bole...

— A ja znam da nije lopov!... Nije! Ako on bude uzeo jednu tuđu slamčicu, ja ću dati da mi glavu odseku!...

— Ali kako onda? — poče Aleksa.

— Kako?... kako?... Zar nema nevaljalih ljudi?... Zar nisu mogli podmetnuti onde pare?

— Tek, tek, teško nama!... Naša je kuća prokleta!... Na nju pljuju i bolji i gori!... Čak Sima... Sima beži od moje kuće!... Teško mi je... Steglo me nešto u guši, pa ni mreti ni živeti!...

I opet oboje sagoše glavu...

Suze su kapale, pa i prestale. Suvo, ukočeno oko gledalo je u hladan puhor na ognjištu... A napolju je svitao dan...

★★★

Prođoše tri meseca u tuzi i žalosti. Aleksi je osvitao jedan dan kao i drugi... Gotovo izvećao od tuge, više se nije ni obraćao ljudima. Nije išao na sastanke ni crkvi; sklanjao se i od malog deteta.

Već se zajesenilo. Sitna jesenja kiša sipila je... A u njegove snahe Mare razbole se dete. To mu je bilo najmlađe unuče, kućni razgovor.

Lebdeli su nad posteljom detinjom. A ono u vatri, bunca i ne razbira se. Tri dana i tri noći nisu ni Aleksa ni Petra odmakli od postelje. Četvrtog jutra dete bogu dušu. Jedva dišuće, kao mišić.

— Da zovnemo popu da mu čita molitvu — reče Petra.

— Da zovnemo, da zovnemo!... Stoj!... Ja ću ići!...

I ogrte gunj, pa se diže popinoj kući...

Nađe ga pred kućom i nazva boga.

— Blagoslovi, oče! — reče on i, po običaju, pođe mu ruci. Popa trže ruku.

— Bog te blagoslovio!... Šta ćeš?

Aleksi se steže grlo. On poče grcati:

— Oče!... jedno mi unuče bolesno... Pa... pa sam došao da te zovem da čitaš molitvu...

Jedva izgovori ove reči... Zagrcnu se.

— Dobro, doći ću! — reče popa suvo.

I on se okrete od pope, koji ga i ne zadrža, ubijen, slomljen, uništen.

— Ama zar popa?... Zar onaj dobri popa Miloje, zar me i on omrznuo?... Zar se i njemu mršti čelo kad me vidi?... Zar je i njemu težak moj bog?... O, Tvorče milostivi! Ti znaš dušu moju, ti znaš da ja ništa nisam kriv!... Pa što me ovako mučiš, Gospode?... Što me ne rastaviš sa ovim crnim životom?...

Nije mnogo prošlo, a popa dođe. Prekorači prag i nazva boga.

— Kome treba molitva? — upita on.

— Evo, u sobi... dete...

Popa uđe u sobu i skide kapu, natače epitrahilj i poče čitati molitvu...

Za vreme molitve i Aleksi i Petri učini se da se Gospod na njih smilostivio. Njihove tople suze slevahu se pod samim grlom, pa odatle, kao krupne kišne kapi, rosiše im odelo. Učini im se da videše lice Gospodnje, i kao to se lice smeškaše na detence... I samo lice detinje se preobrazi: na njemu starine videše znake života, videše kako Gospod odgoni boleštinu od njega...

Popa ućuta, pruži krst detetu, pa kad ga ono celiva, on skide epitrahilj i metnu kapu na glavu.

Aleksa se maši kese i izvadi zlatan dukat:

— Oče, da ti platim.

I pruži dukat popu.

Pop pogleda novac.

— To je dukat? — reče.

— Ako.

— Molitva je cvancik.

— Ali ja ti dajem dukat... Tvoja će mu molitva pomoći!

— Bog će njemu pomoći! — reče ozbiljno popa.

— Uzmi, popo, nek ti je alal!

Pop odmahnu glavom.

— Ja nemam sitno — reče tužno Aleksa.

Popa mu vrati kusur.

— Neću da ti dugujem — reče.

Aleksu je ledio ovaj suvi govor i onaj hladni pogled... Ali on napreže svu snegu...

— Sedi, oče!... Daj, snaho, malo ra...

Reč mu izumre na usnama od pogleda popovog.

— Neću! — reče pop.

I izide, pa ode, a i ne okrenu se...

Aleksa osta kao stanac kamen. On ne umede više ni govoriti, ni misliti. To je bio grom što mu poruši i razmrvi snagu, što utuče svaki živac...

Ostaviše bolesnika... Njemu počeše padati na pamet nekakve lude misli...

On izide napolje i poče lutati po voću... Njegovu crnu dušu sad već više niko i ne može razvedriti.

Mimo voće prođe Ivan... Pa kao mimo tursko groblje! Da ga je video, to se videlo; još ga je dvaput i dobro pogledao... ali kad bi naspram njega, on okrete glavu...

Aleksa mu ništa ne reče. Gledao je za njim ukočenim pogledom. I kad je Ivan zamakao, on je još gledao na onu stranu kuda je on otišao.

Dugo je gledao, dugo... Već mu se magla navuče na oči, dok ga prenu Sima knez.

— Aleksa! — reče on. — Kazao je kmet da dođeš sudnici.

— A što li me zove?

— Ne znam. Znaćeš kad dođeš.

I njemu se učini kao da ga Sima gleda nekim čudnim pogledom, koji rečito govori: jadniče, ala te žalim!...

Aleksa se spremi i ode sudnici. Kad je tamo došao on zateče ljude na okupu. Nazva im boga.

— Šta radite?

Ljudi ćute.

On se okrete, vide mrke poglede, pa se skloni u kraj...

Dan je bio oblačan. Oblaci se počeli taložiti, pa nikako da se dignu već nekoliko dana.

Ljudi se najedanput digoše. Žubor prođe kroz njih. Popa i kmet javiše se na doksatu.

— Braćo! — poče kmet. — Je li nama opet suđeno da se brukamo?... Opet se desila krađa...

Žubor prođe ljudima. Sve se oči okretoše na Aleksu, a on sagao glavu i ćuti.

— Jeste, braćo!... Opet Ivanu učinjena pokrađa. Odneto mu jedno prase noćas... Šta je ovo?... Zar vi hoćete da se ja odrečem Crne Bare?... Dosta sam starešovao, više ne moram?... Na!... Evo vam vašega štapa, pa ga podajte kome hoćete!

I kmet baci štap.

Sve se skoli oko njega... Stadoše ga moliti i preklinjati.

— Neću!... Neću! Uzmite koga hoćete!

— Mi tebe hoćemo!

— Ali ja neću! Zar da mi vi pod sedu kosu pljujete u oči?

— Mi ćemo uhvatiti lopova!

— Mi smo ga uhvatili — reče Marinko Marinković. — Valjda hoćete da vam ga prstom pokazujem?... Ja...

I Marinko se sruši kao podsečen panj.

Aleksi samo jurnu krv u glavu. On ne znade šta učini. Ali kad smotri Marinka na zemlji, on mu kleče na prsa, pa isuka nož... da ga zakolje...

Ljudi pritrčaše, te oteše nož...

— Zlikovče!... Hajduče!...

Aleksa nije mogao reči progovoriti... Steglo ga nešto u grlu...

— Eto, braćo! — zapeva Marinko. — Za praboga htedoh poginuti!... Zar što istinu govorim da poginem?...

— Zlikovče! Zlikovče! — zagrme sa sviju strana na Aleksu.

To ga osvesti... Pa kako behu poleteli na nj, on jurnu slobodno kao lav, progura se kroz njih pa stade pred sami doksat.

— Raspnite me! — reče i raširi ruke. — Raspnite me!

I preseče okom... Strašan pogled senu ispod sedih veđa... Narod zastade...

— Raspnite me! — grmeo je on. — Sram vas bilo sede kose! Osuđujete čoveka, a nećete da ga čujete!... Sram te bio, sedi svešteniče!... Zar se tako od ramena odseca kazna?... Hoćete da me ubijete?... Evo!... Na!... Dve stotine godina je prošlo kako su moji stari udarili temelj onoj kući koju ste vi prokleli!... I za dve stotine godina senka srama ne pade na onaj krov... a danas?... Šta hoćete?... Ubijte me!...

Ali se niko ne mače.

A on, i ne znajući šta čini, okrete se od njih.

Oni ostaše. Niko reči ne reče. Pomrkoše starine i udubiše se u misli. Zaista, kuća Aleksića je bila najstarija u Crnoj Bari.

A on dođe kući kao vetar. Kako dođe, on se skljoka kraj ognjišta. I tu je sedeo do mrkloga mraka, nem i nepomičan.

Onda se najedanput okrete i viknu snahu Maru.

— Što me zoveš, babo?

— Raspleti mi perčin!

Sve se skameni. Petra mu priđe.

— Starče?!

On je pogleda krvavim očima, ali reče pritajeno mirnim glasom:

— Idi, bako, donesi mi čibuk sa čiviluka...

I starac toga večera rasplete kose i pripali duvan...

II deo: Osvetnik

1

Pauk

Napolju tužno jauče vetar kroz ogolele grane i kiša sipi... A pomrčina kao u paklu. Po takoj noći ni hajduk ne hodi; niko koga nevolja ne goni neće maći ispod svoga krova; i sami pas traži kakvo bilo sklonište, pa tu ćuti i ne pušta glasa...

Samo jedan čovek tumara po pomrčini. Noga mu kliza po kaljavoj zemlji, on posrće i spotiče se, ali žuri da izvrši zapovest svoga gospodara.

To je bio Marinko. Žurio je po želji Kruškinoj, koji ga baš tad željno očekivaše u svojoj odaji.

— Gdje si, čovječe! — viknu on kako Marinko prekorači prag. — Gdje si?... Čekam te, evo, već dva sahata...

— Evo me, dragi aga... Malo sam se zadržao — odgovori Marinko, smešeći se i skidajući štapom blato s opanaka.

— Jesi ozebao?

— Nisam. Kako sam žurio, i oznojio sam se.

— Sjedi.

Marinko se, po običaju, veoma pažljivo spusti na jednu stoličicu.

— Ružno vrijeme? — pitaše Turčin.

— Ružno. Kiša iz drveta, iz kamena, što ono onaj kazao. A pomrčina kao testo. Da mi je ko opalio šamar, ne bih mu se mogao odužiti!... Ne vidi se prst pred okom!...

— Hoćeš duhana?

Turčin je pitao više običaja radi, jer je znao da Marinko svakad hoće duvana.

Marinko razvuče lice i maši se pasa tražeći lulu.

Pošto zadimiše, Turčin mu se priže:

— Pa, Mašo, tebe, kanda oni pas htjede danas zaklati?

Marinko mahnu rukom.

— Mahni! Kad me steže za gušu, ja rekoh ispadoše oba oka. Jaki je kao crna zemlja!... Nego, danas nam ne pođe za rukom. Okrete se, ojađenik, narodu pa stade besediti... E, što jest — jest, dragi aga; da to ne beše tvoja volja, i ja bih se zaplakao!

— A narod?

— More, rastuži se!... Beše im žao jednog od prvih ljudi. Baš sam video kako i pop i kmet okretoše glave da sakriju suze. A Šokčanić onde, uza me, reče Popoviću: „Vala greh nam na dušu što obedismo prava zdrava čoveka!"

— Ha-ha-ha-ha! — smejao se Turčin. — A Ivan?

— Kao zapeta puška... Sluša što mu se zapovedi...

Turčin se malo zamisli.

— Mislim nešto — reče posle kratkog ćutanja. — Kako bi bilo da se mi sad okrenemo Aleksi. On je sjetan, neveseo. Da mu odem kući da ga tješim i razgovaram?...

— Nemoj, aga! Ti ga ne poznaješ. Pasja je to sorta! Pre bi od kamena reč izmamio nego od njega!... Bolje je da se mi držimo Ivana. On je čovek poštovan i viđen. Lazar je tvoja senka. On će za tobom i u vatru i u vodu. A Ivan mu je otac, a otac voli svoje dete, on će za njega sve učiniti...

Turčin se diže i hodaše zamišljeno preko odaje. Najedanput stade i okrete se Marinku.

— Ti znaš šta ja hoću? — reče.

— Znam, dragi aga.

— Pa, de! Reci mi tvoj plan!...

— E, evo ti Crne Bare! Znam je kao svoju kuću! Počev od kmeta i popa, bila je to jedna duša. Samo sam ja odvajao svuda. Moja je duša volela samo vas, Turke, pa su me zbog toga svi mrzeli. Ako dvojica razgovaraju, pa me smotre da im se priključujem, oni ućute. Zvali su me: ulizicom, izrodom, izmetom, Turčinom, i... bog bi ih znao kakvim me imenima ne nazivaše! I... ja sam ti muke mučio! Ako sam hteo što saznati, hvatao sam žene i decu da mi kažu...

Turčin posta nestrpljiv. On mahnu rukom i preseče ga:

— Dobro, dobro! Nemoj mi pričati! Ja hoću da znam kako sad stvar stoji. Tvoj plan! Tvoj plan mi kaži!

— Sad?... dobro! Od onoga dana kad sam ja Stanka ocrnio, i kako se našla ona kesica što smo je ja i Lazar zakopali, od onoga je dana sve kako se samo poželeti može: sve pljuje na kuću Aleksinu.

— Pa zar onda ne bi bilo dobro da ja oko Alekse...

— Ne bi.

— Što?

— Prvo, kao što rekoh, neće ništa vajditi, a drugo, svet se već odbio od njega. Ako ga ti budeš prizivao, odbiće se sasvim.

— Pa to ja i hoću! — reče Turčin.

— To ne valja!

— Ne valja?!

— Ne valja! Ne valja! Drži se ti Ivana. Njemu ti idi i dozivaj ga. Prvi koji će na njega posumnjati biće pop. On će povući kmeta i još neke, i počeće revati protiv njega. Ama, nije ti ni Ivan tikva bez korena, ima i on svojih ljudi... I tek jednog dana vidiš a Crna Bara se pocepala, jednu stranu vodi pop, a drugu Ivan. Pop će Ivanu reći da je turska ulizica, a Ivan popu da je lopovski jatak.

Turčinu zaigra srce od radosti. On vide već živu, ostvarenu sliku pred očima. I zagrli Marinka.

— Alal ti vjera, sokole! Ti govoriš tako mudro da bi mogao pašovati s takom pameću!...

Marinko mu poljubi skut i ruku.

— Hvala, dragi aga! To što mi reče volim nego nebrojeno blago. Nego...

— Šta? Šta želiš?... Išti!...

— Ne želim ništa, ali još ti nisam sve kazao.

— Govori! — reče Turčin.

— Lazar hoće da se ženi.

— Znam.

— Sevića devojkom.

— I to znam.

— Ta devojka mora za nega poći!

— Ama, ti mi reče da su se Lazar i Stanko baš zbog nje zavadili, i to stoga što ona voli Stanka.

— Pa?

— Hoće li ona htjeti poći za Lazara?

— A ko nju pita? Pitaju li mrtvaca hoće li u groblje? Mi moramo nastati da se oni uzmu! — reče Marinko.

— A što se oni moraju uzeti?

— Moraju! Ivan je već tvoj, a tada će i Sević biti tvoj. To su već dva jaka čoveka u Crnoj Bari. Više će vrediti dvojica nego jedan. A posle, Lazar ti je na sindžiru. Šta hoćeš učiniće; a Lazar je dobro pseto, vredi mu biti gosa!...

Turčin raširio zenice pa netrenimice gleda u Marinka.

A Marinko nastavlja:

— Eto, to je plan... Ivan će povući za sobom Popoviće, Sević Beliće, Belići Šokčaniće... Pogledaš: preko polovinu Crne Bare biće tvoje... Onda sudi kako znaš! Ti ćeš biti i bog i pobožje!...

— Marinko! Brate!... Čovječe! Reci šta hoćeš!...

— Ne tražim ništa, samo tvoje bratstvo! I hoću da me Turci znaju i prizivaju!...

— Sve što hoćeš učiniće Sulja za te!

— Hvala ti! Nego... još moj plan nije gotov!

— Šta još misliš?!...

— Šta mislim! Šta ja još ne mislim od onoga dana kad sam te onako pokunjena video!... Da mi je... da mi je...

Nešto šušnu pod prozorom... Kao da se neko nakašlja...

Marinko preblede i reč mu zasta u grlu. I Kruška stajaše preneražen, ali brzo dođe k sebi te polete vratima.

— Meho! Aso! Ibro!... Brzo napolje! Vidite tko je tamo!...

Momci istrčaše u pomrčinu.

Ali pomrčina kao testo. Obilaziše oko hana — nigde nikog.

— Dalje! Dalje! — vikao je Turčin. — Njetko jest! Potraži! Potraži!...

Momci su tumarali po pomrčini, ali se ništa ne ču sem vetra.

— Nema nikoga?

— Nikoga! — rekoše.

Kruška se vrati u odaju, vukući Marinka za sobom. On htede nastaviti započeti razgovor, htede se još naslađivati onom milinom koja ga beše obujmila pri priči Marinkovoj, ali — zalud! Sve prođe, sve se razbi kao sapunski mehur... Činilo mu se da mu neko iza leđa stoji... vidi mu senku...

Tek opet se nastavi razgovor. Ali se govorilo hladno. Marinko beše bled kao smrt, govorio je preplašeno i zverao u prozor...

— Ne plaši se, čovječe!

— Ne plašim se.

— Vidjeo si, nejma nikog. Nego... šta si ono još htjeo?... Šta si ono uzviknuo: „da mi je!"

Marinko ga pogleda dugim, značajnim pogledom.

— Drugi put, dragi aga, drugi put!

— Ama sad hoću!

— Nemoj! Bolje drugi put!

— Ama reci mi: koga si još mislio zavaditi?... Šta si se uplašio? Meho! Daj donesi Marinku malo rakije, neka čovjek dušu prihvati! Na, puši!

Marinko zapali lulu i srknu malo rakije.

— Pij!

— Neka, dosta je.

— Ta nije! Pij, čovječe!

— Ne mogu više. A kad me pitaš, kazaću ti! Meni se čini da ćemo moći popa i kmeta zavaditi!

— Kako?!

— Ne pitaj me dalje! Evo ti velim: pošao sam tvojim

tragom! I neću se pred tobom obrukati, ma me glave stalo!...
Meni je stalo za tim da mi ti veruješ! Volim tvoju ljubav nego
ljubav sina svoga!...

— Ama kako ćeš to učiniti?

— Kad ti kažem da ću učiniti — učiniću! Ne brini!
Zavadiću ih onako isto kao što ti zavadi...

Opet nešto šušnu. Ču se čak i topot hoda čovečjeg...

Turčin izlete napolje. Istrčaše i panduri. Trčaše, tumaraše,
zavirivaše u svaki tukar — nigde nikoga!

Turčin je psovao, vikao, pretio svima čudima. Marinko je
ćutao oborene glave.

Onda se diže.

— Kuda ćeš? — upita Turčin.

— Kući.

— Zar po ovoj pomrčini?

— Moram. Ako me vide s tobom, sve će propasti. Mi se
ne smemo više ovako lepo razgovarati. Još me i izgrdi pred
saljacima, neka čuju!... A sad: laku noć!

— Laku noć! — reče Turčin i vrati se u odaju...

Marinko je žurnim koracima hitao kući.

Taman je zamicao u šumu, a iza jednog panja, nedaleko od
hana, diže se čovek. Popreti za njim rukom, pa reče:

— Od tvoje mreže, pauče, načinićemo ti ličinu! Idi, idi!...

Taj čovek bio je Deva.

2

Jelica

Mi se divimo ljudima iz toga doba. Nama se čini da je nemogućno učiniti ono što su oni učinili. Početak ovoga veka isturio je divove kakvi žive samo u pričama... Ti su ljudi čuda činili. Snaga, duh, okretnost, i to beše sve snažno i bujno. Prevrnite listove svetske istorije, pa im nećete naći ravnih, manj ako uzmete mitologiju. Čak su i nekakvim drukčijim jezikom govorili. Svaka je njihova reč poslovica. Onako danas ne govori jedan naučar kako je tada govorio ratar. Polupismeni popa postade diplomata, običan ratar vojvoda, a jedan marveni trgovčić genije! A ma koji od njih jedva da je video dva-tri sela više od svog rođenog mesta!...

Pa i sama žena toga doba bila je nešto drugo. Ona nije naličila na majke i seje ranijih vremena. Celo pokolenje kao da je s neba spušteno. Ako bi hteo potražiti ko podgaji to koleno — mučio bi se uzaludno!... Ni pre ni posle toga doba nećeš naći sličnih primera...

Čuda su te žene činile! Pored svojih domaćih poslova radile su i sve muške poslove. Nije bilo nikakvo čudo videti ženu na razbojištu gde prevrće mrtve i ranjene, zapaja ih i zalaže... Zar je jedna priča iz toga doba kako čak i same babe biju Turke! Od mnogih evo vam jedne:

Bahne Turčin u kuću popa Teše iz Badovinaca. Kod kuće ne beše nikog sem njegove popadije. Turčin beše i suviše osion da bi ga čovek mogao gledati ravnodušno. Kako dođe, on sede kraj ognjišta i poče trti ruke:

— Dede, babo, peci cicvaru! — reče.

Ona beše nešto ljuta, pa ga samo pogleda popreko.

— Peci cicvaru, bre! — dreknu on i zamahnu binjedžijskom, trostrukom kandžijom, te je ošinu.

Planu baba kao vatra, sevnu okom, prilete Turčinu, pa onim drvenim tučkom što je beli luk maločas njime tucala — raspali Turčina posred temena... Turčin se izvrte. Iz provaljene glave kuljala je krv i mozak. Ona pogleda krvav tučak pa ga baci napolje.

— Opogani mi tučak pseto tursko! — reče hladno, pa ode gledati druge poslove...

Toliko rekoh da bih potvrdio ovo što govorim, a sad da nastavim moju pripovetku!

***

I Jelica je bila čedo svoga doba. Prostodušna, iskrena, verna i odana. Ona je volela Stanka onom velikom i svetom ljubavlju koja, čak i posle groba, cveta u cvetku i zapaja vasionu svojim miomirom...

Što više grdiše Stanka u kući njenoj, ona ga je sve više volela. On beše svaka njena misao. Povučena u samoću, ona je razgovarala s njim i dneve i noći. Ona je znala da Stanko nije kriv. Ona je jedina verovala da on nije kadar učiniti tako gadno delo kojim ga obediše.

Čak je jednom pokušala da ga odbrani od majke svoje. Mati se zaprepasti čuvši njene reči.

— Šta reče, nesrećnice?!

— Rekoh: on nije kriv!

— Otkud ti znaš?

— Znam!

— Zar si ti pametnija od oca svoga i tolikih ljudi?

— Nisam pametnija. Ali, nano, greh je baciti krivicu na čoveka koji nije kriv!

— Kako nije kriv? Zar nisu našli kesu s novcima u njegovom đubretu?

— A zar tu kesu nije mogao tamo i ko drugi zakopati?

— Ali ko bi mogao takav greh učiniti?

— Ja znam, nano.

— Ko?

Ona se zaplamti u licu. Volela je umreti nego izgovoriti ime Lazarevo. Od onoga dana kad se sa Stankom oprostila, mrzela je Lazara onoliko koliko je Stanka volela.

— Onaj ko je projavio.

— Zar Lazar?!

Ona potvrdi glavom.

— Dijete!... Bog s tobom!... Prekrsti se!...

Ona obori glavu. Čudila se svojoj kuraži. Mislila je: to neće smeti nikad izustiti, pa eto — izusti...

Mati skoči. Dokopa je za ruku i uprti pogledom u nju.

— Otkud znaš?

Ona je ćutala.

— Otkud znaš, pitam te!

— Ne pitaj me, nano! Ja nisam videla, ali znam da je samo tako moglo biti!

— Govori! Govori, prokleću te! — ciknu mati i turi ruku u nedra.

Jelica sklopi ruke:

— Ne kuni me, majko! Ja znam da je on njega mrzeo!

— Ko?... Lazar Stanka?

— Jeste.

— A zašto?

— Majko! — moljaše Jelica. — Ne teraj me da ti to kažem!

— Moram znati!

Jelica je bila crvena kao rak. Onaj vajatić joj se okretao oko glave. Jedva prevali preko jezika:

— Zbog mene!...

Mati se trže. U trenutku je pojmila sve. Jelica je drhtala. Kao u groznici probunca:

— Sad me više ništa ne pitaj!... Valjda sad sve znaš!...

Pa pobeže krevetu i zaroni glavu u jastuke.

Krunija se zabezeknula. Nadala se svemu pre negoli tome. Ali je srce majčino meko. I kad kara, ono blagosilja. Priđe krevetu i uhvati Jelicu za ruku:

— Ustani, râno! — reče.

Da je osula grdnju na Jelicu, da je klela, da je i ruku digla, ona bi to otrpela; suza se ne bi zavrtela u njenim očima, niti slila niz njeno lice. Ali ovaj meki materinski glas i ovo tepanje gotovo potresoše Jelicu skroz, njena srdnja popusti, srce odvugnu... Oči joj postaše živi izvori. Ona zajeca... dođe joj da iz glasa zàpêva... I da bi to ugušila, onda stade sve dublje roniti glavom u jastuke.

— Râno moja!... Blâgo moje!... Nemoj plakati!... Ti misliš da ću te ja kleti?... Gde bi majka mogla svoje čedo prokleti? Gde je takva majka koja bi to mogla učiniti!... Jelo!... Râno!...

I stade se starica previjati nad njom.

Jelica i da je htela nije mogla ništa reći od silnog jecanja.

Ali kad suze odneše bol, pošto oduminu onaj silni nastup, ona se podiže pa, držeći glavu na grudima a ruku u nedrima majčinim, poče tiho šaputati:

— Dôjo! Cijo moja! Nemoj me kleti!... Ja sam tvoje dete...

— Neću, oči moje!

— Ja nisam kriva, nano!... Bog je to ostavio... Oni su obojica lepo sa mnom. Bili su jarani i ja sam stojala s obojicom. Onaj je bio zavidan. Sve mi se činilo da ga mrzi... Kad tako razgovaram s njim, onaj strelja očima, čini mi se da bi ga popio kao kap vode... I kad se ono na Ilijindan porvaše, ja sam videla da bi ga onaj pre ubio nego oborio.

— I on je pucao na njega zbog tebe?

— Jeste, nano.

— A otkud ti znaš da je kesa podmetnuta?

— Ja nisam videla, nano, ali bih se zaklela u sto manastira da je to njegovo maslo!... Jaoj, majko moja! Ti ni zamisliti ne umeš koliko onaj njega mrzi!...

— Znam, ćeri, ali koja vajda kad je Stanko otišao u hajduke?

Jelica na to ništa ne odgovori.

Zaćutaše. I dugo su ćutale. Jelica je osećala koliko-toliko lastaka na duši: bar je majci kazala.

Pa opet joj nije sve kazala. Nije joj kazala da se zaverila Stanku, pa je premišljala da li da joj i to kaže...

„Da joj kažem!... — mislila je. — Da joj kažem! Ona je dobra kao dobar dan. Što joj ne bih kazala, majka mi je!... Kazaću joj da sam bila sa Stankom, i da sam mu obrekla...

„Ne, ne!... Ne smem! I što će to?... Što da pričam kad me niko za jezik ne vuče?...

„A mogu doći prosioci... Mogu me prositi, pa i isprositi... šta onda da reknem?...”

U njenoj duši nasta lom. Da li da kaže ili ne?... Stotinu razloga nagonili su je da i to izusti, ali tu beše i onaj stid što ga je s majčinim mlekom posisala, i on joj zapuši usta...

„Pa i nana sad ćuti!... Što me bar ne zapita štogod? Što joj to malopre ne rekoh? Sad bi mi bar bilo lakše. Ona bi otklanjala. Kazala bi: nije spremna... Baš da joj kažem!...”

I zausti da kaže, pa se opet uzdrža.

— Râno moja, šta ćeš! Takva ti je valjda sudbina! — reče Krunija posle podužeg ćutanja.

— Kakva, majko?

— Nije ti bog dao da odeš tamo kud te srce vuče.

— Što, nano? — reče ona i pogleda materi pravo u oči.

— Kako što? Zar on nije hajduk? — upita Krunija.

— Ako je!

— Šta veliš?!

I pogled majčin zaroni joj u dušu.

Ona zadrhta.

— N... n... ništa...

— A ti reče: ako je hajduk...

— Pa jest. On je pošten čovek... Njega su na silu boga oterali u goru, jer...

Ali joj pogled Krunijin sledi reči na usnama. U njemu vide ona što se najcrnje moglo videti i zadrhta...

— Šta misliš ti? — ciknu Krunija. — Govori! Da ne misliš čekati hajduka dok ti se iz gore vrati?... Da mu se nisi zaverila, nesrećnice?...

Jelici jurnu krv u glavu. Majčina glava stojala je pred njom u nekom crvenom kolutu kao što svecima oko glave moluju.

— Govori!... Govori!... Da se nisi zaverila, a?... O... prokleta deteta! Zar si ti devojka? Zar mi smeš u oči pogledati?... Govori!... Govori!...

Pa joj priđe, dokopa je za ramena i stade je drsati i tresti. Jedna crna misao prožeže joj mozak. Kao mahnita, spopade Jelicu za gušu.

— Reci! Smeš li mi u oči pogledati?... Jesi li devojka?...

Jelica se ispravi, pogleda mater tako oštro da ova sama otkrljepi ruke od njena vrata.

— Smem pogledati u oči i tebi i kome hoćeš, jer sam devojka! Ali sam verena! Zaverila sam se Stanku hajduku!

Krunija posrte.

Jelica beše napregla svu snagu da to iskaže. I sad je više ništa ne zadrža.

— Bogu i njemu zaverila sam se da ću biti njegova, i biću, nano! Pre ću skončati u Starači, kao ona nesrećnica, nego što će se moja ruka druge muške ruke dotaći! Sad znaš sve!... Kuni me, ubij me, drukčije biti ne može!...

Ove reči, ovi pogledi tvrdili su da će samo tako biti kako ona kaže.

To više nije bila Jelica, ono smerno devojče, nego oluj koji ništa više ne može zadržati.

Kruniji se odsekoše noge. Ona sede na krevetac, osećajući kako je pamet ostavlja.

3

Zeka

Severozapadni deo Mačve pokriven je samim barama. Od Drine, baš kod same Crne Bare, odvaja se jedna rastoka, koja se zove Studena Bara. Ta se rastoka odmah iznad Crne Bare zove Ribnjača. Tu se razleva i pravi male ostrvčiće, koji su vrlo plodni. Od sastanka iznad tih ostrvčića zove se Jovača, a malo dalje Zasavica. Studena Bara katkad i presuši, ali u Zasavici svakad ima vode, mnogo vode. Njene su dubine užasne. Prevari se čovek gledeći šaš i lokvanj na površini njenoj; ali kad su jednom hteli izvući jedan struk lokvanja iz korena, zaprepastili su se, jer je struk bio dugačak osamnaest muških pedalja, i opet nije s korenom izvučen nego prekinut.

Seljaci iz Ravnja, Zasavice, Radenkovića i drugih okolnih sela ne zovu Zasavicu rekom nego jezerom. I imaju pravo. Jer dosta puta presuši i izvor i ušće njeno, a ona puna vode kao i obično.

Čudnovato je njeno stanovništvo. Ima tu vodenih tica svake sorte, a ribe kao i u Savi.

Tu pored Save i Zasavice najradije se baviše hajduci. Blizu

im je obala da bi mogli, u slučaju potere, sačuvati svoje glave i bekstvom se spasti. Danici njihni zvahu se razno. Na samom ušću Drine u Savu danik se zvao Parašnica... Iznad sela Banova Polja drugi je danik Viškupija, a iznad sela Radenkovića bio je treći danik Drenova greda.

Sva ta mesta behu obrasla gustom šumom, sem toga sva behu pored vode, te su od vodeničara dobijali hranu i drugu potrebu.

Kad se Srećko harambaša vratio s družinom na Drenovu gredu, dočeka ga Nogić vrlo veselo.

— Dobro došao, harambašo!

— Bolje našao!

— Bogu hvala, svi ste živi i zdravi!

— Hvala je bogu!

— Da te obradujem, harambašo!

— Čime?

— Prinovkom.

I kako se sve beše diglo na noge da dočeka svoga starešinu, Nogić mu pokaza jednog čoveka što stojaše odvojeno, uz jedan panj.

Moglo mu je biti nešto preko trideset godina, krupan, krupniji od sviju u družini, smeđ, lepih brka, lep kao upisan. Ono veliko gospodsko oko gledaše slobodno i otvoreno pravo u zenicu.

Harambaša mu priđe.

— Odakle si? — zapita ga.

— Iz Hercegovine — reče, a glas mu je grmeo kao grmljavina.

— Kad si prešao ovamo?

— Danas. Preplivao sam Drinu.

— Ko te uputi k meni?

— Neki vodeničar.

— Znaš li mu ime?

— Ne znam. Samo mi reče: idi te nađi Srećka harambašu. Pođi ovijem putem pa ćeš pravo u njegovu družinu, i kaži mu: Deva me poslao.

Govorio je slobodno, otvoreno. Na prvi pogled dopao se harambaši.

— Dobro, dobro... A kako ono ti bi ime?

— Zeko.

Hajduci se zgledaše.

— Kako mu je to ime! — reče gotovo glasno Zavrzan.

— Tako su me zvali otkad znam za se — reče on i pogleda Zavrzana.

— Pa šta si rad? — upita harambaša.

— Dođoh k tebi, pa šta mi narediš! Vidiš, bogu hvala, da se na današnje vrijeme ne ore i ne kopa. Danas ko srca ima mora u goru!...

— A što ostavi ognjište?

— Od dobrina! — jeknu iz njegovih grudi kao vetar. — Pobjegao sam da glavu sklonim... Turci mi pobiše sve; osta mi samo majka i nješto nejači. Ostasmo: oni da jaduju a ja da krvim!...

— A znaš bar po imenu svoga dušmanina? — upita harambaša.

— Turčin!... Drugog imena ne znam, a i što će mi!... Zvao se on Mujo ili Meho, Asan ili Alija — meni je dušmanin jer je Turčin!... Zato dođoh ovamo, misleći da vam neću biti naodmet... Ja se nadam da se neću postidjeti!...

Videlo se da se dopao hajducima. Privikaše sa sviju strana:

— Da ga primimo, harambašo!

— Nek bar Stanko ima para da nas ne bude „lijo" — reče Zavrzan.

— Boga mi je poteško Stanku para naći, on puškom kolje! — reče Surep.

Ta Surepova reč vredela je Stanku toliko koliko kad bi ga i gusle pevale.

— Lijepo — reče Zeko — bog će dati da i mene vidite u okršaju!...

— Dobro, sokole, primam te! — reče harambaša.

Pa pošto i on okusi hleba i soli, počeše mu prilaziti hajduci i ljubiti se.

Okretoše šale i priče. Zavrzan se žurio da zadovolji radoznalost svojih drugova. Pričao je o Stankovom megdanu, i mada je to zaista junačko delo, opet ga je Zavrzan toliko okitio da se čak i samom Stanku učinilo da pregoni.

— Braćo! Ljudi! — vikao je Zavrzan oduševljeno. — I ja umem gađati!... I svi mi umemo gađati, ali onako... Govori, Surepe! Ta, progovori, onemeo!...

— Ti govoriš za deset žena! — reče Surep, a svi prsnuše u smej.

Zavrzan uhvati Stanka za rame.

— Slušaj!... Slušaj samo kako brblja! Ta tvoje će junašvo učiniti da se čak i Surep raspriča!...

Zeka je pogledao sad jednoga sad drugoga. Stanko mu je od prvog pogleda pao na srce. Divio se pouzdanoj ruci i sigurnom oku... Razgledao je, zajedno sa hajducima, srebrnjake i jatagan što je Stanko dobio i divio se izradi...

Zavrzan isuka jatagan, pa se zagleda u one šare ispisane po njemu.

— Zeko! — reče.

— Čujem.

— Jesi pismen?

— Jesam, u dlane!... A što pitaš?

— Mišljah pismen si, te da pročitaš ova turska slova. Ja mislim da ovde piše ime begovo.

Zeka se naže nad jatagan, pa pokazujući prstom srmali šare reče:

— Ovo ne umijem čitati; ali pogledaj ove pjege, njih znam. To je hrišćanska krv. Došlo doba da ih spira pogana turska krv!...

— Došlo, bogami! — reče Zavrzan i mahnu jataganom oko sebe. — Ala je zgodan!... Vidi, Surepe!...

Surep se odvojio od družine, seo na jednu kladu, poronuo u misli, pa i ne slušaše razgovora. Kad mu Zavrzan podnese jatagan, on diže glavu i pogleda ga.

— Šta? — upita.

— Vidi kako je ovaj jatagan zgodan, evo mahni!...

— Ja nikad džaba ne mašem! — reče Surep, pa opet saže glavu.

Hajduci se zasmejaše, a Zavrzan reče:

— More, pa ti i ljude zasmejavaš!... Je li, Stanko?... Ma, čime nas tako omađija?... Otkad ti dođe među nas, i Surep se prođavoli!...

Surep samo odmahnu glavom, kao da bi hteo reći: Hajd', hajd'!... Brbljaj, nek' nije reči u tebi!...

I opet nasta šala. Otpočeše junačke igre... Nasta prava graja: nadskaču se Stanko i Zeka. Ali im se srca razigrala, pa ne daju jedan drugom preda se. Skokovi su bili užasni, ali skaču jedan drugom u stopu...

— Ljudi... ovo je slòta! — reče Latković.

— Slòta, bogami!

— I ja htedoh skakati, ali... bolje da se ne brukam! — reče Latković, pa sede.

— Zeko! — viknu Zavrzan.

— Čujem.

— Hajde preskačite Klempu!

— Kog Klempu? — upita Zeka naivno, a svi se zasmejaše.

— Onoga što je obesio uši, pa sedi.

— Pa zar je njemu ime Klempo?

— Tako ga mati od milošte prozvala — reče Zavrzan.
Smeh se razlegao po dubravi.

— Ama prema čoveku i uvo! — reče Latković. — Ali, ti, zavešče jedan, kud si ti pristao?...

— Pristao u družinu, da bi se malo nasmejali... Zar nisam?...

— Jesi, jesi! — privikaše sa sviju strana.

— A da bi moja šala što slađa bila, zato si ti, Klempo, u družini.

— Bolje bi bilo da nam štogod pričaš nego što koješta drobiš! — reče Latković.

— Pa ne branim. Baš sam oran za priču.

Skoliše ga sa sviju strana. On sede na zemlju i poče pričati priču o jednoj pametnoj devojci, što je imala kriv nos...

Dok je on pričao, Zeka je jednako posmatrao Stanka. Nešto ga je vuklo k njemu, kao da mu je brat rođeni. Gledao ga je dugo, pa ga onda povuče za rukav.

— Ne zameri što ću te pitati!

— Šta?

— Jesi li ti juče stupio u družinu?

— Jesam.

— Je li to tebe ocrnio pobratim?

Stanku sevnu oko i buknuše obrazi čim se seti Lazara.

— Otkud ti to znaš?

— Kazao mi vodeničar. Sve mi je pričao: i kako ti nijesi kriv, i kako su podmetnuli i zakopali onu kesu u tvoje đubre... A to su sve, po želji subašinoj, učinili tvoj pobratim i neki Marinko...

— Jest. Tako je i meni kazao. Ama ja ne znam otkud on to sve zna!... Da ne greši on dušu?... Ja bih rekao da je svemu kriv onaj nesrećnik... Ali, ako boga ima, platiće mi!...

— I, vodeničar veli da će ti se otac i kućani mnogo namučiti. Sve ustalo na njih kao na bijelu vranu. Sve se sklanja od doma tvojega kao da u njemu čuma mori...

Na Stankovu dušu kao da planina pade... Jadni njegovi roditelji! Pošteno ime, dobar glas što ga je imala kuća Aleksića — sve ode!... Kao da je grad potro... I sad jadaju i kukaju. Niko živi ne čuje tugu njihovu; niko ne veruje da oni nisu ništa krivi.

— Oh, Lazare!... Lazare!... Valjda ima živa boga!...

Zeku to ganu do dna duše, on priđe, uhvati Stanka za ruku, pa reče:

— Brate! I meni je nepravda učinjena!... Meni su Turci

kuću zatrli, i teško mi je!... Ali mi bar ostaviše pošteno ime...
Tvoj je jad gori: tebi htjedoše uzeti i ime i glavu...

Pa, videći da Stanko ćuti kao zaliven, nastavi:

— Bog mi je svjedok!... Tvoji jadi i moji su, junače! Izgubio
si pobratima — evo ga!... Ja ću ti biti i drug, i brat, i... sve!...
Ko je tebi natrunio, i meni je!... Hoćeš da se zbratimimo?...

Pa ga gledaše okom punim suze i sjaja.

— Bratstvo primam, ali osveta je moja! — reče Stanko,
pošto ga je neko vreme netrenimice gledao. — Ja mislim da
nema veće slasti ni sreće od osvete!

— I primaš bratstvo?!

— Primam, pobratime!

Stiskoše ruke jedan drugom i poljubiše se, pa onda digoše
oči k nebu... Ni čuli nisu šale Zavrzanove, koji je goru zas-
mejavao...

Noć se spuštala lagano kao smrt... Harambaša viknu
družini da se bogu pomoli.

Presta šala i smeh. Sve se diže na noge i stade po redu i
starešinstvu. Stanko prinese harambaši žara na jednom iveru,
a ovaj iz svog jandžika izvadi zrno tamnjana, spusti na žeravicu
pa poče kaditi sebe i družinu.

Molitva je bila topla i srdačna. Niko ne bi rekao da su ovi
pobožni ljudi gorski hajduci; niko ne bi rekao da je svaki svoje
hajdukovanje zapečatio bar po jednim ubistvom...

4

Potera

Kad svršiše molitvu, zasedoše za večeru. Večera ne beše bogzna kakva: sira, hleba i po neko parče slanine. Ali su je oni večerali tako slatko kao da su u dugu danu crnu zemlju prevrtali.

Zavrzan ne može biti miran, stade zadirkivati Zeku:

— Ama, slave ti, kakvo ti je to ime?

— Kao i tvoje — odgovori Zeka.

— A kako se prezivaš?

— Selaković.

— Po prezimenu bih rekao da nisi rastao na jednom mestu...

— A ko je od nas i odrastao na jednom mestu? — pitaše Zeka. — Nama ne bješe suđeno mir da mirujemo nego da se seljakamo i prebijamo od drveta do kamena!... Svi smo mi jedna svojta, svi smo Selakovići!... Kome je od vas djed temenom u ovu zemlju udario?... Ded', recite!... Nikome!... Stari vaši, kao i ja, pobjegoše, da im bar crijeva ne krče ako zulum moraju podnositi!...

Zeka je govorio lepo, rečito... Čisto se otimao pogled čoveku da ga gleda.

— Tako je, Zeko — reče harambaša.

— Tako je, ja!... I kad bi mi ko drukčije tvrdio, ja bih mu rekao da ne govori istinu! Moj lijepi brate i druže, Zavrzane, utuvi to pa se ne podsmjevaj niti mome imenu ni prezimenu.

— Oho! — rače Zavrzan — pa ti se kanda ljutiš?...

— Ne, živoga mi boga! Ja volim šalu isto kao ti i ova druga braća. Vidjećeš kako se i ja umijem šaliti usred najljućeg okršaja!... Ma, ovo ti rekoh da znaš da se ovijem stvarima ne šali!...

— Tako je! — povikaše hajduci sa sviju strana, gledajući s nekim poštovanjem svoga novoga druga.

Zavrzan se malo ljutnu.

— Bog je šalu ostavio! — reče on. — I ja, koji se šalim sa životom, što je najpreče, što da se ne prošalim i s nadimkom!... I, najposle, reci mi pravo, Zeko, šta sam ti ružno rekao?...

— Ništa. Ništa, tako mi boga!... Ali ja mislim: svaki čovjek ima svoju svetinju; i ako što nije lijepo smijati se čovjeku kad se bogu moli, tako isto nije lijepo smijati se svetinji. Ja nemam ništa sem ovoga srpskoga imena — nemoj mi se njemu smijati!...

— Neću, brate! Ja sam te samo pitao kako ti je kršteno ime, jer mislim da Zeko nije kršteno. A ako te to ljuti, neću te više nikad zapitati!

Večera prođe u tišini. Niko više reči ne reče. Svaki je premišljao o Zekinim rečima i davao mu za pravo; čak i sami Zavrzan uvide da je preterao šalom i da je Zeko bio u pravu da mu onako kaže.

Mesec odskočio s koplja, a hajduci su sedeli i ćutali.

Dok reče harambaša:

— Nogiću! Smeni stražu, pa da se leže!...

U mlađega pogovora nema. Nogić skoči hitro, mahnu prstom na nekoliko njih, pa tiho i nečujno ode s njima u šumu.

Kad se vratio, harambaša pogleda po družini.

— Stanko! — reče — metni koje krupnije drvo da vatru drži. Sad, junaci, laku noć!...

I spusti se na zemlju.

Zapovest bi izvršena. Hajduci polegaše jedan do drugoga. Zeko se spusti pored Stanka i prebaci ruku preko njega.

Nasta tajac. Čulo se kako šušti lišće na drveću i pesma cvrčkova; malo posle čulo se kako poneko lako hrče...

Stanko se zagledao u nebo. Mesec, prilično okrnjen, uzdizao se lagano sve više i više. Stanko ga je gledao, pa mu dođoše neke čudne misli.

„Blago tebi, meseče! — mislio je on. — Ti sad sve vidiš i sve znaš... Što li nisam nešto zraka tvoja pa da se vijnem u visine i da se spustim u nizine da vidim moje...”

Pa kao nastade neka zbrka. On promeni telom i stvori se zraka mesečeva, pa se diže pravo nad dom u kojem je sveta ugledao.

I srce ga bolom zabole. Vide, ponurene kraj ognjišta, dve sede glave kako suzom iz očiju gase žeravicu... Čuje uzdahe njihove, za koje je svako živo uvo ogluvilo. Niko ih ne gleda, niko im čak boga ne naziva...

I gle! Više nije zraka nego opet čovek. Na oči mu se stade navlačiti magla. I on kao htede okom prodreti kroz tu maglu, ali ona postajaše sve gušća i gušća... I zamota starine i zakloni ih od pogleda njegova. Htede se dići ali ga nešto privezalo za zemlju i neka grdna, hladna ručurda obvi mu se oko vrata, kao zmija, i stade ga stezati... Svest ga poče ostavljati; čuo je samo kako nešto lupa u kotalcu; osećao je kako mu hladne ruke i noge... i zimu oko srca... i... već više ne može ni danuti...

Najedanput spade sav teret. Zraka mesečeva probi kroz maglu i stade mu vraćati život i svest... I kao neka topla i nežna ruka, pade na čelo njegovo, pa poče zagrevati i srce i snagu... On otvori oči, a nad njim Jelica, lepa kao sunčev zrak, rumena kao osmejak zorin... Pa ga glede one lepe oči, pa se smeškaju ona rumena usta... „Jelo!... Zar si ti?!" — reče on. — A ona klimnu glavom. Ruku metnu na njegove oči, kao da bi rada bila trepavice mu sklopiti. I prošaputa (to je baš lepo čuo): „Spavaj!..."

Neko ga udari u slabinu. On se trže i pogleda.

— Ustaj! — viče Surep, jer to on beše. — Zar ne čuješ koliko gavran grakće?...

On ču zbilja graktanje iz dubine dubrave. Pogleda oko sebe: sve beše na nogama.

Skoči. U trenutku je uprtio torbu harambašinu pa priđe Surepu.

— Je li ono pravi gavran? — upita strepeći, jer graktanje gavranova ne sluti ništa dobro.

— Nije.

— Ja, ko grakće?

— Prijatelj... Javlja da se sprema potera i da nam znaju danik — reče Jovica Ninković.

Harambaša je sedeo i premišljao. Najedanput se diže.

— Onu kladu odande navaljajte na vatru! — zapovedi on.

Grdna jedna klada beše nedaleko od njih. Hajduci joj pritrčaše i, dok dlan o dlan, ona već beše na vatri.

— Surepe!

— Čujem, harambašo.

— Zađi ovud po selima pa pričaj kako je na Drenovoj gredi danik hajdučki.

— Dobro.

— Jovane!... Jovica!...

— Evo nas, harambašo!

— Idite u Banovo Polje. Nađite Banovca i kažite mu: u nedelju, koja prva dođe, doći će mu čovek i doneti od mene pozdravlje. Što budem poručio neka uradi.

— Dobro, harambašo!

— Nogiću!... Ti ćeš ostati ovde i veskaćeš se oko svoje kuće. S tobom će ostati Stanko. Ti ćeš mu u svemu biti na ruci, u svemu, razumeš?

— Razumem, harambašo.

Zeka korači.

— Harambašo!

— Šta ćeš?

— Ostavi i mene ovdje!...

— Što?

— Ja sam se sa Stankom zbratimio: rekosmo poginuti jedan za drugoga. Hoću i ja da mu budem na ruci!...

Harambaša poćuta malo, pa reče:

— Dobro, ostani...

Zatim se okrete Stanku:

— A tebi naređujem da Lazara živa uhvatiš, pa da mu

ja sudim!... Ubiti ga ne smete pošto je glave na vama!... Ja moram videti toga ugursuza što tako vešto ume podmetnuti krađu čoveku ni krivu ni dužnu!... Ama da mu vlas s glave ne poleti!... Nogiću! Ti mi odgovaraš!

— Ne brini, harambašo!...

— Ako vam do zorova dođe, hajte k Ceru. Ako vam štogod ustreba, javite se kome od ovih ljudi: Banovcu u Banovom Polju, Katiću u Glogovcu, Čonjagi u Salašu, Ivanku u Klenju, pop-Teši u Badovincima, Iliji Srdanu u Prnjavoru. Svuda će vam se dati jela i pića, a svaki od njih izvestiće vas o meni i družini. Ako li vam pomoći zatreba, javite se Devi...

Onda se okrete družini:

— Spremajte se! — reče.

— Spremni smo!

— Polazi! Zbogom, Surepe, Nogiću, Stanko, Zeko... Zbogom!...

— Zbogom pošli!

I za nekoliko trenutaka nesta hajduka u gori.

Jovan i Jovica se stadoše praštati.

— Sad ćete! — reče Zeko.

— Valja nam stići družinu... Zbogom!... Daj bože da se vidimo...

— Daj bože!...

Oni se izljubiše s njima, dokopaše svoje šare, pa zamakoše u lug.

Stanko se zamislio. Nekako mu je čudno izgledalo da su u onoj podmetnutoj krađi pomešani Kruška i Marinko. Obujmi ga živa želja da sazna kako je to bilo, te stoga se reši da smesta ide Devi da ga pita.

Nogić kao da je nazirao šta misli Stanko.

— Odavde ćemo mojoj kući — reče on. — Tamo ćemo se skloniti...

— A zar ne bi bolje bilo da odemo do Deve? — prekide ga Stanko.

— Ne, sokole! Ne smemo tamo. Pa i šta bi?... Deva je zverka. On nikad ne istrčava. On, koliko čuva nas, čuva sebe dvaput više. Nikad harambaša nije otišao njemu, nego on sam dođe te javi, ako je što vredno javiti!... Evo Surepa pa neka kaže je li tako?...

— Tako je! — reče Surep.

— A posle — nastavi Nogić — vodenica je vodenica. Tu bahne i nezvan. Nego, hajdemo mojoj kući, pa ćemo poručiti Devi da tamo dođe.

Pa ustade. Stanku se nemade kud nego se diže i on, a već Zeko beše gotov i u vatru i u vodu sa Stankom. Pozdraviše se sa Surepom, dok tek Zeko reče:

— A vatru?

— Šta? — upita Nogić.

— Zar ćemo je ostaviti?

— Zar nisi čuo da je harambaša rekao da se ona klada navalja. On nikad ne krije svoga danika, a sad je baš rekao da se klada navalja zato što nas potera goni. Hajd'!

I raziđoše se...

Dok su oni razgovarali, šumom se kretala potera, koja beše pošla da ih traži. Na čelu joj beše Kruška, na konju, i Marinko, koji poskakivaše pored njega.

— Jesu li daleko? — pita Turčin.

— Nisu, tu im je legalo — reče Marinko. — Moje me oko

nikad ne vara!... Ti si mi rekao da ih moram pronaći, i ja sam ih našao!...

Pa, pokazav rukom na dim što se lagano dizaše, dodade:

— Tu su!

— Opkolite! — zapovedaše Kruška.

Četa opkoli. Polako, čisto ne dišući, primicahu se oni vatri, koja poče probijati kroz granje... Kad ugledaše jasan plamen, Kruška se prodera:

— Niko da se nije makao! Predajte se!

Gora odjeknu i vrati mu reči njegove.

Pritrčaše vatri — nigde nikog!...

— Ih! — ciknu Turčin i uhvati se za glavu.

— Oba mi oka, tu su bili! — kune se Marinko.

— Ama gdje su sad?...

— Da nisu u zasedi?! — reče Marinko i čisto zinu od straha.

To ih sve opameti, te se počeše povlačiti natrag otkud su i došli.

5

Sima Katić

Hajduci se smejahu poteri... Prikriveni iza jednog žbuna, gledali su kako potera izmiče i kako pojedinci strahuju od svakog šušnja. Da su mogli, oni bi se na sav glas smejali... Smejali bi se najviše Marinku, koji kao pas obletaše oko Turčina, preklinjući se da ih je tu smotrio...

Kad se ta žalosna četa izgubi u šumi, krenuše se i hajduci.

Stanko se zadubio u misli. Njemu kao da poče malopomalo svitati. On se poče dosećati i verovati da u njegovoj stvari ima mnogo masla Kruškinog i Marinkovog. Samo nije mogao pametovati zašto su oni na njega tako mrzeli, kad im nije natrunio ni koliko crno ispod nokta.

Noć je bila tiha. Bahat njihovih nogu odjekivao je.

— Bože, ja lijepe noći! — reče Zeka.

— Lepa! — reče Nogić.

— Šta li sam ovakijeh noći proveo sjedeći!...

— Sad ćeš i više. Nego, vala, imaće se kad i spavati, duga je zima...

Zaćutaše i svaki se predade svojim mislima. Suvo granje

pucalo je pod nogama njihnim. Ovde-onde zašušti nešto tiho, tajanstveno, kao da neka nevidljiva ruka barata po opalom lišću.

Stigoše pred kuću Nogićevu. Beličast dim vio se na badžu i išao pravo k nebu, kao čista duša pravednikova.

Nogić zakuca na vratima.

Ukućani se izbudiše čim razabraše njegov glas. Dočekaše ih da veselije biti ne može... Žene spremiše večeru i hajduci večeraše kao carevi, iako večeraše na Drenovoj gredi.

— Marice — reče Nogić ženi — uzmi ponjavu pa nam prostri u kačari.

Žena ode da prostre.

— A ti, Jovo, idi još noćas Simi i javi mu da ga čekamo ovde.

— Hoćeš li se koliko baviti, bato? — upita ga Jova.

— Bavićemo se nekoliko dana. Treba da svršimo neki posao.

— Juče su se spremali u poteru za vama — reče mu brat.

— Znamo mi to... ali su otišli pokunjene glave...

— Kažu, zbog nekih Turaka, što ste ih pobili na Žuravi...

— A... jest!... Pa ako, neka nas teraju!... Nego, ja mislim da bi bolje uradili da malo odspavamo.

Žene ih izuše i opraše im noge, onda hajduci odoše na legalo.

Nasta tajac i tišina. A, zamalo, sve usne dubokim snom...

Zora tek počela ruditi, prvi petli zapevaše, a Katić s Jovom bahnu pred kuću.

— Gde su? — upita Katić.

— U kačari — odgovoriše žene.

Oni prisedoše malo kraj ognjišta.

Sima Katić bio je marveni trgovac. Rodio se u selu Dvorovima u Bosni. Nepravde i neprilike krenu ga s njegovog ognjišta, i on pređe Drinu te se nastani u selu Glogovcu... Ali nikad nije mogao oprostiti Turcima, niti se ma jednoga trenutka pomiriti s njima. Zato je napustio mirni ratarski posao, pa se mašio trgovine. Išao je od sela do sela, bajagi trgovačkim poslovima, a u samoj stvari on je tekao prijatelje i zažizao im plamen mržnje prema Turcima... Svaku mrtvu tursku glavu pozdravljao je neobično veselo. Radovao se njihovoj nesreći — jer samo tada on je bio srećan.

Voleo je hajduke, te sinove gorske, te odmetnike, koji dugom šarom ispravljaše krivu Drinu i oštrim jataganom deliše pravdu zemaljsku... Za njih je on davao sve, čak i samo spokojstvo svoje. Ne znam kako da je umoran, trebalo mu je samo na uvo šapnuti: „zove te taj i taj hajduk" — on je smesta skakao na noge i trčao da se s njim, kao s rođenim bratom, izljubi...

— Je li, snaho, a kako bi bilo da probudimo batu? — reče Jova.

Marica sleže ramenima.

— Neka ih, nek spavaju malo — reče Katić — umorni su.

— Odoh da mu javim — reče Jova — može se ljutiti.

Zamalo pa se vrati i pozva Simu u kačaru.

Izljubiše se bratski, pa posedaše.

— Nadao sam se da ćeš me zvati.

— A zar si znao? — upita Nogić.

— Javio mi je Srećko. Nego, alal vam vera! Ono što ste na Žuravi uradili — vredi carevine.

— To je ovaj! — reče Nogić i pokaza na Stanka.

— Dakle, to je Stanko!... Ti si sin Aleksin!!... Alal ti, sokole, srpsko mleko koje te othranilo!... Samo da ste videli onaj lom, ono tumaranje. Što je god čalmu nosilo, diglo se na noge... Ja sam smesta razaslao ljude te javio Stojanu u Noćaj, proti u Belotić, pop-Teši u Badovince, Ivanku, Avramu, pop-Raći... svima... Ja sam i vama javio da vas potera goni.

— Po Devi?

— Jest, po njemu. A on ti je i onako ponajzgodniji za te stvari!... Njemu je to dok drugom dlan o dlan.

Onda se opet okrete Stanku:

— Dakle, ti si Stanko?... O, brate, loma si načinio! S kolena na koleno pričaće se o tvome junaštvu; i, kad pomenu tvoje ime, oni će kazati: to je onaj što puškom kolje!... A još da znaš kakvog si zulumćara skinuo sa sveta!... Ja njega najbolje znam!... Ako drumom putuješ, pa te on sretne — teško tebi!... Do njegovog ćefa stoji ti život!... Taj isti Sali-aga se ponekad veselio ubijajući ljude. Jedinca u oca ubije samo zato da bi se nasmejao!... Ali dođe i njemu!... Nađe se čova pa zakla iz puške!... Pričam ja Stojanu, a njemu milo. A tek proti Nikoli!... On nije znao šta radi od radosti!... Znaš šta je kazao? „Taj Stanko, veli, nije lopuža!" Ja sam čuo od Deve zašto si ti otišao u hajduke!... Kako Deva priča, tebe su obedili ni kriva ni dužna!...

Stanko ne reče ništa. Katić nastavi:

— Tu je spletka koju su spleli Kruška, Marinko i Lazar. Deva kaže: Kruška je pleo da bi zavadio Crnobarce, Marinko da bi se dodvorio Kruški, a Lazar zbog Sevića devojke, koja je s tobom stojala... I, kako Deva kaže, Turčinu je pošlo za rukom.

Sva Crna Bara pljuje na dom Aleksin... Ja sam govorio proti Nikoli iz Belotića da ode do popa Miloja da tu stvar izravna.

— Pa šta je rekao? — upita Stanko.

— Rekao je da će ići.

— Hvala i tebi i njemu!... Ali nije potrebno...

— Kako nije potrebno?... — upita Katić.

— Pop Miloje i kmet Jova bolje poznaju Aleksu Aleksića od prote Smiljanića. Što da njima prota govori? Aleksa Aleksić rastao je s njima u Crnoj Bari. Pa kad oni mogu poverovati da je njegova kuća lopovska kuća — onda neka tako bude!...

I Stanko sevnu okom. I Katić, i Nogić, i Zeka videše nešto ledeno u tome pogledu.

— Ali... — poče Katić.

— Nemoj, gazda Simo, o tome pričati!... — preseče ga on. — Priče će pričati šta sam ja od njih poradio!...

To reče mirno, ali te reči zazvoniše strašno.

On saže glavu i ućuta.

Nasta tajac. Niko ne umede ništa reći... Nogić, kao domaćin, skrete razgovor na druge stvari. On je pitao te za ovog te za onog. Katić je odgovarao kratko.

— A, vere ti, Simo, šta se ono zucka kao da su Turci poubijali neke ljude tamo, oko Beograda?

— Istina je.

— Pa koga to?

— Palaliju i Stanoja iz Zeoka.

— A što?

— Đavo ih znao. Zovnu lepo ljude na veru, pa kad im ovi dođu, oni ih poseku.

— Pa što im idu?

— Kneževi su, brate. Zove ga, misli čovek, kakvim poslom, i ode. A kad tamo...

— Čuvajte svoje glave! — reče Nogić.

— A koja mi je vajda i da je čuvam ako mi je suđeno!... Od sudbine se ne pobeže!...

— A pobeže, brate, ja!... Ne idi mu na veru, veru mu njegovu!... Dođi, brate, k nama!... Gora nam je i otac i majka!...

— Ta već toga će biti!... Stojan veli: ja moram najpre moju glavu zameniti. A prota kaže: ja im živ u ruke ne idem. Ako me pozovu, ja biram goru!...

— To je pametno... I tako govori viđenijim ljudma. Bolje je skinuti sto turskih glava nego da padne jedna hrišćanska!... Njih je i onako mnogo, mnogo, neka se prorede malo!...

— Ta, već, ljudma ne treba ni govoriti više, oni to znaju i sami.

— A, posle, nemojte im sve ni kabuliti. Budite malo oštriji prema njima!...

— Ne brini!... Ima ih i takvih. Ilija Srdan iz Prnjavora prvi će početi!... Ako iko, on će prvi od nas u goru. Kuća mu kraj druma, pa kao ono drvo ukraj puta: koja god kola prođu, ona se o njega očešu. Onomadne odem u Prnjavor, te se nađem s njim, pa mi reče: „E, dovde dođe! Ja ih, vala, više ne mogu trpeti, pa da bih znao krunu poneti!... Dok samo čuješ: ja otišao u goru!...”

— Dodijalo čoveku!

— Dodijalo nam svima! Ne možeš serbez večerati od njih! Ovde smo ti na udarcu kao na gujinoj rupi. A udari kakav goljo iz Bosne, traži večeru, traži postelju, pa, bogami, još i nešto drugo! Ne smeš čeljadeta u kući zadržati. Razlomi mi se ona stara mati dvoreći ih. Pa još pas pita gde mi je žena?... Pre deset dana jedan golja ubi dete u Klenju, pa nikom ništa!... Vlaško pašče ubijeno, ko ti o tome vodi računa? On traži da prenoći s tvojom ženom, a ti ako pogledaš njegovu bulu, pozdravi se sa svojima!... Pa onda, malo im je sve to nego, kad ga nahraniš i napojiš, još te bije. Veli: udri ga što te je nahranio, pa će te drugi put i bolje nahraniti!

— I to se sve trpi? — reče Zeka, a obrazi mu plamte.

— Trpi se. Teško se rataru od pluga rastati! Teško mu ostaviti nejač; lakše mu je na svojim leđima poneti nego slušati kako se oni zlopate!...

— Pa zar jednako tako? — upita Zeka, a krv mu juri u glavu.

— Dok ne dogori! — reče Katić. — Ali kad se digne... onda će zemlja prokukati od krvi, ali se ratar neće smiriti!... Neće dati ni zelenoj travci da se javi — zgaziće je!

— Kad će to biti?

— Kad?... To ne zna niko!... Mi trčimo te pripremamo, ali to se ne da pripremiti!... To biva najedared, kao grom... I, kad zagrmi i kad udari, on ruši sve u koren!... Ali, iako je to tako strašno, opet će skoro biti!... Meni se bar tako čini!... I kad se vrisak duge šare pomeša sa piskom nejači, onda teško ne samo Turčinu što ovuda gazi nego teško i samom sultanu u Stambolu!... Ja vam to rekoh!... A, gle!... već zora!... Ja idem, doći ću doveče... Zbogom... Ako što ustreba, pošlji...

I brzo se pozdravi sa svima, pa ode.

Zora je svitala, a hajduci se udubiše u duboke misli...

6

Kruška radi

Prođoše tri meseca. Nastaše dani pozne jeseni. Suri oblaci više se i ne dizahu s neba; drva ogolela, jedva ovde-onde vidiš po koji žut listak kako leluja tužan i usamljen...

Kruška je sedeo u hanu kraj ognjišta. On se grdno zamislio. Kroz glavu mu proletahu razne misli... Otpočeo je posao po savetu Marinkovom. Danas je pozvao Ivana Miraždžića na razgovor. I premišljao je šta da mu kaže i kako da ga savetuje... Kakve li se želje ne rađahu u njegovoj duši!... Jedva je opazio Ivana kad je ovaj u han ušao.

Po pozdravu zasedoše oko vatre. Kruška reče te doneše rakije. A on posta domaćinski sladak: svaki pokret pratio je osmejkom punim milošte.

— Pa, šta mi radiš, Ivo?

— Hvala bogu, aga.

— Kako su na domu?

— Bogu hvala.

— Šta mi Lazo radi?

— Dobro je. Osta tamo kod kuće, teše neke paoce i lotre...

A šta bi i mogao raditi na ovakom vremenu, kad nikud maći ne možeš?

Čim je izustio ime Lazarevo, Turčin se pretvorio u samu slast. Pogled mu je sijao nekom nežnošću punom ljubavi prema samom imenu Lazarevom.

— Dobar ti je Lazo, bog mu zdravlja dao!... Otkad pamtim, onakog dječka nijesam vidjeo!... Ono se vidi da će biti kućanik i domaćin. Miran, poslušan, poštuje starijega... Dina mi, velim ti, vrlo sam zavoljeo toga dječka!...

Turčin je znao kako treba govoriti s roditeljem. Nije se ni najmanje prevario kad se nadao da će tim lepim rečima zadobiti Ivana.

— Vala, aga, nije što je moj!... Ja još imam dece, ali mi on baš na srcu leži!... Nekako mi je odvojio... ume zapovediti... sve!...

— Pa, vidi se, Ivo, brate, vidi se!... Ti znaš, ja, kad sam došao, ne imađah poznanika, tako vrljah po njivama, po selu; išao sam ti, biva, čak i u kolo, pa baš ga tad vidjeh. E, brate, odvojio je od druge mladeži!... Ne znaš kako sam ga zavoljeo!

Ivan je bio blažen.

— Gledam ove druge... Budiboksnama!... Eto, onaj kmetov... pa onaj Šokčanićev... pa eto ti i onog Aleksinog nesrećnika!... Sam lopov, hajduk!... Sve je to jedna sorta, kao da je od jednog oca. Nema ti u njima iskre one duše domaćinske, nego... kako da rečem... sve je, brate, nekako hajdučko...

— Hvala ti, dragi aga, što tako lepo misliš o mom Lazaru... On je pogrešio što je pucao na onog nesrećnika...

— Je li, čovječe!... A ko ne bi pucao kad mu odnesu ono što

je krvavo tekao?... Ja ne znam kako ti sudiš, ali ja — a ja sam i pametan čovjek — ja bih onako isto učinio kao i Lazar!...

Ivan samo sleže ramenima, ali mu je duša bila zahvalna Turčinu... I oštro oko Kruškino smotri to...

— To baš svedoči da će on biti pravi domaćin —nastavi Kruška — pravi pravcati domaćin... Marinko mi onda ispriča sve što je bilo, a ja mu rekoh: pa idi, bolan, potraži ga i dovedi k meni. Možda ti je i pričao...

— Jest, pričao mi je. Veli, bio sam se sav ohladio, al' on, brate, nekako čovečno, lepo, pa sam plakao kao malo dete...

— Ha-ha-ha-ha! — smejao se Kruška — jest, plakao je. Al' ja sam to razumio!... Ne treba to pritužiti čovjeku nego lijepo s njim. Treba ga najprije raskraviti...

Ivan zinuo u Turčina, pa se čudi tolikoj čovečnosti.

A Kruška, videći da je doterao dokle je hteo, samo se osmehnu, pa reče:

— A šta mu ono izniješe u selu?

— Mahni, molim te! — reče Ivan. — Rekoše da je pucao na Stanka zbog devojke...

— Koješta!...

I Turčin sleže ramenima...

— Bio sam se poplašio. Ja znam, čuo sam od žena da je on bacio oko na onu Sevića curu... pa, bogami, svašta sam pomislio!... Ali, hvala bogu!...

Turčin je to i čekao.

— Šta reče, šta?... Zar on voli onu devojku?

— Ja ga nisam pitao, tako mi rekoše.

— Pa ono je dobra cura.

— Dobra.

— Sevap bi ih bilo sastaviti! — reče Turčin, a oči mu zasijaše nekom nežnošću.

Ivanu ode pamet. On vide da Turčin baš voli njegovog Lazara.

— Pa gledaćemo...

— A, to moraš učiniti!... Kad se djeca vole, neka se i uzmu. Nema većeg grijeha nego rastaviti milo i drago!... To moraš učiniti... I kad nijesi učinio ove jeseni...

— Ta ja ću ovih mesojeđa, svejedno!... — reče Ivan.

— A baš bih željeo znati da li je Lazar miluje! — reče Kruška. — Znaš šta ću raditi! Kazaću Marinku da ga on ispita... Niko to ne umije kao Marinko!... Vi vičete na toga čovjeka, a bogami, to je jedan dobar čovjek. Ja ću lijepo kazati njemu; pa kad ga Marinko uzme na oko, neće ga moći slagati!...

— Ne zna, ne zna! Pitao sam ga ja, pa ne zna...

— Onda neka ga pripita. I, onda... ala ćemo se proveseliti! — reče Kruška, a oči mu zavodniše. — Ne znaš ti, Ivane, brate, kako je živjeti među ljudma koji te ne vole!... Ej, kako bih ja voljeo da imam koga ženiti ja udavati!... Samac sam ti u svijetu. Nikog svoga do boga, koji jedini vidi moje želje i moje srce!... Sve bih dao da me samo hoće ovi svijet razumjeti!... Ja, bolan, ni malenom mravku ne mogu zlo poželjeti, a toli čovjeku, stvoru božjem!...

Pa saže glavu i uzdahnu...

Ivanu se gotovo sažali... Pomisli: zaista mu je teško... I reče:

— Nemoj se kariti, dragi aga, nemoj! Ljudi smo, pa pogrešimo. Mi smo se sklanjali od tebe, kao velimo: šta ćeš, stranski je čovek... Možda on mrzi kad se razgovara s njim...

Ali sad ne brini! Ja, ja!... (i tu udari glasom) ja ću se razgovarati s ljudma, kazaću im kako si ti dobar čovek... kako si...

— Nemoj!... nemoj, Miraždžiću! Ja hoću da oni sami uvide moje čovještvo!

— More, ostavi! Mnogo će vode Drinom proteći dok oni uvide!... Ostavi ti to meni! Jer, evo, da ti baš kažem pravu istinu!... Ja ti prvi nisam verovao!... Mi nismo naučili da se vi, Turci, na nas smeškate; pa kad sam te prvom video kako si sladak, a ja pomislim: ovaj dobra ne misli!... Boga mi!... A sad... sad ću ja drukčije i drugom kazati.

Kruški je igralo srce od radosti, ali se on savlada.

— Nećemo o tom govoriti!... Nego... Lazar je meni na srcu!... Hoću da ga vidim srećna i vesela, pa ću onda i ja biti veseo!... Hoću da mu ja prosim curu!...

— Ne branim. Koliko danas javiću Seviću — reče Ivan.

— Najprije pošlji meni Lazara da ga pitam. Hoću da znam hoće li to njemu biti po volji?

— Ja šta će, more!

— E, onda hoću da ga ja obradujem!... Molim te, učini mi to dobro!

— Hoću, što ne bih! Poslaću ga čim kući odem... — reče Ivan i diže se.

— Sjedi, sjedi. Kud žuriš?

— Nikud. Ja mislim ti imaš kakvog posla.

— Nemam nikakvog. Sjedi. Željan sam, bolan, lijepe rječi s ljudma... Sjedi!...

Ivan sede.

— Vjere ti, Ivo, reci mi ko je, onako, među vama bio najviše meni protivan? — poče Turčin i upilji u Ivana.

— Pa, vala gotovo svi! Eto, i ja sam ti se protivio.

— Znam, znam... Ali, onako, ko je to kao prvi počeo?...

— Ono... kako da ti kažem... ne znam... Čini mi se popa... Njemu se nisi dopao. Sećam se baš jedanput reče: „On je Turčin, a Turčin ne može nama dobro misliti! Ja bih voleo da me on turski pozdravlja".

Kruška se ujede za usne... ali se nasmeja:

—Ha-ha-ha-ha!... Dobri čovjek, dobri popa!... Nije pravo mislio!...

— To se vidi — reče Ivan.

— Al' ja se ne ljutim na nega. Pozdravi ga i reci mu da sam ja znao da je to njegovo maslo, al' ja se ne srdim. On je dobar čovjek i valjan popa. I ja baš volim što je on taki. Jer kad me pozna, on će drukčije o meni zboriti... A reci mi kako kmet Jova?

— Ko?... On zar?... On ti misli onako kao i pop... Njih dva kao da su ti na jednom srcu ležali... neće ti oni jedan bez drugog ništa uraditi!... Ali, ne brini!... Dok im ja samo kažem!...

— Da ti znaš samo koliko to mene raduje što se tako pazite! To je baš lijepo. Jedini onaj pas, Aleksa, što vas je lagao...

— Žao mi je Alekse! — reče Ivan. — Znaš, kad ga vidim onako raspletena, s čibukom u rukama, da bih se zaplakao!... Krasan je to čovek bio!... Bolje bi mu bilo da je onoga udavio dok je još žgepče bio, nego što ga onako obruka i ocrni!...

— Vjere ti, kako on jako?

— Ne pitaj!... Niko da ga vidi! Ni mu ko boga naziva ni prima!... I čini mi se da je malo šenuo...

— A, brate, bio paziti na svoj narod!...

— Šta ćeš?... Valjda mu je tako suđeno!... A, bogami, žao

mi ga je kao rođenog brata!... Šta sam ja soli i hleba s njim pojeo... i to više u njegovoj kući nego u svojoj...

I tako je išla reč čas o jednom čas o drugom. Kruška je raspitivao, a Ivan u prostodušnosti svojoj pričao je i ono što je za kazivanje i ono što nije.

Kad se Kruška uverio da je ono istina što mu je Marinko pričao, kad je video da su to sve ljudi prostosrdačni, ali i ponositi, on beše načisto sa svojim planom.

— Pa, dela, Ivo, brate, razgovori se s ljudma. Kaži im da ja nisam tako zao čovjek kao što su mislili.

— Ne brini!... Sad ja idem popu. Sve ću mu ja lepo ispričati — reče Ivan i ustade.

— Slobodno mu reci da se ja na njega ne ljutim!...

— Ama, ostavi ti to, dragi aga!... Nije meni majka jezik ispredala; umem i ja kazati šta mislim!... Videćeš kako ćemo se mi združiti i biti dobri prijatelji!... Ja ti velim, dok ti samo vidiš kakvi su ljudi ti Crnobarci — neće ti pasti na um da nas ostaviš.

— Ja bih se volio razumrijeti ovdje s vama!...

— Zbogom, dragi aga!

Kruška mu pruži ruku:

— Zbogom, Ivo, brate!... Ali ne zaboravi da se sa Sevićem razgovoriš!

— Kako da zaboravim!... Još danas idem!...

— Znaš, ti si ga rodio, ali mi je na srcu!

— Hvala ti!... Zbogom!

— Zbogom pošao!...

Ivan ode razdragan. Putem je premišljao o rečima

Kruškinim. Njemu se činilo da je malo i hrišćana tako duševnih kao što je Kruška.

„A... izmiriću ga ja!... Dok samo ispričam popu i Jovi kako je to sladak čovek!... Bogami smo se ogrešili o njega!... Pa, još kako se brine o mome Lazaru!... A, vala, i jeste Lazar momak na svome mestu!... Pa još kakav je to kućanin!... Eto, ja! Ja ne bih pucao na Aleksu ni za kako blago ovoga sveta; ali on, čovo, hoće da ubije za svoje!... Pravo ima, alal mu vera!...”

Turčin je stojao na pragu i gledao za Ivanom sve dotle dok ne zamače u lug. Onda se vrati u odaju, naruči da mu donesu kavu, pa, puštajući guste dimove, stvaraše u onim kolutima lepu sliku...

— Hajde, hajde, Crna Baro!... — smeškao se on. — Ide vrijeme i nosi vas meni na peškeš!... Oči će vam iskakati od mojega blagoslova!... Ja vam donosim takoga mira da vas posle ni bog neće moći izmiriti... Došao je kurjak do ovaca...

7

Rascep

Ivan stiže doma. Bio je veseo i raspoložen. Radujući se što mu posao ide tako za rukom, on se stade šaliti s decom što mu na susret izidoše, a šalio se obično izdevajući im imena.

— Ej, ti švrćo!... A što si bosonog, more?... Što te nije mati obula, a?... Vidiš kako je Čupa obuvena; a Čupa, dok se samo ubriše, biće devojka od tog sveta!...

I, minuvši mimo decu, uđe u kuću.

— A gde je Lazar? — upita svoju ženu Krsmaniju.

— Ne znam, tamo je u avliji.

— Zovni ga.

Zamalo dođe Lazar. On ga pogleda lepim, umiljatim pogledom, pa reče:

— Lazo, sinko! Otidi jedan čas do subaše, zvao te nešto.

— Dobro, babo.

I Lazar se okrete da pođe, ali ga on zadrža.

— Stani-de! — reče.

Lazar stade i pogleda ga.

— Je l', more?

— Šta, babo?

— A, loj li ti detinji, ti tako zar?... A?...

Lazar ne reče ništa, samo obori glavu, jer razumede pogled očev.

— Ha-ha-ha-ha!... Gledaj ti, molim te! Hoće čovek da se ženi, a ovamo krije od oca!... A znaš li ti da sam ja to davno čuo, a?... Ne znaš!... Čuo sam ja, ali neću kazati od koga... Nego hajd', hajd'!... Videćemo i to!...

Lazar izide. Srce mu je igralo od radosti... Da je mogao, on bi leteo kroz gole lužnjake. Pa mu se činilo da se i ona ogolela drva smeškaju na njega.

U radosti malo te ne zaboravi uvratiti se popi. Bio već i prošao njegovu kuću. Onda se vrati, uđe u avliju, pa zatim u kuću. Popa je sedeo sa kmet-Jovom kraj vatre.

Lazar skide kapu i priđe im ruci.

— Živ bio, Lazo! — reče popa. — A koje dobro?

— Molio te babo, ako nisi u poslu kakvom, da odeš jedan čas do njega, nešto važno hoće da ti kaže.

— Dobro, Lazo, dobro.

Lazar ih opet poljubi u ruku, pa skoro kasom ode Kruški...

— I tako, sad vidiš — nastavi popa razgovor koji im Lazar baše presekao — da će biti ono što sam ti onda još kazao... Ja se i sad sećam Stanka, kao da mi je pred očima!... Ne može čovek onako planuti za ban-badava. Jesi ti video kako se on u času preobrazi: od deteta posta čovek!...

Kmet je ćutao.

— Još onog večera mislio sam svašta — nastavi popa. — Svu noć nisam mogao trenuti. „More, da mi ne ogrešismo dušu?" — mislio sam. Onda mi opet dođe drugo u glavu...

ono kako se Aleksa prenerazio... sve... I, onda opet pomislim: ko zna!... Da si samo video Aleksu onoga dana kad sam detetu molitvu čitao!... Znaš li da se čak ja htedoh zaplakati, ja koji sam tvrd na suzi!... Nije to lako gledati matora čoveka kako plače.

— Jeste!... Jeste!... Znaš li kaki je bio pred sudnicom kad ono htede zaklati Marinka?...

— Dodijalo, brate, čoveku!... Nije to lako!... On nije ništa kriv. Ta, mi smo s njime mladovali, bili čobani... pa nikad, nikad „zurke" tuđe taj čovek ne uze...

— Tako je... — reče kmet. — E, ali, šta ćeš? Našlo se, brate, kod njega... Baš da smo ga i hteli braniti, ne bi ga odbranili.

Popa se zamisli... Vatra je puckarala na ognjištu...

— Hoćeš ići Ivanu? — upita ga kmet posle dužeg ćutanja.

— Možemo. Hajdemo zajedno.

— Hajdemo...

Popa se diže, ogrte svoj „resanik" i uze drenovaču.

— Stojo! — reče popadiji. — Ako me ko ustraži, kaži neka očeka, ako bude što nužno, pošlji Ivanovoj kući, tamo ću biti.

I uputiše se kući Ivanovoj. Obojica su ćutali kao nemi...

Prolazeći pored kuće Aleksine, videše ga pred kućom gologlava gde stoji; digao glavu pa se zagledao u nebo, a vetar se igra s njegovim sedim vlasima.

Kmet Jova zatrese tužno glavom.

— Bolje bi bilo da je umro!

— Bolje! — reče pop. — Teško njemu!... Čini mi se da je i pameću pomerio.

— Siromah! — reče pop.

I minuše mimo kuću. A na srce kao da im se navali neka stena...

Ivan ih dočeka smeškajući se.

— Ama, kao da sam poručio za obojicu!...

— Evo nas, vala! — reče popa zdraveći se.

Čeljad što beše tu priđe im ruci.

— Dede, sedite! — reče Ivan. — Deco! Donesite malo rakije.

I zasedoše. Prineše im tikvicu tesna grla.

Nego, da reknem koju i o tome kako su pili naši dedovi.

Mačva nije bogata vinogradima. Vina si mogao naći vrlo retko, a retko se i tražilo: samo u pričest i kad ko umre što ga preliju. Međutim, Mačva je obilovala u jabukovim i šljivovim voćima. I rakija i jabukovača mačvanska behu tada na glasu. Nijedna kuća bez tih pića nije bila. Niko iz kuće nije otišao a da ga ne usluže jednim ili drugim pićem.

Jabukovača se pila vrgom, čuturom, ko je šta imao, a rakija tikvicom, kojoj je grlo tako tesno da jedva kap prođe. Trebalo je čoveku dobrih dva-tri minuta nategnuti dok proguta jedan gutljaj.

Popa naže, pa kad odujmi, pruži kmetu.

— Ovo ti valja!... Dobra rakija, ne da se dosta piti, ali je i sud prema njoj!...

— He-he-he!... — smejao se Ivan.

— Pravo veliš, popo — reče kmet, pošto odujmi — ne bi valjalo da je tikva širega grla.

— Ne znam, to moj Lazar ujdurisao. On ti je majstor oko toga.

— Pa šta mi radiš? — upita pop, pošto malo poćutaše.

— A šta ću raditi? — reče Ivan. — Ova kiša ne da napolje. Nego ti ovde sedim s decom i razgovaram. Juče komismo malo kukuruza, pa danas, eto... Išao sam malo do subaše.

— Do subaše? — preseče ga pop.

— Ja, zvao me.

— A što te zvao?

— Ništa, razgovarali se... More, pa ono je neki dobar čovek, boga mi!... Nisam znao, ali baš dobar čovek!

— E? — reče pop i pokupi obrve.

— Kažem ti, razgovara ti, brate, o svemu i svačemu kao da nije Turčin. Eto, sa mnom je govorio i o tebi i o Jovi...

— A šta je govorio? — zapita pop, ali preko srca...

— Veli: dobar vam je onaj pop. Krasan čovek! Ja onakog popa nisam video, ne pamtim!... A i kmet!... Ne znaš ti, veli, Ivane, kako se meni dopala ta dva čoveka. Ovo što je sve ovako dobro u Crnoj Bari, to su oni učinili. Pametni ljudi, pa to ti je!

Dok je Ivan govorio, kmet pogleda popa i vide da mu ne godi Ivanov govor. Zausti nešto da rekne, ali ga pogled popov zadrža...

Ivan je u svojoj naivnosti pričao sve što je s Turčinom razgovarao, pa je, kao kad nekoga hvalimo, malo i preterao. Dizao je Turčina u deveto nebo.

— Krasan čovek! Sladak čovek! Eto, Marinko! Ti znaš koliko smo mi na Marinka vikali. A on za Marinka veli da je to baš dobar čovek. „Malo je, veli, prilen, ali dobar, pošten...” I onako... njemu su svi Crnobarci krasni ljudi... Jedino vrči na Aleksu, njega ne mari. Neće da čuje o njemu!...

Popu prekipe.

— Slave ti, Ivane, zar si ti mene zato zvao?

— Pa ja... Što se, brate, džaba tuđimo od čoveka!... Da je on onako kaki... što pravi smutnju, ja bih prvi okrenuo glavu od njega!... Ali dobar čovek!... Čak, eto, i meni govori kako bi voleo da oženim Lazara!... Ja samo stao pa se kamenim!... Veli: „Ono je pravi kućanik!... Ti bi to propustio, ali on gine za svoje!...” Bogami, tako voli Lazara kao da mu je na srcu ležao.

Ni pop ni kmet ništa ne rekoše.

— Nego... znate li šta?

— Šta? — upita kmet.

— Da se vas dvojica izmirite s njim.

— Nismo se ni svađali — reče pop suvo.

— Znam. Ali je on čuo...

— Šta je čuo?

— Kao da vas dvojica vrčite na njega.

— A ko mu je to kazao?

— Ne znam; ali, veli, vrlo mu žao. On vas voli i voleo bi da je s vama u lepoj ljubavi...

Pop se zagleda u Ivana.

— Da mu ti nisi kazao da mi mrzimo na njega?

Ivan pogleda popa, pa se čisto trže:

— Bog s tobom, popo!... Prekrsti se ti!... Kako bih ja to njemu mogao kazati!...

Slaga Ivan, jer se zaprepasti od pogleda popovog.

— Pa ko bi mu drugi i mogao kazati? — reče pop ozbiljno.

— Pa zar baš ja? — reče Ivan, a poduze ga kao neki stid, jer je on, kao što znamo, i kazao Turčinu. — Nego... mahnimo to, on je dobar čovek...

— Dobar čovek, dobar čovek!... Jest, dobar, ali svojim Turcima!... A teško tebi kada te on voli!... Nego, upamti ovo,

Ivane!... Sva Crna Bara, svi vi, moji prijatelji, ljubite se koliko hoćete s njim — ja neću!... Ja nikad ne verujem u dobro od Turčina... I kad bih video ovim svojim starim očima, ja opet ne bih verovao! Rekao bih: stare oči, pa me varaju!... A sad, kad si se primio da doneseš poruku Kruškinu meni, odnesi i moju njemu!... Zbogom!

Pop je drhtao od jeda. On bi voleo da je ne znam šta izgubio nego što je ovo čuo...

— Ali, sedi, popo! Sedi, Jovo!... — vikao je Ivan, jer se i pop i kmet behu digli da idu.

— Šta ćemo ti?... Mi smo svršili razgovor za koji si nas pozvao! — reče kmet.

— Nisam ja zato zvao!... To je bilo onako uz reč. Ja sam vas zvao da razgovaramo o proševini. Rad sam zaprositi Sevića devojku za Lazara... Sedite, ljudi!... Baš ste na kraj srca!... Ja nisam ništa ružno mislio.

U taj par bahnu knez Sima.

— Popo, zovu te kući da čitaš jednu molitvu.

— Dobro, eto me. Zbogom, Ivane!

— Ali sedi malo, čoveče.

A pop izide iz kuće...

Ivan okupi kmeta da ostane, ali ovaj ne htede za živu glavu posle popa ostati, nego se i on pozdravi...

Ivan osta sam. Neki ga stid obujmio. Sad mu se učinilo da je odista nepošteno što je onako Turčinu o popu i kmetu kazao... Sve dok pop ne poče govoriti, on je mislio da čini veliko delo... A sad, sad je i njemu to sve izgledalo ružno. I, uhvativši se za perčin, ciknu:

— Budalo matora! Osedeo si, a ništa ne znaš!...

Raspoloženje, dobra volja... sve to prođe... i osta nešto teško kao stena na grudma...

Pop i kmet iđahu ćuteći. Opet videše Aleksu pred kućom, videše kako se niz raspletene kose njegove voda sleva.

Pop više za sebe, ali opet toliko glasno da je i kmet mogao čuti, reče:

— Ovaj to ne bi nikad učinio. Preko njegovih usana nikad ne bi prešla tajna!... A mi tako učinismo s njim!...

8

Tvrdoglavstvo

Čudne misli obujmile Ivana. S jedne strane stid što je tako postupio, s druge strane, opet, prvo obećanje što je dao Turčinu da tako na jalovo prođe...

A nije mu se htelo da vara Turčina, ne stoga što ga se bojao, nego stoga što mu se učinilo da mnogo važi u očima njegovim, pa je hteo i da nadalje u važnosti ostane.

A oni, eto ti sad!... Jedna popova reč raskvari sve!...

„Što je taki? — mislio je Ivan. — Ja sam mislio da je on pametan čovek, a ono, eto ti sad!... Da bar hoće da razgovara! Pa kad bih mu ja kazao: kako je to čovek kome odistine leži na srcu naše dobro i naša ljubav, on bi video da je tako. Ali šta ćeš mu, kad neće ni da te čuje čim Turčina spomeneš!...”

I baš mu beše žao na popa. Onaki čovek, kao Kruška što je, baš bi se složio s popom. I njih dva mogli bi mnogo dobra učiniti Crnoj Bari... Ovako, ako njih dva udare jedan na drugog, onda, bogami, neće ništa valjati...

„Ama, što je taki! — reče on skoro glasno. — Pa i onaj kmet! Ono se usproletalo uz popa, pa sad teže ti je sa njim razgovarati nego s popom!... Kako me samo pogleda kad ga htedoh zadržati!... Iz očiju sam mu čitao kao da hoće da mi rekne: a i ti si mi otišao Turcima!"

I opet ga obuze kao neki stid. On je osećao da ima greha na duši, ali je hteo da to sam pred sobom opravda.

„Ja jesam razgovarao s Turčinom, pa i kazao mu da pop i kmet vrče na njega, ali to je bio samo razgovor... A posle, i Kruška je dobar čovek..."

Pa se uhvatio za tu misao da je Turčin dobar čovek... Mislio je, verovao da im on ništa zato neće... Pa opet, opet nešto ga je peklo na duši; neko čudnovato, neprijatno osećanje obujmilo ga... Da mu je da pobegne od samog sebe, da mu je bar s kim da rekne koju iskrenu...

I, kao naručen, dođe mu Marinko. Pošao od kuće, pa se uvratio. Lice mu se smeškalo, jer je video Ivana kad se od Kruške vraćao.

— Pomoz' bog, Ivo!

U ovom trenutku Ivan se zaradova. On skoči sa stolice:

— Bog ti pomogao!

— Ja se malo svratih da vidim šta radiš...

— Baš si dobro učinio, sedi... — reče on... — Baš sam se osamio.

U svakoj drugoj prilici on bi bio hladan prema Marinku, ali danas on je morao ma s kim razgovarati. A s kim se i mogao razgovarati lepo o Turčinu ako ne s Marinkom?

Marinko sede.

— A gde je Lazar? — upita on.

— Otišao je do subaše, zvao ga.

— Ako, ako... Dobar je to čovek. Bar Crna Bara nije za boljeg saznala!

— Dobar jest, ama nije svima! — izbrblja Ivan.

Marinko upilji u nj.

— A kome to nije?

Ivan mahne rukom.

— Mahni se, slave ti!...

Ali se varao Ivan u računu ako je mislio od Marinka nešto zatajiti. Taj brat ne odstupa lako, samo ako je nanjušio kakvu tajnu. On će jurišati dok je ne prokljuvi, pa da bi ga ti juriši i glave stali...

— Tako ti časnog krsta, Ivane, kome to subaša nije dobar? — stade preklinjati Ivana, a upiljio tako u nj da mu nijedan mišić na licu nije mogao mrdnuti da on ne opazi.

— More, mahni! — reče opet Ivan.

— Što mahni?... Što mi, bolan, ne kažeš?

Ivan je ćutao. Njega opet stade gristi savest.

Kad vide Marinko da Ivan neće da kaže, onda se reši da napomene.

— Baš nećeš da kažeš?

— Ali... — poče Ivan.

— Ne moraš... Ja znam i sam. Hoćeš da ti kažem?... Je li, to su pop i kmet, a?...

A Ivan se ustumarao pogledom.

— Je l'?

— Ta... jeste, oni su...

— A šta im je krivo?

— The...

— Jesi čuo, Ivane! Što jest, jest! Ali kad dođe kosa do brusa, moram reći, pa da bih crkao!... Šta misle ti ljudi?... Neka se oni, brate, igraju sa svojim glavama, a ne s našim!... Mrze Turke!... Pa, lepo, niko ih i ne voli!... Ko ih voleo, u kući mu bili!... Zar ti misliš da ja oblećem oko Turaka što su mi mili?... Dabogda oni bili mili bogu koliko meni, ali mora se, brate! Ja se ne mogu s njima boriti! Pa kad to ne mogu, mogu im se malo umiliti; a umiljato jagnje i dve majke sisa!... A Kruška?... Kruška, brate, kao da nije Turčin! Eto, reci i sam!

— Gotovo, vala... — potvrdi Ivan.

— Zar nije on najčovečnije radio sa nama?

— Jeste, nije vajde, jeste!

— Eto, razgovarao si s njim. Je li da je to sladak čovek?

— Jeste.

— Je li da nam svima dobra želi?

— Svima.

— Kao da je odrastao s nama.

— Vala baš!

— A pop i kmet digli se protiv njega?

— Jest.

— Samo njima nije pravo!... A zašto?

— Ne znam.

— Teško nama kad imamo take starešine! — zavapi Marinko. — Teško nama!... Zar im je, bolan brajko, malo one čovečnosti! Koga napade? Gde to Turčin nasrnu na kuću ili čeljade čije u Crnoj Bari? Gde? Otkad je on u Crnoj Bari, mi agujemo. Daš bogu božje, caru carevo, agi desetak, pa nakriviš kapu!... Zar nije?

— Jeste.

— Jeste, jeste! A to je sve Kruška!... Onaj Kruška što ga grde naš pop i kmet, ljudi što su omatorili pa izlapili!... Nego... Ivo, brate, njih ne smemo slušati. Oni će nas odvući u propast!...

I Marinko okrete pričati o drugim subašama, o pakostima što ih počiniše koje oni koje drugi Turci po njihnim selima. Sravni sve to s Crnom Barom, pa diže Krušku u nebo. Onda poče govoriti o Lazarevoj krivici:

— Da je to bio drugi koji Turčin, teško tvome Lazaru!... Misliš mario bi on!... On bi pustio Stanka da čini što mu duša želi. Još bi rekao: „Marim ja! Neka se ubijaju psi đaurski!...” Ali ovaj ne dade... Znaš li šta veli: „Ja ću da satrem oni lopovski izmet da mi ne pogani ovako dobro selo!...” Ne može on da gleda nevaljala čoveka. Pa, eto, koliko samo pazi tvoga Lazu! Laza je dete, a on ga priziva k sebi pa ga uči i savetuje da se dobro i pošteno vlada!... Pa ti još ne znaš sve!... Onoga dana kad je Laza pucao na onoga lopova pa pobegao u šumu, on dozva mene pa mi reče: „Idi, veli, nađi mi toga dečka. On će stradati od onog zlikovca ako ga gde u šumi nađe...” I ja sam svu noć dragu tumarao po šumi dok sam ga našao. Tako je to, moj Ivane!... On je prijatelj i tebi i tvojoj kući; ti ne smeš pljunuti na ljubav njegovu!...

Ivan sagao glavu pa se zamislio... Marinkove reči urezivaše mu se u srce. On je osećao da su one istinite. Verovao je da mu je Turčin prijatelj koji je mnogo za njegovu kuću učinio...

Pa opet, opet!... Ovi ljudi s kojima je on odrastao, onaj dobri pop smesta je postajao strašan čim mu spomeneš Turčina. On se nije mogao s njime pomiriti!...

Ali, opet... Kruška... Zar Marinko nema pravo?... Zar Kruška nije njemu učinio više dobra nego svi Crnobarci skupa?... I sad, on da okrene glavu od njega, da odbije njegovu ljubav, koju mu onako svesrdno nudi?... Ne, ne, ni to ne može!

Pa se izbezumio i raspametio!... Ne zna kuda bi pre!... Na jednoj strani detinjstvo, mladost, vek... a na drugoj prijateljstvo, prijateljstvo iskreno, srdačno... Što bi god hteo odgurnuti, ne može. Boli... I jedno i drugo ulegalo se duboko u srce, pa i kad bi hteo koje iščupati, bi li mogao a da srce ne povredi?...

Marinko ga je gledao. Njegovo oko kao da mu je u srce prodiralo. On je video borbu, užasnu borbu... Stojao je tu, kao đavo da mu ne da poći dobrim putem. Kao mačka miša, tako je on njega gledao misleći: lomi se ti, lomi, ali moj si!...

Ivan se diže.

— Kuda ćeš? — upita Marinko.

On ne reče ništa nego stade hodati po kući. Marinko se reši da mu još koju dobaci.

— A, bogami — reče on — ja ne znam kakvi su to prijatelji. Šta bi hteli oni? Zar čoveku koji ti je toliko dobro učinio da ne smeš reći ni hvala?... O, va im' oca!... Ja, brate, ne bih tako radio! Ja bih im rekao: braća smo, živeli smo lepo i živećemo. Ali ovaj je čovek meni učinio toliku ljubav da se ja ne smem njega odreći!...

Ivan najedanput stade, okrete se Marinku i pogleda mu pravo u oči.

— Ali, ja sam subaši obećao da ću ga izmiriti s njima!... Ja od sramote ne smem čoveka u oči pogledati!...

— Ti smeš!... Ti si baš svesrdno radio na tome, ali, kad oni neće — šta ćeš?...

— Ali ko mu sme na oči! Ja mu baš rekoh: „Ostavi ti, to je moja briga!...” A ono, eto sad! — jeknu očajno Ivan.

U Marinku se javi zver. Srce mu zalupa od radosti što mu dođe tako na zgodu.

— Eto, i ti se još zanosiš! Ti njih moraš slušati, pa da bi ti rekli i u vatru i u vodu, a oni tebe neće ni onde gde se tiče tvoga obraza i tvoga sedog perčina!... Ej, moj Ivane, teško tebi!... Dokle ćeš, bolan, biti lud?... Zar ti misliš da ćeš kadgod biti prav njima dvojici?... Teško tebi!... Od danas oni te više neće prizvati u svoje društvo!... Ne smeš ti voleti ono što oni ne vole!...

Ivana kao da neko oprlji ključalom vodom. On oseti koliko su istinite Marinkove reči. Znao je koliko popa ume da mrzi. On vide očima provaliju koja ih deli, ali se stade protiviti.

— Šta? — reče on. — Zar bi oni mogli tako učiniti sa mnom?...

— Ha-ha-ha!... — nasmeja se Marinko. — Bože, al' si dete!... Pre će oni, bolan, pozvati onog lopova Aleksu u svoje društvo nego tebe. Pre će se s njim sašaptavati nego što bi na te i pomislili!... Zar ih ne znaš?...

Istina, sama istina, Marinko je govorio istinu.

I njemu postaše najedanput i pop i kmet kao neki tuđi ljudi, ljudi grabljivi, lakomi, koji grabe samo za sebe, koji ne vode brige ni o čemu doli samo o sebi i svojim ćefovima...

I izidoše mu oba iz volje. Čudio se samo kako je mogao voleti takve sebičnjake!... Osećao je kako je u pravu da i on na svoju ruku radi. I verovao je da će on svojim radom više učiniti za godinu nego oni od svoga postanka.

Već se rešio.

— I zar ne znaš... — poče Marinko.

On mahnu rukom i preseče ga:

— Znam!... Imaš pravo... Ja sam bio budala!... A oni... pravo su imali!...

— A!... — reče Marinko podsmevajući se.

— Ne smej se! Ljudi smo, pa grešimo. Od danas me neće niko vući za nos!... Ne da se Ivan!

— Pravo imaš. Sad mi govoriš pametno.

Ivan dođe do ćoška, uze štap što tu beše prislonjen, pa reče:

— Hajdemo Kruški.

9

Proševina

Marinku je igralo srce od radosti. On je čisto video onu odlučnost na licu Ivanovu. Premišljao je samo o tome kako i šta da radi, te da se Ivan više ne vrati svojim starim drugovima... Sastavljao je mnogo planova, ali mu nijedan nije bio baš sasvim podesan.

Međutim, Ivan se beše već rešio. U duši svojoj on je naskoro bio raskrstio. On ne mogaše boljeg prijatelja sebi naći od čoveka koji je toliko prijatelj sinu njegovom...

Stigoše pred han. Kruška beše u odaji s Lazarom. Čim ču da su Ivan i Marinko tu, on čisto radostan potrča pred njih.

— A... došli ste!... Ja malo sjedoh ovdje s Lazom.

Marinko namignu na nj... Turčin razumede i nasmeja se.

— A... s Lazom, sa đuvegijom... ako, ako... — cerekao se Marinko.

— Jest, bogme, s đuvegijom! — reče Kruška. — Zar to nije momak kao grom? Ja čikam curu da kaže neću! — reče Kruška i potapša Lazara po plećima.

Ivan se htede zaplakati od radosti, videći kako Kruška mazi njegovog Lazara.

— Dede, sjedite ljudi! — reče Kruška, pokazujući na divan. — Evo i duhana...

— To ti meni daj, dragi aga, Ivan ti slabo mari za to — reče Marinko topeći se sav od smeja.

— Zar ne pušiš?

— Ne palim.

Lazar htede otići.

— Neka, Lazo, nemoj ići. Tu ti je sad i otac, pa da razgovaramo.

Lazar obori bajagi glavu.

— Evo šta, Ivo. Baš sad razgovaram s njime i pitam ga bi li se ženio.

— Pa šta veli? — pita Ivan.

— Šta će reći — smeškao se Turčin — šta bi ti rekao da si u njegovijem godinama?... Hoće da se ženi, eto šta!

Marinko se zacenu od smeja, a Lazar se okrenuo pa gleda kroz prozorčić napolje.

— A je li begenisao curu?

— Siguran sam da jeste! Ha-ha-ha! — zacenu se Marinko.

— A koju? — upita Ivan gradeći se da ne zna.

— Eh, da li znaš koju? — reče Kruška. — Najljepšu curu u Crnoj Bari. Zar može ovako dobar momak voljeti rđavu djevojku?... Jelicu Miloševu hoće on.

Ivan se osmehnu. On je davno znao da Lazar voli Jelicu.

— Pa dobro, dobro — reče on.

— Znam dobro, dobro. Ma hoće li što biti od proševine? — pita Kruška.

— Da vidimo. Valjda će biti!

— Nemoj tako govoriti! — uozbilji se Kruška. — Reci na-jedanput: hoćeš ili nećeš?... Evo, ja ću pitati Sevića za devojku.

— Što? — uozbilji se Ivan. — Zar ga ja ne smem pitati?... Čega bi se ja stideo?... I čim bi on mene zastideo?...

— Ničim, vala! — reče Marinko. — Ako je na porodicu, imaš više zadruge od njega; ako je na bogatstvo, bolji si od njega!...

— Tako je! — reče Kruška.

— Ti si još i novčan — dodade Marinko.

— Onda ja ću sam ići njemu.

— Tako i treba. Ja se samo malo našalih, kao velim: da krenem stvar... Znaš, mladeži nije do čekanja!... Da je to za me i za te — onda bi se moglo i očekati, ali...

— Pa opet pre mesojeđa ne može biti ništa, sad je post — reče Ivan.

— Samo neka se svrši proševina, koliko da se zna! — reče Kruška.

— Dobro. Ja ću još danas ići Milošu...

— Tako valja, tako valja!... Pa onda ćeš valjda i mene pozvati na proševinu?

— A... hoću, hoću!

— A tu će sigurno biti i pop i kmet...

Turčin zastade. Pogleda u Ivana, pa kad vide kako mu se čelo nabra, upita:

— Šta ti je?

Ivan ne reče ništa.

— Zbilja, šta ti je?

— Ništa, dragi ago, ništa! — reče Marinko. — Malo se sporečkao s popom i kmetom... ali, ništa...

I Marinko opet namignu na Turčina.

— A što?

— Pa... ništa... on im govorio tamo o tebi, pa...

— Pa?...

— Pa... ne znam. Eto, neka ti on kaže...

— Šta je to bilo, Ivane?

— Bilo!... Ne možeš im ništa dokazati kad neće da te čuju.

— Ama to je zbog mene bilo?

Ivan potvrdi glavom.

— Pa ništa!... Nemoj se ti toliko kariti! — reče Turčin, bajagi hrabreći ga. — Znao sam ja to!... Nego, hvala tebi na lijepoj ljubavi, hvala ti kao bratu rođenom... A oni... the!... Šta tu ja mogu?... Doći će, valjda, kadgod i moj dan!... Što reklo ono siroče: umrijeće i moja naja, naješću se i ja pogače!... Tako i ja!... Doći će njima crni dani, pa će onda Kruška dobar biti!... Nego, šta vele, vjere ti?... Radi čega to oni neće?

— Neće, brate, što si Turčin!

— Ha-ha-ha-ha!... — stade se smejati Kruška. — Lijepo, lijepo!... Zar je samo njima dato da budu dobri ljudi?... Vidjećemo!...

— Baš sam im svesrdno govorio...

— Vjerujem ja tebi.

— Ali ne pomaže...

— I ne treba... — reče Kruška, gradeći se hladan, iako mu obraze obuzimaše crven... — Nego, ostavimo se toga... ja znam, oni me mrze. Je l'?

—Jest — reče Ivan.

— Mnogo me mrze?

— Mnogo.

— A i bog i ljudi vide da me samo džabe mrze... To vidi svaki kome je bog dao dva oka da može vidjeti...

— Tako je.

Turčin se nasmeši, pa reče:

— Ostavimo se sad toga razgovora...

— Ali ti treba da znaš sve! — reče Ivan.

— Znam dosta. Znam da su mi oni dušmani i da rade protiv mene; znam da si mi ti prijatelj. I, vjeruj, više volim tvoju ljubav nego što se plašim njihova neprijateljstva. Nego, ja!... Pa kad ćeš razgovarati sa Sevićem?

— Koliko danas.

— Ali idi odmah. Nemoj oklijevati...

— Dobro. Idem iz ovih stopa — reče Ivan.

Pa se diže i ode Sevića kući...

Tamo ga dočekaše lepo. Miloš Sević bio je čovek dobar, blag, miran. U svima seoskim poslovima bio je vazda tamo gde su bili pametniji ljudi, kao pop, kmet i drugi. U svojoj kući bio je u punom smislu reči domaćin. Tu je on dizao i obarao po svome nahođenju. U kući mu je bio red kao u košnici. Svako čeljade znalo je i radilo svoj posao, a on je bio gospodar. Mislio je da je u njegovoj kući svaka njegova reč svetinja, pa je tako i bilo. Jednom reči: pravi domaćin svoga vremena. Kad je Ivan stigao, Miloš ne beše kod kuće. Otišao nekim poslom do Šokčanića. Međutim, kućani potrčaše svi da usluže gosta onako kako se samo poželeti može.

Ivan sede da ga priček̄a. I nije ga dugo čekao. Miloš dođe gotovo odmah po dolasku njegovom.

Posle pozdrava sedoše i povedoše razgovor o rđavom vremenu, o jabukovači i kazanu. Razgovor je tekao prilično. Zatim Ivan okrete na opštinske stvari. Spomenu kmeta i popa, onda subašu i kako je on čovečan.

— Ne znaš ti, Milošu, kako je to dobar čovek, ama kao da se rodio u Crnoj Bari.

Miloš je, kao što rekoh, u tim stvarima puštao svakog preda se. On je verovao da je svaki od njega pametniji, pa i Ivan. I odobravao mu je sve što rekne.

Ivan se gotovo razdraga:

„Eto, što je čovek, mislio je on, pravi čovek! Zna, brate, prljilo ga, pa zna! Gde li si sad, pope, da čuješ kako pametan čovek razgovara!... A nije kao ti!... „On je Turčin, a Turčin je naš dušmanin...” Eto, vidiš, ovo je prost čovek, ali zna!... A moram se s njim oprijateljiti, pa da bi ne znam šta bilo!...”

— Čuješ, Milošu! — reče glasno.

— Šta?

— Nešto bih te kao čovek upitao.

— Šta?

— Ja, brate moj, imam sina za ženidbu, sokola!... A tvoja je kći stigla za udaju. Šta veliš da mi tu decu sastavimo?

— Pa... eto... — sleže Miloš ramenima.

— Sevap bi bilo. A, posle, i oni se rado glede.

— Ne branim... — reče Miloš.

— Pa kad veliš da dođem?

— Kad je tebi drago.

— Onda eto me sutra s proscima.

— Dobro mi došao svakad.

— E, baš se radujem!... Znaš, bogu hvala, mi se pazimo od detinjstva. Odavno sam na to mislio, gledeći kako deca rastu!...

— Valjda je i bog tako rekao...

— Rekao je, rekao...

Još su malo posedeli, pa se Ivan diže kući da se spremi i sazove prosioce...

***

Miloš dozva ženu u sobu, pa joj reče da je obećao Jelicu za Lazara.

Kruniju nešto teknu, ona poblede.

— Pa kad će to?...

— Sutra naveče dolaze prosioci. Gledaj te spremi sve što treba. A i njoj kaži...

Krunija izide iz sobe, bleda kao mrtvac. Ona se seti kako joj je Jelica govorila o Stanku...

Bože, što ti je srce materino! Mada je znala da treba činiti samo ono što domaćin želi, da treba voleti ono što on voli, opet joj se u duši nešto zakuva. Ona odjedanput omrze i Ivana i Lazara, i svu kuću... Oni joj se učiniše kao ljudi osim sveta... Gotovo i ona, zajedno s Jelicom, da poveruje da onu krađu nije učinio Stanko, nego da je Lazar tamo sobom novce zakopao...

Jelica je bila u avliji. Ona izide u avliju, vide je tamo na drvljaniku gde slaže naramak da u kuću nosi.

— Jelo! — viknu ona.

— Čujem, nano.

— Dela, odnesi ta drva, pa dođi u vajat, râno.

— Eto me, nano, eto.

Krunija uđe u vajat i stade se osvrtati. Zamalo dođe i Jelica. Videći majku bledu, nju nešto proledi.

— Što si me zvala, nano?...

Krunija ušeprtlji:

— Ovaj... a gde ti je ona pređa što ti dadoh neki dan da ostaviš?

— Evo je u sanduku, nano — reče Jelica čudeći se.

I pođe sanduku da izvadi pređu.

— A... jest, jest!... Znam!... Neka, neka, nemoj vaditi!

Jelica, videći kako se ušeprtljila, priđe bliže i zagleda joj se u oči...

— Majko!... — reče ona i sva zadrhta. — Ti nešto strašno kriješ od mene!... Šta je?...

— Jeste, râno moja, strašno!

— A šta je?

Kruniji beše teško da joj kaže.

— Kazuj, majko! Kazuj, ne muči me!...

I ona sklopi ruke.

— Tebe prose! — reče Krunija.

Njoj se okrete vajat oko glave... Ali se brzo pribra pa reče:

— Prose?... A ko to?

— Ivan Miraždžić, za Lazara!... I otac te daje... Meni reče da se spremamo i da tebi javim!... I sad znaš šta je... eto ti!...

U Jelicu kao da uđe neki bes... Ona steže obe šake u pesnice, diže ruke nada se i reče oštro:

— Ja neću!...

Krunija nije verovala svojim ušima. Nije mogućno da joj je kći kazala: neću. Toga čuda još nije bilo u svetu.

— Šta reče, nesrećnice?!

— Neću! — reče Jelica uporno.

A u očima se ogledala stalnost, koja je govorila više od svake reči.

Krunija sede na krevetac. Ona još nije ni pojmila; nije mogla pojmiti sve to što je došlo nenadno, kao grom iz vedra neba.

Obe ćutahu. Krunija se zagledala u usne Jeličine, koje su igrale od ljutine... Ona kao da dođe k sebi, jer ustade, uze Jelicu za ruku, pa, grcajući, reče:

— Idi!... beži!...

— Što?...

— Ubiće te!

— Babo?

— Jest on!... Beži, nesrećnice!

Jelica je opet pogleda u oči i reče otvoreno:

— Neću!

— Ali... ubiće te!

— Nek' ubije!... Ti misliš bojim se ja smrti?... Jok!... Zašto da se bojim?... Valjda će mi biti žao onoga života što ga neću provesti s Lazarom? (Ona reče otvoreno: „s Lazarom".) Ne, majko!... Ja se volim i u paklu peći nego biti žena onome odljudu!

Krunija zaneme.

— Kaži ti babi neka me slobodno ubije! Ja ću na nebu iskajati greh njegov... I pre će mu oprostiti bog da me ubije najedared, nego kad bi me ubijao dajući me u onaj mrski narod!... Nemoj da prokunem utrobu koja me je nosila!...

Govorila je slobodno stalno; ni suze joj ne udariše, ni glas joj ne zadrhta. Iz očiju joj se moglo videti da je tvrdo rešena podneti i najveće muke, samo da ne pođe za Lazara.

Krunija se diže sa kreveca, priđe joj i uhvati je za ruku, pa, i ne gledeći joj u oči, poče govoriti očajno:

— Ali, mora to biti!... Znaš li ti ko je tvoj otac?... Zar ti misliš da će on slagati?... On kad jedared rekne — rečeno je!... Svu će te iseći ako mu se usprotiviš!... A on je rekao Ivanu da dođe sutra naveče!... Zar ćeš ti sramotiti našu kuću i njegovu reč?... Nemoj, ćeri, tako ti moje hrane kojom sam te odhranila!... Pa, dete moje, taka je tvoja sudbina!... A od sudbine se ne može pobeći!... Što ti je suđeno — suđeno!... Slušaj! Čuj majku kad moli!... A grehota je majku ne poslušati!... Jelo!... Râno!...

I ona diže glavu... Ali je sledi pogled Jeličin. Ona zaćuta.

Najedared je obuze ljutina. Dođe joj pa bi da smoždi Jelicu. Upršti pogledom u nju:

— A što nećeš? — upita.

— Neću zato što sam dala reč drugome! — odgovori Jelica mirno.

— A kome?

— Stanku.

— Dala reč Stanku! — očajno uzviknu Krunija. — I ona daje reč!... A ko si ti kad tako daješ reč?... I zar je preča tvoja reč od očeve, a?... I kome si dala reč?... Lopovu!... I to...

Jelica sevnu okom. Od pogleda njenog zadrhta srce majčino.

— On nije lopov!

— Ali je hajduk!

— Morao je!... Nije se dao vezati za praboga!... On nije lopov!... I ja ti kažem: ne zovi ga lopovom!

— Ti pretiš?

— Ne pretim. Ali on nije lopov!... Ja to ne dam nikome reći!

Krunija diže ruku na nju, ali je ona stojala mirno kao kolac. Ni mrdnula nije... Krunija trže ruku, pa, van sebe, reče:

— Odoh da ti kažem ocu.

I kao vihor izide iz vajata...

Jelica osta nepomično.

Zamalo vrata se otvoriše. Krunija promoli glavu i reče nekakvim tupim glasom:

— Zove te otac...

Nju prođe neka jeza. Ali se krete za materom...

Što se bliže primicala kućnjem pragu, sve joj koraci bivahu manji. Osećala je, upravo slutila je da joj je tu kraj... I ona se predala kao jagnje kad ga na klanje vode...

Uđe u očevu sobu. Oseti miris bosioka za gredama. Otac je stojao kraj kreveta i gledao u avliju. Kad ona uđe, on se osvrte.

— A... došla si? — reče gotovo mirno.

Ona ne odgovori ništa.

— Ama, čuješ li, tebi se javljaju prosci.

Ona opet ćuti.

— Ivan te prosi za Lazara, i ja im rekoh da dođu.

Tajac...

— Ali mi tvoja mati reče: da ti nećeš za Lazara.

— Neću! — reče ona i pogleda mu otvoreno u oči.

— Šta reče, šta? Zar ima neko u mojoj kući ko sme reći neću, kad ja to hoću?... Jesi li ti to?... Ne bih ti to savetovao!... Nego, ti ćeš poći za Lazara!

— Ali, babo...

— Ni reči više! Odlazi!

— Ubij me!...

— Ti ćeš poći za Lazara...

— Neću, pa da si mi otac po sto puta! — reče ona prkosno.

Miloš se zabezeknu. Htede joj pritrčati i udaviti je, ali se pribra i pritajenim glasom reče:

— Kupi tvoje prnje, pa napolje!... Pod mojim krovom nema više mesta za tebe!...

— Hvala, babo! — reče ona i pođe mu ruci.

— Natrag, ne pogani mi ruke!... Napolje!...

Ona se okrene i izide iz sobe... Stric Mladen seđaše kraj vatre. Ona ga poljubi u ruku i izide u avliju. Na samom pragu ču reči očeve:

— Mladene! Idi Ivanu Miraždžiću, pa mu poruči da ne dolazi. Proševine neće biti, jer ja nemam više ćeri...

Posrćući, Jelica dođe do kapije, otvori je i izide iz avlije. Niko za njom da bi reči...

Njoj se svî tuga na srce. Ona ledena stena što joj na srcu beše kao da poče kopniti...

Udariše joj suze i poliše one lepe, jedre obraze...

— Kud ću sad? — proleti joj misao kroz glavu.

10

Blagoslov božji

Stanko je spavao i sanjao lep san: kao za ruku drži Jelicu, a ona oplela venac od ruža, metnula sebi na glavu, pa se smeška na nj... Nikad mu lepša nije bila. Kao da je svemu na belom svetu pozajmila svoje lepote, tako sve beše lepo oko njih... Najedared puče pištolj. On se trže.

— Ustaj! — vikao je Nogić.

On skoči i pogleda nada se.

— Šta je, što me budiš?

— Deva te traži.

— Šta će?

— Da ti nešto kaže.

— Jeste, ja te tražim. Kurjaci su solujili jagnje sa sviju strana.

— Kakvi kurjaci, kakvo jagnje?

— Jelicu ti prose za Lazara. Ako se u se možeš pouzdati — idi, stani na put!

— Kad?

— Sutra naveče.

— To neće biti! — reče Stanko, a meso mu zaigra.

— Zato ti i javih. Ako tamo ne budeš sutra naveče, onda nje radi ne idi više. Lazar hoće, Ivan hoće, Turčin hoće!... I ona mora biti Lazareva, manj da umre!...

— Dok Stanko živi, ona neće biti Lazareva! — reče on i ustade. — Do danas sam slušao harambašu, ali ga sutra poslušati neću, tako mi živoga boga!...

Sav je cepteo kao u groznici.

— Probratime! Neće ona biti Lazareva dok mi živimo! — reče Zeka uhvativši ga za ruku.

— A kako si ti to saznao? — upita Nogić Devu.

— Eh, kako!... Ja moram znati!... Čuo sam!... Sve na belom svetu, sve što ova moja usta kažu, ja ili čujem ili vidim!... Ja ne lažem bez velike nužde; a kad me nužda snađe, ja slažem, pa onda spavam mirno, ne grize me ništa...

— Pa pričaj nam... kako?

— Lepo. Ili stanem za grm pa vidim, ili prislonim uvo pa čujem. Lepih sam se stvari naslušao!... Crnu Baru će Turčin zakrviti. A kad legne krv, Turčin će po njoj tabati i miriti!... Teško tebi, Crna Baro, kad imaš i onakih kao što je Marinko Marinković!... On Turčinu sedi uz koleno i savetuje ga kako će braću zavaditi... Aleksu Aleksića odgurnuo od sviju, Ivana Miraždžića ocepio od braće i prijatelja. Sad hoće i Miloša Sevića... Ja mislim da bi jedan metak šarin učinio dobro onom jadnom narodu...

— Ja ću ga ubiti! — reče Stanko.

— Lakše, lakše, Stanko! Znaš li šta reče harambaša?...

— Znam. Ali harambaša nije znao za ove jade i čemere... A ja...

— Ti imaš mnogo posla u Crnoj Bari — reče mu Deva.

— Dok ti prečistiš račune sa svima koji ti duguju, mnogo će vode Drinom proteći!... Znaš li šta ti kod kuće rade?... Pa i ne pitaš?...

Stanko obori glavu.

— Ne smem! — prošaputa on.

— Jesi li gledao košnicu kad zamre?... E, tako je tvoja kuća zamrla!... Onoj sedoj kosi treba vratiti obraz, to ja ne treba ni da ti kazujem!... Eno ga, raspleo kose, zapalio čibuk pa ćuti. Jedino je nebo kuda pogleda... On od boga samo smrti traži.

Stanka obliše suze.

— Jadni moj babo!... Jadna moja majko!...

— Žene jauču, ljudi se stide suza!... Nego... čuješ Nogiću?

— Šta?

— Još danas idi u Crnu Baru. Idi pravce kući popa Miloja i kaži mu ovo što si od mene čuo. Kaži mu da čuva ljude od Turčina, Ivana i Marinka. A Ivana slobodno neka ne vraća sebi — on je propao za Crnu Baru!... Ako te pop zapita otkud ti to znaš, ti reci da si sve čuo pod Kruškinim prozorima... Sad zbogom! Stanko, ne puštaj jagnje međ kurjake!...

I Deva ode. Hajduci ostaše oborenih glava...

Stanku je vrilo u grudima. Ta on će opet videti Jelicu!... Da li će ona pristati da pođe za Lazara?... Mora, nateraće je... Ne, neće! Video je on onaj oštri pogled njezin, koji je rečitije govorio od svake besede... Neće, neće!... Ali, opet, gde je to bilo da se devojka protivi ocu?...

On skoči i stade hodati po kačari. Bio je vrlo uzrujan i nemiran; nije se mogao staniti na jednom mestu...

Nogić naže čuturom, ustade i skide šaru.

— Ja idem.

— I ja ću s tobom!... — reče Stanko.

— Nemoj ti!

— Ali ja ne mogu danas presedeti ovde!... Lakše bi mi bilo da me metneš na žeravicu da presedim nego da svaki čas osluškujem da li ti ideš!... Molim te... da pođem i ja s tobom!... Ja neću ići kućama. Lugove crnobarske znam kao svojih pet prsta... Molim te!...

— Dobro, najposle.

— A zar ja da sjedim kao babetina ovdje? — upita Zeka.

— Nećeš, nećeš. I ti ćeš s nama... — reče Nogić. — Opremaj se.

I dok dlan o dlan, sve je bilo pod oružjem. Napiše se još po jednom rakije, pa se krenuše...

— Vala, ljudi, sluti mi se da ne idemo džaba! — reče Zeka.

— I meni! — reče Nogić.

Stanko je sagao glavu i ćutao. Bio je veoma uzbuđen. Srce mu je naglo lupalo, kao da bi i ono htelo napolje iz grudi... Misao za mišlju proletala mu je kroz glavu...

— Pobratime! — viknu ga Zeka.

— Šta je?

— Šta bi bilo kad bi mi sada sreli tvoga Lazara?...

— Otkud je moj?... Koliko moj, toliko božji!... A već šta bi bilo to samo — sami bog zna!... Ne bih ja pružao puške na njega! Ja bih ga lepo zubima zaklao!...

Oči su mu sevale.

— Pravo vele! — reče Nogić. — Kad nekog voleš, pa kad te ujede za srce, gore ga mrziš od najljućeg dušmana!...

I Stanko opet obori glavu, i opet se podade svojim mislima. Jelica mu nije silazila s očiju. Otkad je nije video, pa opet ona stojaše u mašti njegovoj prâva pravcata... On je video kako se ona brani, opire, ne strepeći ni od gneva očeva ni od kletve materine...

„O, devojko — mislio je on — da mi je da ti mogu svaku tvoju rečcu pozlatiti!... Pa, opet, moje bi zlato bilo đubre!...”

— Vas dvojica idite Bèzdanu i tamo me čekajte! — reče Nogić. — A ja odoh popu...

I ode. Stanko i Zeka ostaše sami.

— Je li, pobratame, a gdje je Bèzdan?

— Tamo! — reče Stanko rasejano i pruži ruku te pokaza.

— Pa hoćemo li ići?

— Možemo.

— Ja znam šta bi ti htjeo...

Stanko je ćutao.

— Ti bi htjeo nju vidjeti, je li?... Pa dobro, dobro! Ne moraš se ti trzati, ja sam tvoj dobro... Vidjećemo je!

— Hajde! — reče Stanko žurno.

— Dobro, hajdmo. Ali pazi!

— Ne brini! — reče Stanko.

I uputiše se Sevića kući.

Stanko je leteo, a ne išao. Zeka, iako je bio onako krakat i lak, jedva ga je mogao sustizati.

— Ama lakše, čovječe!... Što žuriš?

— Samo požuri!... Sve mi se nešto sluti... Sve mi se čini da ću danas nešto doživeti, nešto od čega sam srećan i pri samoj pomisli... Požuri, pobratime!...

Iako behu prokisli do kosti, iako im noge klizahu po raskaljenoj zemlji, oni su opet žurili...

I stigoše na domak kući baš u onaj čas kad Jelica izide iz avlije...

— Je l' ona? — upita Zeka.

Ali nije trebalo ni pitati. To je na prvi pogled po Stanku mogao videti.

U prvi mah, kad je vide, Stanko preblede... Zatim mu rumen obli obraze, snaga zadrhta... On ne odgovori Zeki ništa, jer mu se reč uze...

— Kuda li će? — pita Zeka.

Stanko stojaše kao kolac. Pogled mu se stopio u Jelicu.

Najedanput jurnu kao kobac. Zeka ga ne može ni sustići... I u trenutku stojao je pred Jelicom...

Ona je bila toliko iznenađena da posrte kad ga smotri.

— Jelice! Jelo!...

Pa je dohvati za obe ruke i stade ih stezati i tresti.

— Otkud ti?! — zapita ona, dolazeći sebi od iznenađenja.

— Ne mogoh srcu odoleti, dođoh da te vidim!...

Jelica preblede. Ona vide čoveka da prilazi k njima.

— Šta ti je? — upita Stanko.

Ona pokaza rukom Zeku, koji im se približavao.

— Ne boj se! To je moj drug, pobratim!...

— Beži!... — šapnu Zeka. — Neki ljudi idu ovamo!...

I dok se Jelica osvrte, njih dvojica već behu zasela iza dva grma.

Neki seljaci prođoše, nazvaše boga Jelici, pa odoše dalje.

Stanko pozva Jelicu sebi.

— Pa šta radiš?... Što si plačna?

— Ne znam kuda ću!

— Kako ne znaš?!

— Otac me je isterao iz kuće.

— Isterao?! Baš zato što nisi htela za Lazara, a?

— Zato!

Stanko skoči od radosti.

— Znao sam to!... Ko?... Ama zar ona poći za Lazara?... Da joj daju meda i šećera, ona bi opet okrenula glavu!... Znao sam!... Jesi čula, Jelo!... Ti si baš prava pravcata devojka!... I što je meni na boga teško? Ta, on je meni dao što nikome nije!... Hvala ti, Gospode!...

I on skide kapu i prekrsti se.

— Je li? — okrete se Jelici. — Pa baš te otera čiča Miloš, a?...

— Otera me!... Bio zakazao Ivanu da dođe, a kad ja rekoh neću, on me otera.

— A nije te mučio?

— Nije.

— Ni grdio?

— Ni grdio.

— Hvala mu!... Da to nije učinio, bog zna da li bih te ja video.

— Znam — reče Zeka — ali kuda će ona?

— Mojoj kući.

— Šta veliš? — upita Jelica.

— Ti ćeš mojoj kući, i to sad odmah!...

Jelica se pokori i pođoše.

— A hoće li me primiti? — upita ona.

— Samo kaži da sam te ja poslao...

***

Aleksa je sedeo kraj ognjišta, Petra je spoticala vatru oko lonca u kom se ručak gotovio, kad Jelica pređe prag njihov i reče:

— Pomaže bog!

Preneraženi, iznenađeni, oboje se okretoše.

Jelica im priđe ruci.

— Ži-ži-živa bila! — grcao je starac... — Otkud ti?

— Došla — reče Jelica i obori glavu.

— Pa tri meseca pseto neće da prekorači ovoga praga...

— Ja sam došla...

— Je li te bog poslao da mi budeš razgovor?

I kad to reče, starac zaplaka. A Petru su polevale suze još kad je videla živa stvora da pređe prag.

— Ja sam došla... Ja nemam kud!... Hoćete li me primiti?

— Još pitaš?... Hodi!... Pa ti si mi prvi stvor koji mi prag prekorači!... Ti si mi blagoslov božji!... Tebe je sami bog poslao!... Hodi!... Hodi, prvo moje dobrojutro!

I starac teturajući priđe joj, uze je za glavu, pa je stade ljubiti, a Petra joj uzela obe ruke pa stiskava...

— Babo!... Nano!... — viknu Stanko obliven suzama, i ulete u kuću, pa im stade ljubiti drhtave smežurane ruke...

Starac posrte, a Petra se sroza niza zid... Radosti beše i suviše za njih.

11

Skida se veo

Kad se odvojio od Stanka i Zeke, Nogić okrete kući pop-Milojevoj. Išao je polako, premišljajući šta sve da mu kaže.

Ugleda popovu kuću, vidi kako se mirno vije dim iz badže. On se osvrnu oprezno na sve strane, da ga ko ne gleda, pa zaobiđe iza kuće.

Dođe do vrata, oslušnu da li ima koga, pa kad ne ču nikakva razgovora, on otvori vrata.

U kući ne beše nikoga. On se uputi u sobu.

Popa je sedeo na stoličici, podnimio se, pa se zamislio.

— Pomozi bog! — reče hajduk otvarajući vrata.

Pop se trže, rumen mu obli lice od iznenađenja...

— Bog ti pomogao!

— Ja dođoh do tebe, popo — reče hajduk blagim glasom.

— A ko si ti? — reče pop i zagleda se u nj.

— Zar me ne poznaješ?

Skoro u isti mah i pop reče:

— Nogić! Šta ćeš ti ovde?

— Sveštenička su vrata svakom otvorena! — reče hajduk, pa stade mirno meriti popa od glave do pete.

— Jesu... jeste... — reče pop zbunjeno. — Svakom su otvorena... ko traži saveta... ko...

— Ja ne dođoh da ti tražim ni molitve ni saveta, nego dođoh da savetujem...

I Nogić gledaše stalnim i mirnim pogledom.

— Da savetuješ, a koga?

— Tebe, seda glavo, sedi sveštiniče!

— Ali ja ne tražim saveta od...

— Hajduka, je l'?... Nije to ništa. I ti daješ savete onome ko te ne pita! — reče Nogić, pa se nasmeja.

Popu je zbunjivao onaj stalni i mirni pogled...

— Dobro, pa šta hoćeš?

— Ne može se to kazati u dve-tri reči!... Treba malo da sednem... da razgovaramo.

— Pa, dobro, sedi!

Nogić prisloni šaru u zapećak, uze stoličicu, pa se posadi prema domaćinu.

— Je li, popo? Ti poznaješ popu iz Belotića?

— Poznajem.

— A Stojana Čupića?

— I njega poznajem.

— Katića Simu?

— I njega.

— Kakvi su to ljudi?

— Dobri, pošteni.

— Vidiš, i ja tako mislim. I ja se s njima dobro poznajem.

— A što pitaš?

— Ništa. Koliko tek da vidim da li ih poznaješ... Onda, kad ti poznaješ te ljude, da ti kažem da se svi ljute na te.

— Zašto? — upita pop i ustade.

— Zato što si pustio Turčina da barata po tvojoj Crnoj Bari.

— Ko pustio?

— Ti.

— Pa šta barata?

— Evo, vidiš!... Pa ti, bolan, i ne znaš šta se tako reći na tvoje oči događa!... Kaki si ti pop?

Pop se ljutnu:

— Nemoj ti grditi!

— Ne grdim, iako bi trebalo da te grdim. Zar onaj vaš medonja, onaj Kruška, hoće da vas zakrvi, a ti to i ne znaš?...

— Kako da nas zakrvi?

— Pa, eto!... Nije li ocepio od vas dva prva čoveka?... Pa, evo, tebi na oči, hoće i trećeg!...

— Ama, koga to?

— Zar vas nije navratio da pljunete u lice jednom od najčestitijih ljudi, Aleksi Aleksiću?... A?...

— Ali, Aleksin...

— Sramota, pope! Hoćeš da rekneš da je Aleksin Stanko lopov!... A to je dete, bolan, raslo na vaše oči!... Znate ga od povoja!... I on lopov! Kad je šta dotle ukrao?

— Nije ništa.

— Pa kako to najedared lopov?

— Ali našla se kesa...

— To vam je rekao onaj izmet srpski, onaj Marinko... A

zar on, turski izmećar, nije mogao sam onde, po zapovesti Turčinovoj, pare zakopati?...

Pop zinu od čuda...

— Znam, ali razbijen sanduk, pa onda... — poče pop.

— Zar Lazar nije mogao razbiti sam svoj sanduk?... Zar si zaboravio da je on toga dana pucao na Stanka?... I pucao na čoveka, i mogao ga je ubiti, pa mu opet ne bi niko ništa...

Popu se okretala soba oko glave... I što je više mislio, sve mu se činilo verovatnije ovo pričanje Nogićevo...

— Ama otkud ti to znaš? — upita pop, prišavši mu sasvim blizu. — Da to nije pričao sam Stanko, koji je, kako čujem, s tobom u družini?

— Nije. Nije ni sam znao. A da je znao, on bi se drukčije s vama razgovarao.

— Pa ko ti je kazao?

— Onaj koji je one noći, kad je Lazar na Stanka pucao, video Marinka i Lazara kod Turčina, koji je slušao njihov razgovor i znao sve što će sutra biti, sve...

— Pa što onaj nije kazao?

— Onaj ne kazuje. Ali budi uveren da on zna svaku rečcu koja se progovori u Crnoj Bari.

— Deva! — viknu pop.

— Jest, on! On je sve čuo!...

— Čekaj, molim te! — reče pop, pa izide iz sobe.

Ne prođe mnogo, a on se vrati i sede na svoje mesto.

— O, brate! — reče radosno. — A hoćeš verovati: ja sam verovao da će Stanko svašta pre učiniti nego što će ukrasti.

— Vidim kako si verovao! — reče Nogić prebacujući.

— Onda, kad se ona kesa našla, nije se moglo ništa reći.

Evo, sad će doći kmet Jovo. Ja baš volim da i on čuje sve, zato sam ga i pozvao...

— Dobro!... Mnogo ćete danas čuti!... I ja baš volim što će kmet doći!...

Čuše se vrata na kući, onda neki razgovor, i onda se otvoriše sobna vrata. Kmet se pojavi na pragu.

On nazva boga, priđe popu i po običaju, zatraži blagoslova, pa se onda pozdravi s Nogićem.

— A otkud ti ovde? — reče malo iznenađeno kad poznade Nogića.

— More, Jovo, on meni čudni' stvari nakaziva.

I pop Miloje stade pričati kmetu sve što mu Nogić maločas reče.

— Ama, da l' je istina? — upita kmet čudeći se.

— Istina je, moj kmete! A što je još gore, to je što onako obrukaste i odgurnuste onoga poštenog čoveka. Kud će vam duša, bolan? Zar ne vidite da vam je Turčin uhvatio u svoje kandže već i samoga Ivana?

— To imaš pravo! — rekoše u glas i pop i kmet.

— Pa eno vam hvata i Miloša Sevića. On sobom prosi Miloševu kćer za Lazara. I onda ne može bolje biti! Aleksu osramotio, Ivana dograbio, pa sad žari i pali po Crnoj Bari, a vas dvojica sedite skrštenih ruku...

— Ne sedimo, Nogiću!... Ali, brate, nismo znali. Ko može znati šta je u onoj đavolskoj duši?... Ja sam, istina, s Jovom zajedno odbijao ljude od njega...

— Sad, šta ste vi radili, ja ne znam, ali tek to znam da ćete se vi ovde pokrviti!... Nego, ne dajte!... Odrecite se Ivana, on je već đavolji. On se sad, i da hoće, ne može otresti Turčina!...

Zato se sad sklanjajte od njega. A Aleksu prizovite. On je, siromah, željan ljudi i njihova razgovora...

— Hoćemo, Nogiću, hoćemo!

— Mislio sam da je trebalo da vam ovo kažem. A sad, zbogom! Ako vam ustrebam, potražite me kod moje kuće; a ako me tamo ne nađete, vi prizovite Devu i pripitajte. On svakad zna gde smo mi. Zbogom!...

Rukova se s njima, pa polako i oprezno kao mačka dohvati se luga.

Pop Miloje i kmet Jova sedeše oborenih glava.

— E, ovo je čudo! — reče pop posle dužeg ćutanja.

— Čudo! — reče kmet.

— Ja se ne bih nikad setio da je to tako, a sad što više mislim, sve mi se čini istinitije, i samo se čudim kako mi to još onda nije na pamet palo!... O, brate, gde se ogrešismo o čoveka?

— Pa šta ćemo sad?

— Ništa... Sad nam se valja miriti s njim.

— Znam, ali kako ćemo?

— Jest, kako ćemo?

Obojica sagoše glave. Poćutaše, poćutaše, dok tek reče pop:

— Hajdemo njemu!

— Kome?

— Aleksi.

— Aleksi? — reče kmet i pogleda začuđeno u popa. — Zar se mi ne odrekosmo one kuće?

— Nismo imali pravo. Mi ubismo čoveka ni kriva ni dužna. Hajdemo!...

— Kad ti veliš...

I digoše se starine.

***

Tek Stanko beše prekoračio prag očev, baš u onom trenutku kad se Aleksa sroza od radosti niza zid, bahnuše pop Miloje i kmet Jova preko praga.

— Dobro jutro!

Kućani, kad ih videše, zanemiše od čuda. I oni se uzjazbiše kad videše Stanka, koji je plačući ljubio ruke starih roditelja.

Stanko se osvrte, skoči, uze pušku, koju uza zid beše prislonio, i stade gotov da puca na njih.

— Stoj! — reče mu Zeka. — Ne pucaj na sveštenika!

Stanko ih preseče okom.

— Šta ćete vi? — upita ih on.

Pitanje beše oštro, pogled još oštriji... Oni ušeprtljiše:

— Pa, eto... dođosmo...

— Vidim, ali zašto? Jeste li došli mene da hvatate?

— Nismo! — reče pop ozbiljno. — Nismo došli tebe radi nego radi ovih starih grobova...

Popine reči razbudiše Aleksu. One padoše na njegovu dušu kao blaga dažda na suvu zemlju... I proplaka starina rosnim suzama, zajeca kao malo dete.

— Šta, da nećete da ih mučite mene radi?... — viknu Stanko. — Popo!... — i glas mu poče pretiti... — Popo!... Tu sam ruku poljubio nebrojeno puta, ali ako samo takneš ma jednog od njih, odseći ću ti je!...

— Ne, sinko — reče popa mirno i blago — moja se ruka maša samo blagosiljajući... Ljubi!...

I podnese mu ruku.

Stanko se zagleda u one bistre oči, u taj izvor ljubavi i

milošte; ruka mu sama pođe i smače kapu... I on prihvati ruku starčevu, pa je orosi suzama...

Popa ga poljubi u oba obraza.

— Ljudi smo, pa grešimo. Od praoca našeg greh nam je ostao. I mi se ogrešismo o tebe. Ali nam je Gospod dao savest, pa kad uvidimo greh svoj, mi se pokajemo... Ogrešismo dušu o tebe, sine moj, o tebe ni kriva ni dužna, i o ove neopojane grobove!...

Onda priđe Aleksi, taknu se njegova ramena, pa tiho reče:

— Ustani.

Aleksa se diže, dokopa ruku sveštenikovu, pa je stade ljubiti...

— Ej... suze!... — jecao je on. — Ta prestanite!... Dosta ste kapale!... Stanite, da vidim ljude!... Željan sam ih kao travka rose!... Stanite!...

Stari popa se zaplaka, kmet Jova tako isto... Zeka stiskao pesnice pa gleda po ćoškovima, a suze ga oblevaju...

Aleksa obrisa oči, pa priđe Jelici i zagrli je:

— Radosti moja! Dobrojutro moje!... Ti mi vrati sina, ti mi dovede ljude pod krov, za koji sam mislio da je proklet!... Srećo moja!...

I najedanput starac zaneme. Pogled mu se ukoči i zasta na samim vratima...

Svi se okretoše i pogledaše. Jedna prilika zamače i izgubi se međ debelim hrastovima...

— Šta je?... Ko to bi? — upitaše svi.

Starac samo prošaputa:

— Marinko!

12

Lom

Mladen ode Ivanovoj kući da odnese poruku Miloševu. Dočekaše ga tamo ne može bolje biti. Odmah ga posadiše da sedne i doneše rakije da ga usluže. Žene pripituju za zdravlje žena, a Ivan usturio tunos, pa tek će reći:

— Pa, prijatelju, šta mi radi prijatelj Miloš?

Teško, bože, Mladenu, kazati se ne može! Dao bi da mu odseku desnicu do ramena, samo da ne mora kazati ono radi čega je došao!... Ali mu ne biva drugo!

On zatrese glavom i procedi kroz zube:

— Ta... dobro je...

— Nada li se gostima?... Sprema li večeru?...

Mladen mahnu rukom.

— Šta je?!...

— Ne pitaj!

Sve se oči okrenuše na nj.

— Zbilja, šta je?...

— Nemoj dolaziti...

— Da ne dolazim!... A što?...

— On nema više ćeri.

— Da nije umrla?!... — privikaše svi preneraženi.

— Gore!...

— A šta?

— Ona neće za Lazara. A Miloš ti je lepo za ramena, pa napolje!...

— A što neće? — upita Ivan, a oseti kako je osramoćen.

— Reče da neće, a bog bi je znao zašto?...

Lazaru se okretala kuća oko glave. On oseti kao da mu neka ledena ruka uhvati srce... Jeza ga prožma svega od glave do pete.

— Lepo, bogami! Kaki mi je to otac što mu ćerka u oči kaže da neće da ga sluša?... Sramota!...

Mladen sagao glavu, pa ni bele. U dubini duše osećao je da Ivan ima pravo.

— Pa gde mu je devojka?

— Ne znam. Kako je istera, ona izide iz avlije, pa kao da u zemlju propade. Jadna snaša Kruna ubi se!...

Lazaru dođe pa ne može da dahne. On je osećao kako mu se život uzima... On vide da ako mu Jelica sad izmakne, više nikad neće biti njegova... A to ne sme biti!... Njemu će život biti crna razvalina ako mu ona izmakne...

Groznica ga čisto poče tresti... On ne može više u kući ostati nego jurnu kao besomučan napolje.

Osećao je potrebu da se kome poveri, da se pred kim isplače... Kućani mu nisu ono što bi on želeo... Babo se sad i sam naljutio... Jako i da mu Miloš ponudi devojku, on bi mu pljunuo u oči...

I on jurnu Turčinu. Posrtao je i klizao po onoj reskaljanoj zemlji. Nije znao gde glavom udara...

I stiže tamo baš tad kad Kruška izdavaše neke naredbe svojim pandurima.

— A, gle Laze?... Otkud ti? — upita ga on začuđeno.

— Dođoh do tebe...

— Dobro, dobro, hajde tamo u odaju, sad ću ja.

Lazar uđe u odaju... Ne potraja dugo, a eto ti i Kruške.

— Pa, šta mi radiš, Lako?

— Zlo, moj efendija!

— A što?...

— Od našega posla ništa!

— Kako ništa?

— Ništa. Devojka neće...

— Ha-ha-ha! Pa ako neće neka je silom nagnaju.

— Nju je otac oterao.

— Pa gde je?

— Ne zna niko... Nestade je kao da je u crnu zemlju propala!...

Kruška se beše uzjazbio... On vide kako neka nevidljiva ruka brlja i kvari mu njegove planove.

— Ama, kako to neće?

— Neće!

— Pa šta veli Ivan?

— On se sad razgoropadio. Samo što ne pljuje na Miloša. I sve mi se čini da, ako bi sad Miloš i pristao, on je neće prositi!...

— Pa... gotovo, vala...

— Šta gotovo?

— I ne treba mu!

— Njemu ne treba, ali treba meni!... Ja neću više živeti ako ona bude ma čija!... Ja bih voleo da si na mene opalio pištolj nego što si to rekao...

I poliše ga suze. Turčin ga poče milovati po glavi.

— Nemoj plakati!... Sramota je!... A ona mora biti tvoja, već ako joj bog uzme život!...

— Ali, babo?...

— To je moja briga. A ja ti velim: ne brini ti moju brigu!... Hajd'mo iz ovijeh stopa Ivanu. Ti znaš da on mene sluša.

Lazaru se razgali lice. On se nije toliko plašio nepristanka Jeličina koliko srdnje i ponosa očevog. Njemu se činilo da će se stvar dobro svršiti. I on poljubi Turčina u ruku.

Turčin napravi nežno lice. Zagleda se u Lazara, pa reče:

— Lazo, Lazo!... Ti ćeš me načiniti djetetom. U tebi gledam svoju mladost!... I sve ću za te učiniti!... Hajd'mo tvojoj kući...

I krenuše se. Kišne kapi sa ogolelih grana padahu na njihovo ruvo. Kruška je tešio Lazara:

— Ne brini! Kad se ja čega prihvatim, ono mora ići. Meni je neki merak da ta cura bude tvoja... i biće!...

Kad stigoše kući, oni zatekoše lom. Ivan je praskao i vikao. Zar on, Ivan Miraždžić, pa da bude odbijen?... Da mu je to ko juče kazao, on bi mu, kao najvećoj ludi, u oči pljunuo!... A danas, eto, dočeka čoveka na svome ognjištu, i on mu u oči reče: „Neće devojka u tvoj dom i za tvoga sina!"

Žene po ćoškovima nakiselile lica, otpustile usne, pa skoro da plaču... Mladen je bio otišao.

Kruška nazva boga.

Mladež mu po običaju poče prilaziti ruci, a Ivan se diže na noge i otpozdravi stojeći...

— Što si se ti razvikao? — upita ga Kruška.

— More, ma'ni me! Ja bih voleo da sam umro nego što sam dočekao ovaj pokor!... I još se jadno spremam! Velim: bog zna hoću li dočekati još koje veselje, daj da se bar sad proveselim sa dobrim ljudima. A kad ono, eto...

— A šta je?

— Devojka neće.

— Neka je nagnaju!

— Ko?

— Otac.

— Kaki otac?... Zar je ono otac? Da je meni koje od moje čeljadi onako reklo, ja bih ga ubio!

— Nemoj se žestiti. Ostavi ti to meni... — reče Turčin blago.

— Ne treba mi!... Zar ti misliš da bih ja, posle ove bruke, prekoračio prag Milošev?... O, ne dao mi moj bog!...

— A... to mora biti.

Ivan senu okom.

— Nikad! — reče on.

— Ali ja velim: to će biti!

— Ne mogu!

— Moći ćeš, moći! Za ljubav svoga djeteta otac može!... Vidiš, Lazo je dobro dijete. On nju voli. Grjehota je rastaviti one što se vole!... A... najposlije, zar si ti jednom učinio nješto preko svoje volje?...

Ivan obori glavu. Videlo se na njemu kako se bori sam sa

sobom. Ovamo ponos, onamo čovek koji mu je samo dobra činio, moli ga, i to ga moli za njegova sina.

Svi su pogledali i očekivali reč Ivanovu, ali niko tako željno kao Lazar. Njegove se oči stopile u lice očevo.

Ivan diže glavu. Lazarevo se lice razvedri...

— Dobro! — reče Ivan. — Ovo činim za tvoju ljubav, dragi aga!...

Lazar oseti lastak na duši; njemu se učini da je Jelica već njegova...

— I onda idemo večeras! — reče Turčin.

— Znam, ali nema devojke! — reče Ivan.

— Kako nejma!

— Mladen mi reče da je on nju napolje isterao, i da je posle toga nisu videli...

— To je šala! — reče Turčin. — Naći će se ona.

— Neće se naći! — reče Marinko, i kao besomučan ulete u kuću.

Svi se ubezeknuše. Lazar polete k njemu, a Ivan se diže na noge.

— A što?

— Više je nećete naći. Ona je u Aleksinoj kući.

Kao da je grom među njih udario. Zanemiše, pa niko da bi reči... Turčin prvi dođe k sebi.

— Šta govoriš ti? — reče on i pogleda oštro Marinka.

— Istinu, efendija. Ti znaš da sam ja dobro video.

— Pa?...

— Sad, ništa.

— Kako ništa! — ciknu Lazar. — Otećemo je!

— To nećemo moći.

— Što? — upitaše svi.

— Zato što je tamo Stanko.

Nastade tajac... Sve obamre. Kruška oseti kao da ga neko uhvati za vrat.

— Stanko?!...

— Jeste, Stanko sa družinom. Puna kuća hajduka!... Tamo je i pop, i kmet... Pop blagosilja i hajduke i gnezdo hajdučko!...

Kruška uhvati Marinka za prsi i protrese ga.

— Ama, šta govoriš ti?

— Istinu.

— Idem da je otmem! — reče Lazar i polete napolje.

— Da se nijesi maknuo! — ciknu Turčin kao guja i pogledom ukoči Lazara na mestu.

Sve uhvati strah od onog groznog pogleda Kruškinog. Oči mu u času zakrvaviše, pa sipaju vatru po onom narodu.

— Niko da mi se nije maknuo!... Marinko!... Idi lagano, prikradaj se, te vidi da te stare oči nijesu prevarile...

— Ama... — poče Marinko.

— Idi!... Znaš li šta govoriš ti?... Usred bijela dana puna kuća hajduka!... Ti si lud!...

— Ali, dragi...

— Idi!...

I Marinko izide na vrata.

— Ako to bude istina, teško tebi, Crna Baro!... — jeknu Turčin. — Teško tebi, pope Miloje! Tvoja će se brada mrsiti na golijem granama prvog drveta!... Objesiću te, neka se pripovijeda!...

Strašan je bio Turčin.

Marinko se vukao od drveta do drveta oprezno kao mačka.

Kad je već mogao pogledati kroz otvorena vrata iza jednog drveta, on se zaprepasti. U kući nije bilo nikoga... Aleksa je sedeo raspleten na svome običnom mestu, gologlav i s čibukom u ruci. Petra je stojala uz ognjište i zagledala se u badžu...

Marinko stade trljati oči. Ta, je li mogućno da ga oči varaju?...

I opet stade gledati. Prikradao se sve bliže i bliže... Da su oni koju reč progovorili, on bi čuo, tako je blizu bio!... Ali ne vide nikoga!...

— Ama to je laž!... — šaptao je on. — Ja sam ih sve tu video: i popa, i kmeta, i Stanka i još jednog hajduka!... To je laž!... Oni su u kući prikriveni!...

Ali kako ne može videti ništa, on se reši da nagovori Turčina da pretrese kuću Aleksinu.

Turčin je već izlazio iz strpljenja, kad se Marinko vrati.

— Šta je? — upita on.

Marinko slegaše ramenima:

— Dragi aga, ja te nisam slagao!

— Pa jesu li tamo?

— Sad ih nema nijednog... Ali tamo su!... Oni su prikriveni. Ja dam glavu ako nisu prikriveni!

— A gdje?

— U Aleksinoj kući, zgradi, avliji, ma gde, samo su tu!...

— Ti si budala!... Još sam ti otoič rekao da si se prevario... Ne budali više, dosta je bilo.

Turčin mišljaše da tim preseče svaki dalji razgovor o toj stvari; ali se grdno prevario. Jer Marinko je kao tvrdoust konj: kad uzme na zub, ne zadrža ga.

— Ali ti mi moraš učiniti ovo: ti moraš pretresti kuću Aleksinu!

Turčin se nasmeja.

— Ali, molim te!

— Batali ćorava posla!

— Ali... kad te molim!...

— Neću! — reče on.

Marinko se reši da ga natera. On pribeže lukavstvu:

— Pa nemoj!... Ja te to molim tebe radi. Hajduci u selu, hajduci u polju, hajduci svuda!... Pod nosom, a ti nećeš samo da pružiš ruku... Ja te molim!...

Turčin ćutaše.

— Živa zgoda da ih pohvatamo, dragi aga! Samo da pružiš ruku, pa si ih već spopao za vrat! Pomisli, bolan, ko god naiđe i čuje diviće se tvojoj kuraži i tvojoj pameti!...

Reč je učinila svoje. Marinko je znao gde treba dirnuti.

— Dobro, hoću!

— Ali sad! — Posle može biti dockan!

— Sad!... Hajd'mo iz ovijeh stopa!... Hoćeš i ti, Lazo?

— Hoću!

— A ti, Ivo?

Turčin je tako milo pogledao Ivana da se ovome ne može na ino, nego reče:

— Hoću!...

I krenuše se svi hanu. Brzo su se opremili. Kruška opasa oružje, panduri, naoružani do grla, očekivahu zapovesti.

— Polazi! — zapovedi Turčin.

I kad biše blizu kuće Aleksine, onda Kruška naredi te

opkoliše kuću, a on sa Ivanom, Lazarom i Marinkom pravo na prag.

— Nijedno da se nije maklo! — prodera se on.

Koje od čeljadi beše počelo kakav posao, ono se zakamenilo na njemu...

Aleksa je sedeo oborene glave, gologlav i raspleten. Samo diže glavu, pa kad vide ko mu je gost, on je opet saže.

— Meho!... Ibro!... Aso!... — viknu Kruška.

Panduri pritrčaše.

— Sve preturite!...

Turci se raziđoše po odajama i zgradama...

— A je li ti, matori? — reče Kruška Aleksi.

Aleksa diže glavu.

— Ko ti je bio ovdje?

— Nije niko.

— Lažeš! — reče Turčin.

Aleksa ne odgovori ni reči.

— Je li, bre?

Aleksa ćuti.

— Umiješ li ti govoriti?

Nikakva odgovora...

Turčin ga stade drmusati.

— Odgovaraj!

— Ja sam ti kazao! — reče Aleksa i pogleda ga nekim ledenim pogledom.

— Ali ja znam da su ovdje bili hajduci...

— Eto pa traži! — reče Aleksa i mahnu rukom oko sebe.

Pandur se vrati iz sobe, pošto je sve preturio, a ništa nije našao.

— Šta je, Uso?

— Nejma nikog.

— Potraži, potraži!...

— Ovdje nejma!... Ako nijesu na tavanu...

— Potraži na tavanu.

Doneše stube i Turčin se prepe na tavan. Pošto je u svaki ćošak zavirio, on se vrati.

— Nikog?

— Nikog!

Utom se vratiše i oni što su po zgradama tražili, te javiše da nikog nema.

— A je li ovdje bio pop? — upita Kruška Aleksu.

— Nije.

— A gdje ti je Jelica Miloševa?

— Koja Jelica?

— Ta nemoj mi tu tvoje ludorije pričati! Jelica Miloša Sevića. Ona je tu. Dobjegla je u tvoju kuću.

— Ja je nisam video.

Turčin mu pogleda u oči. Ali oči starčeve ništa nisu kazivale.

— Lažeš!

— Jok!... Ti me pitaš, ja ti odgovaram!... Od onog dana kad me onaj tvoj izmećar i onaj balavac onde (i on pokaza na Marinka i Lazara) osramotiše i obrukaše — moja kuća posta strašilo i psima crnobarskim!... Niko od onda nije prekoračio ovoga praga do vi danas!... Pa što onda da te lažem?...

Turčin pogledaše čas u njega, čas u Marinka.

— I baš niko nije bio?!

— Niko.

Kruška priđe Marinku, pogleda mu oštro u oči, pa reče:

— Ti si budala!

Onda se okrete ostalima:

— Hajd'mo doma!

Pa okrete leđa i izide.

Marinko je bio kao ubijen. Ta nije mogućno da se on prevario, kad je lepo svojim rođenim očima video kmeta, i popa, i Stanka, i onog drugog hajduka, kome imena nije znao. On pokuša da još jednom uveri Turčina da je istina video te ljude u kući Aleksinoj.

— Molim te...

— Odstupi! — reče Kruška mrko...

— Ne guraj me od sebe, dragi aga!... Ti znaš da ću se ja ubiti kad tvoju milost izgubim!... Ja tebe nikad nisam slagao!... Ti to i sad dobro znaš!

— Pa, lijepo, a gdje su?

— Bili su u kući!

— Pa gdje su?

— To ne znam... možda su se sklonili!... Ali, tako mi svega na svetu, ja ću ih naći!...

— Pa je li sve ispreturano?...

— Opet oni nisu daleko.

Turčin samo sleže ramenima...

Sve zaćuta. Svaki je premišljao svoje misli... Nikome ne beše baš lasno na duši. Kruška se ozbiljno zamislio. Sve ovo, ovo zbližavanje popovo i kmetovo sa Aleksom, upornost Jeličina, ova priviđenja Marinkova, sve to nekako čudno, teško, pade mu na dušu. On je video kako se ruše njegovi planovi koje je godinama zidao, kao da ih ruši neka nevidljiva ruka.

I glava mu poče padati na prsa...

Ivan, opet, pošto je video Aleksu, nikako da se smiri. On je video tek sad koliko je taj čovek propatio i koliko još pati... I nešto hladno prožma mu svu snagu...

A Lazar?... Nije se baš ni on tako lepo osećao. Nestanak Jeličin, Stankov dolazak (jer se njemu sve slutilo da će Stanko doći, i on je jedini verovao da je Stanko došao)... On se seti one strašne noći kad je gorom bežao... Seti se onih strahota, onog obamiranja... pa mu pođe kapa uvis...

— On je tu!... On je tu!... — šaputao je Lazar i nehotice... — Šta li ću, bože, raditi ako se sukobim s njim?... Ja znam, on me mrzi... Ono, i ja njega mrzim, i dabogda mu bog bio onoliko prijatelj koliko ja!... Ali ako se sukobimo...

I njemu sinu jedna misao kroz glavu. On priđe Turčinu.

— Molim te! — reče on.

Turčin prevali očima na nj. Lazara podiđe neka jeza od toga pogleda.

— Šta ćeš?

— Ja-ja-htedoh... — ušeprtlji Lazar.

— Šta?

— Da te nešto zamolim.

— Govori!

— Da mi odobriš da nosim oružje.

— Što će ti?

— Znaš... neka se nađe...

Turčin se jetko nasmeja.

— Bojiš se Stanka? — reče zajedljivo.

— Pa, dragi aga, ko nosi ne prosi...

— Bojiš li se Stanka? — reče Turčin i pogleda ga oštro.

— Zbog njega to i tražim.

— Onda nosi. I gdje ga vidiš, gdje ga sretneš — ubij!... Jesi razumio: ubij psa!

— Dobro — reče Lazar.

U tom stigoše kući Ivanovoj. Ivan pozva Turčina i njegovu pratnju da se prezalogaje, ali Kruška odmahnu glavom i ode zamišljen. Marinko pođe s njim, ali ga on vrati.

— Idi i pazi!

— Dobro, aga.

— Hajde, Marinko, popij štogod! — reče Ivan. — Nisi ništa ni pio ni jeo od jutra.

— Hoću, Ivo, hoću!... Baš sam gladan.

I uđe u kuću.

Pošto je malo pio rakije i doručkovao, on se pozdravi sa kućanima... Lazar izide za njim.

— Čika Mašo!

— Oj, rode.

— Pravo mi kaži: jesi li video Stanka?

— Kao ovo tebe sad!

— A je li i ona bila u kući?

— Jadni moj Lazo!... Voleo bih ti kazati da nije, ali šta ću kad je bila!...

Lazaru se napregoše prsa. On reče, više za sebe:

— Ja njega moram ubiti!

— Moraš.

— Ili on mene!...

— Kako bude!... Jer, upamti! Ako ne ubiješ ti njega, on će tebe nasigurno!... A što se Jelice tiče... nije ništa ni bilo!... Ona je za te prošla!... Zbogom!...

I ode...

Kao da su glave pogubili u kući Ivanovoj... Neka slutnja o nekoj velikoj nesreći obujmi sve ono što je umelo razmišljati...

Ozebao, okisao do kože, sav mokar vrati se Kruška u han. Ali ni sav sumor dana ne beše nalik na sumor duše njegove. Tamo tek beše pakao...

Pa i nije bilo lako!... Mada nikog nije zatekao u kući Aleksinoj, opet mu se činilo da je sve ono istina što je Marinko video... Ne vara se Marinko! Njegovo oko vidi u najgušćoj tami...

I sad, hajduci u selu. Pop, kmet i svi viđeniji ljudi su s njima. On je već gledao kako se Crnobarci kupe oko kuće Aleksine i mire se s njim...

I onda... sve mu se činilo da je to zbog njega, da je neko zavirio u njegove tajne i da je sve konce pohvatao...

Uđe u odaju da se svuče. Naredi da mu se donese kava. Pa, pošto se preobuče, uze čibuk i zadimi...

Kroz ove kolutove provirivahu glave njegovih dušmana. On je video lica kako se smeškaju, kao da bi hteli reći: „Uzalud muka, Turčine!...”

I to ga toliko naljuti da skoči kao oparen sa divana i stade tumarati po odaji...

Gnev prekipeo. On je smišljao muke kojima bi mučio te gnusne ljude. Hiljadama misli ukrstilo se u onoj jadnoj glavi... I to samo sene kao munja, pa je za čas nestane...

On se udari rukom po čelu.

— Ali ja moram njih nadvladati!... To mora preda mnom pasti na koljena i moliti me!... Mora to biti! Ali kako?...

Jest, baš u tome je bila sva nesreća!... On hoće, i duša mu

hoće — ama kako da uradi to?... Svaki plan što mu kroz glavu prođe učini mu se bedan...

— Poludjeću, tako mi dina! — reče, pa se opet spusti na divan...

„Ne... ne može!... Nikako ne može!... Taj pop!... Kao kakav čobanin što čuva svoje stado, tako on čuva svoje Crnobarce... Još će mi i Ivana vratiti!...”

— Nećeš, pope! — dreknu najedanput. — Ne dam!...

Pa mu dođe u glavu da prizove Miloša Sevića.

I učini mu se da će to moći... Udari dlan o dlan.

Pandur promoli glavu.

— Ibro, idi Sevića kući, pa mi zovni Miloša.

Vrata se zatvoriše.

13

Strašni snovi

Njemu nešto laknu na duši. Učini mu se to srećna misao. Ocepio je Ivana, sad još i Miloša. To su dva viđena čoveka, mogu i kmetovati.

— Ha!... kmetovati! To, to!... Ja ću natjerati onoga matorog da baci štap. To će ići vrlo lako. Onda ću gledati da im naturim Ivana. A Ivan je moj!... Kako mu ja reknem onako će kmetovati!...

Lice mu se razgali... Nešto milo i toplo razli mu se po grudima; srce mu zalupa brže...

— Baš sam pobudalio! — mislio je. — Čega sam se plašio?... Stotinu načina imam ja da zavadim Crnobarce... Pa ako mi baš ne pođe za rukom, smeta mi kmet ili pop — moj Aso ima sigurno oko i dobru ruku da ga skloni s puta!... Baš sam budala!...

Potraži još jednu kavu; istrese lulu, pa je onda napuni... Dim se izvi iznad njegove glave... I on poče srkati kavu...

Nije dugo čekao Miloša. Ibro ga je odmah našao, jer je bio kod kuće.

Javiše mu da je već tu.

— Neka dođe amo... — reče on prijatnim glasom...

Miloš uđe sav bled kao krpa. Kolena mu klecahu, a onaj se han okretao oko njega... Kao što rekoh, bio je to miran domaćin; nikad se on ni s kim nije parbio niti pred sud izlazio.

Kruška se podiže sa divana, pa priđe Milošu i osmehivaše se na nj.

— Dobro mi došao! — reče.

— Bolje tebe našao! — reče Miloš, više iz navike da tako otpozdravi nego što bi mu to na pamet palo.

— Sjedi, dobri čovječe, sjedi!

— Neka, mogu i postojati... — reče Miloš, a zubi mu gotovo zacvokotali.

— Ama, sjedi čovječe!

— Pa da sednem — reče Miloš i spusti se lagano na divan.

— Kako je zdravlje? — upita Kruška.

— Hvala bogu...

— Kako na domu?

— Hvala bogu!

— Ako, ako!... Zdravlje, najprije zdravlje, pa onda drugo.

Miloš ne odgovori ništa. Srce mu je burno lupalo. Da je Kruška hteo oslušnuti, on bi čuo kako lupa.

— A je l'? — upita Turčin.

Miloš prenu.

— Šta?

— Nadaš li se ti gostima?... Spremaš li večeru?... Mi ti se, bogme, spremamo...

Miloš da propadne u zemlju. Voleo bi nego bog zna šta

da ga Kruška samo to nije zapitao!... Ušeprtlji, pa poče lupati koješta:

— Ta... nadam se... dobrim proševinama... Hoću reći devojkama... onaj... kad se žene devojke...

Više nije video nikoga pred sobom. Na oči mu se navuče nekakav mrak; učini mu se da mu nesta zemlje pod nogama i kao da pada u neki bezdan... Onda izgubi svest i surva se s divana...

Kruška mu pritrča. Prihvati ga da ga digne. Čuo je kako mu naglo srce bije... Svaki ribić, gde ga je prihvatio, igrao je pod prstima njegovim...

— Milošu!... Ej, Milošu!... Osvijesti se, čovječe!...

Ali Miloš ni maći...

Kruška viknu pandure. Ovi utrčaše i stadoše ga polivati hladnom vodom.

On poče dolaziti sebi. Diže se polako i poče trljati čelo i zveriti oko sebe...

— Ustani! — reče mu Kruška.

On se diže lagano, ali ga opet obujmi strah...

— Sjedi, Milošu! — reče mu Kruška blago. — Šta ti je, čovječe?... Gledaj kako je blijed.

— Nije mi dobro... Išao bih kući.

— Sjedi, odmori se...

I Kruška zaiska malo rakije, te mu dade... Rakija ga potkrepi.

— Ama, vjere ti, šta ti bi?

— Ne znam.

— Je l' ti još koji put dolazilo?

— Nikad.

— O, brate! — reče Kruška i uze ga za ruku... Da se nijesi što uplašio?... Ne boj se! Ta i ja sam čovjek!... Zvao sam te da ti kažem da ću ti i ja, sa prijateljima, večeras u goste... Ja sam slušao od ljudi da si ti dobar, valjan čovjek; a ja ti tako volim dobre i poštene ljude!...

Nešto sramota a nešto i sami strah poče zbunjivati Miloša...

Kako da mu kaže da od proševine nema ništa?... Nijedna pametna misao da mu dođe u glavu...

Kruška, kao vešt čovek, poče lepo oko njega dok mu jezik ne odreši.

I on iskaza Turčinu sve, ama sve: i kako mu Jelica odrekla da pođe za Lazara, i kako ju on oterao.

— Pa gdje je ona sad? — upita Kruška.

Miloš sleže ramenima.

— Ja čujem da je kod Alekse — reče Kruška i upilji u nj.

Miloš sasvim naivno odgovori:

— Može biti.

— I, poslije, čuo sam da se ona tamo sastala sa onim lopovom, Stankom.

Miloš opet poče gubiti svest, preblede kao krpa.

— Ja ne znam — jedva izgovori.

— Čuješ, Milošu! Ti si pošten čovjek. Ja te volim, ne mrzim te. Ali ti velim: ako ti sad iz ovijeh stopa ne odeš Aleksinoj kući i ne uzmeš djevojku, onda gledaj kuda ćeš!...

Oči su mu sevale.

— Dobro — reče Miloš i ne znajući šta govori. — Idem sad.

— Idi... idi!... Zbogom!...

Miloš izide iz odaje

Kruška je dugo hodao, premišljajući:

— Ovaj me se boji. On će je silom oteti od Alekse... On će je natjerati da pođe za Lazara...

Ali je video, jasno video da mu je plan pokvaren. Osećao je da već više on neće miriti niti će se ko njemu obraćati... Ali, ako ne može miriti, on može zavađati; a to kao da mu, za ovaj mah, beše dosta...

On sede da pribere svoje raštrkane misli...

— Zbacić́u kmeta!... Natjeraću ga da baci štap... I to sad, odmah!... Znam i kako ću!... Ovome sam zapovjedio da otme djevojku... I on će je oteti... Ondaj ću mu zapovjediti da je da za Lazara, i to će biti tako... Ivan će biti kmet, a to će opet privući nam još kojeg seljanina... — Dobro je!... Dobro je!...

I udari dlanom o dlan.

Pandur promoli glavu.

— Idi kmetovoj kući, pa mu kaži da mi odmah dođe!

Vrata klepnuše.

Posle pola sahata kmet Jova beše pred Turčinom. Ozbiljan, miran, stojao je on kao kakav svetitelj.

Kruška je sekao okom.

— A je li ti?

— Čujem, efendija.

— Šta se to radi po Crnoj Bari?...

— Šta, efendija?

— Lijepo, bogami! I još on mene pita!... A zar ti ne znaš?

— Ne znam.

— Pa kaki si ti kmet?

Jova ne odgovori ništa.

— Kaki si ti kmet kad ne znaš ko ti danjuje i noćiva u Crnoj Bari?

I Turčin se diže pa mu se unese u lice.

Jova mirno sačeka njegov pogled, a još mirnije odgovori:

— Meni se niko nije potužio, a samo bog može sve znati!...

Kruški se učini da to govori pop Miloje. On sunu kao oluj:

— Ti si jatak hajdučki!...

Jova kao da se tome nadao. Ništa ga ne iznenadi taj napad. On opet mirno odgovori:

— Nisam.

— Jesi!

— Nisam.

— Jesi, kad ja velim!

— Manj da ti učinim ljubav, pa da pođem po tvojim rečima. Ali ja nisam jatak, i Crna Bara nema hajdučkih jataka!...

Da je on govorio naprasito, bujno, odbijajući i džapajući se, Kruška bi voleo; ali je on odgovarao tiho, mirno, sve reč po reč. A to naljuti Turčina do besnila.

— Ti lažeš! — ciknu on. — A šta je bilo danas? Ko ono bješe u onoj lopovskoj kući, zajedno sa onijem lopovom?...

Kmet Jova pomisli: nužda zakon menja!... I on slaga:

— Ja ne znam.

— Lažeš!

— Ne lažem!

— Lažeš! — ciči Turčin kao guja. — Bio si ti, bio je pop!... Ja to znam! Od mene ne možeš sakriti!... Ali, evo ti zapovjedam: da odmah sutra sazoveš selo i da mu predaš taj štap, jer nije za tebe!... To da učiniš, jer nemoj, znaš, da ti se ja na grbaču popnem!

— Ne branim... — reče Jova i sleže ramenima...

Turčin ga više ne može gledati. One mirne reči, ono vedro

čelo ljutilo ga je; čak ga je pogled Jovin ljutio!... On mu okrete leđa.

— Možeš ići.

— Dobro! — reče Jova i pođe vratima.

— Ali sutra ne igraj se glavom...

— Dobro...

I kad se vrata za njim zatvoriše, Turčin se spusti na divan, upravo surva se... Svaka mu se dlačica na telu naježila od ljutine.

— Više se ne može lijepim ništa — mislio je on. — Sad ću i ja pamet u glavu, pa ću oštrije s njima... Dok dva-tri puta podviknem, dok ukinem jednu neposlušnu glavu, vidjećemo onda!... Slušaće oni mene kao snaše!...

I predade se tim mislima. Glava mu se zanese... on potonu sav, gledajući kako ruši i pali...

Čibuk mu davno ispao iz ruke... Njemu se učinilo da već dela. I ruši, i obara, i sve mu se živo klanja, kao što se bogu klanja... Duša mu se topila od milja...

Najedanput izbi jedan pramičak magle i iz toga pramička izide čovek pa se uputi njemu... I on se, kao, zagleda u tog čoveka... Lice mu poznato, a ne seća se gde ga je video. „Poznaješ li me?!...” — „Jok, biva!”

„Ja tebe poznajem, Kruško!” — reče mu taj čovek, pa mu priđe, uhvati ga za vrat i diže kao perce kakvo...

On se koprcao, otimao — ne pomaže. Ona strašna ruka stegla vrat kao što menđeli stežu ono što među njih padne... Izgubi i glas, ruke mu se uzeše... Gledao je samo ukočeno, a ničim nije mogao mrdnuti...

Najedared, taj čovek zagrme strašnim glasom: „Ja sam

Stanko!... Zar me ne poznaješ, zlikovče?!...” On se prestravi od tog imena...

Stanko ga kao spusti na zemlju i uze se raspasivati. On pogleda iza sebe, jer nešto zašušta, i vide Marinka uvezana kao kad dete poviju...

I, kao, Stanko priđe, uze Marinka, diže ga i obesi o jednu granu... „Sad vidi — reče mu — šta ću od tvoga Kruške uraditi!... Baš sam te i podigao malo više da bolje vidiš!...”

I onda priđe njemu, izvrte ga na leđa i kleče mu na prsa, pa isuka jatagan i stade ga preko dlana prevlačiti... on, kao, ne može već više ničim maći, zagleda se u Stanka i suze mu udariše. — „Šta je, Kruško? Šta ti je, sram te bilo! Zar u suze, kao žena?... Ne pomaže ti, vala, pa baš da plivaš po njima!...” I prevuče nožem preko dlana... „Oštar je kao mazija, a ti si zaslužio da te tupim koljem!...”

Onda ga uze za glavu pa je zakocaći natrag... Nož sinu nad njegovom glavom, a odmah zatim on oseti kako mu se to oštro gvožđe zari u grkljan...

Dreknu što ga glava donosi, pa se sruši s divana.

Njegova dreka uzbuni sve u kući. Dotrčaše kao bez duše, a on je ležao kao uzet, nijednim udom nije mogao maći... Samo je osećao grdan bol pod grkljanom...

Jedva ga povratiše i digoše, ali je taj san tako jako uticao na njega da je neprestano zverao nekim unezverenim pogledom i od najmanjeg šušnja sav bi se naježio...

Noć se polako spuštala na zemlju, duboka, tavna, vlažna noć pozne jeseni... On je osećao pustoš njenu u svojoj duši. Reče da upale žižak i da sede s njime u sobi...

Ali nikako ne mogaše zaspati. Jer čim bi oči sklopio, ona

se strašna slika obnavljala još strašnije. Onaj krvožedni pogled Stankov zaronio mu se u dušu, pripio se, pa mu siše snagu kao što pijavica krv siše...

Nasta gluvo doba... Sve se ućutalo, samo popak pevuši svoju veselu pesmicu... Panduri poobarali glave, pa dremaju.

Napolju se čuše koraci... On prenu preneražen. Učini mu se da ga ona ista ledena ruka uhvati za glavu... Htede viknuti, ali ne može. Umre svaki damar u njemu... Glava mu se zanese.

Vrata se otvoriše lagano. Neko vrlo oprezno uđe u sobu, tako oprezno da nijedan pandur ne oseti...

— Ko je to? — napregnu svu snagu Kruška.

— Ja, dragi aga.

Svetlost od žiška pade mu na lice...

— A... ti si, Mašo — reče Kruška odahnuvši, kao da mu se skide neki teret sa duše.

— Ja. Dođoh da ti javim.

— Šta?

— Tu su.

— Ko?...

— Hajduci.

— Gde?... — reče Kruška preplašeno.

— Kod Alekse...

On ne reče ništa...

14

Novi kmet

Kmet Jova odmah iz onih stopa diže se popovoj kući, jer je još u polasku rekao popu da ga kod kuće čeka.

Pop je bio toliko nestrpljiv da nije mogao u kući sedeti nego izide na onu kišu pa izgleda kad li će kmet.

I, kad ga ugleda, on mu pođe u susret.

— Šta je? — upita ga.

— Mani! — reče kmet i mahnu rukama.

— Zbilja, šta je?

— Ništa. Htede me satrti. Ja sam se vladao onako kao što si mi ti rekao, i čini mi se da ga je to još više ražestilo...

— Pa?...

— Ništa. Reče mi samo da se koliko sutra odrečem kmetovanja...

— Da se odrečeš?!

— Jest, da narodu vratim štap, jer „nije, veli, za tebe”.

— Pa, onda?

— Onda ništa više. Ja rekoh da se smuši, tako me napade...

Pop se zamisli. Njemu to nikako nije išlo u glavu... I dosad je bilo Turaka u Crnoj Bari, ali se nisu mešali u seoska posla...

— Pa, neka bude, najposle. Ti nam vrati štap, a mi ćemo ga opet dati tebi.

— Nemoj, more! Prođi ga se! Zar ne vidiš da je pust?... On nema volje da ja kmetujem... Pa lepo, i ne moram! Naposletku, dosta sam i kmetovao...

— Onda, znaj Jovo, šta nam se sprema!... Znaš li ko će nam biti kmet?

— Ko?

— Ivan... To ti je tako istina kao što je bog na nebu!... Ja bih glavu smeo založiti!...

Kmet samo sleže ramenima.

— Pa šta bi mu sad?

— Sad ništa, ali moramo biti na oprezu. Ivan će povući ljude za Turčinom.

— Mi ćemo gledati da ne damo.

— Tako ćemo nešto i raditi.

Kmet Jova se diže kući da naredi Simi da selo sazove...

I sutradan okupiše se starine kod sudnice.

— Braćo! — viknu Jova sa doksata. — Ja sam vas pozvao da vam kažem: hvala na počasti! Ja više ne mogu biti kmet. Kuća, pa starost i slabost, pa, najposle, dosta se i kmetovalo... Evo vam, braćo, štapa, podajte ga kome između vas...

I pruži štap.

— A ko bi mogao biti bolji od tebe? — reče nekolicina.

— A što to činiš, Jovo?

— Ne mogu, braćo, više!... Ja mislim da je pravo da se smirim malo...

— Ta ono… — rekoše neki — pravo je; ali nije to baš tako ni teretno, kad si već naučio…

— Čujte, braćo! — reče pop. — U pravu ste i vi i on. On je u većem što to mora učiniti!… Ne pitajte zašto; dosta je kad vam kažem da mora! Nego, uzmite ovaj štap i podajte ga kome drugom.

— Kome ćemo? — stade se pitati narod.

I nasta žagor. Dok najedared iz toga žagora izbi glas Marinkov.

— Znate li, braćo, koga ćemo?

Sve se oči okretoše na nj.

— Ja velim da uzmemo Ivana Miraždžića. Čovek je pošten, dobar, imućan… sve! Ja mislim da će nam on dobro poslužiti…

Kmet i pop samo se zgledaše.

— Pa ne branimo!…

— Dobar je Ivan!…

— Kako da nije dobar!… Dobri smo mi ljudi svi… Ali on je onako okumešan oko svega… — viče Marinko. — Pa šta velite, braćo?

— Hoćemo! Hoćemo!…

— Ama ja bih voleo kad bi opet ostao Jova! — reče Petar Šokčanić. — Nije to što Ivan ne bi valjao, nego što se Jova bolje razume. Ali kad on neće, onda neka bude Ivan… Velimo li?

— Velimo!

— Onda, Ivane, evo!

I on uze štap koji mu Jova pruži, pa ga dade Ivanu…

Ivan se prepe na doksat, pa se poljubi s Jovom.

Popa reče:

— Ivane, da nam se zakuneš da ćeš česno i pošteno vršiti kmetovsku dužnost.

Pa smače s ramena zobnicu, u kojoj mu behu knjige i krst, skide kapu, metnu epitrahilj na vrat.

Svi poskidaše kape. Ivan se prekrsti i celiva krst. Zatim poče za popom govoriti ove reči:

— Ja, Ivan Miraždžić, zaklinjem se živim bogom i svim što mi je najmilije i najsvetije da ću moju dužnost česno i pošteno vršiti, i kako radio, onako mi bog pomogao! Amin.

Onda opet celiva krst.

— Ivane! — reče pop. — Ti si sad kmet. Kao sluga božjeg oltara, hoću da te opomenem da je strašna zakletva kojom si se danas zakleo pred bogom i pred nama. Ti znaš šta je tvoja dužnost, pa je poštuj; a poštujući nju, poštovaćeš samoga Gospoda. Nijednog trenutka ne smeš zaboraviti na ovaj narod i dobro njegovo, jer kad se zakletva prekrši, onda se i duša izgubi. A ko jedanput dušu izgubi, taj je više ne povrati. Nema toga blaga koje bi moglo kupiti mira duši.

Ivana su žmarci prolazili od ovih strašnih reči popinih; on oseti svu težinu nove dužnosti na svojoj duši...

— Popo! — reče on. — Ja ću učiniti sve što mogu i što umem.

— E, neka ti je sa srećom...

Sad nasta ljubljenje... Onda se ljudi počeše razilaziti kućama.

Popa i Jova pođoše takođe kućama. Ivan ih viknu:

— Čekajte, i ja ću s vama.

I pođoše.

— Ama baš da vas zapitam: što vi od mene okrećete glavu?

— Ko?

— Vas dvojica.

— Jok.

— Ama vidim ja, popo!... Ne da se to sakriti!... Ja ne znam šta vam je... Pa, čujem da ste čak i Aleksi u kuću išli.

— Jesmo.

— I tamo sedeli s onim lopovom njegovim!...

— On nije lopov! — reče pop ozbiljno.

Ivan ga pogleda.

— Šta veliš, pope, šta?

— Velim da on nije lopov!

— Pa ko je onda pokrao moje pare?

— Znaćeš.

— Ali ja hoću sad da znam! — reče Ivan i stade pred popa.

— Sad se to tebi ne može ni dokazati.

— Što?

— Što si poludeo!

— Šta govoriš ti, popo?!

— Jeste, poludeo si! Ti ne vidiš ništa više nego ono što onaj Kruška hoće da vidiš!... Ti ćeš još malo pa, kao i Marinko, otparkivati svaku rečcu što ti ko kaže — Turčinu!... Kako ti tako zanese pamet, ja ne znam!...

— Ali, popo...

— Šta ali?... Pa ti si danas po njegovoj volji izabran za kmeta. On je jučer pretio Jovi čak i smrću ako se danas kmetovanja ne odreče... I Jova se odrekao, a tebe kmeti Marinko Marinković!...

I pop mu se zagleda u oči; zagleda se tako da je Ivan osetio koliko je malen u popovim očima.

— Zato sam ti i rekao ono nekoliko reči po zakletvi. Ti si

Srbin. Ako budeš služio Turčinu, ti si pogazio svoju zakletvu. Sad pazi!... Jer kad te stane savest gristi, onda ti ne pomaže ne samo Kruška nego ni buljuci Turaka!... Sad znaš sve. Volja ti je kome pričati — pričaj! Ja ti se neću ni u što plesti — već ako mi htedneš odvući koga Crnobarca pod Kruškine skute. To ti ne dam!... A sad... Zbogom!

Pa mu okretoše obojica leđa i odoše.

Ivan zinuo od čuda...

Kad ih nestade s očiju njegovih, on se krete najlak kući, duboko zamišljen. Neka ga jeza hvatala od popinih reči...

15

Dva oca

Miloš se bio strašno poplašio. Onako strašna zapovest Kruškina nije mu dala nijednog trenutka mira. Išao je kao lud. U dubini svoje duše osećao je da je Jelica u pravu. On je nju ispod rođenog krova oterao. Ona, dakle, ima pravo prekoračiti svaki prag, ako je samo primaju...

I sad kako da ide u kuću Aleksinu?... On je jedared pljunuo na nju i okrenuo joj leđa. Šta će da mu kažu komšije, pa Ivan?...

A ovamo... mora ići!... U Turčina šale nema. Što zapovedi — mora se izvršiti, manj ako ti sam tražiš đavola.

Dođe kući, uđe u sobu, pa se stade osvrtati tamo i amo, kao lud. Onda viknu brata i ženu.

Kad mu ovi dođoše, on onako preplašen stade im pričati šta je i kako je... Slikao im je stvar mnogo grđe, jer mu se i samom tako činilo. Mladen i Kruna oboriše glave.

— Šta ćemo jako? — upita ih on.

Nijedno da bi bele.

— Ko će ići onome u kuću?

— Pa ti, bato — reče Mladen.

— Ih!... Kako ću?

Krunu poliše suze. Ona, kao i svaka majka, povuče svome detetu.

— Pa šta ćeš kad odeš tamo? — upita ona.

— Da je dovedem.

— A ako je ne dadnu?

— Ja ću je oteti!

— A ako ne mogneš? Ako oni budu jači?

Miloš se opet ustumara... Najedared poče vikati.

— Ja ću je oteti!... Ako li ona ne htedne ići, ja ću je ubiti! Ja sam je rodio, u pravu sam...

— Pa što si je onda gonio iz kuće? — zapita kroz plač Kruna. — Što je ovde nisi naterao?

Miloš vide da je doteran do duvara. To što mu žena prebacivaše, prebacio je, kao što znamo, i sam sebi.

— Pa... nešto se mora učiniti!... Ko sme živ Turčinu na oči?... Nema ti ono, brate, ni srca ni duše!... Ja ne znam kuda ću!...

— Kako bi bilo da pripitamo popu?

— A, to je baš kako valja!... Idi, idi odmah, Mladene. Kaži popi da sam ga molio da mi dođe.

Mladen odjuri kao vetar.

Njih dvoje ostadoše sami. Kruni se suze slevahu, pa se sastajahu pod grlom...

— Što si to uradio? Ti znaš da ti ja nikad reči nisam rekla, ali sad moram: srce me boli! — jecala je ona.

— Bio sam ljut!... A ona, jogunasta, kao što znaš, ode!... A sad... eto!...

I zaćutaše...

Vrati se Mladen sa popom. Pop pogleda oboje, pa reče:

— Šta ćete sa mnom?

— Popo!... brate!... Da si mi po sto puta otac, reci mi: šta ću sad?

I poče mu pričati.

Pop mahnu rukom, te ga preseče.

— Znam sve! — reče on. — Ona mi je sama sve pričala... Ja sam bio kod Alekse onoga jutra kad je nju Stanko doveo... Pa reci mi sad šta misliš.

On mu ispriča kako ga je Turčin zvao i šta mu je zapovedio.

— Jest, jest!... Hoće Turčin!... Hoće da nam ćeri udaje i sinove ženi!... Još će se nešto njemu prohteti!... Zaželeće da nema naših glava!... I one će padati kao gnjile kruške!... Pa šta si naumio?

— Ja ne znam. Zvao sam tebe da te pripitam!... Nauči me, kao boga te molim!...

— Da te naučim?... Ali kako?... Da je to moja ćerka, ja bih Kruški kazao: ja je ne dam onde gde ti hoćeš! To bih rekao ja, a ti...

— Molim te, popo!...

— Ne presecaj mi reč!... Ti to ne smeš reći!... Ti misliš da je lakše kudikamo otići Aleksinoj kući, uzeti Jelicu za ruku, pa je dovesti i dati Lazaru. Je l'?

— Ja sam doista tako mislio.

— Eto da sam znao! E, pa sad me lepo čuj! To nećeš moći učiniti.

— Što?

— Što ne možeš! Znaš li ti da je Stanko hajduk?

— Znam. Al' ja ću njega šamarom!

— Oho!... Vidiš ti junaka!... Ne smeš jednom krkljavom Kruški ništa, a hoćeš šamarom gorskog cara!...

— Pa ja znam njega od ovolicnog. Šta me je puta poljubio u ruku.

— Jeste. Ali to više nije onaj Stanko. To je hajduk, gorsko zverče, koji će ti puškom grkljan izvaditi, kao što je Sali-agi! Nego, dragi moj, idi ti kući Aleksinoj, pa se s njim lepo namiri...

— Bog s tobom, popo!

— Čuj me! Nećeš se kajati!... Idi se namiri s Aleksom! Namiri se i pomiri s njim!... I drži se njega, on je pošten čovek!

— Zar Aleksa?

— Aleksa. Koga god Turci mrze, on je pošten čovek, jer je Srbin. Turci ne vole Srbe!... Onaj lopovluk je tursko delo, delo subašino i njegovog ulizice Marinka...

— Jeste, popo! — reče Kruna. — Jeste, istina je!... I Jela mi je to rekla. Videla sam po njenim očima da je govorila istinu!... „Majko, kaže ona, on nije lopov!"

— I nije! I ja kažem da smo onda svi ogrešili duše i o onako krasnog mladića i o onu kuću.

Miloš se zaćutao.

— Što ćutiš?

Miloša je bilo lako pokolebati. On nikad nije imao svoje misli o selu i seljanima. Kao što znamo, on je svakoga slušao i primao savete. Zato se sad i zabrinuo.

— Ali, popo — reče — kako ću sad? Ja sam se osramotio pred Aleksom... Jedared mi je nazvao boga, a ja sam okrenuo glavu.

— Pa zar si ti sam?... Ima nas dosta što smo se pred njim obrukali! — reče popa.

— O, brate!... Ama, ne znaš ti kako je meni to...

Ali reč popina je na njega uticala. U času zaboravi što je Turčinu obećao.

— Dobro, da idem! Hajde i ti sa mnom, popo!

— A što sam ne ideš?

— Velim bolje da si ti sa mnom! Ja ne bih znao šta da mu kažem...

I krenuše se. Uz put je Miloš pričao sve do sitnica šta je kod subaše bilo.

Kad stigoše na kapiju, popa viknu. Jedna snaha izide, te im otvori kapiju i pozva ih u kuću.

Vedro je sjalo čelo Aleksino. Bacio čibuk, opleo perčin, pa se smeška nekim nebesnim osmehom.

I Petra, i kućani, sve beše življe i veselije... Ta, evo, opet nastadoše stari dani, dani sreće i razgovora!... Eto, ljudi prelaze prag za koji se mislilo da ga neće prekoračiti noga čovečja.

— Uđite, uđite! — veli Aleksa.

— Pomaže bog!

— Bog vas čuo!

I mladež pođe ruci gostima.

Pošto posedaše i prineše im čuturu s rakijom, reče Aleksa:

— Pa, kako si, Milo?... Dao te bog videti!

— Bogu hvala!

— Kako na domu?

— Ono što je tamo dobro je. Ama nije mi sve tamo...

Aleksa se smeška.

— Jedno mi jagnje zaluta u tvoje stado… — reče Miloš — pa dođoh da ga potražim…

— Tu je! — reče pop.

— Pa… gde je?

— Aleksa! — reče popa. — Kaži neka dovedu Jelicu.

Aleksa pogleda u snahu Maru, a ona, kao hitronoga srna, odskakuta…

— Pravo mi reci — reče Aleksa Milošu — šta si ti nauman s devojkom?

— Da je vodim kući.

Aleksa skoči.

— To nećeš! — reče on, a oko mu senu.

— Ko je vlastan mojim detetom? — reče Miloš.

— Ti… Ali samo dok je bila u tvojoj kući!… Sad sam vlastan samo ja!… I ako samo htedneš silom je odvući, onda nećeš ni tvoje glave izneti!…

— Ali ja sam otac!

— I ja sam otac!

— Znam, znam… Ali ja sam joj roditelj!…

— Što si isterao svoje dete napolje?… — preseče ga Aleksa.

— A ja sam joj hranitelj i branitelj!… Ona je pod mojim krovom Stanka potražila i našla ga.

— Pa šta hoćeš ti?

— Ja je prosim za moga sina.

— Kog?

— Stanka.

— Ali on je hajduk!

— Zar je jedan hajduk oženjen?

— Znam, ali…

— Upamti, Milo, ovo! Hajduci nisu baš najgori ljudi. Ono što je u goru otišlo, ono je čelik, ono su srca što ne mogoše otrpeti nepravdu...

Popa je slušao taj razgovor među njima. Onda im reče:

— Čuješ, Milošu! Ti, brate, imaš ćerku na udaju. Prose ti je dvoji prosioci. Jednoga ti je dete odbilo, a drugi je za ruku doveo u svoju kuću. To joj je zar i bog odredio sudbinu...

— Znam, popo, ali kako da ostane ona u njegovoj kući...

Aleksa jeknu:

— Ama ja ne dam nju, upamti ti!... Ona je meni sve! Od njenog boga i ja imam boga!... Otkad mi ona prag prekorači, od onda mi i ljudi počeše u kuću dolaziti!... Ja je ne dam!

Oči su mu sevale kao munje...

— Čuješ, Milošu, podaj devojku!...

— Pa... dobro! — reče Miloš.

— Daješ? — viknu Aleksa.

— Dajem.

Aleksa mu pritrča, pa ga zagrli. Zaplaka se starac od radosti...

Nasta ljubljenje... Sve živo oplaka od radosti.

— Na koga se naljutio bog? Koga zaboravio?... To nije istina. Ja ga vidim!... On blagosilja moju kuću!... I živeće koleno Aleksića dugo, dugo!... Mnogo će živeti!... Tu će biti ljudi, kakvih ljudi!... Kao da ih gledam mojim starim očima!...

I starina digao glavu, a glas mu ječi nekako svečano.

Otvoriše se zadnja vrata kućna; u kuću stupi Nogić, vodeći Jelicu za ruku. Priđe Milošu, pljesnu ga po ramenu i reče Jelici:

— Snaho, evo ti sad dva oca! Ljubi obojicu u ruku...

16

Prvi susret

Šta ti se nije radilo u Crnoj Bari i okolini da se pohvataju hajduci, pa ništa!... Obili su noge i Lazar i Marinko, pa uzalud. Oni ih pronađu, čuju da su na nekom mestu, jave Kruški i dignu poteru. Pa kad tamo, nigde nikog...

Cela zima prođe u tome vitlanju. Bože!... Kako li se izmenila Crna Bara!

Nema onog veselog zbora ni razgovora. Gde dvojica govore pa treći dođe, oni ućute...

Ivan kmet, a ljudi ga glede gore nego onog pandura subašinog. Njegov Lazar se sasvim odbio od kuće. Svaki u boga dan je pored Turčina, pa tu s Marinkom i Kruškom očajava.

A Kruška?...

Kruška sanja strašne snove. Od onoga dana taku je stravu uhvatio od Stanka da samo treba da čuje ime njegovo pa da prebledi kao smrt... Svaku noć poneko mora sedeti kod njega da mu drži strah...

Nego, ejvala Crnobarcima!

To se sve održa. Popa i Jova održaše megdan. Niko se

više ne da ocepiti od svoje braće. Čak je i Miloš Sević postao drukčiji...

To zagorča život Kruški.

Beše već oslavilo proleće. Prijatno beše sedeti uveče pred hanom. Nebo se osulo zvezdama. Iz okolnih bara razlegao se kreket žaba. A Kruška bi se, ništa ne misleći, udubio u tu muziku, pa ko zna dokle bi ostao da ga ne zovnu da spava.

Jedne večeri sedeo je sa Ivanom i razgovarao. Razgovor im beše strašno sumoran.

— E, moj Ivane, moj kmete, što ćemo bolan? — reče Kruška.

Ivan sleže ramenima.

— Ne znam ni ja.

— Tebe baš svi ostaviše?

— Svi.

— Zbog mene?

Ivan je ćutao.

— Je li?

— Nisi ti tome kriv.

— Veruj, dobri čovječe, da sam ja blage naravi!... Ja ne znam šta mi je te ne ubijem onoga psa, popa!... On je to sve učinio!... Ali, neka ga!... Doći će mi na ruku!... Oderaću ga živa kao jarca!...

— Gotovo, vala! — reče Ivan. — Ali ja ti velim da od njega crnjeg dušmanina nemaš!... Pa, posle, onaj Aleksa! Bogami, ako mu ti ne sudiš, ja ću mu suditi!... Da ti znaš kako mi prkosi samo!... Onaj moj iz kože da iziđe, al' ja ga tiškam...

— Čujem da mu je onaj pas opet skoro dolazio... — reče Kruška i naježi se.

— Bio je, ali kao sen. Začas ga nestane. Vrebao sam svu noć oko kuće, pa ništa... A došao je kući, video ga Lazar.

— Ja ne znam šta ću!... — reče Kruška.

Pa se zamisliše... Posle podužeg ćutanja Turčin opet reče:

— Ja sam naumio nešto učiniti. Poslaću Lazu sutra u Šabac, neka odnese moju poruku: da mi pošlju kojeg janičara, da poteram za hajducima!...

— Bog te živeo!

— Ako ih tako pohvatamo.

— Sigurno.

— Onda, pošlji mi Lazu.

— Hoću, hoću, kako ne bih!

I sutradan Ivan opremi Lazara u ranu zoru... Pojahao zelenka, za pojasom mu pištolji i jatagan, a oko ramena šara.

Dođe pred han, odjaha konja, priveza ga za jedno drvo, pa uđe unutra.

Taman on ukorači, a iza hana se pojavi Deva, osmehnu se, popreti prstom pa zamače u lug...

Dan je osvitao lep. Istok se rumenio kad se Lazar oprosti sa Kruškom, koji izide da ga isprati.

— Pa, dela, da mi s dobrijem glasovima dođeš.

— Ja bih to najviše želeo! — reče Lazar.

— E, srećan put!

— Hvala!... Daj bože!...

Konj zaigra pod njim. On ga pusti, pa ga onda stade šiškati, dok mu ne pusti ràvân.

Jutro beše lepo. Kroz sveže zeleno lišće probijahu sunčani zraci; slavuj se natpevao sa drugim ptičicama, koje pesmom svojom pozdravljaše sunce... Vazduh blag, a svež, nadimao mu je grudi.

On se baci u misli.

Tako lep dan... Tako sve milo oko njega, a u njegovoj duši pakao... On je nesrećnik, i preko svega još voleo Jelicu, voleo je onim strašnim ljubavnim žarom što bi bio kadar sagoreti sve kao plamen...

I sve je tu, i ona opet nije njegova. A nije njegova samo zato što Stanko još živi...

Zažude mu duša da ga nađe.

„Samo da ga vidim!... — mislio je. — Samo da ga vidim, pa on više ne bi video beloga dana!... Ubio bih ga kao ništa!... Onda sam ga promašio, ali sad ga ne bih promašio!"

I odoše mu misli daleko, daleko za onim oblacima što se žbunaju po plavome nebu, kao mali jaganjci po zelenoj poljani...

O čemu ti nije mislio!... O sebi, o ubistvu Stankovom, o Jelici, o Kruški... o svemu... Pa to ode u beskonačnost... Misao beše moćnija, i ona pobeže... On je težio za njom, ali je zaostajao...

I ovlada njime neko čudno neraspoloženje. On oseti ravnodušnost prema svemu... Nije ga se ništa ticalo... I peče ga sunčana zraka, i njemu svejedno...

Onda dođe malodušnost. Put mu se učini vrlo dugačak. Osećao je da ga krsta bole od dugog sedenja na sedlu... On stade da konja odmori i da malo noge popruži...

Pođe peške. Najedanput zec mu pređe put...

Njega nešto teknu. Kroz glavu mu prođe misao, i on je glasno izgovori:

— Ne valja.

I oseti najpre neku hladnoću od onog gustog luga... Zatim ga spopade strah.

„Zar onaj pas ne može biti ovde gdegod u zasedi” — pomisli.

I nešto ga ledeno prožma celim telom... „Njemu je lako!... On je iza grma. Nanišani, i onda gotova posla... Samo da povuče!...”

On poče drhtati. Plašio se gotovo od svakoga panja.

I stade goniti konja da odmiče...

Odjedared iza jednog hrasta pomoli se jedna ruka; i to baš u času kad on beše tikom pored hrasta. Ta ruka uhvati konja za uzdu.

— Stoj! — začu se glas.

I pojavi se čovek iza grma.

Njemu senuše svetnjaci pred očima. Taj je čovek bio Stanko.

— Dole!

— Dole!... — zagrme opet.

Lazar, ne znajući šta čini, maši se rukom pàsa, trže pištolj i skresa...

Stanko posrte i pusti uzdu.

Konj pojuri trkom, ali ne Šapcu, nego natrag. Lazar ga nije zadržavao. On ga, upravo, nije ni mogao zadržavati, jer je bio izgubio svest. On nije ništa znao ni o sebi, ni o tome što je učinio.

Kad ga je zelenko doneo pred han, kad ga skidoše sa sedla i zapojiše malo rakijom, tada reče:

— Čini mi se sad se nisam prevario. Sad je ubijen.

— Ko? — upita Kruška.

— Stanko.

— Ti ga ubio?!

— Ja.

— Gdje?

— Pred samim Belotićem...

Toga večera pade u postelju, s koje se nije digao šest nedelja.

17

Petljanje

Već i Ivanu prekipe. Od toga večera on se reši da goni Aleksu. Naredi te ga doteraše sudnici.

— Je li ti?

— Šta je? — pita ga Aleksa, a gleda ga kao da ga žali.

— Oni lopovi i danas dolaze u tvoju kuću.

— Koji lopovi? — pita Aleksa, a upro pogled u njega pa mu ne da trenuti.

— Pa tvoj sin.

— Moj sin nije lopov. Sva Crna Bara zna da je tvoj sin one pare pokrao i onde zakopao.

— Hajdučka sorto!

— Bolje biti i hajduk nego turska ulizica!

— Ko je ulizica?

— Ti!... I kažem ti, odstupi od mene! — reče Aleksa, pa izide iz sudnice i ne osvrćući se na viku njegovu.

To je bio prvi napad Ivanov na Aleksu. Od toga doba ponavljao se skoro svakog dana...

Međutim, Aleksa se nimalo nije bojao Ivana. On je bio toliko kuražan pred njim kao da govori sa knezom Simom.

Ivana je to jedilo. Jedilo ga je tim više što Lazar nije ubio Stanka. Jer njemu se činilo da bi stvar sasvim drukčije prošla da Stanko nije u životu...

Sem toga, on je strahovao. Danju, noću, večito mu se slutio neki nesrećni slučaj, nesrećan po njega i kuću njegovu...

„Hajduk je, brate — premišljao je on. — Može te napasti gde hoće i kad hoće. On nema boga ni duše. Da se sav slomiš, ti mu ništa ne možeš učiniti...”

I jedno vreme odujmi od Alekse.

Pita ga Kruška:

— More, pa taj tvoj Aleksa još će i svadbovati Stankovu svadbu na naše oči. Šta radiš ti?

— I njemu će odzvoniti!

— Kad?

— Biće...

I on je otezao s dana na dan, predomišljajući se. Ali jedan događaj istače se i povede stvar sasvim drugim putem.

Bilo je to nekako oko Trojica. Aleksa se vraćao s rada kući, pa, došavši blizu svojoj avliji, smotri Lazara gde nešto oko kuće vrlja.

Aleksi se već nabra čelo čim ga vide, ali on se pritiša i pođe bliže da vidi šta baš traži taj momak.

Kuća je bila otvorena. Kraj ognjišta posluje nešto Jelica, a on se zablenuo u nju toliko da nije ni čuo korake Aleksine.

Aleksa ga gledaše nekim čudnim pogledom, koji bi ga i smoždio i pomilovao.

— Šta radiš ti tu?

Lazaru je samo grmelo u ušima.

— Je li, more?

Lazar ne odgovara.

— Hoćeš li da vidiš ko je u kući Aleksića, je l'?... Pa što ćutiš?... Što ne kažeš?... Je li?...

Lazar zausti da nešto rekne, ali mu reč umre na usnama.

— Kad si baš zato došao, onda hodi ovamo!

I uze ga za ruku pa ga povede u avliju.

Lazar je išao kao dete. Kad biše na pragu, on stade.

— Uđi, uđi! Ovo je čiča Aleksina kuća. Zar si se malo puta ovde igrao?... Uđi, uđi!... Evo ti i strina-Petre, tvoje „cine". Zar si zaboravio kako si je zvao?...

Lazaru se noge podsekle. Ove blage reči, onaj čudni pogled. Je li mogućno da je to otac Stankov?... Pa, onda, kako ga sve opomenu na onaj lepi život kojim te dve kuće živeše. Ta to je još juče bilo... Još juče je ta kuća bila kao i njegova...

— Uđi, uđi! — govorio je starac.

On se nehotice maši kape i pođe ruci, ali Aleksa planu i trže ruku.

— Natrag, tebi da dam ovu ruku da je poljubiš!... Natrag! Odlazi!... Ili, hodi ovamo.

I dokopa ga za ruku da ga uvuče u kuću. Lazar se stade braniti i otimati.

— Pusti me! Neću!...

— Hoćeš, ja!...

I taman ga do praga dovuče, a iz sobe izide Stanko.

Lazar obamre... Obnevide, posrte i nasloni se na dovratak. Stanko naperi pištolj na nj, ali ga Aleksa uhvati za ruku.

— Zar na svome pragu?! — upita oštro.

Stanko spusti pištolj, jer ga očev pogled čudnovato gledaše.

— A on mene?

— Lako ćeš mu zajam vratiti, ali sad ne, jer sam ga ja ovamo pozvao... A moja reč neka je i tebi svetinja!...

Lazar jedva dođe sebi. On sad vide da je na gujinoj rupi... Ali se puste noge podsekle, pa ne mogu da maknu...

Stanko ga je gledao strašnim pogledom. Pričaju da ima guja koje te svojim pogledom prikuju za mesto na kojem stojiš. Takav je bio pogled Stankov.

Lazaru izide sve na oči, pa čak i ona strašna noć kad je bežao pošto je pucao na Stanka. On je drhtao kao prut.

Stanko mu priđe.

— Idi! — reče on. — Idi, naći ćemo se!... Kad te je moj babo na vrat uzeo, onda ti danas neću ništa.

Lazar se okrete i ode iz avlije...

On nije video kud je išao. Oči su mu igrale u glavi; a onaj jadni mozak, kao da ga je neko stinjio, tako ga je boleo.

Ni sam nije znao kako je do kuće došao. Tek samo vide preneraženo lice očevo.

— Šta je? — pita ga Ivan. — Što si taki?

On odmahnu glavom, pa se sruši na prag.

Kad je sebi došao, bila je noć. Njemu je sve živo bilo pred očima. Zatvarao je oči da ne bi više gledao onog pogleda Stankovog, ali mu se tek tada javi još strašniji.

— Babo... Spasavaj me!

— Šta je? Šta ti je?!

— On...

— Ko?

— Stanko...

— Gde?...

Lazar pokaza rukom kuću Aleksinu.

— E sad je moj! — reče Ivan strašnim glasom. — Sad mi neće pobeći.

I pođe. Ali Lazar skoči iz postelje, pa ga uhvati za ramena.

— Ne idi!... — N... ne idi!... Ubiće te!

— Mene? Jok!

— Ne idi!... Mal' mene ne ubi!!... Da nije bilo čiča Alekse, ti ne bi imao sina!...

Strašna misao obuze Ivana. Zaista, šta bi on radio da mu ubiju Lazara?...

— A... večeras je on moj!

Ali Lazar ga dokopa svom snagom. Ruke njegove utanjahu u stare, ali još snažne mišice očeve.

— Ti nećeš ići!... Ja te molim, ne idi!... Sutra, prekosutra... Kad hoćeš idi, samo danas ne!...

I on se obesi ocu o vrat...

Ivan odusta od namere, samo da bi ga umirio.

— Dobro! — reče on. — Ali sutra ću se računati s onim matorim!... Hajde lezi...

Lazar se spusti na postelju, ali nije hteo pustiti ruke očeve.

***

Osvanu dan. Ivan se još zorom diže Kruški. Kod njega zateče Marinka gde mu nešto priča. Ivan nazva boga.

— Bog ti pomogao! — reče subaša. — Nego, da čuješ što ti Mašo priča. Sjedi.

— Da sednem! — reče Ivan. — A šta priča?...

Kruška ga pogleda prekorno.

— Ej, moj Ivane!... Ja mišljah ti ćeš mi nešto valjati, pa te još i za kmeta uzeh. A ono sad?... Sad se u Crnu Baru doselili hajduci, pa gospoduju... Znaš li ti, bolan ne bio, da je Stanko i noćas bio kod kuće?

— Znam! — reče Ivan.

— Znaš?!

— Znam. Lazar mi reče!

I on ispriča sve šta je sa Lazarom bilo.

— Pa šta sad misliš?

— Dođoh da tebe pitam.

Turčin se zamisli. On pametovaše od svake ruke, ali što god namisli, vidi da je detinjasto. S jednim je bio načisto: hajdukâ ne mogu pohvatati. Jer, Crnobarci sad više njih i ne smatraju drukčije nego kao ljude koji sreću nose... Najzad se okrete Marinku:

— Šta ti veliš, Mašo?

— Ja velim da onog matorog treba pritegnuti!... Treba ga naterati da kaže gde im je danik?

— Pa?

— Onda javiti u grad da se spremi vojska da ih pomlatimo.

— A hoće li kazati?

— Samo ti njega pritvori u ovo tvoje podrumče pod hanom, pa ga onda predaj meni...

Turčin se zamisli. Učini mu se pametan savet Marinkov.

— Lijepo! — reče on. — Da ga pozovem.

— Zovi ga, zovi! — reče Ivan. — Kazaće kad je majku za sisu ujeo!... Ja ti jamčim!

Kruška udari dlan o dlan i pandur se javi na vratima.

— Idi, Meho, pa mi zovni Aleksu Aleksića.

Pošto Meho ode, on se okrete Ivanu i Marinku.

— Jeste li sigurni?

— Siguran sam! — reče Marinko, a satanski osmeh zaigra mu na usnama.

— E, eto vam!... Ja htjedoh čovješki, pa mi se ne dade. Sad ga predajem vama dvojici. Kako vi reknete, šta vi uradite — ono je rečeno i urađeno. Ja ću se lijepo staviti u stranu, pa ću gledati...

— Tako, tako! — rekoše obojica.

A Marinko dodade:

— Videćeš da li ti još vredim!

Nisu dugo čekali. Meho se vrati i dovede Aleksu.

On uđe u odaju, istina nešto bled, ali miran i odlučan.

— Je li ti, more — reče Turčin. — Ti baš naočigled cijelom svijetu jatakuješ hajducima?

On mu gledaše otvoreno u oči, pa reče:

— Ja ne jatakujem.

— Šta ne jatakuješ — poče Ivan i zadrhta — kad nema noći a da ti sin u kuću ne dođe!

— Moj sin dolazi u svoju kuću.

— A... tvoji su zadrugari lopovi, dakle, je l'?

— Moji su zadrugari moji sinovi, a oni nisu lopovi! — reče Aleksa i pogleda takvim pogledom Ivana da ovome pođe kosa uvis.

Marinko se nasmeja.

— To je otac! — reče on. — Ta ono... kad neko izgubi obraz — njemu je svejedno!...

— To se vidi po tebi — dobaci mu Aleksa kao iz rukava.

Turčin je slušao taj razgovor i čudio se kuraži Aleksinoj.

— A što se to vidi po meni? — upita Marinko, pa mu se bezobrazno unese u lice.

— Jer da imaš obraza, ti bi se danas zvao Muja ili Alija, a ne bi poganio srpsko ime.

Marinko se okrete subaši:

— Eto ga, efendija!... Čuj šta ti u oči govori!...

— Nemoj ti tu njega plesti! — reče Aleksa. — Ja ovo tebi govorim. On je Turčin, pa je opet čovečniji od tebe!...

Kruška pomisli: — Dobro se brani... Šteta!

— A... ulaguješ se!... — reče Ivan pakosno.

— Kome?... Eto ga neka kaže kad mu se ko do danas ulagivao?... To je posao tvoj i Marinkov!... Ja od Turčina ništa ne tražim!

— Ni milosti? — reče Kruška i ustade.

— Milost je u boga!... Ti mi ne možeš nijedne ove bele vlasi ocrniti, a kamoli da mi što pomogneš. Pomozi ti ovoj dvojici!...

Krušku naljuti ovaj oštri odgovor.

— A znaš li ti, bre, šta mogu ja? — ciknu on.

— Ako bog hoće — ništa!...

— Meho!... Aso!... Ibro!...

Panduri se pojaviše na vratima.

— Odvucite ovog matorog psa u podrum.

Aleksa beše miran, kad mu oni priđoše, i samo reče:

— Nemojte me vući. Sam ja idem.

I baci jedan oštar pogled na sve... Taj pogled je mnogo govorio. Govorio je više od naperene puške.

I on izide mirno iz odaje kao iz svoje sobe.

Mučenik

Otvoriše vlažno podrumče. Iznutra udari zadah memle i vlage. Njega gurnuše, i on se spotače preko stepenica... Korači dva-tri koraka i, umesto tvrda poda, stadoše mu noge utanjati u blato... Vrata se zatvoriše za njim, i on ostade u gustoj pomrčini...

Vrati se na stepenice, pa se prekrsti i diže oči gore:

— Gospode! — reče on. — Ti mi budi prijatelj. Daj mi snage i daj mi pameti da se održim do smrti!...

Onda sede i zaroni glavu u ruke...

Crne misli ovladaše njime. Njega su iznenadno pozvali od kuće, pa nije ništa ni naredio; nije im kazao ni šta da rade ako Stanko kući dođe...

— Sad će namestiti zasede i uhvatiti ga... Jest, jest... To će učiniti... A kad ga uhvate, onda je sve prošlo. Metnuće ga na muke... Bezdušni su Turci... Na grozne će ga muke metnuti...

I stvori mu se pred očima grozna, strašna slika: kako Stanku oči vade, pa u očne duplje sipaju zejtin, meću fitilje i pale da im svetli kad večeraju...

Snaga mu ohladni. On oseti kako mu se srž ledi... Skoči, strese se i pođe da korači... Glava mu udari u gredu, rame u zid, a noge opet počeše utanjati u blato...

On se trže...

— Gde su me ovo zatvorili? — pitaše se glasno...

I stade pipati oko sebe. To beše tesno podrumče da se ne možeš ni ispraviti ni okrenuti... Sa vlažnih zidova kapala je voda... Svetlosti ni zračka. Hrastovo platno što je zatvaralo taj ćumez beše jednostavno, a spolja ga je zatvarao mandal...

Strašno!... On se opet spusti na stepenice...

Osećao je zimu i žeđ. Grlo mu se osušilo, a on ne imade ni vode. Stade lupati u vrata.

— Šta ćeš? — zapita ga glas spolja.

— Dajte mi vode!

Ne dobi nikakva odgovora... Mislio je da je onaj otišao da javi subaši za to... Ali ništa... Prođe mnogo vremena, prođe... večnost... a njemu niko da bi reči, a džaba ti vode...

Čudno li čovek žudi za onim čega nema!... Ali on steže srce.

— Nećeš, Turčine!... Nećeš mi rečce izmamiti!... Ta kvasiću grlo svojom rođenom pljuvačkom, a neću ti reči kazati!...

I on sede naoružan novom snagom...

Međutim, vreme je prolazilo. Njemu se učinilo da je prošlo dosta dana i noći, ali se njegova vrata ne otvoriše...

Osećao je glad i žeđ... Grlo mu se sušilo... Ali on beše još svestan, još silan i besan... Ne hte vikati ni moliti za milost...

Jedared mu se učini da čuje kako se reza otvara... On prenu, skoči... Ta, da mu je samo da dahne sveža vazduha, da dahne slobodno, pa bi opet bio snažan, opet bi se okrepio...

Ali to beše varka.

Drugi put mu se učini da nešto grebe u zidu prema njemu... Grebe kao miš. On pregazi onu kalju i stade osluškivati... Jeste, grebe!... Ali to tako oprezno, polako...

On je slušao taj glas, to grebanje, kao da to bog šalje razgovora usamljenoj duši njegovoj... I dok bi god to slušao, on ne osećaše ni gladi ni žeđi...

Dok se jednom i njegova vrata ne otvoriše. Jurnu svež vazduh i zapahnu ga zdravljem svojim. Siromah Aleksa poče svest gubiti. Oči mu zasenuše od sjaja beloga dana... On se izgubi.

— Aleksa!... Aleksa! — vikao ga je neko.

On otvori oči i vide Marinka nad sobom gde se smeši.

— Ih, Aleksa brate! Subaša te sasvim zaboravio. Kad ja dođoh danas pa zapitah, rekoše mi da te se nisu ni sećali!... Jesi li gladan?

— Jesam!... — prošapta siromah.

— Sad ću ti doneti ručka malo...

— I vode... vode... — šaptao je Aleksa.

— Dobro, dobro...

I vrata se zatvoriše. Aleksa je očekivao. Svaki trenutak beše mu večnost...

Vrata se opet otvoriše. Na pragu se pojavi Marinko, noseći jedan lonac, jednu drvenu kašiku i komad hleba.

— Evo ti ručka! — reče on. — Skuvao sam ti malo grâ s ribom. Ja znam da ti to voliš.

Pa metnu jelo preda nj.

Aleksa halapljivo dokopa lonac. Prijatan miris riblji zagolica mu nos.

Marinko ga pusti mirno, samo mu je onaj isti satanski osmeh igrao oko usana.

— Je l' dobro? — pitao ga je.

— Dobro... Samo mnogo slano.

— Suva riba... ali ništa...

Aleksa je jeo.

— Je li, Aleksa?

— Šta je?

— Što ti meni, bolan, ne kažeš za tvoga Stanka. Kad sam ja to koga upropastio?...

Aleksa je ćutao.

— Ja njega volim kao da je na mom srcu odrastao. On je dobro dete!... Neka mi govori ko što hoće, ali od njega nema boljeg momka u Crnoj Bari... Sad što je malo zgrešio... šta ćeš?... I sveti su grešili...

Aleksa senu okom.

— On nije grešio! — reče oštro.

— Jeste! — reče Marinko.

— Lažeš!... Ama krivo sedi, a pravo govori!...

Marinko razvuče usne. Njemu senu nešto kroz glavu.

— Hoćeš baš da ti kažem pravu istinu? Tvoj Stanko nije kriv. Ako si ti ukrao, to je i on! — reče i ozbiljno pogleda Aleksu.

— Pa ti reče...

— Ja jesam rekao, ali nije!... Ja sam morao reći!

— Morao?... A ko te terao?...

— Onaj kome se može.

— Turčin?

— On...

— A što?

— Ne znam... Ni danas ne znam.

— Daj mi malo vode! — reče Aleksa.

— Daću, ali da mi kažeš nešto.

— Šta?

— Gde je Stanko i družina?

Aleksa pusti kašiku u lonac i pogleda ga strašnim pogledom. Ali Marinko mu je gledao pravce u zenicu.

— Kaži... kaži!

— To nećeš nikad doznati!

— Hoću!

— Nećeš, velim!

— Ha-ha-ha!... — nasmeja se Marinko. — Pa lepo!... Ako neću doznati, i ne moram!... Daj to ovamo!

Pa mu ote lonac iz ruku i pođe.

— A vode?

— Kad kažeš gde je Stanko! — reče i zatvori vrata.

Gorilo je grlo Aleksino od one slane ribe i pasulja. Kao da je neko žara nasuo.

Najedanput ga obuze jaka vatra, obujmi mu glavu, žile nabrekoše a krv poče strujati naglo, besno.

On oseti žeđ, užasnu žeđ... Pamet ga poče ostavljati, i on se sruši sa stepenica u onu kaljugu...

— Vode! Vode! — rikao je.

— Hoćeš kazati? — pita spolja Marinko.

— Neću!

Najedared sve zaćuta...

On skoči kao pomaman i stade vikati:

— Mučite me!... Ubijte me!... Secite mi parče po parče mesa sa tela moga — neću kazati!... Gadovi!... Gadovi!...

I onda stade gaziti i tabati po onom blatu... Udari rukom

po vlažnom zidu... Kad oseti vlažnu ruku, on je prinese svojim suvim usnama i okvasi ih.

I on stade kupiti vlagu sa zida... Kap po kap uzimao je na ruku, pa je s ruke usnama uzimao.

Ali to mu još više razdraži žeđ... Osećao je u sebi čitavo ognjište koje treba zagasiti... On stade čupati kose i derati odelo na sebi... Zatim leže u blato i stade se valjati...

Osećao je kako blato hladi njegovo vrelo telo... Onda oseti kako mu nešto hladno mili po koži... Zatim mu se učini da se ruši i lomi tavanica nad njim...

I on ugleda nebo oblačno, tamno... I kao pade plaha kiša i ona mu orosi lice... I kapi se slevahu u grlo njegovo... I te kapi pojiše ga, hladiše, i kao bi mu dosta, ali on ne može više maći... A one se ulevahu najpre polako, kap po kap, a posle bujicom... I on oseti kako ga voda guši. Hteo bi da se otme, ali ne može... I on poče da se napreže, ali mu se nijedan mišić ne pomače...

On izgubi svest...

Počinje osveta

Onoga časa kad su Aleksu bacili u podrumče i kad se Kruška sa Ivanom i Marinkom vrati u svoju odaju, promoli se iza šumice, što je blizu hana, Devina glava...

On popreti rukom, pa se onda, prikradajući, dokopa šume.

Kipeo je gnevom.

„O, gde hoće da satru čoveka ni kriva ni dužna!... Al', neće... Tu je bog, stari prijatelj!..."

Pa okrete žurno dnu sela. Uputio se popovoj kući.

„Prvo da njemu javim, pa ću onda potražiti Stanka..."

Ali srete popu.

— Akobogda ti?

— Tebi.

— Šta je? — reče popa preneražen, videći kako izgleda.

— Nije dobro... Aleksu baciše u tamnicu, u podrum pod hanom...

— Kad?

— Sad... Ja idem otud. Strašne mu muke spremaju... Čuo sam šta su govorili... Marinko će ga mučiti...

— Pa?...

— Javljam ti da znaš, pa se razgovori s ljudima šta nam treba raditi... Jer što je danas bilo s njim, biće sutra s tobom... s Jovom... i drugim ljudima... A ja idem Stanku.

— A gde je on?

— Oni su svi na Podinama... Tu je i harambaša. Došli su pre nekoliko dana... Idem da kažem: više se ne može trpeti... Pa kad njima to kažem, onda idem Katiću, Stojanu, proti Nikoli... Svima ću im reći da nama nije vajda od njihovog sašaptavanja, nego, ako će što činiti, neka počinju!... Zbogom, popo!

I okrete se nazad, pa se uputi Podinama...

Išao je naglo. Znoj mu se slevaše niz lice... Izdaleka je čuo potmuli žubor Drine i išao mu bliže. Odjednom stade i zagrakta.

Iz luga mu se odazvaše. On pođe nekoliko koraka kad iskrsnu čovek preda nj.

— Ti si, Devo?

— Ja, Jovane. Je li tu harambaša?

— Tu je...

Deva se uputi k njemu.

Harambaša i družina zaseli po zelenoj travi. Deva vide da im je svojim graktanjem prekinuo kakvu lepu šalu Zavrzanovu. Kad ga videše, svi se digoše na noge

— Pomaže vam bog! — reče Deva.

— Bog ti pomogao! — zagrme sa sviju strana.

— Šta ti je? — upita harambaša, videći njegovo snuždeno lice.

— Zlo.

— Zlo?! — povikaše svi.

— Zlo, Stanko! Oca ti otoič baciše u tamnicu.

To dođe nenadno. Stanko mu pođe, ali posrte, jer mu se smrče pred očima... Htede nešto reći, ali mu se sveza jezik...

— Kako? Zašto? — zagrajaše sa sviju strana.

Deva ispriča sve, od samoga početka.

— Pa kakva mu je to tamnica? — pita harambaša.

— Ja sam jedared samo zavirio! — reče Deva. — To je taki jad da i same guje beže odatle...

— Harambašo! — reče Surep — da izbavljamo čoveka!

— Jest, jest, da ga izbavimo! — povikaše sa sviju strana. — Da idemo svi!...

— Svi nećete!... Nisu vredni da na njih krećem svu moju četu!... Je li, Devo, koliko Turčin ima pandura?

— Deset.

— Deset i dva dvanaest... četrnaest... dobro! — računao je harambaša. — Onda neka pođe Surep... Ilija... Stanko... Zeka... Jovan i Jovica... To će biti dosta...

— Dosta! — jeknu Stanko. — Ja ću im sam dati posla! Poklaću ih kao jaganjce!...

— Lakše, Stanko, lakše! — reče harambaša. — Ti zaboravljaš da sa ugursuzima posla imaš!... Da su to junaci, ja bih poslao tebe i još dvojicu, ali to su ugursuzi... Surepe! Hodi ovamo!

Surep mu priđe i on mu stade lagano naređivati šta sve da radi:

— Prvo idi popu, pa se s njim sporazumi... Deva i Zavrzan neka sve dobro razgledaju, jer od njih ne treba glasnik da izide... Niko od njihovih ne sme pričati šta je bilo!... Možeš ih pomlatiti, možeš ih i meni dovesti — to mi je svejedno!... To što učiniš — učinjeno je...

— Dobro, harambašo!

— Na Stanka mi pazi! On je žestok. Ne daj mu da naleti!...

— Dobro.

— Spremaj se! — viknu harambaša.

I dok dlan o dlan, sve je bilo gotovo.

— Devo!

— Čujem, Srećko.

— Popa mi pozdravi... i... pazite...

— Ne brini... Zbogom!

— Zbogom! — reče harambaša. — Ovde ćemo se videti.

Okoramiše duge šare, pa se krenuše. Zavrzan je poigravao...

— Stanko! — reče on. — Baš mi je srce na meri što i mene harambaša odredi!... Ne znaš kako volim što ću jedared izbliza videti tvoga Krušku!...

Stanko je ćutao. U njega beše ušlo sto besova. Činilo mu se da mile a ne hode, pa je odmicao ispred sviju.

— Stanko! — viknu ga Surep.

— Šta je?

— Lakše.

— Jâ!... Lako je vama!... Možete ako hoćete i odspavati malo, ali meni nije lako! Da bog dao krila imam, ja bih odleteo tamo!... Jer tamo je moj otac, i leži ni kriv ni dužan!... Možda ga muče svakojakim mukama ti bezdušnici! Ja moram žuriti!...

— Pa nemoj ti tako.

— Ne pristajte mi na muku. U meni krv ključa od besnila... Ja na oči ne vidim od muke... Ako hoćete, požurite; ako li nećete, ja idem sam!...

— Pa mi smo i pošli tamo! Ne brini!... Tvoga ćemo oca iščupati! — reče Surep.

Kad stigoše do Starače, Surep zapovedi da stanu. Onda zovnu Devu na stranu, pa se stade nešto s njim razgovarati. Zatim Deva ode.

— Je li, Surepe, a šta mi čekamo ovde? — upita Zavrzan.

— Što treba — reče Surep kratko.

— Dobro. Ali nama treba mnogo štošta.

Surep samo sleže ramenima.

Sa Stanka je đavo kožu derao. On ne mogaše pojmiti to njegovo očekivanje. Ljut kao ris, samo je popreko pogledao svakoga ko bi mu ma jednu rečcu progovorio.

Noć se spusti na zemlju. Beše to tiha, letnja noć bez mesečine. Iz luga se čula pesmica ptičija; vetrić je šuškao po lišću kao mali lopov...

Oko Stanka se zemlja okretala. Već mu prekipe. Ciknu i baci Surepu ove reči:

— Ti sedi... može ti se, a ja idem!

— Ti nećeš ići!

— Ko mi to brani?

— Tvoja zakletva... Zakleo si se na hlebu i soli da ćeš slušati zapovesti starijega.

— Ali...

— On je znao šta je zapovedio. Ti samo možeš pokvariti sav posao!... Kad čovek nešto radi, on treba da radi pametno... Posle se ne vredi kajati... Sedi!

I Stanko se spusti.

Jedva u neke eto Deve. Surep mu izide na susret.

— Šta je?

— Dobro je. Tamo su kod subaše.

— Svi?

— Sem Lazara.

— A pop?

— On se nada. Pripremio je sve što treba.

Surep se okrenu družini i više šapatom reče:

— Polazi!

Stanku kao da neko skide teret s duše... Hajduci već behu na nogama.

— Pazi! Oprezno samo!... Ilija! Ti ćeš zaići od česte sa Devom i Jovicom, a Stanko, Zeka i Jovan će sa mnom. Samo polako... Kad dođete pred sami han, vi stanite. Neka niko ništa ne počinje dok ja ne zapovedim.

I krenuše se...

U Kruškinoj odaji goreo je žižak. Kruška je bio vrlo uznemiren... Opet ga behu spopali oni čudni snovi... Zato je i pozvao Ivana i Marinka da sede s njim.

Svi su bili kao u nekom polusnu. Panduri su spavali u hanu kraj ognjišta. Napolju je pirkao vetrić i gonio suvo lišće...

Kruški pale trepavice kao da mu je neko breg na njih navalio. On se namesti i zaspa...

I tek što je usnuo, a javi mu se Stanko s četom, stoji na pragu i pogleda strašnim pogledom... Htede dreknuti, ali mu se reč uze...

Stanko sa Surepom, Zekom i Jovanom beše na pragu... Turčin protre oči. Mislio je da sanja, ali to beše grozna java.

— Da se niko nije maknuo! — grmeo je Stanko, a oko mu seva kao munja.

— Jeste li povezali one u kući? — pita Surep.

— Ta mani ih! — odgovori Zavrzan. — Vredni neki Turci!... Evo, sami se vežu!...

Pa se grohotom nasmeja.

A taj smeh odjeknu nekako strašno u duši Kruškinoj.

Stanko uđe u sobu sa golim jataganom u rukama. Pogleda oštro Turčina, pa grmnu:

— Vezuj se!

I ne znajući šta čini, Turčin se stade raspasivati.

Ivan i Marinko okamenili se na mestu. Stanko pogleda Marinka, pa mu reče:

— Pomozi tvome Kruški, veži ga!...

I Marinko poslušno, kao snaša, priđe i stade vezivati Krušku.

— Bolje stegni!

Marinko priteže.

— Dušmanski! — ciknu Stanko.

Marinko udari kolenom Krušku među plećke. Pleća ulegoše, a prsa odskočiše... Pojas utonu u mišice. Kruška beše modar kao čivit.

— Tako!... A sad, gazda-Ivana.

Marinko priđe pa priteže i Ivana kao i Krušku.

Kad se to svrši, Stanko priđe Turčinu i izvrte ga kao kakvu kladu, isto onako kao što je nekad sanjao. Onda se naže nada nj.

— Je li, Turčine, gde mi je otac?

Zaškripa nešto u grudima Kruškinim. On zausti da rekne, ali ne može.

Stanko zamahnu nožem.

— Gde je, odgovaraj!

— U podrumu... — prostenja Kruška.

Surep viknu:

— U podrum idite pa izvedite Aleksu!

Zavrzan i Jovica poskočiše kao jeleni... Kad otvoriše podrum, videše Aleksu gde leži usred one kalje. Ruke mu okrvavljene, odelo pocepano a među prstima, ulepljenim blatom, sedi pramenovi kose njegove...

Izneše ga napolje. Starac je ležao nepomično. — Zavrzan se naže nada nj.

— Šta je? — upita Jovica.

— Još diše...

U taj mah Stanko istrča iz hana.

— Gde je, gde je?

— Evo ga! — reče Zavrzan.

Stanko pade po starini. Ljubio mu je smežurano, kaljavo lice i ruke.

Starac poče dolaziti k sebi.

— Vode... — šaputao je...

Potrčaše da vode donesu. Surep reče Jovici:

— Hodi i pazi na ove!...

A on priđe, uze vrg, pa stade Aleksu vodom kropiti... Nasloni mu zatim vrg na opečene usne i pusti nekoliko kapi...

Kao milje neko razasu se život po snazi Aleksinoj. On se opre rukama, ali još beše malaksao.

— Vode!... Vode!...

— Ne smemo mu mnogo davati, to bi ga ubilo! — reče Surep i pusti još nekoliko kapi na njegove suve usne...

Onda se okrete Zavrzanu:

— Ponesi Aleksu! — reče mu.

Zora je svitala. Mesec u poslednjoj četvrti tek izbio i oborio svoje roščiće zemlji. Svežina se dizala i budila sve živo...

Hajduci su žurno odmicali. Od nekoliko pušaka načiniše nosila, na kojima su Aleksu nosili. Stanko je išao pored oca, gledeći i prateći žednim pogledom svaki pokret njegov...

Aleksu prilično ožive svežina. On zatraži da ga spuste, pa onda poiska vode...

Surep mu dade, ali samo jedan gutljaj.

— Nemojte me mučiti... Izgoreh!

Surep ništa ne odgovori, ali mu više ne dade.

Zavrzan pogleda nada se:

— Gospode, da lepa dana!... Ali, lov je još lepši. Je li, Surepe, harambaša će se više obradovati onoj tikvi ćelavoj (i tu pokaza na Kruškinu glavu) nego da mu nosimo od zlata jabuku.

Surep mahnu glavom u znak odobravanja.

— A već za Stanka i da ne govorim!...

— Danas je moj dan! — reče Stanko, a oči su mu sevale od zadovoljstva. — Samo da mi bi naći još onoga!... Njemu, njemu da mi je da se svetim!... On ne bi umro kako se umire!... Sav strah mora najpre osetiti!...

I priđe zarobljenicima, koje je Zeka gonio.

— Pa, Ivane Miraždžiću! — reče jetko. — Šta sad veliš?... Eto ti sad i tvoga Kruške i tvoga Marinka... Kaži im neka dignu poteru! Zar pod sedu kosu da se obrukaš?... Sramota!...

Ivan oborio glavu. Sad tek beše mu jasno koliki je greh učinio; sad je tek potpuno osetio koliko je velika mržnja koju je na se navukao!... Reč mu se uzela. Nije mu žao bilo sede glave, ta on se i onako dosta naživeo, ali mu je žao one njegove nejači, što će ona ni kriva ni dužna ispaštati grehe njegove. Napreže snagu pa reče:

— Stanko!... Bogom ti prosta moja glava!... Ali... nemoj se svetiti!... Ono što je tamo... nije krivo ništa...

— Onaj je onde bio kriv, je l'? — upita Stanko i pokaza na Aleksu.

— Bog će pitati!

— Ama dok do boga dođeš, hoću da te pitam ja!... — jeknu Stanko i poče drhtati. — Ja sad s tobom hoću da govorim!... Upamti, Ivane! I kad bih mogao da ti najstrašnije reči dobacim u lice na tvome poslednjem času, opet je to malo prema grehu koji si ti učinio!

Ivan zaveza. On je video pred sobom razljućena risa. Oči su Stankove munjom palile...

Dan je sve više osvajao. Sunce je probijalo kroz gusto lišće i već se osećala toplina zraka njegovih.

Najedanput stadoše. Zavrzan zalaja i odazva mu se lavež. Onda nekoliko oružanih hajduka izide im u susret.

— A... uloviste ih? — upita Nogić.

— Ulovismo! — reče Zavrzan. — I ma koliko da su bili ljuti ovi psi, padoše nam u klopku i ne regnuše!...

— Hajde, hajde, čeka harambaša.

I dođoše na mesto. Harambaša i družina pozdraviše ih veselo. Zeka priveza onu trojicu za jedan tankovijast jasen, a Aleksu prineše onoj kladi na kojoj je sedeo harambaša.

Srećko se naže nad Aleksom.

— Jesi li živ, brate? — upita ga on.

— Živ sam... Vode!...

Srećko poteže svoju čuturu.

— Na, napij se!... Ovo će te okrepiti...

I Aleksa povuče dva-tri gutljaja iz čuture...

— Možeš li ustati?

— Ako mognem...

Stanko pritrča i pridrža ga... Strašno je izgledalo izmučeno lice Aleksino...

— Namesti ga ovde, pored mene... — reče harambaša.

Posadiše Aleksu na kladu... I on, naslonjen na harambašu, pogleda ona tri nesrećnika...

— Sad mi ispričajte sve kako je bilo. Dede ti, Ilija!

I Zavrzan poče pričati sve do sitnica. Kad bi gotov, harambaša reče:

— Pravo mi je! Sve je dobro bilo!... A sad?... Šta ćemo sad?

— Da ih pobijemo! — reče Stanko.

— Da im sudimo! — reče Surep.

— Da im sudimo! — zagrajaše sa sviju strana.

— Zeko! — reče harambaša. — Odreši ih i privedi ovamo...

U mlađega pogovora nema. Hajduci se okupiše oko hrambaše sve po redu i po starešinstvu.

Zeka ih privede.

— Turčine! — reče harambaša. — Ti si ovde pred sudom osvetnika... Mi znamo tvoja dela. Ti si postavljen za starešinu u Crnoj Bari?

Kruška je ćutao.

— Nemoj ćutati! — reče harambaša. — Ti si postavljen za starešinu onome narodu. A starešina u jednom selu, to je isto što i starešina u jednom domu. Je li tako?

— Pa šta sam skrivio? — upita Kruška.

— Zavađao si narod.

— Jok ja.

— Jesi.

— Sad sam u tvojim rukama — možeš me natjerati da priznam, ali nijesam. Sve je bježalo od mene. Jedini ovi Marinko i ovi Ivan što beše onako ljudi prema meni. Ja sam u ovoj Crnoj Bari bio željan ljudi i lijepe riječi... Sve me je gledalo poprijeko... Ja reknem riječ, a oni obore glave... Šta sam mogao ja kvara učiniti?... Reci, Ivane!... Reci, Marinko!

Hajduci su ćutali. Ivan i Marinko isto tako.

— Ja sam bio mučenik! — nastavi Kruška. — Da sam pao u postelju, niko mi se živi ne bi našao!... Siroče od malena, ja ne znadoh ni za oca ni za majku. I onda... ja zavađao!... Ko se s kim zavadio?...

Opet niko reči. Kruška se okuraži. Pomisli da će ih i rasplakati, pa nastavi:

— A bog je i mene stvorio kao i druge, kao i vas. I ja sam čovjek, koji srce ima... Zar ja nemam svojijeh jada, zar ja nemam suza i zar mi ne treba niko pred kim bih se mogao izjadati i zaplakati?... Recite!... Zar vâs nijesu jadi u goru natjerali?... Zar nijeste to zbog srčanijeh bolâ učinili?... Pa kad je tako, onda šta sam ja kriv?

— Ne bi bio ništa kad bi tako bilo. Ali nije tako.

— Tako je.

— Devo! Hodi ovamo! — reče harambaša.

Deva priđe.

— Čuo si šta Turčin reče?

— Čuo sam, ali Turčin laže!...

Kruška ga pogleda ubezeknut, a Marinko i Ivan prebledeše kao smrt.

— Ovi je lud... On bunara koješta! — reče Kruška.

— Ha-ha-ha! — nasmeja se Deva. — Jest, vaša me sila naučila da bunaram, ali ja nisam lud! Nisam lud već i zato što sam ti od tvoga dolaska svaku stopu pratio. Ti nisi mogao klanjati tvoju molitvu, a da te moje oko ne smotri!...

I onda stade pričati sve što znamo. Svaki dogovor s Marinkom, Ivanom i Lazarom, svaku rečcu, svaku nameru njihovu...

Noge zaklecaše pod Turčinom. On se zaprepasti kad ču da ovaj čovek zna sve, svaku i najmanju pomisao njegovu...

Deva je govorio rečito, otvoreno. Hajduci zinuli od čuda, zaprepastili se!...

— Tako je, Turčine! — završavao je Deva svoju optužbu. — Tako je! I hoćeš li da znaš ko ti je omeo sve tvoje namere?... Ja, Turčine! Ja i onaj pop, koji je kao orao lebdeo nad Crnom Barom i nije dao ljudma da padnu u tvoje zamke!... Dede, reci da nije tako!...

Turčin se sruši kao gromom pogođen.

Iz Devine priče videlo se da su glavni krivci Kruška i Marinko. Međutim, Ivan je bio oružje u njihovim nepoštenim rukama... On je nevoljno zapao u klopku, iz koje se posle nije mogao iskobeljati...

Harambaša se zamisli, hajduci su ćutali.

— Braćo! — reče Srećko posle dužeg razmišljanja... Velite da se Turčin i Marinko ubiju.

— Velimo!... — zagrme sa sviju strana.

— I to odmah! — dodade Stanko.

— Jest, odmah... Tebi su najviše pakosti učinili, tebi ih dajem!... Uzmi dvojicu-trojicu, pa ih vodi tamo u šumu...

— A Miraždžić?

— I njemu ćemo suditi.

— Zar bez mene? — upita Stanko.

— Čekaćemo te.

Stanko zovnu Zeku i Zavrzana.

— Poterajte ova dva Turčina! — reče on s nekom grozničavom radošću. Oči su mu sevale kao u mačke...

Ni Kruška ni Marinko ne mogoše ići. Ali se Zavrzan i tome doseti.

— Znaš šta, Stanko? — reče on. — Pošto ovi ne mogu ići, to da svršimo s njima ovde.

I oroz na njegovoj puški kvrcnu.

Taj nejaki zvuk oroza jeknu strašno. I Marinko i Kruška prenuše i skočiše.

— Ići ćemo! — rekoše obojica u glas.

— A... ići ćete!... — nasmeja se Zavrzan. — Onda, druga stvar. Ja kao čovek velim: ako ne možete, da vas ne mučimo. Ali već kad možete, onda... da se ide... Hajde, Mašo kućo, hajde polako... Sad bar možeš biti serbez. Tamo ima puno Turaka, možeš ih se nadvoriti do mile lasti...

Pođoše... Kroz gusto lišće probijahu sunčevi zraci. Hiljadama bubica milelo je po zemlji i proletalo oko glava njihovih.

A u Stanku je kipelo. On je smišljao muke. On je hteo da ih natera da osete šta gube, da osete svu strahotu smrti. Duša mu je u kotalac potezala od silnih želja...

Međutim, to je Zavrzan vršio da bi se našalio.

— Vidiš, gazda Kruško, kako lepo sunce sija. Badava!... Što bog da, on da! Eto, ova bubica!... Vidiš kako mili. A ona je srećnija od čoveka... Šta je tebi vajde sad od svega tvoga gospodstva. Ništa!... Mreš od straha kad pomisliš šta će od tebe biti za trenut-dva... A mi se na to naučili, pa svejedno... I kad nema kakve potere, ja zasede, ja se lepo ubetežim.

I Marinko i Kruška ćutahu... Samo si im na licu video kako blede, crvene i modre...

Zavrzan oseti nešto teško na duši. Gotovo se zastide što brblja tako s ljudima kojima smrt nad glavom stoji.

I nasta tajac. Čulo se samo suvo granje kako puca pod nogama.

Najedared Stanko diže glavu pa reče:

— Stoj!

Njegov glas odjeknu dubravom. On sledi srž u kostima i Kruški i Marinku. Kolena im klecnuše i oni sedoše.

— Ovde ćemo... Evo ovaj hrast. Tu ćemo našeg poturicu podići...

Marinka poče ostavljati pamet. Kruški izide san na oči. Njemu se učini da je baš ovo drvo u snu video. Htede zamoliti da ga uklone odavde, ali mu se reč uze.

— Dede, Zavrzane!... Dede, pobratime!... Na posao!

I ovi priđoše bliže.

— Nemoj tako!... Prvo ćemo Marinka obesiti, pa ću onda ja s Turčinom svršiti račun.

I on se maši prvi Marinka, te mu odreši ruke, ali u isti mah od pojasa napravi omču, pa mu je natače na vrat.

— Tako... A sad, ustaj!...

Onaj strašan pogled diže Marinka. On je blenuo sad u jednog, sad u drugog. Stanko ga povede i dovede do hrasta. Kruna hrastova beše dosta niska...

— Zavrzane!... Al' ne! Ja ću se prepeti!... Moram to svojom rukom učiniti. Bog bi me ubio kad bih kome drugom dao!...

Uspuza se uz drvo, pa se spusti bliže onom granom. Cupnu dva-triput nogom da vidi je li dovoljno jaka, pa viknu:

— Privedite ga bliže!

Marinko se najedanput osvesti. On vide šta ga čeka i stade se otimati. Ali ga stegoše čvrste Zekine mišice.

On stade ujedati...

— Ta daj ga ovamo!... — reče Zavrzan, pa ga dokopa po sredini i prinese bliže drvetu.

Marinko se derao iz svega glasa.

— Šta je?... Šta se dereš? — reče Stanko. — Dok si gasio ognjišta i mučio jadne starce, smejao si se, pogana vero, a sad se dereš!... Šta ti je?

— Ne dopada mu se drvo! — reče Zavrzan. — Nego, drži kraj!...

I dobaci Stanku onaj drugi kraj pojasa.

— Pridignite ga malo! — reče Stanko.

Zeka, onako visok, diže ga sasvim do grane. I Stanko priveza pojas za granu...

— Sad puštaj!... — reče on.

Pustiše. Marinko se koprcnu dva-triput, oči mu iskočiše, a jezik ispade iz usta.

Stanko pogleda Krušku.

— Jesi video, Turčine?

Ali Kruška ni da bi reči.

— E, sad je na tebe red. Pravo je da tvoj Maša vidi šta će i s tobom biti! — reče on, pa siđe s drveta.

— Hoćemo li i njega vešati? — upita Zavrzan.

— Njega nećemo. Njega ćemo klati.

I priđe, zavali mu glavu pa poteže jatagan. Baci pogled na Marinka, pa reče:

— Gledaj, Marinko!... Evo šta činim od Kruške!

I zadenu jatagan u grlo... Mlaz krvi šiknu... Nož se zari još dublje...

Onda oturi glavu Turčinovu. Nož obrisa o njegovo ruvo, pa ga metnu u cagrije...

Pa diže glavu i skide kapu.

— Gospode!... Hvala ti na ovom lepom daru!... Ali, Gospode, daj mi da dokusurim moju osvetu!... Ovo je samo početak...

Metnu kapu na glavu, pa se okrete drugovima:

— Hajde da sudimo Ivanu!...

20

Osvetnici

Hajduci su nemo ćutali kad ovi stigoše.

— Svršiste li? — upita harambaša.

— Svršismo — reče Stanko.

— Onda sedite.

Oni posedaše.

— E, Stanko, dete moje — reče harambaša — glavne ti krivce predadosmo...

— A... ono nisu glavni! — reče Stanko. — Svi su oni glavni!...

— Ti si ozlojeđen, pa ti se tako čini — reče mirno harambaša — ali mi mislimo drukčije.

— Šta drukčije? — ciknu Stanko i skoči, a oko mu seva. — Nećeš, valjda, reći da Ivan Miraždžić nije kriv?

— To neću. Ali velim da nije kriv koliko ona dvojica.

— On je još krivlji! On im je u svemu išao na ruku. On je zavađao narod... On je sramotio svuda onog mučenika, oca moga!... Ja hoću da se on ubije!

— Lakše, mladiću! Bujna je krv tvoja! Poslušaj ljude

starije!... Tu sam ja, tu je Nogić, Surep, Deva i toliki ljudi! Dosta je Ivanu neka se vrati u selo pa neka ga prstom pokazuju kao tursku ulizicu...

Na Stanku zaigra meso.

— Reci da skinem kapu, pa da mu se lepo zamolim da mi oprosti!...

— Ti znaš da ti ja to neću reći. Ali od tebe nije lepo što ljudî ne slušaš!...

— Zar tolika nepočinstva njegova...

— On će za njih ispaštati. Zar mu može gore biti nego kad mu pošteni ljudi leđa okreću?... To je gore i od same smrti... Je l' tako, braćo?

— Tako je!

— Onda neka bude kao što rekoh.

Stanku bi kao da mu neko opali šamar. On je mislio da Ivanu nema prava više niko suditi do on. Zato se ispreči pred harambašu, pogleda ga mrko, pa reče:

— Ja ti to ne vermam!

— Onda nisi naš drug! — reče oštro harambaša.

— I nisam. I zato ću mu sad suditi! — reče pa poteže pištolj.

Sinu Srećkovo crno oko, pa mu zaustavi ruku.

— Kad Srećko nešto rekne, ono ostaje kao sveto!... Pištolj za pojas, pa put za uši!... Kad budeš počeo na svoju ruku, čini šta znaš, ali na moje ime... ubiću te!...

Hajduci skočiše oko Stanka...

— Dobro, harambašo! Do danas sam bio tvoj, a od danas svoj. Poštujem ti reč, jer poštujem tvoju so i tvoj hleb...

Ostavi pištolj za pas, pa se okrete družini:

— Braćo! Praštajte so i hleb!... Ako ima među vama koji ljuti osvetnik, neka pođe sa mnom. Ja bijem dok ne zatrem.

Jovan i Jovica priđoše mu.

— Šta, zar vas dvojica? — upitaše hajduci.

— Jest.

Zavrzan se počeša iza vrata pa priđe i on Stanku.

— Zar i ti, Zavrzane?!

— Ja!... Džumbusa radi...

— Harambašo!... Šta činiš ti? — upita Nogić.

— Ko hoće da ide — neka ide!... Ja tražim poslušnost! Ako je i tebi krivo — idi!...

— Nije mi krivo. Ali Stanko...

— Ja sto puta razmislim, a jedanput radim! — reče mirno harambaša. — Ja znam zašto ostavljam život Ivanu...

— Pa što mu poklanjaš život? — upita Stanko jetko.

— Ti si mladić. Tvoje je srce bujno. Ti ne možeš ni videti dalje od nosa. A ako se po srcu povedeš, pre ćeš učiniti zlo no dobro...

Deva se umeša:

— Slušaj, Stanko! Srećko zna šta čini. Ovo što je uradio pametno je, ja ti kažem!

Stanku su igrle usne.

— O, bože!... Da li sam ja poludeo, šta li? — riknu on. — Zar ovaj nečovek počinio tolika nevaljalstva, pa mu još dati da živi!... Zbogom, harambašo!... Hvala ti na očinskoj pažnji!... Hvala ti na hlebu i soli!... Ali... ja ne mislim tako!... Ovde si ti starešina. Ovaj je ovde pod tvojim okriljem — neka nosi danas glavu!... Ali sutra, prekosutra, do moga izdisaja — on je moj!... Zbogom!...

Pa skide kapu i priđe Srećkovoj ruci.

— Oprosti, uvredio sam te, a ti si mi ono što i onaj onde, pa bi me ubila i jedna tvoja zla pomisao! Oprosti!

— Neka ti je bogom prosto! Ti si dostojan da četu vodiš, ali si bujan, vrlo bujan!...

— Bogu sam se zakleo, harambašo.

I poljubiše se.

— Braćo! — okrete se hajducima. — Zbogom ko ostaje! Praštajte!...

Onda priđe ocu pa, ljubeći ga u ruku, kroz suze reče:

— Babo! Pozdravi mi majku!... Radite kako vas bog uči, ali ja svoga krova neću videti dok ne ispunim svoju zakletvu. Zbogom!...

A prolazeći pored Ivana, pogleda ga mrko, tako da se ovome odsekoše noge.

— Teško tvome domu, Ivane Miraždžiću!...

Hajduci se zdraviše sa Zavrzanom, Jovanom i Jovicom. Zavrzan se pravdao drugovima.

— Šta ćete; ali, đavo ga znao, volim Stanka! Volim ga što ne miruje... Njegova pamet smišlja samo kako će kome glavu skinuti. A ja se ostrvio, pa da mi je da poslujem!... A osim toga imam ti i ja nekih svojih računa, pa kad je družina ovako dobra, da ih bar prečistim... Zbogom, Surepe! Tebe mi je onako ponajviše žao; žao mi tvoga razgovora!...

Smeh se zahori. Surep samo diže levu obrvu i razvuče usne...

— Zavrzan — Zavrzan! — reče on.

— Zbogom pošli!... Neka vam je prosto!...

Izljubiše se, izgrliše, kao da su na jednom srcu ležali.

— Daće bog, valjda, da se opet združimo!... — povikaše hajduci.

— Hoće!... — reče Stanko. — Čim zemaljska pravda pomiri nebo i zemlju, eto nas! A sad — zbogom!

Zavrzan je pevušio:

Čim se gora zaodene listom,
A zemljica travom i cvijetom
I kad stigne jagnje za pecivo.

Pritegoše uprte, pa se odvojiše. Gusti lug ih brzo sakri od njihovih drugova...

Hajduci uzdahnuše duboko i oboriše glave.

— Kao da mi rođeni odoše! — reče Nogić...

Ostalo je ćutalo kao nemo... Samo je vetrić nemirno šuškao po zelenom lišću...

***

Sunce je peklo i kroz gusto lišće. Plavilo nebesno gotovo pobledelo od njegovog sjaja... Izdaleka je dopirao šum talasa valovite Drine.

Hajduci su išli ćuteći. I sami razgovorni Zavrzan povukao se u se pa premišlja.

Najedared će zapitati Jovica:

— Pa kud mislimo sada?

— Hajdemo u Parašnicu — reče Stanko. — Parašnica je zgodna za hajduka kao kolevka za detence. A posle toga, tu nam je i Crna Bara i Rača... Svakad ćemo moći videti svaki turski buljuk.

— Da sednemo malo — reče Latković. — Neće s goreg biti da se malo porazgovorimo o svemu što nam valja činiti. Jer, kao god što Stanko želi da se potkusuri sa svojima, tako bih i ja želeo naplatiti svoju veresiju.

— Zbilja — reče Stanko, sedajući u jedan senovit hlad — ja još ne znam zašto se vi odmetnuste u goru.

— A niko se ne odmeće od bela bosiljka — reče Latković. — Meni je teško opričati, eto Jovice.

A Jovica saže glavu.

— Evo šta je! — reče Zavrzan. — Bio je u njihovom selu subaša neki Ibro. Jovica je imao sestru na udaju, a Jovan, opet, bio momak za ženidbu, pa kao komšijske kuće... Znali se od detinjstva, pa se i zapazili. Jovan, dakle, hteo uzeti Spaseniju, sestru Jovičinu. Ali, ne lezi đavole! Turčin ti jednom smotri devojku, pa naredi svojim pandurima te je jednoga dana dokopaju i odvuku njemu... I šta je dalje bilo, ne vredi ni da kazujem... znaš već...

U Stanka senuše oči. Njemu dođoše neke strašne misli u glavu.

— Pa šta je bilo s Turčinom? — ciknu on.

— Pobegao je u grad. Od tog doba nigde ga nema, kao da je u zemlju propao! — reče Zavrzan.

— Ja bih otišao u grad! — reče Stanko.

— I mi smo hteli, ali ne dade harambaša... Zato ti se danas pridružismo. Evo ti i naših ruku i naših glava!... Vodi nas gde hoćeš, samo da se osvetimo, da osvetimo i nju!... — reče Jovica.

— A šta je s njom bilo?

— Šta će biti?... Mahni!...

— Zbilja, šta je bilo? — upita Stanko.

— Ćuti! — reče Zavrzan. — Obesila se...

Stanko skoči:

— Braćo! — reče on. — Svetićemo se! Teško i krstu i nekrstu ko je pogane duše! Gospode, Stvoritelju! Daj mi moći da održim moju reč!...

— A ti, Zavrzane, kakva tebe nevolja u goru natera?

— Ja... ja sam pošao onako, društva radi!... Mrzilo me sedeti kao baba u zapećku, golih šaka. Velim, idem ovamo, među ljude, šât bude bolje!... I, da vidiš, bolje ovako! Pre sam gledao kako Turci biju, ubijaju i otimaju — sad opet gledaju i Srbi i Turci kako to Zavrzan lepo opravlja, kao da je sto godina taj zanat učio!...

— Razgovore naš! Sto si mi puta brigu rasterao!... — reče Latković i zagrli ga.

— Ostavi se toga, Klempo!... Nego, da biramo harambašu.

— Šta da biramo! — reče Jovica. — Eto Stanka.

— Ali ja ne znam...

— Pa ako ne znaš, dogovaraćemo se! — prekide ga Zavrzan. — Valjda je Srećko znao sve kad je u goru došao?... Jok!... Nego... nevolja ga svemu naučila.

— Tako je! — rekoše Jovan i Jovica.

— Dobro, onda se primam.

— Sad dosta. Čitati nam ništa nemoj, jer sve znamo! — reče opet Zavrzan.

— Nisam to ni mislio. Mislio sam da se krenemo Parašnici...

— Da se krenemo.

— Harambašo! — reče Zavrzan Stanku. — Vidiš kolišno nas je... A bog mi je svedok da će mnoga turska majka od nas propištati!

— I ja mislim! — reče Stanko, pa opuči koračati...

Šumom je odjekivao pucanj suvoga granja...

21

Parašnica

Danas čovek ne bi ni poznao negdašnju Parašnicu. Danas su tu njive i livade plodne kao Misir; ali negda tu beše gusta šuma. To zgodno mesto, baš na samom ušću Drine u Savu, vazda su posedali hajduci i ustanici. Tu im beše živa zgoda, jer im nijedan Turčin što je u Bosnu ili iz Bosne išao, nije mogao promaći.

Kad je ustanak buknuo, Zeka Selaković, poznati pod imenom „Goli sin Zeka Buljubaša", tu je imao svoj stalni stan sa svojim „golaćima". Tu se stvorila čitava čaršija, i doskora, pa i danas, stari ljudi zovu Parašnicu „kasaba", što znači varošica.

Za ime Parašnica vezana je i jedna pričica. Bio je nekad nekakav džin, pa zavoleo sestru rođenu i hteo se njome oženiti. Pošto se to smatralo kao greh i nikako se nije moglo dopustiti, to reknu džinu da će mu tek tako biti odobreno da se sestrom oženi ako prokopa korito vode iz Drine u Savu. On pristane i počne kopati. Ali se najedared spusti tako gusta magla da on nije video kud kopa nego je krivudao tamo-amo; na nekim mestima sastavljao je sam prokop. Videći da od njegovog posla ništa nema, on se mahne i prokopa i sestre. I dan-danji stoje tu udoline, koje izgledaju kao vodeno korito, ali samo donekle, jer nisu dovedene do Save.

Bili su zaranci kad Stanko s družinom stiže u Parašnicu. Od vode je pirkao svež povetarac, te im hladio vrela čela i sušio znoj.

— Uja! — reče Stanko.

Hajduci stadoše. On im reče te odrešiše torbe.

— Ovde ćemo stanovati. Drini i Savi na pogledu. Gledaćemo da nam niko ne promakne. A sad da se malo prezalogajimo.

Jovica izvadi iz torbe hlebac i nešto smoka, te zasedoše.

— Vala, više sam ti žedan nego gladan — reče Zavrzan. — Nego, moram sići do obale da izvor iskopam.

I, pošto jedoše, on se prekrsti i ustade, pa, uzevši tikvu, ode na obalu. Nije mnogo prošlo a on se vrati noseći vode.

— Hladna je kao led ledeni. Ama sam smesta našao izvor, nisam triput rukom zagrabio.

Hajduci se napiše hladne vode, pa se nalaktiše i predadoše svaki svojim mislima.

Veče se spuštalo lagano kao smrt. Suton je omotavao predmete u daljini. Malo-pomalo pa osta pred očima njihovim samo bela vodena pruga... Nebo se osulo zvezdama; vetrić pirka i šušti po zelenom lišću, a tamo daleko, daleko čuje se lavež pasa...

Hajduci usnuše, samo Stanko ne. On se zagledao u nebesna sveštila što lebde u plavome zraku nad njim, lebde i žmirkaju nekako setno, kao siroče kome san na trepavice navaljuje. I kao da bi mu mnogo kazale te zvezde, ali su neme, ili bar za njega neme.

On se diže na noge, skide kapu, pa se stade moliti bogu:

— Gospode, Tvorče naš — šaputao je — da li sam pravo radio?... Ti, Gospode, uputi mene da vršim pravdu tvoju!...

I opet pogleda nada se.

A zvezde trepte mirno, lenivo... On oseti nešto teško na duši. Neki glas prošapta mu:

— Ti ne smeš vršiti dela božja! On daje život, on ga i uzima...

Ali drugi glas zagrme:

— Ja sam pravda božja! Nije sve lepo što je pravo; ali što je pravo i bogu je drago!...

I ta grmljavina uguši onaj šapat. To ga malo razvedri. On gotovo glasno govoraše sa sobom:

— Ja sam bio dobar čovek, miran, pošten... A njima leglo na srce da me ubiju i osramote mrtva, i da osramote onaj dom, i sve moje do sedmog kolena... Ja ne dam!... Bog je dao meni sve ovo što je u meni; pa što je davao kad je znao da ne valja!...

Pa stade hodati tamo-amo... Vetrić mu je hladio vrelu glavu...

Ali neka nelagodnost pritisla mu telo, grlo mu se sušilo... On uze tikvu, prosu vodu iz nje pa se diže izvoru da se umije i napije...

I, došav na izvor, umi se i napi, pa ga razgali ona hladna voda...

Sede na onu zelenu izdan na obali, pa se zanese... Voda je hukom žuborila ispod nogu njegovih, a taj mu je žubor godio duši. On se podnimi na lakat i zagleda u onu belinu...

Mesec se pojavi i osvetli vodenu površinu. On je nazirao igranje talasa u vrtlozima... I dopade mu se sve to. Ta, to vri besno kao u duši njegovoj... Ovi talasi, kad im drugi nadođu, postaju besni i silni, ruše i obaraju sve što je pred njima... Je li to volja njihova?... Nije! Nagna ih jača sila...

— Pa tako je isto i kod mene... Da sam mogao mirno ležati u svom gnezdu, ja ne bih nikoga darnuo, kao što mi to nije deda ni otac činio... Ali su me istisli iz gnezda moga, i ja, svojom snagom, rušim i obaram sve pred sobom, sve što mogu, isto kao i onaj talas!...

I oseti kao da mu spade teret s duše. Oseti da je u pravu vratiti istom merom svima koji ga zadužiše.

Opet pogleda nada se, i opet vide treperave zvezde; ali mu se učini da ga sad jasnije gledaju, da ne žmirkaju više...

— Pa ja bih ubio sebe kad ne bih ubio Lazara!... Pa onog Ivana!... Ja ne znam, ali ovi su naši deca kad vele: „Oprostiti mu treba!..." Kome?... Zar zlikovcu?... Pa ti mu tvojim oproštajem daješ prava da i dalje zlo čini!... Ne, ne!... Bog neka prašta, a čovek neka se sveti!...

Voda je žuborila. On se predao svojim osećanjima, pa ga to uljuška kao u bešici, i on zaspa...

Široka, velika ravnica prostrla se pred njim, ali tu ravnicu Turci pritisnuli... A njih nekoliko protiv tolike sile. Pitaju se očima: šta će? On pogleda i vide međ Turcima Lazara... Uskipe sve u njemu, i on reče družini: „Hajdete!... Ako nećete vi, ja idem sam!"... I jurnu tamo... Osvrte se, kao, a za njim jure Zeka, Zavrzan, Jovan, Jovica, Surep, i svi... „Da ih pomlatimo!" — viče Zeka. „Da pravimo džumbus!" veli Zavrzan... A Jovan i Jovica zajednički drže jedan kolac, digli ga uvis, te se lepo vidi obrijana glava. „Sad nam je pravo, pa makar oba glave pogubili, kad smo ovu na kocu videli!" — vele obojica uglas i smeškaju se... I kao Lazar ga smotri, poteže da pobegne, ali ga on uhvati, izvuče u poljanu, pa pred svima Turcima odseče mu glavu i koturnu se triput njom!... I onda započe borba, strašna, krvava... Samo se čuo Zavrzanov glas gde dovikuje Surepa: „Ta reci jednu!... Govori, ne onemio!... Vidiš kako ja pravim džumbus!"

Najedanput oseti kako zaseče oštar nož u snagu njegovu. On jurnu, smlavi Turčina pred sobom, ali klonu, i, kao, izgubi svest... Kad malo sebi dođe, oseti on neku vlažnu ruku na svome čelu, pogleda nada se i vide Jelicu, lepu kao mesečinu, u belu ruvu, gde nad njim suze lije... „Jesi živ, gospodaru moj?" — upita ga svojim zvučnim glasom. Taman on da odgovori, a puče puška... On se trže...

Čuo je razgovor...

Skoči i potrča družini. U susret mu je žurio Jovica.

— Šta je to? — upita on.

— Družina nam raste, harambašo.

— Ko je?

— Surep, Zeka, Nogić, Krajčin... evo ih, traže te.

Njemu zaigra srce. Brzo priđe.

— Evo ga! — viče Zavrzan. — Znao sam ja da Surep mene mora naći!

— Dobro mi došli! — reče Stanko.

— Bolje našli!

Pa se stadoše ljubiti.

— Otkud vi?

— Ovo je po dogovoru. Sutra će ih još dvadeset ovde

osvanuti — reče Nogić. — Harambaša je podelio družinu: polovinu odvede on, a polovinu posla ovamo, tebi. Još će koja četa trebati... Srbija se pobunila, svud biju Turke. On s četom ode na Jadar, da Turke pričekuje.

Stanko baci kapu uvis.

— Gospode!... Hvala ti na tvome daru!... Nogiću!... Evo ti čete!... Vodi nas sve kuda ti duša želi...

— A... jok!... Harambaša reče: Stanko je dobar, neka on bude harambaša!

— Tako je — reče Surep.

— Onda dobro! Ali vi znate da ja hoću da se osvetim!... Ja se moram osvetiti!... Jer, braćo, meni se čini da bi me bog ubio kad bih Lazara u životu ostavio!...

Na to mu niko ništa ne odgovori.

— Dakle, pristajete?

— Pristajemo!

— U dobri čas! — reče on.

Zora je zabelela. Istok se počeo rumeniti... Hajduci se spustiše na rosnu travu.

— Jeste umorni? — upita Stanko.

— Nismo.

— A od čega bi i bili umorni? — reče Zavrzan. — Sigurno su vodenice vukli!...

Rumen na istoku osvajaše sve više i više; malo-pomalo pa se i predmeti mogaše razlikovati; iz sela se čuje petlova pesma, cvrkut ptičji uzavre da se razlegala dubrava...

Zeka stao pa se zagledao u bosanske planine...

— Šta je?... Što si se zamislio, pobratime? — upita Stanko.

— Ništa, pobratime... Ko se ne bi zagledao u zemlju koja

ga je odnijala!... Čini mi se da gledam svoje raskopano ognjište... I ako bih ikad bio starešina, ovdje bih stanovao!... Sve mi je oku na pogledu... I... i još... nikad ne bih smetnuo s uma da mi se valja svetiti!... Ovo se mjesto zove Parašnica?

— Jest, Parašnica.

— Lijepo mjesto. Ovdje mi je neka lakota na duši...

— Dela, spavajte jedan san — reče Stanko ovima što dođoše. — A dok vi spavate, mi ćemo zbrinuti malo ručka. Jovane, Jovica! Otidite te nađite koje jagnje...

U mlađega pogovora nema. Okoramiše šare pa odoše.

— Ama, ja bih nešto s tobom govorio... — reče Nogić. — Nosim ti jednu poruku od harambaše.

— Kakvu?

— To ti mogu nasamo kazati.

— Onda hodi.

I odvojiše se od družine.

Nogić mu ispriča tada sve potanko o ustanku u Šumadiji i valjevskoj nahiji; reče mu kako se i prvi ljudi u Mačvi, kao trgovac Čupić iz Noćaja, prota Smiljanić iz Belotića, Katić iz Glogovca, Ilija Srdan iz Prnjavora i još mnogi, mnogi, danas dogovoriše da dižu ustanak u ovome kraju.

— Harambaša me dozva — nastavi Nogić — i podeli družinu; nas, Mačvane, posla za tobom, a polovinu odvede u njihov kraj da dižu ljude na oružje. „Pozdravi mi — veli — Stanka; neka i on ovo isto čini; neka mi čuva Drinu, jer nema dana kad po koji turski buljuk Drinu ne pređe da ovamo čini čuda i pokore! I sutra uveče neka ode Katiću, a to je večeras, tamo će naći sve naše ljude, pa neka se s njima dogovori." To ti je pozdrav od harambaše.

— A kud je on otišao? — upita Stanko.

— On je otišao u sokôsku nahiju da tamo to isto čini.

— Dobro. Večeras ćemo zajedno Katiću. Povešću još pobratima Zeku i Surepa. Kako se dogovorimo, onako ćemo i činiti.

Kad se vrati, družina pospala. Zavrzan je ložio vatru i spremao ražnjeve za jaganjce.

— Eto, vala — reče on kad vide Stanka i Nogića — koliko da ne sedim besposlen.

— Dobro je — reče Stanko. — Nego, Nogiću, idi i ti malo prilezi dok pečenje ne bude gotovo.

Nogić se spusti kraj drugova i zaspa kao zaklan.

Zavrzan je brbljao:

— Vala, Stanko... oprosti... htedoh reći: harambašo... volim ti ovo što nam ovi naši dođoše nego bog zna šta. I, čini mi se, najviše volim zbog Surepa!... Đavo jedan!... Tako zametne šalu da pukneš od smeha!... A ume, kao što znaš, da pripoveda, pa kad se nakani — ne progovori nedelju dana...

Ali ga Stanko nije slušao. Drugo je njega tištalo. Srećko baci na nj toliku brigu; a da li će on umeti odgovoriti, da li će moći ispuniti nade koje su na njega pale?

I, sem toga, još nešto mu je dušu tištalo. Kao da je očekivao nešto; slutilo mu se da današnji dan neće mirno proći; kao da će biti nečega što duboko zadire u njegov život...

Najedared začu graktanje. On prenu. Prenu i Zavrzan. Graktanje se začu opet.

— Odgovori! — reče on Zavrzanu.

Zavrzan zagrakta. Hajduci se trgoše iza sna.

— Šta je?

— Neko nas traži — reče Stanko.

I nasta tajac... Minuti su prolazili kao večnost. Stanku je lupalo srce... Sa strane se razmače šiblje i promoli se Devina glava.

— Tu ste? — upita on.

— Tu smo — reče Stanko, a glas mu je drhtao. — Koje dobro?

— Pa nije baš ni dobro...

22

Okršaj

Uze Stanka za ruku, pa ga odvede sasvim na stranu.

— Šta je, pobogu?!

— Ti si juče imao pravo. Onog psa, Ivana, trebalo je ubiti!

— Šta je opet učinio? — reče Stanko.

I spremi se da čuje najcrnje glase.

— Još nije ništa, a ako bog da, ti mu nećeš dati ni učiniti!

— Pa reci jednom!

— Kad ga Srećko pusti juče, on se diže kući. Ja se lagano prišuljam, pa za njim. Pred hanom ga sačeka Lazar, koji juče ne beše kod kuće nego u čaršiji, pa je tek stigao i pošao da ga traži. Mislili su da ih niko ne gleda, jer Lazar beše sam, pa ti se rasplakaše i jedva krenuše kući. Ja polako za njima. Noć se spustila. Ja se ušunjam u avliju, pa pod pendžer... Govorili su mnogo, ali ovo je najglavnije. Jutros je Lazar otišao u grad da dovede vojske, da ti na kuću napadnu. Kuću će ti zapaliti i pobiti sve živo. To su naumili i popu i Jovi... Kad sam video Lazara da konja pojaha, ja se kretoh ovamo; znao sam da si ovde.

Stanko se tresao kao u groznici.

— Sto života da imaju i oni i Turci, valja im pod zemlju!

Pa se okrete od Deve.

U taj par iskrsnuše pred njim Jovan i Jovica. Svaki uprtio po jagnje.

— Puštajte jaganjce! — reče zapovednički Stanko.

— Što?...

— Puštajte!... Najpre treba poklati kurjake!...

Jovan i Jovica pustiše jaganjce. Hajduci se uzbezeknuše, jer Stanko beše strašan.

— Opremaj se! — reče on.

I dok dlan o dlan, sve beše gotovo.

— Devo! — viknu Stanko.

Ali Deve beše nestalo.

— Nema ga! — reče Nogić.

— Onda, polazi!

— Kuda?

— U Crnu Baru...

Uze pušku, pregleda oroz i kašiluk pa krete; hajduci za njim...

Sunce se pojavi veliko, sjajno i rumeno. Zavrzan skide kapu i prekrsti se:

— Bože pomozi! — reče on.

Svi učiniše to isto.

— Ovakvog ti harambašu volim — reče Zavrzan — što ne izležava. Juče harambaša, danas pravi okršaj!... Što smo hajduci ako zulumćari od nas ne propište?... A je l', harambašo?

— Šta?... — upita Stanko, a usne stiskao da ne vidi družina kako poigravaju.

— Kome li se to u goste spremamo?

— Starim prijateljima.

— Da te se nije zaželeo Ivan Miraždžić?

— Jest, on glavom!

— E, lepo će se provesti!

Hajduci se nasmejaše.

— Baš bih voleo da danas poslujemo, ali da je bar kakvog posla!...

— Biće!

— Hvala milom bogu!... Ja sam mislio da ćemo se ono veče puškarati kad ti ono oca izbavismo; ali nam se ne dade! Ono upravo i nisu bili Turci nego neke babe!... Ja im reko' šale radi: „Vezujte se!" a oni, valjda se nisu naučili šaliti, pojaseve pa jedan drugog za mišice! I svršismo posla onako, bez muke. A onu dvojicu uze, opet, ti sam na dušu... Ja sam mislio da će mi šara zarđati!...

Već su bili kod Bezdana. Stanko baci pogled na ono mesto gde je posrnuo kad je Lazar na njega pucao. Ceo događaj izide mu pred oči; srce mu zaigra od žudnje za osvetom...

Deva se pojavi iz česte.

— Stanite! — reče on.

Hajduci stadoše.

— Vi tu očekajte, a Stanko nek pođe sa mnom.

Stanko naredi Nogiću da sa družinom sačeka tu ili njega ili Devu, pa se s Devom krete.

— Kuda ćemo?

— Popovoj kući. Tamo su svi; i otac ti je tamo. Malo su strahovali, jer su mislili da te ne mogu naći. Sad su bez brige.

I obiđoše, pa na vrata iz avlije uđoše u kuću.

Tamo zaista behu svi. I popa Miloje, i Sima Katić, i kmet Jova Jurišić, Sević, Šokčanić, i mnogi drugi.

Stanko nazva boga i priđe im ruci. Oni se izljubiše svi s njim.

— Šta radite? — upita on.

— Očekujemo Turke... Baš dobro što te Deva nađe! — reče pop. — Sve mi se čini da ćemo mi danas početi okršaj...

— Daj bože! — reče Katić.

— A tebe pozvasmo da se dogovorimo. Da li je bolje sačekati Turke ovde ili im izići u presret?

— Meni je svejedno — reče Stanko.

— Ja mislim da im izidemo u presret — reče pop Miloje. — Zgodnije je na drumu zauzeti busije.

— Imate li oružja? — upita Stanko.

— Imamo i suviše.

— Onda, Devo, idi i javi Nogiću da ga čekamo na Žuravi...

Pa se okrete pošto Deva ode:

— Nekako Žurava mi na srce pala — nastavi — još od mog prvog megdana... To je mesto dušu dalo!... A šta rade kod kuće, babo? — okrete se ocu.

— U kući nema nikog. Sve sam sklonio kod prijatelj-Miloša.

Stanko nabra veđe.

— A što? — upita.

— Kuća će nam u plamen buknuti.

— Ivanova, a ne naša! — ciknu Stanko, a oči mu senuše.

— Šta sam znao! — sleže ramenima Aleksa. — Tek mislim, bolje je skloniti ih!... Nego, dede, zdravi!

I pruži mu čuturu.

Stanko se prekrsti, nazdravi i napi se, pa pruži čuturu dalje.

— Je li rano otišao onaj pas? — upita Stanko.

— Deva reče oko ponoći.

— A onaj matori?...

— Tamo je, u kući... Čini se nevešt — reče Aleksa.

— Onda da polazimo. Ići ćemo šumom — reče Stanko.

Svi se digoše na noge. Pop Miloje skide šaru što je visila na drvenom čiviluku, pa se prekrsti.

— Gospode! Ti nam budi prijatelj! Ti vidiš naše jade, pa budi blag otac i potpora našim nejakim rukama!... Četiri stotine godina Srbija je rađala roblje i izmećare. Ako su što i zgrešili naši stari, a ti bar budi blag, pa oprosti ovom kolenu što diže ruku na krvnika!... Pustio si da potpadnemo pod jaram... dopusti i da skinemo svojim nejakim rukama!...

Sve u sobi kršćaše se svetim znamenjem... Popino se lice najedanput preobrazi. On poljubi šaru, pa viknu:

— Braćo!... Srce mi moje kaže da je bog s nama! Junački, braćo moja, junački da očuvamo naš podmladak, te da se ne ugasi ime Srbinovo! Junački, braćo, da očuvamo obraz i svetinju doma našeg, čeljad našu, te da našu čistu srpsku krv ne okalja krv poganička i dušmanska! Junački, deco božja, da očuvamo svetinju oltara božjeg! Junački, braćo moja, junački da izginemo ili pobedimo!... Hajd'mo!...

Srca su lupala, oči zasijale. Sveštenik koračaše mladićki, stas mu beše prav kao sveća.

Kad iz kuće izidoše, on reče Stanku:

— Napred, sine!... Vodi nas! Bog mi kaže da je tebe odredio da započneš ovaj sveti posao!

Stanko osećaše nešto uzvišeno u duši svojoj. Oseti se i

snažan i dorastao da povede ljutu krajinu. On priđe svešteniku, skide kapu pa reče:

— Onda, popo, daj mi blagoslova!

— I božji i moj blagoslov, i suze ucveljenih roditelja i nevoljnika neka prate tvoje veliko delo!...

Stanko mu poljubi ruku, metnu kapu na glavu, pa nekim glasom punim snage i pouzdanja reče:

— Onda, za mnom!...

I sve prožma neka nada; svi osetiše da je ovome dečku, koji im još ruke ljubi, bog dao tu moć da otpočne delo oslobođenja; i svi, potpuno prožmani pouzdanjem, pođoše za njim...

***

Na Žuravi čekaše družina. Tu se behu iskupili svi što se od Srećka harambaše odvojiše. Beše tu seljaka i iz okolnih sela: Sovljaka, Bogatića, Klenja, Ali-aginog Salaša i Banova Polja. U četi je bilo preko pedeset ljudi, koje mladića koje ostarijih. Sve dočeka Stanka i družinu na nogama.

Stanko se izljubi sa svima. Sve oči behu sjajne, svako čelo ponosito; na svakom licu čitao si da je duša prekaljena...

Stanko oseti neko veličanstvo u duši svojoj. Osećao je neko više nadahnuće. Oko mu je znalački pregledalo ona senovita mesta gde je naumio busije postavljati.

I on raspoređivaše ozbiljno, sigurno, kao da je dnevi i noći o tome mislio. Starine se diviše rasporedu i pametnim zapovestima. Popa Miloje okrete se Aleksi, pa reče:

— Ovo je taka zamka: da ih je hiljada, glasnik otići neće!...

Aleksa je plakao od radosti... On je po hiljadu puta blagosiljao sina rad kojega je toliko propatio.

— A gde je Deva? — upita Stanko Nogića.

— Bog bi ga znao! — reče Nogić.

— Ako ne govori sa ticama — našali se Zavrzan. — Zakleo bih se da neće doći bez kakvog bilo glasa...

Stanko izdade zapovesti šta koji da čini. Sebi je namenio najopasnije mesto; ali zato oko njega behu: Nogić, Surep, Zavrzan, Zeka, Jovan i Jovica... To su bile sigurne ruke i oči. Oni biju odjednom, kao gromovi...

Od galame posta žagor, a od žagora tajac. Sve se predade očekivanju i svojim mislima.

Čulo se kako lišće šumori i žubor Žurave; čak se čuo i zuzuk čelica... Sunce je prižizalo...

Na drumu se pojavi čovek.

— Deva! — povikaše.

— Gde je harambaša? — upita on.

Stanko izide na drum.

— Idu — reče Deva. — Lazar ih vodi.

Stanku zaigra srce. On viknu:

— Pazi!...

A Devi reče:

— Skloni se ovamo.

— Ne brini! — reče on, pa ga nestade u česti. Nasta mrtvilo... Vetar je povijao dugu travu.

Dok zatutnja zemlja... To vojska ide. Malo-pomalo raspoznavaše se sve više i više konjski topot... On je dolazio sve bliže...

Na drumu se pojaviše Turci. Jovica zadrhta...

— Ibro! — reče on Jovanu.

— Mir! — reče Stanko, a srce mu zalupa videći Lazara.

Turci su išli bezbrižno. Nikom ni na kraj pameti da pomisli; e, ima busija. Dođoše sredini busije...

Kao da se zemlja prolomi. Jedan plotun porazi Turke kao grom. Stadoše kao ukopani...

Stanko se pribra. Kao da mu neko šanu šta treba da radi... I ne misleći pre toga trenutka na ovaku zapovest, on viknu, a glas mu jeknu po onoj dubravi:

— Za noževe!...

I ožive žbunje. Turci izgubili pamet pa se skamenili na mestu. Ustanici ih skidahu sa konja, pa ih klaše kao jaganjce...

Jovica pritrča Ibri, a Jovan za njim kao senka.

— Stoj, zulumćaru!

I svukoše ga s konja.

Turčin se ne može maći. Oni ga napadoše noževima, sekući mu ruke i noge.

Stanko se umešao među Turke pa ruši...

Za trenut oka drum posta kasapnica... Glave se valjahu po drumu kao bundeve kad im vreže sasuše... Jauk je prolamao dubravu... Hajduci su gazili po lokvama usirene krvi...

I to se svršavalo tako brzo da se svima činilo: e, nije ni dobar trenutak prošao.

I Turcima dođe svest, ali dockan... Dadoše se u bekstvo preko leševa svojih drugova... Ustanici ih ubijahu iz pušaka...

Stanko se osvrtao tamo-amo. Oko mu je tražilo nekoga, ali ga ne beše među leševima. Vide Jovana i Jovicu zagrljene, naboli na nož jednu glavu pa se smeju. To je bila glava Ibrina.

— Harambašo! — reče Jovica. — Od danas slavim današnji dan.

— I ja — reče Jovan.

— A Lazar pobeže? — upita Stanko.

— Sigurno.

— Baš da ne uteče! — reče on, a usne mu poigravaju. — Pobratime! Surepe! Zavrzane!... Hajde sa mnom!...

— A zar mi nećemo? — upitaše Jovan i Jovica.

— Mnogo nas je!

— Nikad nije mnogo dobre družine! — viknu Jovica.

— Onda... ne branim!...

Pop Miloje mu priđe.

— Kuda ćeš bez nas? — S kim ćemo mi?

— Evo Nogića i Katića, neka povedu vas. Ja još nisam svršio svoj posao... Pođite vi, u ime boga, pa dižite ljude po svima selima...

— A ti?... Zar ti nećeš s nama?

— Ja sam osvetnik. Zakletva mi je na duši pa gori!... A i pusto srce traži osvete!...

Hajduci se odvojiše od ustanika i priđoše Stanku.

— Mi s tobom hoćemo!... — povikaše oni.

— Dobro!... Katiću!... Povedi ovu braću... Nađi protu Smiljanića, gazda-Stojana iz Noćaja, pa dižite narod. Ako vam pomoći zatreba, mi smo tu; Deva će nas naći!... A sad zbogom!...

I, poljubivši oca i popu u ruku, zamače u lug s družinom.

23

Kukavica

Noć se spuštala vrlo brzo, jer oblaci od zapada prekriliše nebo. Ovde-onde metne svetlica i potutnji: sprema se olujina.

Ivan iz kože da izide. Sto puta je istrčao na drum, pa tamo stojao i osluškivao; prilegao je zemlji, ne bi li čuo konjski topot... Ali, kao i prvi put, nije čuo ništa. Onda se vraćao kući pun zlovolje, te je praskao i vikao na ukućane, na žene, pa čak i na veselu dečicu...

Ali u kući nije imao mira nego izide u voće, pa iz voća pogledom punim pakosti pogledaše na kuću Aleksinu:

— Vala, i tebi je odzvonilo, ugursuze matori! — govorio je kroz zube. — Koliko noćas popeće se crveni petao na tvoj krov... Svi ćete pogoreti kao miševi. Ko htedne napolje, puška će ga vratiti u plamen!... Pa sutra zorom potražiću i gnezdo hajdučko!... Sve, ama sve ću ih satrti, a onom psu svojom ću rukom glavu s ramena skinuti!...

I on osećaše groznu mržnju... On ne zna kako je ta mržnja došla, ali ona je tu, kipi u njegovim grudima kao mleko nad vatrom...

Ali noć već pade, a Lazara nema...

Njega poče obujimati neki strah. Šta li je moglo biti s Lazarom? Da li se odista krenuo iz Šapca?... Možda Turci nisu pošli danas?... Ali zašto mu on nije došao, zašto bar nije po kom bilo poručio?...

A da se nije još i jutros gde sa Stankom susreo?...

Srce mu strahovito zalupa. Njega obujmi zla slutnja. Dosad je mislio na sve drugo, ali sad sva njegova misao beše Lazar...

— Možda se susreo, pa poginuo! — pomisli.

I ta strašna misao razdera mu srce kao krpu beza. On zadrhta sav, od glave do pete.

— Uh, samo da to nije! — jeknu.

Pa jurnu iz kuće napolje.

Olujina otpočela... Munje su šibale crno nebo, kao usijane ličine, a grmljavina se razlegala dubravom... Strah neki obujmi Ivana. I samo ovo vreme uli mu neku strašnu slutnju u dušu.

On hodaše gologlav ispred kuće i osluškivaše. Od svakog šušnja bi prenuo i osluškivao... Ali nigde nikoga.

— Ta, ja sam kriv, ja, konj matori! Što ja šiljem dete da taka posla vrši?... Ja sam sobom trebao otići, a njega ostaviti kod kuće!... E, ali ja hoću da gospodujem! Ima čovek mašice, što da prlji ruke?!... Eto ti sad!... Sad beči oči!...

Kiša otpoče. Krupne kapi padoše i orosiše mu sedu kosu... Više po nagonu nego što je osećao potrebu da se od kiše skloni, on uđe u kuću.

Ukućani stojahu nemi oko ognjišta. On ne pogleda nikog nego sede na svoje mesto.

Tišina ovlada. Niko ni da dahne. Čula se grmljavina i kišne kapi što lupaju po drvenom krovu.

Najedared dunu olujina strašna kao da je smak sveta...

Dok ti se otvoriše oboja kućna vrata; vetar povi plamen na ognjištu. Svi prenuše i zaprepastiše se... Na vrata posukljaše grlići od pušaka.

Jedan trenut postoja tako, pa se na pragu pojavi Stanko. Oko mu je munjom sevalo, a neki satanski osmejak igrao mu je na usnama.

— Tu si, stari lijaću, u svojoj jazbini! — reče on, a glas mu odjeknu kao grmljavina.

Ivan se diže na noge, pa se ukoči.

Jedan trenutak svi behu okamenjeni, ali odmah zatim žena i deca udariše u vrisak i zapevku.

I sve se ućuta...

— Mislio sam — reče on prilazeći Ivanu — kakvom smrću da te umorim... I ne bih smislio bez tvoga saveta!... Večeras, u voću, ti reče poslati crvenog petla kući oca moga. E, pa evo, ja sam ga tebi doneo!... Rekao si: „Neka svi pogore kao miševi!...” Pa, onda, okušaj ti sreću!...

Ivanu klecnuše kolena, i on se stropošta na zemlju.

— Nemoj, ako boga znaš! — jeknu...

Stanko se glasno nasmeja:

— Bože, ali si lud, Ivane!... Zar ja, ja Stanko Aleksić, da ti oprostim!... Zar da ti oprostim čak i ono Kruškino podrumče!... Okaj se ćorava posla!

— Ali...

— Ćuti! — prodera se Stanko. — Nego, evo, ja neću biti kao ti. Na, gledaj!

Pa se okrete ukućanima.

— Kupite decu, pa napolje! Sklonite se gde znate!... Brzo!...

I to slušaše bez pogovora... Za trenutak oka osta prazna kuća. Stanko se okrete Ivanu:

— Eto, ja sam duševniji od tebe! Meni nisu krivi ni oni drugi, tvoji sinovi ni žene, ni deca. Meni si kriv ti i tvoj Lazar... Ja ću na vama iskaliti!...

Kad ču Lazarevo ime, Ivan prenu.

— A gde je Lazar?

— Kako nemam ovaca, tako ne čuvam ni pasa! Ti ćeš sam najbolje znati kud si ga poslao.

Ivan kleče preda nj, pa sklopi ruke:

— Kao boga te molim, reci mi, jesi li ga ubio?

— Nisam, ali ću ga ubiti!... Ubiću ga kao što ću i tebe sad!... Ivan mu obgrli kolena. On proli suze, proli ih kao dete.

— Stanko!... Dete moje!... Sine moj!... Ja sam se s tobom šalio dok si dete bio!... Ja sam te malenog cucao na mojim kolenima!... Ja sam te... ja te i danas volim kao svoje dete!... Nemoj!... Nemoj grešiti duše o neopojan grob i o svog najboljeg druga!... Evo, ja, čiča Ivan, molim se tebi kao svemogućem bogu!... Oprosti!...

Stanku se zgadi... Ovaj čovek beše nekada ponosit... On je mislio da je to junak, gospodar, da samo ume zapovedati... Ali sad, kad ga vidi onako presavijena gde suze lije, gde se vije kao crv pred nogama njegovim, sad mu sve ode... On je mislio svetiti se zlikovcu, pa sad vidi kukavicu. Okrete glavu i pljunu...

— Sram te bilo!... Nisi ni kuršuma zaslužio!...

Pa viknu:

— Zavrzane!... Počni!...

Pa se okrete da izide. Ali Ivan pokolenice za njim. Ljubi mu noge i stope gde je nogom stojao.

— Stanko!... Sine!...

— Ne zovi me tako!... Otkud sam ti sin? — planu Stanko.

— Ali ja tebe volim!... Ja te od milošte tako zovem!...

— Kakve milošte?... Ja ti zabranjujem da me zoveš i samim mojim imenom; jer, bog i duša, i na njega ću omrznuti!...

Gust dim pokulja u kuću...

Kad to spazi Ivan, on dreknu kao da mu kožu deru...

— Ti hoćeš da me zapališ?!

— To sam već učinio!... Gledaj!... Vidiš kako plamen probija kroz šindru!...

Ivan pođe da mu kolena obgrli, ali ga Stanko pogledom zadrža.

— Ako se makneš, promoliš li samo glavu napolje, trideset kuršuma čekaju da ti glavu razdruzgaju... I onda ću te opet u plamen baciti!...

Dim bivaše sve gušći. Crven plamen probi kroz drveni krov i otpoče praska i pucnjava.

Stanko odstupi nekoliko koraka i stade na prag... Baci pogled na krov, a to oluj povija plamen, povija ga na sve strane, da se od plamena zapali i druga zgrada koja beše blizu kuće...

Ivanov položaj beše grozan. On ne imade kuraži udariti na one šarene puške. Gledao je na otvorena vrata, gledao one strašne ljude što stoje pred njim sa zapetim puškama, nemi i hladni kao smrt... Ali se ne smede maći...

Kuća se napuni dimom i stade ga gušiti... On pojuri vratima, ali ga snažna ruka Zekina baci unutra kao kakvu torbicu... On stade moliti, preklinjati; molio je da ga puste makar toliko da Stanka moli za oproštaj... Priznao je svoju krivicu, priznavao je sve, sve, iako ga niko ni za šta nije pitao...

Plamen osvoji sasvim. Mogao si bunar na kuću izručiti, ne bi je spasao. Ivan se gušio, grcao, kašljao; naposletku klonu, kolena mu klecnuše... On oseti kako ga svest ostavlja.

— Puštajte me! — dreknu i pojuri.

Ali ga Zekina snažna ruka opet baci natrag.

— Zatvorite vrata i pazite! — zapovedi Stanko...

Zatvoriše. Nekoliko trenutaka potraja dok tek iz kuće pokulja gust, crn dim... On postajaše sve belji i belji, dok se ne pretvori u plamen, koji obujima i zidove.

Hajduci se odmakoše... Ne prođe nekoliko trenutaka, a dogoreli krov sruši se u unutrašnjost kuće.

Stanko diže glavu nada se, pa reče:

— Gospode!... Ti si bog, ti praštaj!... Ja sam čovek, ja se svetim!... Još stoji jedan, još je živ... Bože, pomozi mi da i s njim svršim račune!...

Pa se okrete hajducima:

— Hajte, braćo!

I pođe pred njima.

24

Srce na meri

Lazaru pođe za rukom da pobegne iz onog okršaja na Žuravi. Pojuri nekolicina za njim, puče i nekoliko pušaka, ali ga nijedno zrno ne okrznu. On se pouzdao u brzinu svoga zelenka i nije se prevario: konj ga je proneo ispod oštre sablje.

Dokopao se luga, pa je odmicao. Povio se po konju da ga koja grana ne bi zakačila i svalila... A konj ga je nosio...

Pred očima mu neprestano stojaše ponosit lik Stankov; u ušima su mu zujale još one gromovite reči: „Za noževe!...” Nije mogao da se ovavesti...

I dosad se bojao Stanka, ali sad je obamirao samo kada mu ime njegovo na pamet padne. On je slutio neku crnu nesreću. Slutio je da se neće nanositi glave... Osećao je hladno, oštro gvožđe pod grlom svojim, pa je hteo od svega toga pobeći...

Jest, on je hteo, ali konjić ne mogaše. Plemenita životinja beše sva u peni, bokovi joj se užasno nadimahu... Uzalud je krvavila oštra bakračlija te bokove — konj ne može maći.

— Zar me i ti izneveri, zelenko?... — reče tužno Lazar, pa ga ustavi i odjaha...

Konj ga pogleda tužno. Lazaru se učini da vide suzu u očima njegovim, pa ga pomilova po čelu i vratu.

— Je li ti žao tvoga hranitelja?... Ta, ja sam te gajio kao dete!...

Zaturi mu dizgine za unkaš, pa prileže zemlji da oslušne...

Zemlja je tutnjala... Taj tutanj je odjekivao u duši njegovoj.

Ali se on pribra.

— Daleko su! — reče. — Ali ko može od hajduka pobeći?... Zar se njima znaju putevi?... Kud li ću sad?... Da idem kući?... Jest, najbolje da idem kući...

I gotovo se reši.

Ali mu prostruja kroz glavu:

— Tako, tako! Tamo će te bar Stanko lakše naći!... On uzdrhta od te misli.

— Neću kući!... Lutaću šumom... Lako je i kući otparknuti kad se ova galama stiša... Ići ću krijući. Ta, valjda, neće ni ovako do veka ostati!... Kad se Turci dignu, rasteraće ih kao vrapce...

Teškao se tom mišlju, i ona ga malo umiri. On se spusti na travu i razmišljaše, ali mu misli behu rastrojene: letele su sa stvari na stvar, kao šareni leptiri...

Lišće je šuštalo lagano nad njim... On se pruži po travi, pa slušaše kako konj gricka, i to ga uljuška.

Zaspao je...

A jedan čovek iđaše za stopama konjskim... Kad stiže i vide ga kako spava, on samo odmahnu glavom:

— Teško tebi, moj Lazare!... Ti u šumu od hajduka bežiš!...

Pa okrete glavu, razgleda oko sebe i prikri se u jedan šušnjar...

To je bio Deva. On jedini smotrio je Lazara kad je pobegao. I on se naturi za njim. Jurio je iznajpre konjskom brzinom, ali kad vide da ne može trčati za zelenkom, on se ustavi.

— Baš sam budala! — reče on. — Evo mi konjskih stopa! Naći ću ga — manj da pobegne na nebo!...

Pa se uputi lagano...

Iza onog šušnjara gledao je Lazara... Mlad, zdrav, mogao bi biti dika i ponos svima, a ovamo, eto, postao izdajnik.

— Da ga ubijem?... — premišljaše Deva. — Ali, ne!... To mi Stanko nikad ne bi oprostio!... Od mene će biti dosta što ću pripaziti na njega da se ne izgubi... Jedno mu samo neću dati! Neću mu dati da ode Turcima... Jer ako pođe, Hrista mi, ja ću ga ubiti!...

Podne beše prevalilo kad se Lazar probudi. Spavao je čvrsto, da se ni okrenuo nije...

Diže se i sede. San ga je prilično okrepio. On premišljaše kuda će.

— Ovde nisam siguran! — govoraše on gotovo glasno. — Odavde moram ići, jer ko zna da i on ne luta ovuda!... Idem ja tamo negde... bliže Savi...

Pa se diže... Priđe zelenku, pa mu nabi uzdu, koju je sam konj sa glave skinuo, pošto ga se gazda nije setio, uze ga za dizgine i povede lagano kroz šumu.

Tek je malo odmakao, a Deva se diže iz svoje zasede. Počeša se iza uva.

— Hajd', i ja ću za tobom — reče — koliko da nisi sam.

I pođe za njim lagano kao mačka, vukući se od grma do grma...

***

Prošlo je nekoliko dana od dana onog okršaja... Stanko je bio u Parašnici. Družina mu je s dana u dan rasla... Svaki novajlija pričaše kako se ljudi dižu, ostavljaju kuće i plugove, pa se kreću ili Čupiću, ili Katiću, ili proti Smiljaniću, ili Iliji Srdanu...

Međutim, Turci su ćutali. Nikoga ni iz Šapca ni iz Bosne, kao da nisu toliko žalili za svojom izginulom braćom. Zavrzan se našali:

— Ono što pobismo sigurno nije ništa ni vredelo!... Šta veliš ti, Surepe?

Surep samo sleže ramenima.

— Ili je morao biti sam beskućnik, pa i Turci vele: neka nam se skinu s vrata!...

Hajduci se nasmejaše.

— Dobro bi bilo da mi pomlatimo svaki dan onoliko beskućnika! — reče Nogić.

— Ti bi hteo da satreš tursko seme!... Gde ćeš to učiniti kad svaki od njih ima bar po pet žena!... Neka mu svaka rodi po sina, pa eto ti balinčadi kao gada!... Kad bijem, da bijem kakve paše, vezire, ili bar begove!... Tu se čovek malo i oašluči; nije badava ruke maganjio. A ovamo ništa. Prevrnuo sam neki dan njih deset, pa: ha!... — reče Zavrzan i zakači noktom za zub...

— Ti bi sve hteo ašluka! — reče Latković.

— Ja šta ti tražiš, Klempo?... On sav radostan što je nabio onu tursku tikvu na nož!...

— Zato sam i došao u goru!... Meni je sad tako pravo poginuti kao popiti gutljaj rakije!... Bar sam mu se osvetio.

Stanko priđe družini.

— Neka se nabavi koje jagnje... Sutra su Petrove poklade — reče on.

— Vidiš, a ja i zaboravio! — reče Zavrzan.

I diže se s Jovanom i Jovicom da nađe jaganjce.

Petrove poklade padoše baš u nedelju 27. maja, te, 1806. godine. Dan beše lep, topal; vetrić je ćarlijao. Hajduci se zabavili oko peciva...

Najedanput bahnu Deva.

Stanko je sedeo na jednoj kladi i razgovarao s Nogićem. Čim smotri Devu, on skoči.

— Baš mene tražiš?

— Tebe! — reče Deva, a osmehnu se.

— Je li što dobro?

— Čućeš.

I odvede ga na stranu...

Kad se vrati Stanko u družinu, oko mu je sjalo.

— Nogiću! — reče on.

— Evo me.

— Pripazi na ljude. Ja idem i odmah ću se vratiti. Ako ne bih stigao kad jaganjce istavite, vi ručajte. Meni ostavite malo, koliko da se prezalogajim.

— A kuda ćeš, harambašo?

— Poslom.

— Da pođemo još koji?...

— Ne treba!... Ovaj posao ću ja sam svršiti... Zbogom!

— Zbogom pošao!

On žurno uze šaru, pripasa fišekliju, pa zamače u lug.

Srce mu je lupalo burno, naglo; čisto ga je samo napred

pogurkivalo. On je osećao krila pod nogama: leteo je, nije išao...

— Ama da li mi je bog još i ovo dosudio!... Ja sam poludeo od radosti!...

I žurio je što više može.

— Na njegovoj livadi ću ga naći — reče mi Deva. — Tamo je!... Odmara konja; hoće da mu nakosi malo trave, pa da ide pravo k Šapcu da opet dovede Turke!... Evo ti se kunem, Lazare! Ako te moje oko danas vidi, nećeš više videti ćelavog temena!... Neću ja tebe više ostavljati!...

I što se bliže primicao mestu koje mu je Deva označio, tim ga je više obuzimala neka drhtavica!...

Najzad stiže... Smotri Lazara gde licem u svetu nedelju odbija otkose... Šaru obesio o jednu krušku, a pištolje i nož spustio u hlad.

Dršćući, provuče se Stanko kroz čestu i stiže do kruške. Kako stiže, on rukom skide šaru, ali mu je ruka drhtala...

Počeka nekoliko trenutaka, te se pribra i smiri...

Zaklonjen za deblo, on premišljaše. Hteo bi da Lazar oseti svu strahotu smrti i svu težinu njegove osvete...

Pruži opet pušku, ruka mu beše mirna. On izide na livadu i posmatraše Lazara kako odbija otkose...

I viknu:

— Lazare Miraždžiću!

Glas mu se razleže, a dubrava mu vrati njegove reči.

Lazar se okrete i ukoči.

Stanko mu priđe sasvim. Stade i pogleda mu u oči.

— Pa... šta ćemo sad? — reče.

Lazar onemeo. Stankov ga pogled okamenio.

Stanku dođe volja da se poigra sa njim kao mačka s mišem.

— Pa, jarane, što mi ne odgovaraš?... Što ti je?... Što si se skamenio?... Što se ti mene bojiš? Mi smo zajedno odrasli... Iz jednog smo topraka srkali; pazili se kao braća... Pa bar mi kaži šta ti bi te se onako ispirazi na me?... De, reci!

Lazar se lako osvesti. On je slušao ove tihe reči... Nadao se grmljavini, a ono savim mirno. Pouma da će prevariti Stanka, da će ga moći slagati... Pogleda mu u oči nekako svesrdno da mu se čak i suze svrteše.

— A... zavadiše nas!... — reče Lazar.

— Zavadiše!

— Jest!... Onaj Marinko, duša mu raja ne videla!... On i onaj Turkešanja!... Kruška!...

— E?... A kako?...

— Kako?... Ne pitaj!... Ja sam voleo Jelicu. Pa kad sam video da ona tebe voli, htedoh poludeti!... A onaj Marinko, kao da ga đavo baci preda me, poče mi govoriti koješta... pa lepo izgubih pamet!... Kajao sam se, ali dockan... Hteo sam te potražiti, ali nisam smeo!... Posle... đavo odnese sve...

Stanko odmahnu glavom i reče:

— Eh, brate!... Pa onda?...

— Onda... onda se počelo pakostiti s obe strane. Čiča Aleksa i babo s jedne, a i mene ponese đavo...

— A, onako, nisi kriv?

— Očiju mi, nisam!

— Pa što mi, barem, po kome ne poruči da znam?...

— Nisam znao po kome ću!

— Ono... tako je!... I bila je nezgoda, kad te ono zadržah, ne reče mi to?

— Bojao sam se!

— E, baš ne valja!... Iz onake ljubavi do šta dođosmo!... Veseli čiča Ivan! Čuo si, valjda, kako je prošao?

Lazara poliše suze.

Stanko se nasmeja nekim divljim smehom. Lazara, koji se tek počeo kraviti, taj smeh prenerazi. On pogleda Stanka.

— Tako će proći svaki izdajnik! — zagrme Stanko, a oči mu senuše. — Tako mora proći svaki onaj koji vodi nekrst na krst! I tebi je samrtna nalivena, Lazare Miraždžiću!...

Lazaru se podsekoše noge.

— Nemoj, tako ti...

— Umukni! Zar si mislio da sam se smilostivio?... Zar si mislio da se ja dam prevariti?... Ja ti ovaj trenutak ne bih poklonio za hiljadu godina života!... Ovo što si se sad vio preda mnom, ovo je plata za moje neprobdevene noći, a sad ću ti platiti za tvoja nedela!...

Pa skide njegovu rođenu pušku, koju je obesio bio na levo rame, a svoju šaru spusti podalje u stranu.

— Odstupi!... — reče on i ustuknu ga pogledom nekoliko koračaji. — Stoj! Pravo stoj!

Lazar se ukočio kao kolac.

— Sad, kad tamo odeš, pozdravi tvoga babu, Marinka, pa i lepog agu Krušku!... Kaži im da sam te za njima poslao!

Oroz kvrcnu... Lazara probi znoj...

— Zakleo sam se pred tvojim ocem i poštenim starcima da ću se tvojom glavom triput koturnuti!... I to ću učiniti ovog časa!... Stoj!...

Pruži pušku i povuče za obarač... Lazar se izvrte.

On mu priđe. Zrno je udarilo pod levu sisu. On mu stade nogom na prsa i mlaz krvi šiknu...

Poteže nož i odrubi mu glavu, pa je baci i ona odskoči nekoliko puta... On učini to isto još dvaput, pa onda Lazarevo oružje ostavi kod obezglavljene trupine...

Dokopa svoju šaru sa zemlje, pa viknu:

— Bože!... hvala ti!... A sad... Turci, teško vama!...

I zapeva:

Ode Stanko lugom pevajući;
Osta Lazar nogom kopajući;
On ostade u polju široku,
Da ga kljuju orli i gavrani...

25

Boj na salašu

Vratio se taman kad treba. Tek su istavili jaganjce. Družina ga dočeka i pozdravi. Zavrzan mu pogleda u oči, pa reče:

— Ti si veseo, harambašo?

— Bog me razveseli!... Danas sam skinuo teret s duše.

— Baš si ubio Lazara?

— Ubio sam ga!... Hvala neka je Gospodu na njegovu daru!... Nisam zapevao od onoga dana kad vam u družinu dođoh do danas, a danas sam pevao svesrdno!...

— Pričaj nam kako si ga ubio! — povikaše sa sviju strana.

— Hoću!... To će mi biti najmilija priča što je do danas ispričah!...

I, posadivši se u jedan hlad, ispriča im ceo događaj... Hajduci su slušali s najvećom pažnjom... Ovda-onda prekidali su priču uzvicima.

— Oho-ho!

A kad svrši priču, Zavrzan reče:

— Alal ti vera!... Vidi ti se i po rukama, krvave su.

— Dajte vode da operem ruke, pa da ručamo! — reče Stanko.

Zavrzan uze tikvu i poli mu.

Ručak je svima slatko pao. Stanko je bio veseo kao nikad dotle. Njegova veselost razveselila je sve. Zavrzan je gradio takve šale da se moralo bežati...

Noć se spusti vedra, tiha. Stanko se popružio po zelenoj travi, gleda nebo, a oseća lastak na duši... I san mu pade na oči kao detetu. Spavao je tiho, mirno i bezbrižno kao da je bogomolju sazidao.

Sutrašnji dan osvanuo je vedar i lep. Hajduci su sedeli i čistili oružje. Stanko je nešto razgovarao sa Surepom... Dan već osvojio...

Najedared pripucaše puške, ne blizu, no u daljini.

Svi prenuše.

— Šta li je ono? — upita Stanko.

A kad vide da se svi pitaju pogledima, on reče Zavrzanu:

— Prepni se na ovu topolu, te vidi.

Zavrzan se uspuza kao mačka uz deblo. Potraja nekoliko trenutaka u najvećoj tišini.

— Biju se! — reče on.

— Gde? — upita Stanko.

— Oko Ali-aginog Salaša.

— A ko?

— Naši i Turci.

— Oho!... Dakle, nakupilo se ustanika.

— Bogami, dobro se biju.

— Siđi.

U taj par bahnu Deva.

— Šta je? — upita ga Stanko.

— Požuri... Biju se... Turci udarili od Badovinaca, prešli na Prudovima, pa zajmili stoku iz Glogovaca i Sovljaka, te pognali u Bosnu. Ja ti to javim Čupiću, koji je bio kod Erića u Metkoviću, a on odmah potrča i... eno sad... Ja dođoh da i tebi javim!... Požuri!...

Stanko uze pušku i viknu:

— Polazi!

I dok dlan o dlan, sve beše spremno, te pođoše.

Stanko je premišljao gde bi bilo najbolje da zauzme mesto. On je želeo da se njegov napad priča. Iskalio je srce, osvetio se, sad je hteo malo slave...

I okrete Podinama.

— Je li, Devo? — upita on. — A ima li koliko Turaka?

— Bogami, dosta. Imaju i svoj šarampov; iskopali noćas...

— A ima ih više od naših?

— Ima...

— Stanite! — reče on družini.

Pa se prepe na jedan hrast, sa koga je video borbu... Razgledao je prilično, pa se tek nasmeši i siđe s drveta.

— Hajd' sad! — reče i pođe žurno.

Čula se stopa i zveket fišeklija...

Već se kroz debla drveća mogla videti ona krčevina što se zvala Salaško polje... Dim je omotao poljanu, ali su hajdučke oči i kroz njegovu gustinu mogle videti one senke što proleću tamo-amo...

— Hoćemo li, harambašo? — upita Zavrzan.

— Ne... Samo za mnom!...

I dovede ih na kraj česte, što se kao jezik u polje pruža. Tu na brzu ruku postavi busije, pa stade gledati borbu...

Oko se naviknu da gleda u tamu. I on gledaše borbu strašnu, očajnu. Turci su ustupali, ali stopu po stopu. Odstupali su šancu što ga digoše te noći.

Stanko se premišljao: da li da udari ili da još počeka?... On nije sumnjao u pobedu, ali je želeo pobedu savršenu, pobedu iz koje ni glasnik neće otići da Turcima poraz opriča.

Najedared se nešto prolomi... Izbi bela bugija, pa se onda začu prasak. I to se desi u šancu.

— Šta li je ono? — upitaše hajduci.

— Zapališe naši tursku džebanu! — reče Nogić.

— Jeste, jeste!... Gledaj! — povikaše hajduci.

Napravila se čitava gužva. Ono lagano odstupanje pretvori se u bekstvo. Umesto odstupanja jugu, Badovincima, Turci udariše pravo zapadu, Drini, samo da se što pre Bosne dočepaju.

Ova gužva i ovo bekstvo beše kao naručeno za Stanka. On se grohotom nasmeja, pa reče na sav glas:

— Bog je stari prijatelj!... On to sve najbolje udesi!...

Pa se okrete družini i reče zapovedajući:

— Mir!... Niko ne sme opaliti pre moje šare! Neka svaki dobro gleda!... Pa kad oborimo jednu vatru, onda za noževe. Grehota je trošiti barut bez potrebe. Sad svaki na svoje mesto i — tajac!...

Turci su bežali bezobzirce, a Srbi se naturali za njima... Hajduci su već mogli videti ona zastrašena lica. Stanko ih pripusti još bliže. Uze jednog na oko i opali... Vatra osu... Turci stadoše kao ukopani. Hajduci iskočiše s golim noževima, kao kurjaci!... Nasta jauk i piska... Stanko se probi kroz turske redove, obarajući oko sebe kao što dobar kosac obara zelenu travu...

I sami Srbi zastadoše iznenađeni...

Međutim, hajduci su činili svoje... Leševi turski padahu oko njih kao gnile kruške. Stanko je proletao na sve strane. Zasukao rukav, a jatagan mu seva...

— Ne daj!... viknu neko.

Jedan Turčin na dobru hatu projuri gazeći leševe braće svoje. Za njim se naturio glavom Stojan Čupić, ali Turčin se dokopa šibljaka i zamače u gustiš.

I ovo što beše pršte kud koje. Hajduci se nadâli za njima da ih do jednoga potuku...

Na bojnom polju ostaše samo Srbi. Bitka beše svršena...

Čupić dojaha na svome vrancu.

— Čija ovo beše četa? — upita Čupić.

— Moja! — odgovori Stanko ponosito.

Čupić odjaha konja.

— Hodi, sokole, da se poljubimo!... Alal da ti je ono srpsko mleko što te zadojilo! Ejvala ti na ovakom junaštvu! I da si mi juče kuću zapalio, oca ubio — danas bih ti sve oprostio!

I poljubiše se.

Srbi skočiše sa sviju strana. Stanko smotri oca, popa Miloja, Katića. On im pritrča ruci...

Aleksi su lile suze potokom... Ljubili su se kao na svadbi, a ne na razbojištu...

Kad se malo pribra, Stanko se okrete svojoj družini:

— Ima li još ko od vas zajma nevraćena? Ima li još ko da se sveti?

Svi su ćutali...

— Onda, braćo, imamo jednog strašnijeg krvnika!... Njemu ćemo se od danas svetiti! Do danas svetismo sebe, a od danas da svetimo slabe i nejake!... Pristajete li?

— Pristajemo! — grmnuše hajduci.

— Kad pristajete, a vi čujte!... Od danas nema harambaše ni hajduka, od danas smo pobunjeno roblje što jaram skida! Neka prska ćelavo teme!... Treba mu seme zatrti onako isto kao što on naše htede!...

— Treba, treba!...

— Onda, braćo, priđimo bliže braći našoj!... Izmešajmo se s njima!

I hajduci se izmešaše s ustanicima.

— Stojane! — okrete se Stanko Čupiću — primaš li nas?...

Stojan ga samo zagrli...

I na krvavom razbojištu nastade veselje, što je nebo prolamalo... Odjekivali su od vesele pesme oni luzi i dubrave što su vekovima jauk pronosile... I sama Drina valovita zažubori veselije... Njeni talasi žuborahu priču: da se diglo roblje na tirane, ali da se diglo onako kao što trava u proleće iz zemlje niče. I kao što zelenu travku niko ne zadrža, tako ni raju niko umiriti ne može: jer se digla ili da izgine ili da dahne svetim zrakom slobode!...

III deo: Besmrtnik

1

Ustanak

Došla je kosa do brusa. Kipelo, kipelo, pa prekipelo. Prva puška odjeknula je po svima krajevima mačvanskim, i svaki koji je ma i najmanje osećao srca u grudima, digao se na oružje.

Ali znate li šta je to kad ratar ostavi svoj plug, pa se lati oružja?... To znači: borbu na život i na smrt, borbu očajnu, večitu... Ratar se više ne vraća plugu, njegova ruka više ne drži rucelja plužnih, on čak i ne sanja više o svome pređašnjem životu. I slavni pesnik ustanka našeg, Višnjić, rekao je tom prilikom, posle boja mišarskog, jednu istinu, koja će ostati večita. Tice gavranovi dovikuju Kulinovoj kadi:

Ne ide ti Kulin kapetane,
Niti ide niti mu se nadaj,
Nit' se nadaj niti ga pogledaj;
Hrani sina pa šalji na vojsku —
Srbija se umirit ne može!...

Više čovek nije mogao poznati ove mirne ljude. Pogledi im

postaše munje, a reči gromovi. Ko proučava ono doba, kome dođu do ušiju razgovori tadanjih boraca, taj će steći jedno uverenje: da se u to doba govorilo nekim osobitim jezikom, da se vladalo vanrednom pribranošću. Svaka rečenica iz usta njihovih bila je puna duha. Neka mi oprosti istorija i svi slavni Nemanjići, ali ovo doba, doba od 1804. pa do 1813, ja zovem dobom herojskim... Gledajući na njega, možemo s ponosom svetu u oči pogledati. Ono nam je dalo junaka kakvih može imati samo mitologija... Ne mogu nas začuditi Termopile, jer smo ih imali u najskorijoj prošlosti. Svaki, pa i najslavniji primer istorijski, mi možemo s ponosom pogledati, jer smo ih po nekoliko imali u našoj istoriji...

Neka mi se oprosti što ću, rad boljeg obaveštenja, reći koju u zaštitu Mačvana, da bih, s jedne strane, pobio ono što neki naši istorici, u silu boga, htedoše naturiti tim slavnim borcima-mučenicima, a s druge, da bih im mogao odati dostojnu poštu.

Kao što sam još u početku rekao, Mačva je ravnica koja se proteže od Vidojevice do Save, dakle duž reke Drine, koja je granica između Bosne i Srbije.

Drina je besna, hučna i valovita, ali nije velika. Omanje čete turske, pa i pojedinci, duž cele obale imali su svoje brodove i navoze: gde su htele, mogle su prelaziti iz Bosne u Srbiju.

Na taj način Mačva je postala poprište ćefova. Ko je hteo, taj se mogao natresati. Pa da je bar ostalo na natresanju, pa da se i oprosti; ali tu je bilo tako krvavih događaja da ih čak mi, najbliži potomci tih mučenika, već smatramo kao bajke...

I tako se to patilo i mučilo. Jedan dan je osvitao kao i drugi. Niko nije bio siguran ni sa životom, a džaba ti sa ono malo muke što je stekao. Živelo se u strahu, obamiralo se od svakog glaska...

Kad je pojedincu dotužalo, on se digao u goru. Puška je pukla, ali je njen odjek više plašio nego hrabrio... Nije tu čoveku stalo za njegovom glavom; srce se cepalo kao dronjak, a suze kamenile kad pogleda nejač gde stoji na gujinoj rupi...

***

Puška je pukla u Šumadiji, upravo prva je pukla u valjevskoj nahiji... Ona je odjeknula i počela pribirati oko sebe čoveka po čoveka. I diglo se sve, samo Mačva ćuti...

Da li smemo mi to ćutanje u takvim prilikama nazvati kukavičlukom? Pitam: smemo li mi to?... Ne. Jer ako je to kukavičluk, kako onda treba krstiti naše držanje danas: kad nam je na vladi kršteni Srbin, kad je tu štampa, koja svaku sitnicu proprati, kad su tu i sloboda reči i sudovi i sve? Kako onda naše držanje treba nazvati kad se pogledamo u doba reakcije?...

Ne osuđujmo, dakle, kad nemamo srca ni onoliko koliko su oni u peti imali. Skinimo kape pred tim ponosom naše istorije i poklonimo se...

***

Počeše najedared nicati čete kao iz zemlje. Stojan Čupić stavi se na čelo svima. On posta vojvoda i stade postavljati starešine, koje će mu čuvati drinsku granicu.

Na Mišaru te iste, 1806. godine, nađoše se Mačvani sa

ustanicima. Tu su se borili kao lavovi. Jauk i zapevka kade Kulinove, to je jauk Bosne, koja je u toj borbi pogubila najbolje i najvrednije sinove svoje...

Posle mišarskog boja vratiše se kućama i stadoše čete četovati. Katić je postao bimbaša, kome su predani ljudi što čuvaju granicu. Zeka stade kupiti pod svoju zastavu sve što ne imađaše „nikog svoga do boga miloga”, što mu je „poginuti kao popiti čašu rakije”. On se smesti u Parašnici, gde se podigoše kolibe u kojima plandovahu „goli sinovi”, što behu strašniji Turcima od najuređenije vojske ćesareve. Prota Smiljanić je četovao na svoju ruku. To beše junačina kakvog samo vek rađa. On je verovao da mu Turčin Bošnjak, ili kako ih je on zvao: balija Bošnjak, ne može ništa učiniti.

— Ako ja poginem od ruke balije Bošnjaka, ne kopajte me!... Bacite me u...

Ta je njegova reč sokolila sve. Sve što je s njim bilo verovalo je da je tako...

Ilija Srdan je čuvao straže od Turaka što na Lešnici prelaziše Drinu...

Pa da ne pominjem popove i mnoge druge. Ja brojim ljude čije junaštvo može doći u mitologiju. A svaki pojedinac zaslužio je da ga istorija slavi!...

Te su čete krstarile Mačvom. One se brinuše o nejači. Ostali se vraćaše domovima da gledaju ili bar da naređuju domaće poslove.

Skoro svaki dan bilo je ovde-onde okršaja. Ovo što se odmetnulo nije moglo mirovati. Ako Turaka nema da sami naiđu, onda ih oni potraže. Katić je bar dvaput u nedelji sa svojim pandurima prelazio Drinu da Turke u njihovom gnezdu potraži. Zametne čarku, izazove ih, namami preko Drine, pa bije. Tu mu je vazda bio Zeka sa svojim „golaćima" u pomoći... Nema stope zemlje mačvanske krvlju nezalivene i kostima nepotrušene...

***

Šta li se činilo sa onima koji behu slabi i nejaki?...

Gde je god turska najezda jača, kud je poveća turska najezda prolazila, tu su kuće i kolibe bile prazne. Narod su vojvode i buljubaše iseljavale u severozapadni kraj Mačve, blizu reke Save, kako bi ih, u slučaju kakve nevolje, ja pogibije, mogli na čamcima preko Save prevesti, te ih skloniti kod braće Srba u Sremu...

Ti skupovi staraca, nemoćnih staraca, žena i nejake dece zvali su se zbegovi. Čitava sela behu u tim zbegovima. Ustanici su se brinuli za hranu, a ostalo kako je dragom bogu volja.

Mesta sklonitija nisu ni išla u zbegove. Tu se vodio domaći život, ne onako kao pre ustanka, ali bar je čeljad bila pod svojim krovom zaklonjena, ako ni od čega, ono od zla vremena.

Međutim, borba se bila iz dana u dan. Nije bilo većih sukoba, ali je vazda bio po koji buljuk Turaka, koje su ovi presretali i tukli. Svoje su mrtve, Srbe, sahranjivali, a Turke su ostavljali da ih jedu ptice grabljivice.

Plugovi počeše rđati, ali se tim više svetlela duga šara, koja je ovom vekovnom robu bila i otac i majka...

Niklo je, raslo, napupilo, procvatilo, zametnulo se, pa sazrelo... Sad mu je gida kao devojci udati se. I kad je to vreme došlo, onda je i onaj bednik postao junak. Strah je iščileo iz srca, došlo je doba osvete. Sad treba svetiti prolivenu krv od Kosova.

„Niče raja ka' iz zemlje trava."

2

Kućni prag

Sputila se noć. Polje je mirisalo barutom... Ustanici se povukoše u česte pod drva da ih ne bi na snu „bila vedrina".

Stanko se našao pored oca.

Ja ne znam, ali ima trenutaka kad i radost okameni čoveka. Zanemi kao i u najvećoj nesreći. Tako je nekako bilo i kod Alekse. Od nekoliko dana on više ne beše gosa svoje pameti... Svaki trenutak otvarao mu je po jedan izvor sreće... On nije znao šta se s njim radi...

Njegov Stanko! Ama je li mogućno da je to njegov Stanko?... Zar on otac tome mladome divu na koga svi oči upravljahu?... Zar on otac tome gromu čije oko seče kao oštra sablja, a opet pòglêdâ onako gospodski, ponosito?!...

I kad mu Stanko priđe ruci, on se zbuni; čisto bi je trgao od nekoga straha i, tako da reknem, stida što mu takav junak ruci prilazi!...

Tako i sad. Stanko je sedeo uza nj, a on oseća kako mu srce strepi... Sin mu razgovara s popom, a on ne može da se nasluša onih pametnih reči što lete kao nestašni leptiri sa usana njegovih... Ne može ni popa da se nagleda, jer on je slušao tako pažljivo razgovor Stankov kao da to govori kakav starac od sto godina!...

— Muka sam se namučio, moj popo, muka!... I ako, sa grehova mojih, duša moja bude u paklu mučena, ja mislim da većih muka biti ne može!... Dan-noć u strahu... Kad samo pomislim na moje kod kuće, kojih se svi odrekoste, kad pomislim da oni behu roblje nezarobljeno ni krivi ni dužni; kad pomislim kako se pravi krivac bezbrižno šeće po Crnoj Bari, u meni se uzmuti utroba!... Čini mi se, e se majčina hrana buni u meni i proklinje me!... Osećao sam njihove suze po telu mome, jer su me pekle kao živa žeravica!...

— Ćuti, sinko, ćuti! — veli mu popa.

— Sad mogu!... Iako sam četiri života uzeo na dušu, mogu ćutati, jer mi je duša mirna i srce na mestu... Ja verujem da sam grešan, ali bih bio veći mučenik da se nisam osvetio!...

— Greh jeste — govoraše stari sveštenik. — Pa opet, ko mu zna!... Svete knjige vele: „Ne uzimaj tuđega života, jer nisi kadar jedne bele vlasi u crnu pretvoriti.” I tako je!... Što nisi kadar nekome dati, ne smeš mu ni uzimati!... Ama, sinko, to je nauka nebesna. Tako se može tamo, na nebu; ali ovde, na zemlji... ovde to ne može biti!... Mi smo ti stvoreni nekako drukčije. I evo, ja, grešni sluga oltara božjeg, ja ti kažem: nije dobro što si učinio, ali je pravo!... A stari rekoše: što je pravo i bogu je drago!...

Stanko mu uze zboranu ruku i poljubi.

— Hvala ti, popo! — reče on.

— I kako da mu to ne učinim!... Ja podigao malo krova nad glavom, on mi ga zapali! Ja podgajio porod, potporu starim danima, odmenu iznurenom telu, sveću krsnu, na kome ću tekovinu i slavu ostaviti, a on mi ga robi i ubija!... Pa zar da ne skinem zulum sa sveta?...

— Tako je, popo! — povikaše sa sviju strana.

— Ja, kao sveštenik, ovo vam ne bih smeo govoriti!... Moj je posao da vam govorim o ljubavi — nastavi popa, padajući sve više u vatru — ali kako i vi i ja možemo voleti onoga ko nam ruši u prah i pepeo svu tekovinu i čereči oštrim nožem naš podmladak!... Da nam bog srca i pameti dao nije, to bi sve moglo biti!... Ama ovako... neka oprosti Gospod!... Stanko, sine!... Iako božanski zakoni kažu da si grešnik, zemaljska pravda i mi, grešni ljudi, velimo ti: „Ko se ne osveti, taj se ne posveti!...“

— Tako je!... Tako je!...

— I tako je! — nastavi opet popa, skočivši na noge, a oko mu se zapalilo. — I drukčije ne može ni biti!... Jer, onda, kako bismo nazvali ovaj naš ustanak? Mi se digosmo: ili da izginemo ili da dušom dahnemo; digosmo se da ubijamo i pobijemo onako isto kao što oni nas ubijaše; digosmo se da se oslobodimo, da možemo biti ljudi, da se možemo serbezno pružiti pod svojim krovom i na svojoj postelji, da možemo bez straha zagrliti i poljubiti svoje čedo, a da ne pomislimo da će ona mala, plavokosa glavica pasti od noža turskog; digosmo se da možemo biti ono što je bog hteo, stvarajući prvog čoveka — pravi ljudi!... I onda, neka je po sto puta blagoslovena krajina!... I neka si blagosloven i ti Stanko, sine moj!... Sve grehe tvoje primam ja na svoju staru dušu!...

I diže ruku stari sveštenik i pogleda u ono zvezdano nebo:

— Gospode! — viknu on. — Ti, koji si dao života i

najmanjem crvu, blagoslovi delo naše!... Mi ne nasrćemo, mi se branimo!

Sve je stojalo gologlavo oko sedog popa.

Stanku se grudi nadimale... I popa ga blagosilja!... Ni dotle nije mislio na san i odmor, a sad ga to sasvim prođe. On priđe Aleksi, uze mu ruku i orosi je suzama:

— Babo!... Ja osećam da mi je bog oprostio!... Oprosti i ti za onolike tvoje muke i nevolje!...

A koji je to roditelj što mrzi svoje dete?! Ima li igde, pod ovim božjim pokrovom, takog čudovišta?...

Razume se da je davno oprostio. On je već i zaboravio svoje muke u ovoj radosti...

Zora je sinula rumena i sjajna. Nijedan oblačak ne sakri sjajnog sunašca. Svetlo, veliko, pusti ono svoje sjajne zrake, te obasja poljanu rosom orošenu...

— Čupiću! — reče Stanko. — Ti si naš vojvoda. I ja, kao tvoj mlađi, molim te: pusti me do kuće!... Zaželeo sam se svoga krova, svojih ukućana!... Otišao bih samo da celivam onaj svoj prag!...

— Idi, Stanko!... Eto, i Aleksa može s tobom poći...

***

Vetrić je šuškao zelenim lišćem, granje je puckaralo pod nogama, ptice su pevale pozdravljajući beli dan, a kroz šumu se čula huka drinskih talasa...

I sama pomisao da će serbezno prekoračiti svoj prag, razdragala je Stanka. A već ukućani: majka, braća, snahe, dečica...

Pa Jelica... ta hrabra, lepa devojka!... Srce mu je igralo od radosti!...

— Pomisli, babo!... Sad, o Ilinu dne, ravno šest godina!... Ala to behu muke!...

I kao što ona poslovica kaže: dve se ribe na jednom žaru pekle, pa jedna veli: „Meni je zlo", a druga: „Meni je još gore!" tako i Aleksa. On je verovao da se Stanko namučio, ali se nije opet mogao namučiti toliko koliko on.

— Moj sinko, te još kakve muke!... Šta ti sve ne pretrpesmo ja i ona tvoja jadna mati!... Dan za danom osvitao je sve crnji i žalosniji!... Pa... nigde mu kraja ne vidiš!... Ljudi beže od tebe kao da si kužan. Toliko mi puta beše došlo da kidišem na ovaj jadni život!... Znaćeš, ako bog da, i sam šta su muke roditeljske; ali ono što ja preko glave preturih, ne dao bog ni najvećem dušmaninu!...

Pa mu onda okrete pričati sve do sitnica... Stanko je išao pored njega oborene glave, slušajući muke i patnje kakvih nigda čuo nije.

— Pa, opet, hvala je bogu!... On kad da — da!... Njegova je ruka vazda puna, a njegov je dar najslađi! — reče Aleksa i podiže kapu te se prekrsti. — I evo, dok ovo malo raščistimo od Turaka, i oženiću te!... Rad sam videti i tu radost za života... A, gle, ti za nju i ne pitaš!...

Pa pogleda Stanka ispod oka.

A ovaj junak, koji je toliko čuda načinio, koji je toliko puta smrti u oči pogledao, ne usudi se pogledati ocu u oči. Osećao je kako mu plamen liže obraze. I da je Aleksi bilo do toga, on bi mogao čuti kako mu srce lupa... Ali Aleksa ne slušaše to, on stade hvaliti Jelicu:

— Alal joj mleko materino. To je junak devojka!... Znaš li, sine, kad si ono nju preko praga preveo, meni se učinilo da mi se sunce u kući rodilo!... I neka je blagoslovena ona njena ruka: čega se prihvati, napreduje!...

I zanese se starac hvaleći Jelicu... On pričaše o njoj najlepše.

A Stanku ode pamet daleko, daleko... On se sećao sviju sitnica iz drugovanja s Jelicom... Pade mu na pamet ona žetva... Jelica je bila s njim na mobi kod Šokčanića, baš su naporedo želi... Ona je pevala onu pesmu:

Momče naže trides't i tri snopa,
A devojke trides't i četiri.

On zapeo iz petnih žila da mu ona ne odmakne... Gonili su se od ručanice do zaranaka, i nijedno odmaći ne može... Znoj je kipeo, ali se nijedno na to ne osvrtaše...

Najedanput, puče sapinjač pod grlom Jeličinim... Ogrlica klonu i baš na dnu samoga vrata smotri on mladež, koji je tako divno stojao na onom punom grlu devojačkom...

— Šta ti je ovo? — upita on i taknu prstom mladež.

Ona se zarumene, jer vetrić pirnu i razdrlji još više ogrlicu, te Stanko može videti i oblinu grudi njenih... Kao mahnita jurnu i pobeže...

Ali Stanku to osta u pameti. Dosta puta u nesanim noćima mislio je o tom mladežu i grudima; a sad sve mu to izide pred oči tako živo i jasno kao da gleda Jelicu pred sobom.

On nije slušao oca. Njega beše obuzelo milje, pa mu se razlilo po celoj snazi... Za njega je Jelica bila sva sreća zemaljska!... Neka Jelica bude njegova; neka dođe taj trenutak da sme poljubiti onaj mladež i pomilovati one grudi, pa treći dan neka ga kljuju orli i gavrani!...

I bližeći se ataru svoga sela, i uspomene mu behu bujnije. Svaka staza, svaki žbunić beše mu po jedna uspomena iz prošlosti... Onaj hrast što je onako besno raširio svoju krunu, bio im je jednom zaklon od kiše. Na ovoj su stazi toliko puta razgovarali... Iza onog žbuna viknula ga je jednom, kad je tuda prolazio, pokazujući mu prvo jagnje koje su dugo, dugo zajednički milovali. Pa kako ga je milo tada pogledala.

— Voliš i ti jaganjce?

— Volim.

— Ja bih se, da me nije stid, igrala s njim i dan i noć!... Pogledaj, molim te, kako mu je lepo oko!... Pa ovaj beli cvet na čelu! I... gleda, nekako, kao dete!...

— Doista...

— Nana mi se svakad smeje, ali me ne grdi... Ja svakom nadenem ime... I ne dam nijedno zaklati!... Sve kriju kad hoće da kolju, a ja posle plačem da se ubijem... Ne znam u detinjstvu, ali otkako sam omudrala, ja nisam okusila jagnjetine...

Stigoše pred han. On beše prazan. Nigde žive duše, nijednog povesma dima da se s badže uzdigne.

— Pustoš! — reče Aleksa.

To Stanka trže iz njegovih sanjarija. On baci pogled na kućerinu i namršti obrve.

— Da bog da sve turske kuće ovako propevale! — reče Aleksa. — Jesi video gde su me zatvorili?

— Video sam.

— Da se uvratimo!...

— Nemoj, babo... Nemoj makar danas, jer mi je ovo prvi

veseo dan posle šest godina, pa sam rad da mi ništa ovu radost ne pomuti!... Ostavi sutra... prekosutra... kad hoćeš... Samo danas nemoj!...

— Dobro, kad veliš... Hajdemo onda kući.

— Jest, hajdemo kući!...

Ali pogled na tu prokletu kuću i ovo nekoliko reči što ih s ocem reče prekide mu ove lepe snove. U pameti se njegovoj počeše pored lepog lika Jeličinog pojavljivati i omrzli likovi: Kruška, Marinko, Ivan i Lazar... Pred oči mu izide ona strašna noć kad je oca izbavio... Duša mu se gadila od onolikog kukavičluka Kruškinog i Marinkovog... Kao da je osećao njihove hladne leševe pod svojim prstima... I on okrete glavu na drugu stranu da bi pobegao od te gadne slike...

Ali na drugoj strani stojaše Ivan i Lazar... Ivana opkolio beo dim, a on moli i preklinje da mu da života, moli ga kao boga... A Lazaru klecaju kolena... lice bledi i modri, usne poplavile...

— Ih — reče — ala je to gadno!

— A šta? — upita otac.

— To... kad čovek nešto radi, pa posle, kad mu za to dođe plata, a on savije grbaču kao đeram!...

— Misliš Lazara?...

— I Lazara i Ivana i ona dva gada!... Ja bih pre progutao kuršum nego što bih zamolio!...

— I ja! — reče Aleksa ponosito. — Kad mi život dotle dođe da se moram za nj čoveku moliti, ja bih ga pregoreo!... A oni... valjda strine?...

— Gadovi!... Šteta što im bog dade onaj lik čovečji!... Ja, babo, volim junaka, pa neka mi je krvni dušmanin! I, evo, živoga mi boga, velim ti: ako se kadgod susretnem s junakom, i ranim ga, na pleća ću ga svoja natovariti i skloniti da ga ne kljuju orli i gavrani!

— Jest. Junaka treba... Grehota bi bilo ostaviti mu telo nezakopano...

— A ovo!... — I Stanko pljunu i odmahnu rukom. — Ovo su smrdljive stenice što te napadaju iz mraka. A kad im staneš oči u oči, oni se viju kao crvi!... Mislio sam da je bar Lazar drukčiji!... Ja sam mislio da je junak; i, mladosti mi moje, babo, da je to bio, ja bih ga sahranio kao čoveka, čak bih popu zamolio da mu telo opoja!... Ali ovako!... Ovako samo žalim što sam s takim gadom rastao i odrastao i što sam toliko drugovao s njim da mi je čak i jaran bio!... Žalim za svakom miloštom, za svakom lepom rečju što mu je kad rekoh!... I mrtvoga se stidim!...

Aleksa mu je odobravao. Njemu se činilo da se drukčije oni ne bi ni mogli kazniti po zaslugama nego kako ih je Stanko kaznio...

Već behu na domak kući. Kad vide Stanko kako se mirno vije onaj beli dim s krova njegova i kako pravo ide gore k nebu, njemu zaigra srce.... Za trenutak iščileše gadne i stvori se lepa, domaća slika...

— Stanko, rano moja!... Stanko oči moje!... — zapevala je Petra padajući sinu oko vrata i ljubeći ga...

I ljubiše se i grliše se...

Ona mala dečica obisnula oko pâsa njegova vičući:

— Čijo!... Čiko!...

On je ljubio sve... Srce mu se razigralo u grudima... Pa još i Jelica tu!

— Stanite! — reče on i zbaci kapu s glave. — Treba još nekog da pozdravim!...

Pa priđe kućnjem pragu, kleče, prekrsti se i celiva ga.

— O, gnezdo moje!... O, radosti moja! Babo! Najo! Braćo!... Svi!... I ti, Jelice, i vi deco!... Ovamo!

I kad svi priđoše, on se diže, pogleda ih i reče:

— Čuli ste jednu moju zakletvu. I ja sam je izvršio, junački izvršio! Sad čujte drugu! Sjajno sunce, sprlji mi oči ako ne poginem čuvajući i braneći ovo gnezdo, koje mi ovog časa dade toliko radosti koliko samo bog pravednicima u raju daje!... Sad, hajdemo u kuću!...

I uđoše svi.

3

Boj na Mišaru

Ali se u tom dobu nije dalo nikome sedeti mirno pod svojim krovom. Jeste li kadgod pokušali da darnete osinjak pun osa?... Onda ste videli kako rojem polete u oči. Tako isto i Turci. Darnulo se u njihovo gospodstvo, u njihovu silu. Zar se pogani rajetin smeo drznuti da digne ruku na svog gospodara?...

I diže se sila koja je bagatelisala te male čete što ne imadoše čestito ni džebane.

Tako otpoče borba, koja je trajala iz dana u dan. Nije nikakvo čudo bilo naći leš na putu. O tome se više nije ni vodilo računa. Ubiti Turčina, to beše obična stvar, onako isto kao na jutro potegnuti čuturu...

Kao što rekoh, Čupić je napravio dobar raspored. Srdan Ilija čuvao je straže od Turaka od ušća Jadra u Drinu, pa niz vodu do Badovinaca. Sima Katić je od Badovinaca pa do ušća Drine u Savu; a samo ušće Drine čuvao je strašni junak Zeka Selaković, pobratim Stankov.

Oko njega se okupila sva družina Stankova, ali ga više ne zvaše harambašom nego buljubašom (kapetanom).

On se nastanio u Parašnici. Tu je razvio barjak slobode i pozvao sve osvetnike. I zbilja, njegova je četa rasla. Mnogi uskoci iz potlačene srpske zemlje dolaziše pod njegov barjak. Evo kako je on primao u svoju družinu:

— Odakle si?

Onaj kaže.

— Kako ti je ime?

I to mu kaže.

— Radi čega si ostavio svoje ognjište?

— Od zuluma. Turci mi pobiše svu čeljad i kuću zapališe.

— Ko ti je dušman?

— Svaki koji čalmu nosi i klanja Muhamedu.

— I ti si došao meni?

— Tebi, buljubašo.

— Jesi vičan svakoj muci i nevolji?

— Ne znam šta bih u dobru radio!...

— Umeš li puškom gađati?

— Sigurno kao dlanom.

— Jesi plivač?

— Kao patka!

— A ronac?

— Kao riba!

— Umeš li poginuti?

— Kad god to dragom bogu volja bude!... Bez njegove volje ne umem, ali umem ubiti!...

— Onda te primam!...

Eto, samo su takvi bili primani u Zekinu četu. Ko nije

imao sve te vrline, Zeka ga je slao vojvodi Čupiću da ga on preda kome drugom, ali ga u svoju četu nije primao...

Jedne večeri sedeli su oko vatre... Zeka se grohotom smejao šalama Zavrzanovim, dok ti se stvori među njima Deva. Čim ga videše, poskakaše. On samo povuče Zeku za rukav... I čim se sašapta s njim, Zeka se okrete:

— Dede, ko je junak?

— Ja!... Ja!... Ja!... — zagraja sa sviju strana.

— Ronci mi trebaju.

— Svi smo! — reče Zavrzan.

— Onda... evo vas osmorica!... Udarite vodom, doplovite do turskih šajaka što su na onoj strani... Ti, Devo, reče da imaš alat?

— Tu je! — reče Deva, skidajući belu prtenu torbu što je beše uprtio. — Osam svrdlova. Nisam mogao više naći!

— Dosta! — reče Zeka i uze svrdlove te ih razdeli onoj osmorici. — Na! Evo vam svima po jedan. Sad udarite ovuda na vodu, pa se krijte po vodi dok se šajke ne navezu. Čim ih navezu, vi svaki uzmite po jednu i bušite ovim svrdlovima.

Zavrzan se slatko nasmeja.

— Ja duševna čoveka, bogo milostivi! Sad, eto, hoće i ribe da hrani!... A ko to izmisli?

— Deva — reče Zeka.

— E, jest domišljan!... To mu vredi turske carevine!...

Deva samo odmahnu glavom, a Zeka nastavi:

— Da se pohita!... Ja ću ih s ostalom družinom već pričekati na obali!...

— Da se ide! — reče Zavrzan, svlačeći ruvo sa sebe.

To isto uradiše i ostali, i, ostavši do polovine nagi, uzeše svrdlove... Zavrzan ga diže uvis:

— Bog te dao rataru, sad si alat i ratniku!... Alal ti vera, Devo!... — I zamače s družinom u šibljak!...

Noć se spustila mračna... Oblaci se razigravahu po nebu kao mrki vuci. Ovde-onde šine munja...

Turci se spremahu za prelazak. Bilo ih je do jedan buljuk... Razgovor se među njima vodio tiho, mirno; znali su da tuda četuje Zeka buljubaša, čije ime za kratko vreme posta strašilo...

— Hoćemo li, ljudi?

— Hajde, biva.

— Samo lagano... Ako se dočepamo obale i luga, nije nam ni brige...

I Turci se približavahu obali.

— Dede, Aso, ti imaš dobre oči: pričučni pa pogledaj vidi li se kogođ na obali?...

Aso pričučnu i stade razgledati. Potraja nekoliko trenutaka, i on se diže:

— Ni šibljika se ne miče, možemo slobodno poći.

Priđoše drešiti šajke. Voda je huktala kao besna. Kad joj glavu prineseš bliže, kao da čuješ zvona u daljini.

I samo to; sve drugo beše mirno kao u grobu... Neka tajanstvenost obavila prirodu.

— A šta li je ono?... — upita Aso i zagleda se u vodu... Riba!... Ja grdnog soma što zaroni!... Stoji koliko čovek!...

— Nije dobro što ribe viđaš... — reče jedan stari Turčin. — Kako bi bilo da mi ovdje prenoćimo, pa sutra da se navezemo.

— A gde ti je hvala, đedo!... — privikaše nekoliko njih.

— Ja velim da bismo pametnije ovako uradili! — reče starac.

— Da idemo!... Da idemo!... — privikaše neki.

— Valah, ne bi s goreg bilo ni ovde prenoćiti pravo veli đedo! — privikaše drugi...

— Ma, ljudi, meni se zlo sluti!

— Ti si i onako zloslut! Ostani, pa se vrati hanumi; mi idemo! — reče mu jedan.

I počeše ulaziti u šajke.

— Ovako je bolje — govoraše onaj što je đedu koreo. — Ako presaldumimo noćas i dokopamo se luga, onda mi ič brige nije! A preći ćemo. Nigde žive duše!... Niko nam se, biva, i ne nada!... Pa onda ćemo lugom do Šapca; a kad budemo u gradu, bar će nam se reći da smo junaci!...

Odrešiše šajke, i voda ih ponese... Strašno izgledaju na tavnoj noći te drinske šajke, jer one plove poprečke, pa izgledaju kao neke grdne tičurine sa raširenim krilima...

Naoružani dugim šarama, Turci lagano i tiho razgovarahu... Pogledali su često na desnu obalu, spremni da odgovore na napad.

Ni sanjali nisu otkud im opasnost dolazi...

Najedared viknu đedo:

— Šta je ovo?

— Šta? — privikaše sa sviju strana.

— Voda kulja!...

I zbilja, na nekoliko mesta izbijahu živi vodeni ključevi na šajci. Zamalo i voda potopi dno i osetno se moglo opaziti kako šajka tone...

Dok privikaše i iz drugih šajaka:

— I u nas tako isto!

Zavlada strah... Turci se okamenili. Nikome da padne na pamet šta treba raditi...

Tako je trajalo nekoliko minuta. Voda je međutim kuljala sve više i više. Davno je prešla preko kolena...

Najedared šajke se stadoše okretati, jer behu pale u vrtloge, strašne drinske vrtloge... Neko viknu:

— Sad smo propali!... Skači u vodu!...

Skoči jedan, pa kao u bezdan. Više se ne pojavi... Skoči drugi: isto tako...

Turci se skamenili... Šajke su tonule, a oni ne imadoše kuraži baciti se u nedra te ale što tako huči...

— Jao! — dreknu đedo, i nestade ga u valima.

— Što to bi!? — upita preplašeno jedan. — Meni se učini da ga njetko svuče.

Na drugoj šajci dreknu drugi...

Vazduh se poče prolamati od piske i jauka. Čudnovato se sve to mešalo sa hukom talasa... Goli sinovi već poskakali na šajke, pa odatle bacahu i gurahu jednog po jednog u vrtloge...

Za trenut oka voda proguta i šajke i tovar, samo se goli sinovi spasoše. Oni isplivaše na obalu.

Pred njima se pojavi Zeka.

— Gotovo? — upita.

— Sve! — odgovori Zavrzan. — I šajke i Turci!... Drina nam je bila ne može bolja biti!... Mene je toliko zamilovala da me htede nekoliko puta na dno povući!... Jedno dvaput me baš žestoko usuka: stojao sam kao kukuruz kad ga suša zapeče!...

— To je bilo u vrtlozima? — upita Zeka.

— U vrtlozima.

— Dobro je... Nego da se povučemo u šibljak — reče buljubaša.

Taman se krenuše, a Stanko među njih.

— Pobratime — reče Zeki — s tobom moram govoriti. Nosim ti pozdrav od Čupića.

I odvoji se od čete.

— Turci su navalili sa sviju strana... Neki su prešli na Prudovima, neki kod Lešnice, a neki na Podinama. Sila je golema. Čupić me posla da ti javim da pođeš Balotiću i tu ćeš se s njima naći!

— Dobro! — reče Zeka.

— Još nešto, pobratime!

— Šta, pobro? — upita Zeka.

— Ovo te molim ja: primi me u tvoju četu!...

Zeka mu sastavi ruke oko vrata.

— Evo ti starešinstva, pobro!

— To neću! Zar ti, koji tolika čuda gradiš, nisi valjan starešina? I, posle, šta mi je to: starešinstvo?... Ako bude potrebe, lako ćemo se dogovoriti; a, posle, i tvoji ljudi već tebe poznaju...

— Onda, pobratime, dobro mi došao! — I Zeka izdade nalog da se kreću...

***

Propišta crna zemlja pod grdnim teretom... Turski buljuci nicahu sa sviju strana, kao pečurke. Grad šabački i polja oko Šapca behu pritisnuta vojskom... Digla se sila da uništi slobodu; digao se car iz Stambola da zgazi šaku jada, dojučeranje robove svoje...

Poslednjih dana jula i prvih dana avgusta 1806. godine samo je puška pucala... Tu nisi mogao dahnuti čista vazduha od barutnog dima i prašine što je dizahu kopite konjske...

I borilo se, tuklo se na sve strane; oživeše česte i žbunovi; iza svakog trna puška je pucala...

Na jednoj strani zapovednik vrhovni vožd, Kara-Đorđe, s vojvodama: Lukom Lazarevićem, Stojanom Čupićem, Milošem Pocercem, Jakovom Nenadovićem, Cincar-Jankom, Cincar-Markom, Jankom Katićem iz Rogače i još mnogima... Na drugoj Sulejman-paša, što ga zvahu Kulin-kapetan, s delijama bosanskim: Mehmed-kapetanom iz Zvornika, Sinan-pašom Hercegovcem, Mulom Sarajlijom, Beširević Asom i drugima.

Kara-Đorđe je imao malo ljudi prema turskoj sili. Ono što je pred Turke stavio, bilo je svega 15.000, sa konjicom. Međutim, Sulejman, ili Kulin, vodio je vojske preko 50.000 ljudi.

I to beše sam poturčenjak, junak, brat, jer jezik mu je maternji srpski jezik!...

Kara-Đorđe je u samom polju mišarskom iskopao šanac, baš na onoj ravnici na vrhu brdašca mišarskog. U šanac je smestio nešto pešadije, a ostalo je razasuo po onim čestama. Vojska što je u šancu bila nije vodila borbu; to je bila glavna trupa; a čarku su zapodevale s Turcima one omanje četice.

U utornik, 31. jula, oko velikih zaranaka, dovedoše Kara-Đorđu jednog Turčina što se sam predao. Kara-Đorđe je baš nešto govorio s Lukom, Jakovom i Čupićem, kad mu javiše.

— Dovedite mi toga Turčina! — zapovedi on.

Čim ga izvedoše pred lice Voždovo, Čupić se pljesnu rukama:

— Deva! — viknu on.

— Ja sam, Stojane.

— Odakle ti?!

— Iz grada.

— Ti ga poznaješ? — upita Kara-Đorđe Čupića.

— Bog s tobom! Zna ga sva Mačva!... On je mnogu kadu ojadio!...

— Kojekude... Pa šta si radio kod Turaka? — upita ga Vožd.

— Hteo sam saznati šta nameravaju.

— Pa jesi saznao?

— Jesam... Sutra zorom kreće Kulin svu silu na tebe. On će udariti ovuda drumom, jer mu je namera prodreti do Beograda... Vojske ima mnogo, ali to nije ništa!... Naša vojska nije onako velika, nema ni onoliko oružja, ali ima više srca!... Ja sam gledao kako nekoliko ljudi razgone čitav buljuk.

— Dakle, sutra?

— Sutra zorom...

— Kojekude... idi, odmori se...

— Ja nisam nikad umoran.

— Onda si gladan... Idi se prezalogaji i... kojekude... skini to tursko ruvo...

— To sam već i sam mislio! — reče Deva, pa se skloni u onu tišmu da potraži gutljaj rakije i zalogaj hleba.

— Onda da se dogovorimo šta nam valja raditi — reče Kara-Đorđe.

I stadoše praviti raspored borbe. Dokonaše da Luki Lazareviću dadu konjicu. On će zauzeti levu stranu bojnog poprišta i sakriti se s konjicom u gustim čestarima. Na dani znak iz šarampova (šanca), a to je pošto se treći top ispali, udariće jurišom s boka na Turke i probiti se kroz njih... Janko Katić poći će sa svojom trupom naviše, Oridu, i tu će pričekati silu tursku. Jakov Nenadović će zauzeti put što vodi Dobravi, a to je današnji drum što vodi od Šapca Valjevu. Stojan Čupić i Miloš Stojićević rasporediće Mačvane i Pocerce tako kako će preseći Turcima odstupnicu Šapcu...

— Kojekude... jesmo li uglavili? — upita Vožd.

— Jesmo — rekoše vojvode.

— Sad neka svaki ide svojim ljudima.

I raziđoše se.

Osvanu 1. avgust. Od rane zore počeše talambasi, svirke i borije. Turci se spremahu za polazak...

Nebo beše prošarano oblacima... Od Drine se dizao jedan poveći gust oblak. Vazduhom zavladala tišina... Sve se utišalo, samo si mogao videti kako vetar ovde-onde povija suvu, sparušenu travu po poljani...

Ali zemlja potutnjuje od sile... Prisloniš uvo k zemlji i lepo razaznaješ topot konjski.

Ljudi koji behu u šarampovu razgovarahu:

— Ovo što je do danas bilo, nije ništa — veli jedan.

— Ja mislim da će tek danas biti okršaja!...

— Vala, neka bude! — veli jedan šaljivčina. — Ovako sedimo kao babe!... Pa i ovi Turci kanda nisu pravi Turci!... Opališ na njega, a on odmah nokat u ledinu, pa bež' u grad!... Da mi je ovako udariti na kakvog iđita!...

— Čini mi se, danas će biti i iđita!... Slušaj kako tutnji...

I zaista, tutnjava dolazaše sve bliže i bliže. Već se mogaše dobro razaznati topot kopita.

Kara-Đorđe iskoči na bedem i stade gledati.

U taj par pojavi se vojska. Svirke, talambasi i halakanje prolamahu nebo nad Mišarom.

Prvi redovi išli su bezbrižno, zaturili šare na ramena kao vrljike...

Kara-Đorđe šetaše šancem mirno. Nijedan mu se ribić na licu ne pomeri. On gledaše vojsku kako se približava...

Onda se okrete tobdžiji:

— Pazi! — reče. — A vi — reče ratnicima — nemojte pre paliti dok top ne pukne! Ali dobro da mi gađate!... Grehota je da kuršum džabe ode!... Kojekude... on je danas skuplji od glave!...

Prvi redovi Turaka dođoše već na domak bedemima šarampova. Kara-Đorđe skoči u šarampov, priđe topu, pogleda u nišan i reče hladno kao da boga naziva:

— Pali!...

Tobdžija prinese vitilj i trešnjevac riknu...

Plotun mu ne dade ni izdušiti...

Prolomi se turska vojska, ali samo za trenutak... Pade čitav lês, ali kao god kad štapom po vodi udariš, posle jednog trenutka ne znaš gde si udario; tako isto Turci popuniše prazna mesta.

Tobdžija beše opet top napunio. Kara-Đorđe priđe i pogleda opet nišan.

— Doro je! — reče. — Pali!...

I opet riknu top, i opet zagrme plotun, i opet se uskomešaše i prolomiše turski redovi...

Sad i Turci pripucaše. Zapevaše kuršumi svoju samrtnu pesmu...

Kara-Đorđe reče:

— Ne pucaj!... Samo kad top pukne, onda po jednu vatru!...

Ali se Turci naglo približavahu... Mogao si svakom lice sagledati.

Kara-Đorđe naredi te puče i treći top... Pošto se grmljavina prolomi, on pogleda na onaj gusti čestar levo...

Najedared zatutnji nešto... zazveketaše sablje kao po nekoj višoj zapovesti, i puške turske umuknuše. Sila zastade i okrete se... I jeknu kroz vojsku:

— Opkoljeni smo! Sve će nas potući kao miševe!

Na svakom licu beše izvajan strah... Oštro oko Kara-Đorđevo smotri to. On je očekivao taj trenutak. Skoči na bedem, trže nož pa viknu:

— Za noževe!...

I upadoše u Turke kao ljuti risovi. Zbunjeni, preplašeni, Turci ne umedoše ni rukom maći...

Jedan borac pričao mi je i opisao taj trenutak ovako: ko je imao jatagan, kosio je kao oštra kosa; ko nije imao, on je klao svojim nožem. Gledao sam jednoga dečaka, nije mu bilo sedamnaest godina, sitan malen, pa kako nije imao noža ni jatagana, on dokopao neku britvu pa uhvatio jednog Turkešanju što bi ga mogao u zubima nositi, zakocaćio mu glavu pa struže britvom...

Poraz je bio očevidan. Turci, kad dođoše sebi, više i ne mišliše na borbu i odbranu nego na bekstvo... Jurnuše na sve strane... Ustanici ih ubijahu i praznim puškama, kao vrljikama... Tu, baš na samom Mišaru, pogibe Sulejman, Kulin...

Sukobi se s Lukom... I potegoše jedan na drugog kuburlije, ali slagaše. Oni potegoše sablje i Kulin skrši Lukinu sablju do balčaka... Kad se Luka vide na nevolji, on skoči s konja i pobeže u čestu. Turci se skleptaše oko bogatog takuma na konju, a Kulin se naturi za Lukom. Međutim, Lukini ga momci dočekaše vatrom iz pušaka i oboriše na mesto.

Pršte turska vojska... Vojvode se naturiše za njima u poteru... Bežalo se to na sve strane; čak su neki i na Savu udarili, ali je i tamo za njima otišla potera...

„Na mir"

Baš licem na Veliku gospođu Stanko stiže doma. Sve živo potrča iz kuće preda nj.

— Jesi živ?

— Hvala bogu!... A vi?

— Sve je dobro, bogu hvala!

On se stade zdraviti s ukućanima. Ovaj put pozdravi se i s Jelicom...

Devojku je oblilo rumenilo. Ona sagla glavu, oborila oči zemlji, pa se lepo videla senka dugih trepavica što je pala po onim rumenim obrazima.

Beše zaboravio da joj pusti ruku. Osećao je raj držeći njenu ruku u svojoj.

To opaziše i Aleksa i Petra i osmehnuše se. Aleksa dodade više u šali:

— Pa dobro... dobro!... Pusti joj barem ruku.

Jelica, kao oprljena, trže ruku i pobeže u kuću, a on osta na mestu kao okamenjen od stida...

— Eh, eh, eh... dobro... dobro!... Nego, hajde u kuću!...

Vidim ja već šta tebi treba! — reče Aleksa i potapša ga po plećima.

I pođoše u kuću.

— Sinoć smo ti se nadali! — reče mu otac. — Bio je ovde i popa!... Deva nam dođe i reče da si živ i zdrav, a bogami, bili smo u strahu!...

Zasedoše oko ognjišta. Petra upiljila u njegovo muško lice, nije mogla da ga se nagleda.

— Pričaj nam kako je bilo tamo! — reče Aleksa.

— Čekaj da ga se prvo sita nagledam! — reče Petra okorno.

— Eh, sita! Kao da je to najesti se, pa biti sit!... Eto, pa ga gledaj, a on neka priča!...

I Stanko razveze nadugačko i naširoko priču o boju mišarskom.

Taman se on raspričao u najveći jek, a dođe popa s Jovom Jurišićem. Nazvaše boga i pozdraviše se.

— Eto, malo sedosmo, pa nam Stanko priča — reče Aleksa. — Ja žestoka boja, bogo milostivi!... Pa to se, međer, junački ginulo.

—Junački! — potvrđuje Stanko.

I morade ponovo prisesti i popu opričati od početka do kraja. Oni slušahu njegovu živu priču s najvećom pažnjom.

— Pa šta je bilo s Lukom? — upita pop Miloje. — Zar pogibe?

— Ko?... Vojvoda Luka?... Ne gine taj lako! — reče Stanko. —Još će on mnogom Turčinu zapržiti čorbu!

— Pa kako osta živ kad su ga Turci sa sviju strana opkolili?

— Evo kako!... Kad mu Kulin prebi sablju i kad vide da će poginuti, on priteže konju dizgine i stuknu ga nekoliko koraka nazad; onda se maši pasa, trže arbiju i polete, dojuri do Kulina i udari ga onom arbijom po nosu tako da ovoga svega krv obli.

— Aih! — pljesnuše rukama svi.

— Turci se skleptaše oko starešine, samo jedan polete pravo k njemu. On ti ga dočeka onako na konju, izvuče nogu iz uzengija, kad mu se Turčin sasvim primače, udari ga nogom u lažačicu... Turčin se izvrte, jaučući, a on skoči s konja i pobeže u neki čestar.

— Alal mu vera! — reče oduševljeno pop Miloje.

— Ja posle nisam tu bio — nastavi Stanko — ali čuo sam, proneo se glas, da je vojvoda Luka poginuo... Video sam Čupića kako se zaplaka... Kažu da su i vojvodi Đorđu suze udarile!... I već ožališe ga. Kad jest!... Taj ti sin pred veče izašao iz čestara, uvijen kao bula, pa pravo vojvodi Đorđu...

— A što se uvio? — upita Jova Jurišić.

— Svega ga izrešetali turski kuršumi!... Trinaest rana na njemu!

— Trinaest?!

— Jest, trinaest, ali ništa to! Posla ga vojvoda Đorđe u Orašačku adu da se vida! I izvidaće se...

Još su ga štošta o pojedincima raspitivali, a Stanko im je o svemu pričao... I razgovor se oteže do ručanice.

Tada se postavi sovra. Popa i Jova digoše se doma.

— Da ručamo! — reče Aleksa.

— Danas nećemo!... I nama je praznik — reče popa.

— To ćemo sutra — dodade Jova smeškajući se.

— Onda dobro — sutra! — reče Aleksa.

Stanko vide njihove poglede i osmejke i pitaše se: što li se onako smeškaju?...

Pošto ispratiše ovu dvojicu, oni zasedoše za sovru.

Pred samu noć diže se Stanko iza sovre i stade obilaziti baštu. Dođe do obora i vide Jelicu gde krave muze. On joj priđe.

— Zar ti?

— A što ne bih? — reče ona, a rumen je obleva.

— Ne korem, nego... hvala ti!

Jelica ne odgovori ništa. Zamajala se odajajući tele.

— Da držim tele? — upita Stanko koliko samo da počne razgovor.

— Možeš! — reče ona.

I on priđe, uhvati tele za uši i čuči preda nj. Jelica počne musti, a on se zagledao u nju. U tolikim je borbama bio, pa mu svaku beše lakše početi nego razgovor s Jelicom... Svezao mu se jezik!...

— Pa šta mi ti radiš? — upita je, koliko da rekne štogod.

— Eto...

— Jesi me poželela?

Ona ga samo pogleda onim njenim velikim očima, kao da bi htela reći: što pitaš?

— Ja sam se tebe uželeo kao dete majke!...

Ona je muzla... Mlazevi mleka šibaju u muzlicu...

— Šta ti je?!...

— Zar meni? — pita ona.

— Tebi, jest!... Zar ne progovorismo toliko godina reči čestito, pa jako te pitam, a ti ćutiš!

— Šta da ti kažem?

— Pa... eto... — reče on odobrovoljivši se — jesi me poželela?

— A što me pitaš?!... Zar ne znaš?!...

— Pa... znam, ali sam željan tvoga razgovora!... Željan sam čuti to iz tvojih usta!... Znaš otkad to nisam čuo!... Šest godina ti si bila moj san... Ja sam u pameti zamišljao samo tebe... pa jako... hoću da to čujem iz tvojih usta!... Jesi me poželela?

— Jesam!...

— Mnogo?...

— Kao travka rose! — reče ona, a rumen joj obleva lice... — Da te nisam volela, ja ne bih prekoračila tvoga praga!... Ti znaš kako kod nas glede odbeglu devojku. Ja sam i begunica postala, samo da bih tvoja bila!... Meni je tvoj krov miliji od moga!.. Ja bih, čini mi se, dala onu kuću u kojoj sam se rodila, samo za jedan ćošak tvoga doma!...

Stanko je slušao, a duša mu se zanosila.

— Jesu li ti dobri bili u kući?

— Kao rođeni!... Bolje nego rođeni!... Od babe pa do najmanjeg deteta u kući sve me pazi!... Ono što u svojoj kući ne imadoh, našla sam ovde!... Pusti tele!...

On pusti tele. Ona uze muzlicu i ponese u kuću, a on iđaše pored nje opijen i zanesen...

Spusti se noć... Na nebu nijednog oblačka, a plavetnilo nebesno osuto zvezdama, kao zelena trava rosom u proleće.

Stanko se odvojio od ukućana i otišao u voće da tamo sačeka Jelicu.

Prezao je na svaki šušanj i izgledao... Najzad se sve u kući smiri...

Eto i nje... Još izdaleka je smotri i pođe u susret.

— Ih, po bogu!... — reče nestrpljivo.

— Morala sam pričekati dok poležu...

— Pa ja se i ne ljutim na te; na njih mi je krivo!... Nego... da sednemo...

I, uzevši je za ruku, odvede je duboko u voće, te sedoše... Trava je bila dosta rosna, ali se nijedno na to nije obaziralo.

— Znaš li — reče Stanko — otkad se ovako ne razgovarasmo?... Ja sam željan tvoje reči! Reci još jedared da si me poželela!...

I, uhvativši je za ruke, upilji u njene oči i lice...

U ovoj tihoj noći, u ovoj nemoj tišini, sama s onim koji joj je dražiji od očiju, Jelica oseti kako joj krv udari u glavu...

I ne umede ništa odgovoriti.

— Je li, bolan!... Što mi ne kažeš?

I primače joj se još bliže, pa joj obavi svoju snažnu, mušku ruku oko pasa...

A devojka izgubi pamet... I nehotice odgurnu njegovu ruku, odgurnu je gotovo besno...

— Šta ti je? — upita je Stanko.

Ona skoči:

— Ništa... ne diraj me!

— Zar ja tebe nisam nikad zagrlio?!

— Jesi... ali... sad samo nemoj!... Nemoj, molim te kao jedinog boga!...

— Ama, zašto?

— Ne umem ti kazati!... Ali mi se čini da ću s pameti sići ako me se dotakneš!...

A sva je drhtala kao prut. Da je Stanko bio pribraniji, čuo

bi kako joj srce bije... Ali i on beše poleteo u svoja nebesa žudan i žedan, pa naišav na taku prepreku, naljuti se.

— Dobro! — reče i saže glavu.

Zavlada mrtva tišina... Ni vetrić ne šušnu; samo su nemi svedoci sanjivo žmirkali...

I Jelica oseti bol u duši. Po glasu Stankovom slutila je da mu nije pravo... A njoj beše žao što se naljutio.

— Šta ti je?... — upita prišavši mu.

A Stanku dođe da se zaplače...

— Ti se ljutiš?... A nemaš pravo! Ja ti nisam htela ništa nažao učiniti!...

Poćuta, pa kad ne dobi nikakva odgovora, ona opet reče:

— Nemaš pravo!... Nemoj se ljutiti!...

— Zar da te ne smem ni zagrliti? — procedi on kroz zube.

— Smeš... ali sad nemoj!... Nemoj, tako ti onoga što ti je najsvetije!... Nikad te više nisam volela nego sad, jer bi mi sad bilo ubiti se, kad te vidim ljutita, kao udariti dlan o dlan!... I dosad je tvoja ruka padala na moje rame i obvijala se oko moga pasa, ali ovog čuda nije sa mnom bilo!... Ja osećam da će mi srce izletiti iz prsiju ako me se samo dotakneš... Poludeću, znaš li, poludeću!... I nemoj me gledati tako okorno!... Ja sam samo tebe volela, tebe jedinog!... Ja sam pljunula na svoj rođeni prag, primila kletvu i babinu i materinu, kao velim: s tobom ću srećnija biti i prokleta nego... s onim blagoslovena!...

Pa je poliše suze... Kad poče jecati, Stanku se dade na žao... On je uze za ruku i privuče k sebi, a ona mu pade na rame i suzama orosi srmu na dolami...

Osetivši glavu njenu na svome ramenu, Stanko zaboravi na

sve... Obavi joj ruke oko pasa, pa joj stade ljubiti smeđe kose i plačne oči...

Milje mu se razlevalo telom. Devojka u njegovom naručju postajaše sve mirnija; onaj užasni nastup plača popusti i poljupci se stadoše vraćati...

Ona se trže:

— Šta činimo mi?! — reče užasnuto.

— Ne boj se!... Sutra će nam i roditelji ovo blagosloviti!... Ko se voli, onaj se i ljubi! — reče Stanko zanosno, držeći je u svom naručju...

***

A sunce na smiraju, a u avliju Miloša Sevića padoše gosti. Popa Miloje i Jova Jurišić prošli s Aleksom da ga namire s Milošem.

Pozadi je išao Stanko, dičan kao bor, ponosit kao soko. Čeljad se užurbala da ih dočeka, te jedno po jedno prilažahu ruci starinama.

Na pragu ih dočeka Miloš gologlav.

— Dobro veče!

— Bog dobro dao!

— Raduješ li se gostima? — pita pop Miloje.

— Dobrim svakad!

I pozva ih u kuću.

U sobi domaćinovoj beše postavljena sovra, ali na sovri ne beše ničega sem drvenih slanika sa solju.

Zasedoše i povedoše razgovor o ustanku, jer o čemu bi se

i moglo govoriti u to vreme. Pričahu razne priče i junaštva, i razgovor beše toliko zanimljiv da se oteže vrlo dugo...

Jedva u neke seti se pop.

— Ama, Milošu, mi dođosmo do tebe!...

— Kojim dobrom?

— Ja mislim da ćeš se i sam setiti!... Ali, ako se ne sećaš, da ti baš kažem!... Dođosmo da vas (tu pokaza na Aleksu) izmirimo i oprijateljimo!... Da je bog hteo, i da mi bismo malo pametniji, ovo bi se i lepše svršilo!... Ali sad, što mu je, tu mu je!...

— Pa ne branim, popo!

— Onda, reci šta tražiš? — upita Aleksa.

— Šta dâš! — odgovori Miloš.

— Pa lepo — reče Aleksa. — Ni to se ne da karati!

I stade drešiti kesu.

Spusti deset dukata na sovru.

— Je l' dosta u kuću?

— Dosta.

— Šta još treba?

— Da pozovem čeljad!... — reče Miloš.

I tu Aleksa plati svakome od čeljadi ponešto. Kad sve bi gotovo, onda popa reče:

— Sad se poljubite!

I otpoče ljubljenje. Aleksa se ljubio sa svima u kući, a Stanko je ljubio starije u ruku; sa ostalom čeljadi i on se ljubio.

Kad se i to svrši, Miloš reče:

— Dajte, deco, večeru!...

Sovra se za čas prepuni jelom. Napolju poče gruvati pištolj za pištoljem.

— Eh, da je bog drukčije rekao!... — reče Miloš, uzdahnuvši.

— Mi smo krivi! — reče pop Miloje. — Nas đavo zavede da poverujemo onom lažovu!... Al' sad, što je bilo — bilo!...

— Pomenulo se, ne povratilo se! — reče Aleksa. — Što sam preturio preko glave — preturio. Ono mi je odnelo nekoliko godina života... A, naposletku, dosta se i živelo!... Dosta sam i zla i dobra video. Šta bih ja to još mogao očekivati?... Nego, spasi bog!

— Na spasenije!

— Pa kad misliš svadbovati?... — upita Miloš.

— Ja mislim da ne otežemo. Nije ovo vreme za čekanje! — reče Aleksa.

— Bogami, i nije! — rekoše ostali.

— Od danas u drugu nedelju... Neka njih popa Miloje lepo privenča...

— Pa lepo!

— Rekosmo li?

— Rekosmo...

Bilo je gluvo doba kad se kući vratiše...

5

Svadba

Čudno vreme, zaista! Dok na jednoj strani puška gruva i krv se lije potokom, dotle, evo, ovi svadbuju!...

I to se čini oprema kao da je najmirnije doba!... I ukućani se raduju i vesele!... Sprema se kićena čutura, podnizana niskama talira i cvancika, i jedan ukućanin uzima, meće u zobnicu pa je nosi od uzovnika do uzovnika!...

Pozvan je kršteni kum, a starojkom posta Jova Jurišić. Za devera se Stanko sam pobrinuo još u gori. Zar se džaba pobratio sa Zekom Selakovićem?...

Aleksa veseo, Petra vesela, ukućani tako isto. Snahe zadirkuju veselu Jelicu, a ona, sirota, beži od zgrade do zgrade da se skloni od zadirkivanja!...

Stanku je bilo strašno dosadno. On bi želeo da se to moglo prelomiti preko kolena, onako hajdučki... Stoga je postao nestrpljiv. Nije se mogao skrasiti na jednom mestu!... Jurio je sad na jednu sad na drugu stranu, i gde je god došao, jedno isto: što teralo, to i stizalo!...

Jednoga jutra otac ga gledaše, pa se nasmeja:

— Ama, more, šta je tebi?...

Stanko ne znade šta da odgovori.

— Što si se kog vraga ustumarao?... Ne možeš da se skrasiš!...

— Pa... nije... — mucao je Stanko, gledajući da zabašuri.

— Eh, nije!... Zar sam ja ćorav!... Nego, svršiće se i to!... Šta je to dan-dva kad se čekalo šest godina! — reče Aleksa, gledajući ga pravo u oči i smešeći se...

Stanko ne može izdržati toga pogleda, nego pobeže. Čuo je glasni smeh očev za sobom, pa je hteo baš od njega pobeći... A ljutilo ga to. Što ga diraju?... I, najposle, zar je to kakva sramota? Jelica je s njim odrasla i nikad im niko reči ne reče!... Šta su se puta igrali svatova dok biše deca, pa niko da je glave okrenuo!... Šta im je sad?!...

Pa se naljuti na ukućane, počev od oca pa do snahe Mare.

— A bogami, jest! — mislio je. — Ko je još video i s tim podsmevati se!... I kad je stvar za podsmevanje, što se onda oni ženiše i udavaše?...

Pa se onda stade ljutiti na se. Što je, opet, njemu krivo što ga diraju? On voli Jelicu. Pa zbog nje je u goru otišao; zbog nje je tolike pobio, to zna i bog i ljudi... pa šta mu je sad?... Što se stidi?...

Pa se zahukao gorom, ne znajući ni kud ide ni šta radi...

Uoči dana svadbenog užurbala se čeljad Aleksina. Na koju god stranu pogledaš, sam poslenik, i svako ti to ima pune ruke posla. Aleksa je prilazio sad ovamo, sad onamo, napominjući da se što ne zaboravi. Petra se tamo muvaše među ženama, i ona naređuje i zapoveda.

Sunce je naginjalo zapadu; večernji povetarac je pomalo studio; ali to nisu osećali poslenici poslom zagrejani...

Stanko neprestano pogledaše na kapiju. Očekivao je nekoliko svojih starih drugova sa Parašnice da pomognu oko posla i peciva.

— Nema ih još? — pita Aleksa.

— Čini mi se, idu...

I zaista, na kapiji se pojaviše: Surep, Zavrzan, Jovan i Jovica.

— Dobro veče! — povikaše.

— Bog dobro dao!

— A pobratim? — upita Stanko.

— I on će skoro. Očekuje Ivanka iz Sarajeva.

— Jeste. Otišao je da kupi darove... Ne znaš kako je naručit taj Ivanko... Ama kao kremen... Pouzdan, siguran, svud ti se prometne kao šilo!... Boga mi!...

— Ne bogmi se!... Kad ti koga hvališ, on vredi! — reče Stanko.

Pozvaše ih te zasedoše za sovru, koju tada skoro svaka kuća imađaše. Žene dođoše te se pozdraviše, pa onda doneše rakije „da se poslenici prihvate" — kako reče Aleksa.

Obrediše se nekoliko puta. Surep reče:

— Hajde da se gleda posao!...

— Pa... večeras se baš i nema posla! — reče Aleksa. — Mi smo to već svršili sami. Nego sutra... sutra će biti pune ruke!

— Dobro! — rekoše ovi.

— Dijete!... Daj-de još rakije! — vikaše Aleksa.

I Mara im donese opet punu čuturu.

Rakija otvori razgovor. Otpočeše priče i šale kao iz rukava. Naravno da je tu Zavrzan bio pobedilac. Pričao je svaku pričicu iz zajedničkog života sa Stankom. Njegova živa priča i vedra šala raspoloži sve. Čak je i Surep pričao zašto se odmetnuo u hajduke... Kad ispriča kako je ubio poreždžiju, što je „ištiru" (porez u siru i kajmaku) kupio, zato što mu je ženu pomilovao, Zavrzan mu reče:

— More, pa ti si čitav ženskaroš!... A kako se samo krio!

— Ta, ti sve iskrećeš! — obrecnu se Surep.

Sve je plivalo u smehu i šali.

— More, ljudi, da večeramo! — reče Aleksa.

— Čekam pobratima! — reče Stanko.

— O kurjaku reč, a kurjak na vrata! — Evo ga! — reče Zavrzan.

Pred kuću bahnu Zeka s nekoliko drugova. Okitio se kao da će on pred oltar. Na njemu zelena dolama preko kolena; po dolami srebrne toke s pozlaćenim pucima... Pâs mu obavijaše sarajevski silaj srmom izvezen, a za silajem srebrnjaci: sjaje im se jabuke kao mesečina; među njih se ugnezdio belokorac, ručica mu od slonove kosti, a međ ušima mu se preliva zeleni smaragd... Duga „tàncica" u ruci imađaše preko trideset srebrnih pafti, a kundak joj srmom uokviren.

Stade onako dičan i ponosit, pa viknu:

— Dobro veče!...

Sve poskoči na noge lagane i otpozdraviše junaka, koji se sa svima mirbožaše kao da iz tuđine dolazi.

Odmah zasedoše za sovru, koja se časkom prepuni đakonijom, a čeljad stade dvoriti i služiti.

Razgovor se vodio o ratovanju i o sukobima, koji se svaki dan dešavahu s Turcima. To je trajalo duboko u noć, pa se naposletku raziđoše da spavaju...

Taman se počeo deliti dan od noći, a Zavrzan skoči i opali pištolj.

— Ustajte, svatovi, na noge lagane! — viknu iz petnih žila.

Čeljad prenu iza sna i ustade, pa otrča na bunar da se umije. Ustadoše i stariji i gosti, a Mara im priđe s vodom i ubrusom, te stade polivati.

— Ako je po zori suditi, dan će biti neobično lep! — reče Aleksa.

I zaista! Ono plavetnilo beloga dana postajaše sve rumenije, dok najzad ne obasja jarko sunce, te prosu zrake koji zatreperiše po debeloj rosi... Vazduh beše svež, te prožmavaše snagu...

Zasedoše za sovru, a čeljad im prinese varenu rakiju.

— Hajde, Surepe — reče Zavrzan pošto popi rakiju — da se posao gleda!

— Hajde! — reče Surep.

— Dede, domaćine! Naređuj!

I odoše u avliju, gde će im se vo doterati da ga zakolju.

Susedi počeše dolaziti. Oni prilaziše k sovri te se zdraviše... Stanko se koristi njihnim dolaskom, te pobeže u kuću...

Avlija postajaše sve punija. Čeljad iz susednih kuća dolazaše da se nađe na pomoći.

Dan osvoji. Zazvrktaše kočije. Dođe kum iz Sovljaka. Sve, počev od Alekse pa do najmlađeg ukućanina, potrča da kuma pozdravi...

Malo zatim dođe i starojko, Jova Jurišić... I njega tako isto dočekaše...

Zasedoše za sovru pred kućom, koja se sve više punila odabranim uzovnicima.

Stanko beše otišao da se opremi. Imao je, vala, šta i obući.

Kad se pojavio iz vajata i prišao da se pozdravi s kumom, starojkom i drugim svatovima, nisi mogao gledati u nj od silnog bleska srme i srebra. Dičan je, pa se još više diči.

Po pozdravu, starojko i kum smakoše se, te ga posadiše među se. Zeka se diže u vajat s deverskim darovima.

Otpoče ručak. Jelo se onako svatovski, rukama. Mladež nije ni sedala za sovru nego se prihvatala s nogu... Pucanj za pucnjem grmeo je...

Kad izneše pečenje, Zeka izvede zapreveženu Jelicu. Uzdigla prevez te se moglo videti kako joj ono jedro lice poliva rumenilo kao rujevina. Zeka je vođaše od kuma starojku i drugima. Sve starije ljubila je u ruku, a mlađe u lice. I onda oboje stadoše dvoriti svatove.

Dovršiše ručak i starojko zapovedi da se opremaju...

Hitra mladež poskoči od sovre i poče uprezati i zauzdavati dobre konje. Puška pušci nije dala izdušiti; s pucnjavom se mešao konjski vrisak...

— Je l' gotovo? — viknu starojko.

— Gotovo! — odgovoriše mu.

— Polazi!

Opremi se kita i svatovi. Preko četrdeset konjanika pojuri na kapiju i stade pred svatove.

— Eh, u ime boga! — reče starojko.

I krete se sve...

6

Običan događaj

Taman izidoše iz crkve i stadoše malo koliko da popu sačekaju, a bahnu Deva među njih. Čim ga Aleksa vide, on zadrhta, jer je znao da se Deva džaba ne javlja. Ali htede to od svatova sakriti, pa mu priđe veselo, osmehujući se.

— Hvala bogu, te i ti dođe!... Ja već digao ruke!... A bilo bi mi žao na te!...

— E, evo me!... Srećno ti veselje!... Bog dao te i unuka dočekao!...

— Hvala!... I ti, da bog dâ, te i svoje veselje skoro ovako provodio!...

Tako je govorio Aleksa, a ovamo jednako mu se otimalo sa usana: ama, ti nisi džaba došao!...

— Baš si nekim poslom? — pita ga starojko.

— Kud ćeš većeg posla: pošao sam mome Stanku u svatove!... Pa kamo ti čutura?...

Odmah mu dodadoše čuturu. On se prekrsti i pogleda na nebo:

— Daj, bože, da bude srećno i dugovečno!...

Pa naže.

Popa se pojavi na pragu crkvenom. Ljudi se digoše na noge.

— Sedite, sedite!... — reče on. — A, gle Deve!

— Ja, oče, tu sam! — Blagoslovi!... — reče skidajući kapu i prilazeći ruci.

— Bog te blagoslovio!... Došao i ti u svatove?

— Jedared! — reče Deva i nasmeja se.

Stanko, Zeka i drugi zdraviše se s njim. On samo došapnu Zeki:

— Posle ćemo se razgovarati.

I onda okrete u šalu. Videći ga vesela i razgovorna, Aleksa se raskravi. On stade ćeretati i razgovarati sa svatovima... Ona trenutna zabrinutost prođe kao senka, sve se raspoložilo...

— Spremaj! — reče starojko.

Mladež opet pojuri konjima i kočijama. Za tili čas sve beše opremljeno samo da se seda.

Deva se primače Zeki:

— Katić te pozdravio.

— Katić?

— Ja. Rekao je da se noćas, u gluvo doba, nađeš s družinom na Prudovima...

— Šta li ima?

— Dobro je!

— A... ti znaš...

— Ja sam i doneo te glase. U ponoći proći će haračlija, pa ga valja presresti!... Biće ćara i suviše!... — reče smeškajući se.

— Hoće li i Katić tamo biti?

— Ne znam. On reče da se ti tamo nađeš.

— Dobro.

— Čini se nevešt, ne kvari veselja!

— Polazi!... Sedaj!... — viče starojko.

Zeka otrča nevesti i posadi se s njom u kumove kočije. Stanko sede sa starojkom. Tu načiniše mesta i popu.

— Nađite mesta Devi!... — viknu starojko.

— Evo!... Evo!... Hodi ovamo!... — viknuše sa sviju strana.

Deva se prepe na ona koja mu behu najbliža.

— Jeste posedali?

— Jesmo.

— Polazi!... — zapovedi starojko.

Kod kuće je čekala opet postavljena sovra. Opet se jelo i pilo... Puška opet pušci nije dala izdušiti.

Sunce se već spusti na zaranke. Zeka se samo pogleda s Devom.

— Je li vreme?

— Jeste.

Zeka zovnu Stanka.

— Pobratime!... — reče on. — Mi te ostavljamo!

— Što?

— Katić mi je poručio da večeras moram Drinu preći. Ali... nikome reči o tome!... Ja ću sam otići, a ovi će moji posle...

— Dobro! — reče Stanko.

Zeka posede još malo, pa ustade i stade se pozdravljati.

— Sedi, posinče, kuda ćeš? — pitao je Aleksa.

— Ja moram otići do družine, poočime!... Sve jeste, i veselje je i... sve, ali ja moram družinu obići!...

Pop Miloje viknu:

— Ne zadržavaj ga, Aleksa! On zna šta radi!...

— Zbogom, braćo!

— Zbogom pošao!

I Zeka ode...

Veselje se nastavi. Pilo se, pevalo, pucalo i igralo. Noć se spuštala lagano. Starine, malo zagrejane, potražiše guslara. Povikaše sa sviju strana:

— Zavrzan! Zavrzan!...

I odoše da ga potraže. Ali niti Zavrzana niti ijednog Zekinog druga; čak i Deve beše nestalo.

Svatovi se pogledaše. Nešto ledeno prožma im snagu.

— A kud su otišli? — pitaše Aleksa.

— Ne znamo! — odgovori čeljad.

— A kad su otišli? — pita starojko.

— Ne znamo! Mi smo mislili da su međ svatovima.

Starojko htede zabašuriti sve to. On poče pričati priče. Ali veselje preseče. Više se ne ču ni pesme ni pucnja. Izgledalo je kao da su se skupili na kakav dogovor.

Popa ustade iza sovre i zovnu Stanka.

— Noćas će sigurno biti kakvog okršaja? — upita on. — Ti to znaš. Video sam kad ti je Zeka nešto šaputao.

— Jeste, popo, ali preko Drine... Nego, molim te, nemoj nikom kazivati!...

Popa se vrati sovri. Razgovarali su, ali im se razgovor otimao za Zekom i njegovom družinom... Čela se natuštila; svaki se sve više u se povlačio. Najzad reče pop Miloje:

— Da se razilazimo, ljudi!... Dosta smo se i veselili!... Naposletku, vreme je danas tako!... Danas ima ljudi koji ne dojedu zalogaja, pa opet žive! Da se ide!

I ljudi se počeše dizati.

— Ama, sedite! — vikao je Aleksa.

— Hvala!... Nije vreme veselju. Svršili smo ono što je bog rekao!... Neka su deca živa i zdrava! A i veselili smo se mnogo za današnje dane!... Laku noć!...

I stadoše se pozdravljati... Kum i starojko narediše da im se kola spreme.

— Zar nećete noćiti? — pitaju Aleksa i Petra.

— Neka, nećemo!... — veli Jova. — Pravo veli popa: sad treba da je svaki kod svoje kuće sa svojim narodom!...

— Hoćete li sutra doći?

— Mahni to!... Ako bog da te prevalimo ove dane preko glave, lako ćemo se veseliti. Laku noć!

I počeše se razilaziti. Ukućani ih ispraćahu. Sve oborilo glave...

Aleksa uđe u kuću. Pored ognjišta seđaše nekoliko suseda i Sima knez.

— Pijete li?

— Pa... pomalo...

— Ama zar niko od vas ne smotri kad odoše?

— Niko!...

— Neka im je sa srećom!... Jedini bog neka im bude prijatelj!... Maro!... Zovni mi Stanka.

I starac ode u svoju sobu...

Susedi i Sima digoše se. Zalud ih zadržavahu, nijedan ne hte ostati.

Bilo je gluvo doba kad ukućani sami ostaše. Žene su spremale po kući. Petra im reče da ležu. U taj par izide Stanko iz očeve sobe.

— Hoćeš prileći, rano?

— Hoću, majko...

— Idi... idi...

Nasta tajac. Tišina kao u grobu. Zvezde treperahu kao da se otimaju da polete s onog nebesnog pokrova.

Najedanput čuše se puške u daljini... Stanko, sedeći pred vajatom, osluškivaše...

— I... baš danas! — šaputaše on. — Danas se to morade dogoditi!... Kad će nama, jadnicima, svanuti?... Kad ćemo mi smeti proveseliti se na veselju, a da nam ne presedne?... Gospode!... Hoćeš li nam kadgod dati i takav dan?!...

Puške su i opet pucale, zvezde su i opet treptale... Niko ne dade odgovora...

Stanko duboko uzdahnu, pa uđe u vajat...

Eto, to je bio njegov svadbeni dan.

7

Žižak se gasi

Prolažahu dani za danima... Aleksa i Petra već više ne mogahu ni sami sebe poslužiti... Sa starošću dođe i bolest. Neka ma i najmanji vetrić pirne, odmah ih u postelju obori.

Jelica je lebdela oko njih. Mila, srdačna, ona bi vazda razgonila setu starih roditelja i oni je blagosiljahu...

Ali je Aleksa osećao kako ga nestaje... Ako pođe, zasopi se; ako što počne raditi, umori se.

Jednoga dana, beše malo vetrovito, vrati se iz voća, gde je praščiće hranio, sav pomodreo kao čivit.

— Šta ti je? — upita Petra, videći ga promenjena.

On se primače ognjištu i stade cvokotati.

— Zima!

— Pa hoćeš leći?

— Čekaj da se malo ogrejem...

Ali osećaše sve veću zimu... Samo odmahnu glavom, pa reče:

— Ne ugreja kad zima sa srca dolazi!... Da idem leći...

Podiže se, ali stare noge zaklecaše...

— Ej, moj Aleksa! — reče sam sebi i nasmeja se nevoljno.
— Ni noge te više ne slušaju! Hodi, Jelo, čedo moje, pridrži
me!...

Jelica pritrča, te ga uhvati ispod pazuva.

— Hajde, bâbo, lezi!

— To sam već mislio... Neka jedno čeljade ode popi!...
Treba mi!...

Uvedoše ga u sobu. Jelica ga spusti u krevet i pretrpa guberima i šarenicama. Petra mu sela čelo glave, pa se zagledala,
a oči joj pune suza. On je pogleda, pa se nasmeja:

— Šta je, bâbo?!... Šta ti je, ludo jedna?... Što ću ti ovaki?...
Vidiš, bolan, da ova jadna koža jedva ovo kostiju steže!...

Ona je ćutala. On pruži ruku i uhvati je za njenu ruku.
Gledaše, pa se okrete smejati.

— Bogami, jesi luda! Pa ja neću umreti!... Uhvatila me malo
zima, a ona u plač, te mi plaši decu!... Ćuti, sramota je!... Pa
baš i da umrem, pa šta! Živeo sam dosta. Bilo nam je oboma,
hvala bogu, lepo!... Izrodili smo porod, sve kao zlatne jabuke.
Iženili ih, dočekali unučad, pa se napevali i nasmejali!... Pa
sad... smrt! Ako! Zar zato treba plakati? Ili valjda ti misliš
da ćeš ostati ovde na zemlji? Nema od toga ništa, moja lepa
bako!... Naći ćeš ti mene tamo pre nego što se ja i ugnezdim!...
Pogledam samo, a moja baba preda mnom!...

— Ti se šališ! — grcaše Petra.

— A gle jako!... Još će mi reći da je njoj teže nego meni...
O, bog s nama!... Ama, jesi ti pri sebi, ženska glavo!... A što da
se ne smejem!... Naradio sam se do mile volje!... Narodio sam,
s tobom, punu kuću čeljadi, pa sve zdravo i veselo, pa viđeno i
čuveno; pa ostao častan među ljudima i pred svetom!... I bog

mi dao zdravlja do suđena sata!... I šta bih ja sad ovde?... Da me pregurkuju oko ognjišta? Ostavi se, baba, ćorava posla!... Kaži: bogu hvala!... Mogao sam ti ja kao pseto skončati u onoj tavnici, u glibu, napaćen i namučen!... A dobri bog, vidiš, kako lepo dade!... Eto, držiš ovu vernu ruku, koja se celog veka na me i ja na nju naslanjao... Slušam žubor u kući, kao u kovanluku, i znam da je to sve krv krvi moje!... Nasmej se, otari suzu, pa zapevaj!... Mi smo se naživeli u dobru i ljubavi!... Ja se rastajem s tobom, ali ne na dugo!... Potražićeš ti mene, jer ne možeš bez mene!... Ovo ti je kao kad pođem u Šabac!...

Vrata se otvoriše i u sobu uđe popa s Jovom Jurišićem.

— A... Evo, neka ti popa kaže!... On, čovek, i svete knjige čita...

— A šta je tebi, more? — upita popa brižno, prišav da se rukuje...

— Ništa, vala!... Da rekneš da me što boli, ne boli!... Malo sam se razmazio u dobru, pa se sve na meni razmazilo!... Moram moliti noge da pođu, vilice da žvaću, jer zuba nemam, i oči da gledaju... Pa te pozvah da još koju prozborimo... Hvala i tebi i Jovi!...

— Jova beše kod mene kad mi tvoj dečko dođe.

— Baš dobro!... Sedite!... A ti, moja dobra bako, donesi štogod da se popije.

— Ne treba! — rekoše obojica.

— Eh, ne treba! Živu čoveku svakad treba. Kad oči sklopi, dosta mu je i jedan satljik!... Donesi, donesi!

Petra ode.

— Zvao sam te, popo, da bih umro kao hrišćanin!...

Grehota bi bilo poživeti sedamdeset šest godina, poživeti slatko i dobro, pa umreti bez svete tajne!

— Onda je dobro te poneh.

— A... nadao si se!

— Staru čoveku se vazda treba nadati!... — reče popa ozbiljno.

— Tako je, oče!

— Jovo, izidi jedan časak! — reče popa.

Jova izide u kuću, a popa skide zobnicu s ramena, izvadi svoje knjige i „čestice", koje behu odvojene u jednom ubrusu. Poiska malo vina i doneše mu.

— Možeš li se pridići?

— Mogu, popo, mogu! — reče Aleksa i diže se s postelje.

Popa skide kapu, uze epitrahilj, prekrsti se, celiva i metnu na se; zatim otvori knjigu i poče čitati. Pošto pročita molitvu, on ga pripita za grehe.

— A grešan sam, oče!... — Znano-neznano, tek sam opet svakojako grešan, jer po grešnoj zemlji hodim. Ja se molim Gospodu da mi oprosti!...

Popa mu očita molitvu oproštaja i pričesti ga.

— Sad... kao da sam se rodio! — reče on, vedar i veseo.

Popa ostavi svoje knjige u zobnicu.

— Jova može ući? — upita Aleksa.

Umesto odgovora, popa pozva Jovu u sobu.

— Jovo, brate, jesam li ti šta na žao učinio? — upita Aleksa.

— Ja sam tebi, a ti meni nisi!... — reče Jova.

— Ti si pravdu tražio!... Za ono neka ti je bogom prosto!... Oprosti i ti meni.

— Bog neka nam svima oprosti...

I poljubiše se.

Petra uđe u sobu.

— E, hodi i ti ovamo!... S tobom sam svoga veka delio i zlo i dobro!... Ako ti kadgod na žao učinih, oprosti, i tebi neka je bogom prosto i hvala ti!... Hodi sad da se poljubimo!...

I poljubiše se.

— Ali nemoj plakati!... — reče on, videći suzu u njenim očima. — Nemoj!... Evo ljudi neka ti kažu: ima li igde boljeg života nego što ga mi proživesmo, ima li gdegod ovako srećnih roditelja da što rodiše oni i podgajiše sve zdravo i veselo!... — Nemoj boga srditi!...

— Da pozovem čeljad!... — reče Jova.

— Što će?... Neka deca gledaju svoja posla.

— A zar im nećeš ništa kazati?... — upita Petra.

— A šta da im kažem!... Sve je to čestito i valjano. Nikad nijedno nije videlo štogod neuputno od nas!... Sve će to lepo raditi i slagati se!... A posle... šta ste me okupili!... Neću ja još mreti!... — reče i nasmeja se. — Bolje bi bilo da si donela ovde ljudima malo rakije!

— Evo, donela sam. Hoćeš ti malo?

— Kako ne bih, bog s tobom!... Ko je taj što neće rakije!... Daj ovamo da zdravim!...

Ona mu dade čuturu, on se prekrsti, reče:

— Spasi bog, popo!... — pa naže.

— Na spasenje Hristovo!... — reče popa, primajući čuturu.

On nazdravi Jovi i onda metnuše čuturu preda se.

— A je li Stanko kod kuće? — upita pop.

— Nije... Znaš, bogu hvala, on je u Parašnici. Dođe, bude po nekoliko dana, pa opet ode. Ja mu svakad poznam kad će otići. Tek samo obori glavu, nabere čelo i zaćuti... Naučilo na goru, pa ne može pod krov...

— Jeste poručili po njega? — upita Jova.

— Jesmo — reče Petra.

— A što ste? — reče Aleksa.

— Bog s tobom!... — reče Petra. — Pa bolestan si! Treba da se tu nađe!...

— Da vidi moju smrt... Valjda je on toga željan!... Nego... neka dođe, baš kad mislite da treba!... Ja mislim da je tamo potrebniji gde treba muška ruka.

Vrata se otvoriše i u sobu bahnu Stanko.

— Babo!... — reče on, skidajući kapu i priđe ruci. — Jesi živ?...

— Živ sam, sine.

— Hvala bogu!... Hvala mu što dade da te zatečem!... Oprosti i blagoslovi...

Aleksa htede nešto reći, ali se zagrcnu. Dve sjajne suze sastaviše mu se ispod brade i kanuše na drhtavu ruku. On uze glavu Stankovu, privuče je k sebi i poljubi nekoliko puta...

Popa, iako beše tvrd na suzi, proplaka, a već o Jovi i Petri da ne govorim!...

Aleksa mahnu rukom preko očiju, pa reče:

— Što jest — jest: mio je život!... I da je najmučniji, opet se žao čoveku rastati s njim!... Ali, eto, mora se!... Petro!... Zovni decu... sve zovi!... Hoću da se pozdravim s njima!... Hoću da ih se naljubim i namilujem još zamalo...

Petra izide u kuću i zamalo sve skoli starčevu postelju... On je ljubio sve: i sinove, i snaje, i unučad... Stankovog Miloja

metnuo na krilo, ali stare kosti, drhtave ruke malaksavaju...
Već više ne može ni da ga drži... Pogleda Jelicu, pa reče:

— Nosi ga, snaho!...

Pa se spusti u postelju i ućuta, dišući kratko i isprekidano.

Međutim, popa naredi da ženskinje, sem Petre, i deca iziđu u kuću, što i učiniše...

Nasta tajac. Starac se okrenuo zidu i ćuti... Prođe dosta u toj tišini. Popa se diže.

— Ja idem malo do kuće, pa ću opet doći — reče on.

I taman pođe vratama, a Aleksa mahnu rukom.

— Još malo... — prošapta Aleksa.

Lice mu beše žuto kao vosak. Popa zastade... Oči bolesnikove gledahu ga netrenimice... Popi se učini da se koče i ustaklaisavaju. Baci pogled na grudi koje se jedva dizahu. On priđe bliže i smotri kako donja usna modri i pada...

— Dajte sveću!... — reče i nehotice.

Sve se užurba. Nasta zapevka. Bolesniku nešto senu u očima, ali samo za trenutak, pa se ugasi... Zapališe sveću i tutnuše mu u ruku, i bledi plamen voštanice obasja posvećeno lice, što se osmehivaše.

— Svršio je!... — reče popa i skide kapu. — Mučenik je svršio bez muka, kao i svaki pravednik.

Diže se zapevka. Žene izleteše u avliju da i svetu objave.

— Ej, veseli Aleksa! — reče Jova.

— Tiho živeo, tiho umro, onako isto kao što kandilo gori i ugasi se!... Bog da ga prosti...

— Bog da ga prosti!...

Susedi počeše dolaziti i stadoše spremati da okupaju pokojnika...

Popa i Jova iziđoše napolje... Noć se lagano spuštala...

8

Natušteno nebo

Sahraniše Aleksu. Sveta je bilo dosta na pogrebu. Vesela Petra, čim je s groblja došla, odmah je uhvatila zapećak... Njenoj duši godila je tišina i suze. Ona je svesrdno plakala za svojim starim drugom. A kako i da ne plače!... Svaki bi joj pogled pao na po kakvu uspomenu... Živelo se to i radilo...

Ali je kuća morala živeti. A kuće bez starešine nema...

Te tako, pošto Aleksi izdadoše devetinu, okupiše se svi u domaćinskoj sobi.

— Nano — reče Stanko — nama valja danas birati starešinu. Mi ne htedosmo bez tebe to činiti. Reci koga ćemo?...

Starica je ćutala.

— Ja velim neka bude Stanko! On je i poznatiji s ljudima! — reče Krstivoj.

— Neka bude!

— I ja mislim! — reče Petra. — On je, istina, najmlađi, ali nekako je najpoznatiji i najčuveniji...

— Ali ja ne mislim, majko!... — reče Stanko. — Ja sam se odbio od kuće i pluga! Moja je gora, majko!... A kući treba domaćin, a ne hajduk... Zar ne čujete kako puška gruva; zar ne osećate kako krv miriše svuda, ta svaka je travka njome zalivena?!... Tamo ja idem gde se krv proliva i barut miriše, mene će ovde ugušiti dim u kući!... Ja mislim neka domaćin bude Krstivoj, on je najstariji!...

— A zar ćeš opet ostaviti majku! — jeknu Petra.

— Moram, majko!... Moram rad onog roblja što je od svoje majke odvojeno!... Ja sam gledao po nekoliko sindžira roblja: sve je mlado, kao kaplja rose. To su Turci od majke odvojili da pod nož i na muke metnu!... A ja se zakleh bogom i ljubavlju mojih roditelja: otimati roblje od Turaka i puštati na slobodu, neka se svojoj majci vrati!

Starica se digla na noge. Ona je drhtala kao prut.

— Idi, sine!... Neka bog blagoslovi svaku stopu tvoju! Ja, tvoja majka, ja ću se i za te i za njih bogu moliti!

Pa ga stade ljubiti i polivati suzama.

— Rekosmo li da je Krstivoj domaćin? — upita Stanko.

— Rekosmo! — odgovoriše ovi.

— Onda, Krstivoje, brate, neka ti je u amanet naša stara majka i ova nejač!... Ja u kući ostati ne mogu! Naoblačilo se nebo nad jednom Srbijom. Svaka muška ruka danas mora pušku prigrliti... Nije lako, braćo moja, s carem careva ratovati!... Nas je dušman opkolio sa sviju strana. Na Kamenici pogibe junački Sinđelić, pogibe tako junački da mu i bog pozavide; Deligrad će skoro pasti Turcima u ruke; Kara-Đorđe bije na Senici, ali koja vajda što biju i on i Veljko kad nas je sila skolila... Ja moram još danas u Loznicu. Na Loznicu je Turčin udario... Ako bog da te Turke pobijemo i vratim se zdrav i čitav, onda ćemo se i drukčije razgovarati... Dakle, Krstivoje, pazi!... Ako bude kakve turske navale, ti uzmi ukućane, i što možeš poneti, pa se skloni na Drenovu gredu, kod Radenkovića. Tamo je gusta šuma, a i Sava je blizu, pa možete i preko Save preći.

Onda se izljubi sa braćom i priđe ruci materinoj.

— Blagoslovi me, majko!...

Petri udariše suze. Ona uze njegovu ruku i pritisnu je na svoje smežurane obraze...

— Muška ruko!... Odbrano nejakih, a ponose majčin!... Idi, sine!... Majka će plakati, ali će te blagosiljati!... Idi, sokole moj!... Idi, brani one koji se odbraniti ne mogu!... I oni imaju svoje majke, koje za njima cvile!... Idi, sine, idi!...

Stanko je poljubi u ruku i izide iz sobe.

Pred kućom, držeći belu, prtenu torbu, stojaše Jelica. Kad je smotri, njega mravi podiđoše.

Ne reče joj reči nego prođe mimo nju. To baše znak da ga isprati. I ona prebaci torbu preko ramena, pa pođe za njim.

Išli su ćuteći. Kad odmakoše daleko od kapije, on stade. Okrete se i sačeka dok mu ona priđe. Tada je uze za ruku, koja je drhtala.

— Šta ti je?... Što dršćeš? — upita je.

— Ne znam... — reče ona.

On se zagleda u nju. Nikad mu se nije lepša učinila nego sad, obasjana jutarnjim zracima sunčevim... Srce mu zalupa od bola.

— Baš smo ti ude sreće! — reče.

Ona ništa ne odgovori... Ali on vide kako joj poigravaju rumene usnice.

— Ne da nam bog!... Znaš li, Jelice, da sam te željan!... Meni buknu obrazi samo kad te vidim!... Ta meni se nije dalo ni da te milujem!... Ja sam željan tvojih očiju, Jelo, tvoga zagrljaja, tvoje milošte!... Meni se sluti da ću i umreti željan tebe...

Nju poliše suze...

— Zar ja nisam tako isto željna, ali zar se možemo boriti s bogom i sudbinom!...

— Ali stegni srce, zapečati te suze. Jer me suza prati kroz ceo vek!... Ja sam željan nasmejanih usta i milošte, a ne suza!...

Ona ubrisa oči i nasmeši se.

— Tako, srećo moja! — reče Stanko, pa je zagrli. — Smej mi se da tvoj osmejak vidim i u najvećoj osami i u najstrašnijem okršaju!... Da li ti znaš koliko me on razgovori!... Pa, čuj me, željo moja!... Gledaj čedo naše, našeg Miloja!... Čuvaj ga od svakoga zla!... I gledaj mi majku. Njoj treba tvoje nege i milošte... Što njoj učiniš, meni si učinila!... Hoćeš li?

— Hoću! — smeškala se ona.

A on joj poljubi rumene usne.

— Kad me tako gledaš, ja sam u nebu!... Kao da vidim i boga i anđele njegove!... Samo tako!... Slušaj me dobro!... I slušaj majku... Doneću ti dara da ti oči zanese! Što pašinice nose, to ćeš ti nositi!...

— Ništa mi ne treba, samo mi ti dođi!... Ti si moj najlepši i najveći dar!... Ja bih se smela bogu zavetovati da druge želje neću imati sem ove!... A što tražiš da poslušam, poslušaću. A zar ja nisam i dosad slušala!

— Jesi, ali...

— Šta?

— Ali ovo je sad drugo!... Bar meni se čini da je drugo!... Pre je tu bio i babo... I nana je bila nekako kočopernija. Nisam se bar ništa o kući brinuo!... Pa onda, i Turci su zazirali... Sve je bilo nekako drukčije... A sad...

— A sad? — upita ona.

— Zar ne vidiš da navaljuju iz dana u dan... Nema mesta na Drini što im brod nije... Od rane zore do mrkloga mraka bije se krvav boj!... Ubijamo ih, i što ih više satiremo, to ih sve više pridolazi!... To niče kao trava iz zemlje!

Jelica zadrhta.

— Ne dršći, ne boj se!... Mi ćemo se tući do istrage naše ja njihove! Crna zemlja mora propištati pod teretom mrtvih, a od jauka ženskoga i bogu će uši zaglunuti!... Teško turskoj i majci i seji kud prođem ja s mojim pobratimom!...

Jelica obori glavu.

— Ne saginji glave, ženo moja! Tako je doba u kojem živimo. Ne samo ljudi nego i žene treba da budu junaci!... Ovde se ne bije junak s junakom nego dušman s dušmanom!... Zato sam ti ovako govorio! Zato ti rekoh da čuvaš sina i nadgledaš majku! Jer ja mislim da ti imaš i junačkog srca!...

— Nemam! — reče Jelica. — Nemam, ali ću ga imati isto tako kao i ti, jer ću na te gledati!... Imaću srca!... — Ja sam žena Stanka Aleksića! Ako ne umednem ubiti, umeću poginuti!... Zbogom, gospodaru! Srećno pošao, a još srećnije došao!

I priđe ruci Stankovoj. Kad ga celiva u ruku, ona mu pridrža torbu da uprti...

Stanka kao da neko guraše napred. On joj samo pruži ruku i reče.

— Zbogom!...

Pa ode dubravom...

***

Išao je Stanko kroz šumu nekako čudno raspoložen. Ova žena, koja je umela tako voleti, sad ga zadahnu nekim novim žarom, dade mu neku novu misao... Iz njenih očiju kao da je čitao: misliš na me, na moju ljubav, a zaboravljaš tolike ucveljene majke i seje, zaboravljaš ljube u rod opremljene!... Nema nama milošte i milovanja dok sve ne zapeva jednim grlom!... Idi, brani nejake, kad ti je bog dao te možeš i umeš, a ja ću se dičiti što sam bila ljuba tome junaku što ga gusle pevaju...

Nešto mu se dizaše i spuštaše u grudima; on je osećao u svojoj duši neku svetinju, nešto nalik na miris zapaljenje izmirne... Okrete se još jedared i vide nju gde stoji i gleda za njim, stoji ponosita i prava kao onaj stari hrast što je vekovima odbijao vetrove i oluje, i ostao stalan i još čvršći nego što je bio u mladosti svojoj...

I on oseti neko poštovanje u duši prema toj ženi.

— Ta ona se odriče svoje radosti da bi drugi mogao prigrliti svoje čedo i zapaliti mirno krsnu sveću pod svojim krovom!...

Okrete se još jednom, ali je više ne vide tamo, već beše otišla. I on, s dubokim uzdahom krete napred. Sećao se prvih dana svoje ljubavi; seti se onog crnog rastanka kad, sa obesti Lazareve, morade u goru otići...

Pa zapliva u prošlost... Ni sam ne znade kad je stigao u Parašnicu. Kad tamo stiže, nađe drugove gde se opremaju.

— Akobogda?

— Na daleke pute! — reče Zeka.

— A kuda?

— U Loznicu.

— Sila je udarila. Ko samo pušku može nositi, on treba da pođe tamo! — reče Zavrzan.

— I polazite sad?

— Sad.

— Pa zar tako, pobratime? — upita Stanko, prebacujući. — Zar bi ti otišao bez tvoga pobratima?

— Ja bih te izvestio u svakoj drugoj prilici, pobratime, ama sad nisam mogao!... Ja znam zašto si otišao...

I Zeka saže glavu, ne dovršivši rečenice.

— Umro je — reče Stanko.

— Umro?!

— Jest, bog da ga prosti!... A i bolje!... Ko zna šta bi ga još u životu čekalo!...

— A na kome si kuću ostavio?

— Krstivoj je tamo... A gotovo, vala, neće kuće ni trebati. Naredio sam mu gde da ih skloni na slučaj navale...

— Hoćemo li pored Drine? — upita Nogić Zeku.

— Samo do Badovinaca. A od Badovinaca ćemo preko Carskog polja i Novog Sela na kasabu (Lešnicu) — zapovedi Zeka.

I krenuše se.

Išli su žurno. Stanko iđaše oborene glave pored Zeke. Dan je bio lep. Sunce je prijatno grejalo. Žuto, uvelo lišće padaše kao paperak sa drveća. Ovde-onde prhne po koja senica i tužno zacrvkuće... Zemlja ogolela, a ovde-onde vidi se po koji pramen suve i sparušene trave... Jesen, prava jesen, puna i tuge i lepote; pa kad čovek pogleda oko sebe, a njemu se neka seta svije oko srca, počne ga obuzimati stud kao da se zmija svija...

Zavrzan razvezao razgovor:

— Ja velim da svaki od nas treba da ima bar po deset žena!... Da ih polovina rodi muškinje, to bi bilo pet junaka!... Turci su, brate, pametni!...

— Jadna im pamet a gora godina! — ukopistio se Ivanko. — Ne dam ja, bre, jednog našeg za deset Turaka!... Evo ja ću udariti na dvadeset njih!...

— Tako je!... Ivanko pravo veli! — viču Jovan i Jovica.

— More, nije o tome na koliko će ko Turaka udariti, nego velim da nas je bog dao više!... — viče Zavrzan.

— Dosta nas je!... — viču svi.

— Mi se ne bojimo Turaka!... — rekoše neki.

— Vala, ni ja!... Neka im bog da ako će i zube i rogove, mene neće poplašiti!...

Smeh se zaori sa sviju strana.

— Bog mu dao veselu narav — reče Stanko smešeći se.

— A to mu vredi koliko i junaštvo... Nego, dobro bi bilo da malo ujamo? — reče Zeka.

— Kako ti hoćeš...

Zeka viknu:

— Uja!...

Četa stade.

— Jeste umorni?

— Jok.

Stanko pogleda njihna vedra lica, osmehnu se, pa reče Zeki:

— Pobratime!... Oblaci se navlače na sunce, ali zraci i kroz oblak probijaju. Dok je Srbiji ovakih sinova, dotle, teško i caru u Stambulu... Ja ne brinem!... Pobedićemo!

— I ja mislim!... — reče Zeka.

I sedoše da se odmore...

9

Očajna borba

— „Ko ti iskopa oko?” — „Brat”.
— „Zato je tako duboko!”
Ništa lepše ne karakteriše našu ljutu borbu u prvom ustanku od ove poslovice narodne.

Mogla je turska carevina krenuti svu Aziju na Srbiju, ali joj nije mogla nauditi kao samo tim što je krenula Bosnu i Hercegovinu.

Dva brata, kojima su naturene dve vere, bili su jedan drugom najveći krvnici. Tu se nije mislilo samo na pobedu. Išlo se na to da se uništi, da se satre, da se razveje kao pleva na vetru, te da ni traga ne ostane od onoga što se zove neprijatelj!

Od onoga dana kad je u zapadnom i severozapadnom kraju Srbije pukla prva puška ustanička, od toga dana, kao što sam već rekao, nije bilo više mirna dana!... Mesto blagoslovenog pluga, zemlju je orala turska (bolje da kažem bratska) kumbara... Jedan buljuk razbijen, nikne drugi; jednu vojsku presretneš, a tebe stižu dve!... Tek im saznaš jedan brod na kojem prelaze, a već ti javljaju za druga dva!...

To je bila borba između neba i zemlje, borba bez odmora i prestanka. Stotinu puta razbijeni, poturčenjaci zaklinju se i sto prvi put.

Taj, tako da reknem, iđitluk — to je karakteristika borbe toga doba!...

***

Strašna je sila udarila na Loznicu. Veseli podrinski vojvoda, Bogićević Anta, zatvorio se u šanac sa 1200 svojih junaka. Šta će, jadan, sa „šakom jada" protiv tolike sile?!

Šta je mogao drugo nego potražiti pomoći od braće!...

I braća se odazvaše. Povrve sa sviju strana da još jednom suzbiju silu tursku.

Među prvima je stigao Zeka sa svojim junacima... Anta ga dočeka kao božjeg poslanika.

— Hvala bogu!... Ta još nam je bog prijatelj!... A Stojan?... A Sima?... Zar oni neće doći?...

— Doći će, ne brini! Ja mislim da idu u stopu za nama!...

— Javio sam i Luki, i Jakovu, i Voždu!... Ovo je strašna sila!... Kad svane, pogledaćeš sa šarampova, pa ako vidiš kraja, čini od mene šta hoćeš!...

— Dakle, mnogo ih!

— Mnogo!... Kao u moru peska!... Već je šesti dan kako navaljuju i kako ih odbijam... Čuvam i sebe i ljude. Svaki čas izazivaju na megdan... Ima među njima neki Mujaga iz Srebrnice. Dodija mi svakog jutra i večera!... Dođe skoro do pod sami šanac, pa se bekelji i zove na megdan. Ja čuvam ljude i ne dam, a on psuje sve do miša u duvaru.

Stanku zaigra meso.

— Ja ću mu sutra na megdan izići!

Vojvoda ga zagrli.

— Hvala ti, junače!... Jeste Mujaga strašan, ali strašnije tvoje oči sevaju!...

Onda se okrete Zeki:

— Kaži ljudima — reče on — neka se malo odmore. Ko zna kako ćemo se sutra odmarati!... Ja sam postavio straže...

Jesenja noć vedra, bez meseca... Nebo prekrile treperave zvezde pa žmirkaju, kao da bi htele uspavati sve živo...

Ljudi se ponameštaše jedan do drugog... Tišina ovlada, ona mrtva tišina što te više pritiskuje od najvećeg tereta, i od koje bi tako rado pobegao, da se može... Ovda-onda naruši taj noćni mir korak stražarev, koji hoda kao po nekom nagonu i zeva gledajući u zvezde...

Iako je bio umoran, iako mu se činilo da će zaspati čim se na zemlju spusti, Stanko opet ne može trenuti... Razbi mu se san. On stade razmišljati o prošlosti i zagleda u budućnost...

Koliko li nada beše kad na Turke ustadoše, a šta sad osta!... Gde su sada oni vedri, nasmejani dani kad se željno očekivao sukob s Turcima?... Istina, sad se svaki dan sukobljavaju, pa su iskalili srca...

Pa stade razmišljati o sebi...

Bio je retke sreće. Toliko je bojeva preturio, pa osta zdrav i čitav. Ni vrelo zrno ni oštri nož ne taknu se tela njegova...

„Da li mene bije olovo? — premišljao je on. — Ne, ne bije!!... Eto, toliki bojevi!... Pa baš, eno i Lazara! U dva maha je pucao na me, pa ništa!... Jedared udario u kapu, a drugi put u nož!... A Lazar je baš nišandžija!..."

I ta ga misao sve više opijaše. Bio je potpuno uveren da mu puščano zrno ne može dodijati.

„Ej, da bog da poviše ovakih što ih zrno ne bije, pa da nešto jurnemo među Turke kao vuci među jaganjce!..."

I ta misao posta vrhunac njegovih želja. Sve drugo beše odbacio. Ne pade mu na um ni kuća, ni stara mati, ni Jelica!... To pa to...

I to mu diže dušu u nebo... I kao da ga opi, zanese se... On je svojim očima gledao lom što ga pravi oštra sablja njegova...

I kao on proleće kroz tursku ordiju, obarajući i povijajući kao oštra kosa zrelu pšenicu, a naporedo s njim njegovi stari drugovi, Zeka, Surep, Krajčin, Zavrzan, Nogić, Jovan i Jovica, uzvikuju kao da vino piju i kose kao smrt... Najedared, kao da se nebo prolomi, puče nešto.

On se trže i prekrsti...

— Ustaj, pobratime, evo ga! — viče Zeka.

— Koga? — upita on bunovan.

— Mujage!... Slušaj kako psuje!...

— Vi ste žene!... Zar nemate čovjeka da mi na majdan izide?... Phi!... Sramota!... Ja ću tamo doći da vas šamaram! — čulo se ispod šanca.

Stanko se prepe na bedem i pogleda.

Grdna ljudina, obrijana čela, razdrljenih, čupavih grudi, zasukanih rukava, seđaše na rudini i čikaše. Očima zakrvavio, pa uprštio u šanac.

— Šta je, Turčine? Zar si se nanosio glave?

— Ovamo, băbo!... Na majdan!... Ni konja nisam dojahao nego pođoh pješice! Ako mi se nijedan ne javi, eto me tamo da vas dlanom rašćeram...

Stanko se nasmeja, a Turčin stade pljuvati...

Stanko siđe s bedema, potraži vode, te se umi, pa se prekrsti. Uze šaru, protre kremen malo noktom, pregleda kašikluk, pa pođe.

— Hoćeš konja, junače? — upita ga Bogićević. — Da ti dam ja moga hata...

— Ne treba!... Ja i Mujaga ćemo pešački!... Ako milom bogu volja bude, eto me s Mujaginom glavom!...

Pa izide iz šanca...

Sve je stalo nedahnimice i gledaše kako se vije njegov viti stas. Junačko srce Zavrzanovo ne može otrpeti, nego skoči na bedem šarampova, pogleda dole, pa viknu:

— O, Turčine!

— Šta je? — odazva se Mujaga.

— Jesi se pozdravio sa svojima?

— Što?

— Više te kada neće videti. Ko ti ide, ode ti glava kao dulek!...

— Ne laj!

— Lanula ti nana kad te rodila... Muhameda ti turskog!...

Turčin ciknu i skoči... U taj par stvori se Stanko pred njim. Preseče ga okom i prikova za mesto, zagrmivši da odjeknu onom poljanom:

— Stoj, Turčine!...

Morao je biti strašan pogled Stankov kad je onako zbunio Mujagu... U prvi mah ne umede reči reći.

— Šta se dereš tu kao magarac? — upita ga on oštro.

Turčin brzo dođe sebi i poče uzmicati.

— Ovamo, da dijelimo majdan!... — reče, a usne mu zaigravaju.

Stanko pruži pušku na nj.

— Stoj!... Da se nisi maknuo!... Šta tražiš ti ovde?...

I priđe, uhvati ga za vrat, pa mu priteže glavu zemlji. Desnom rukom poteže belokorac, i u koji mah oštro sečivo zari u debeli vrat Mujagin, u taj par vrisnu šešana iz turske ordije...

Stanko se samo uvi, ali mu leva ruka diže uvis glavu Mujaginu... Najedared mu ispade nož iz ruke... On poče posrtati, al' ne ispusti glave...

Kao munja prolete šancem:

— Pogibe!...

I kao ljuti risovi skočiše golaći na bedem...

Surep i Zavrzan već behu kod Stanka, te ga pridržaše.

— Šta je? Jesi ranjen?

— Jesam.

Ali grmljavina iz pušaka osu. Nisu mogli čuti jedan drugog. Surep ga diže na svoja široka pleća kao dete kakvo, a Zavrzan uze nož, koji je kraj njega poboden stojao...

— Gde je glava? — prodera se on.

I pogledav oko sebe, vide glavu u Stankovim rukama.

— Ponesi, ponesi!... Požuri, Surepe!... Ih, ala je ovo okršaj!...

I zaista, beše grdan okršaj. Turci ne mogoše lako prežaliti što im Mujaga tako ludo pogibe, a Srbi mišljahu da Turke treba kazniti za ranu Stankovu.

Ozlojeđenje na obe strane...

Pala tama od neba do zemlje.

Nije tama od boga poslana,
Već od silna praha i olova!

Surep unese Stanka u šarampov...

— Šta je, pobratime?... Ubiše li?

— Nisu, ali me raniše... Čini mi se da mi je desna ruka prebijena...

— Je l' to glava Mujagina? — upita Zeka, i uze glavu iz Stankovih ruku.

— To je.

— Nabijte je na kolac! — zapovedi Zeka.

Ivanko je dokopa i u trenu glava se Mujagina kezila na Turke.

Surep i Zavrzan se zabunili oko Stanka. Surep je metao trud na ranu, ali se krv ne može zaustaviti.

— Čekaj! — reče Zavrzan.

I stade nožićem strugati kajiš kojim se opasivao, pa onu srugotinu metati na ranu...

I to pomože.

Odrešiše svilenu maramu sa vrata Stankova i uvezaše ranu.

— Tako!... Sad je dobro!... Večeras ćemo ga odneti tvojoj baba-Stoji. Ona ti oko rana ume kao niko!... Šta je puta mene izlečila! — reče Zavrzan Surepu.

— Znam, ali meni se čini da je i kost razmrskana! — reče Zeka.

— I to ona ume!... Izvidaće njene trave svaku boljeticu!... Ne brini ti! — reče Zavrzan pouzdano...

— Sklonite malo pobratima, a mi da učinimo jedan prepad na Turke! — reče Zeka. — Šta veliš ti, vojvodo?...

— Neka bude kako ti veliš, buljubašo! — reče Bogićević.

Stanka skloniše u jedan kraj šanca. Zeka pogleda svoje gole sinove, pa poteže sablju. Otvori vrata šarampovu i viknu:

— Za mnom, junaci!

I otvori se jedna klanica... Glave su odletale kao bundeve, blebećući... Puščana vatra umuknu... Čulo se samo zveketanje hladnoga čelika i jauk ranjenika, koji je nebo prolamao.

Borba beše očajna, ali sila beše jača, te joj se ne može odoleti. Mrtve su zamenjivali živi, koji stojahu nemi i nepomični, očekujući da ih snađe ono isto što i njihne drugove, preko čijih se telesa nemilosrdno gazilo...

Kao vuci probijahu se junaci Zekini kroz žive zidove.

— Junački samo, Surepe! — vikao je Zavrzan. — Zar da ne osvetimo Stanka?... Ta on nam je bio harambaša...

A Surep samo uzdigao obrve, pa kosi li kosi.

Zavrzan je jurišao nemilice u najgušće redove turske... Za trenut-dva nestade ga, pa ga tek vidiš kako se, kao šilo, probio, prolećući kao strelica i uzvikujući:

— Tako, Klempo!... Alal ti vera, Jovica!... Ne daj se, Nogiću, stari hajduče!... Udri, udri, Ivanko!... Samo neka se pravi džumbus!... Ja volim samo džumbus!...

I opet ga nestane...

Sila je rasla kao kvasac. Nebo palo na zemlju pa se jedva nazire.

Najedared nesta Zavrzana. Umuknu njegov glas što je sokolio i zasmejavao...

I to sve nekako čudno teknu... Zeka se stade osvrtati... Surep se uzjazbi... Nogić, Jovan, Jovica, Ivanko i... svi prenuše.

— Zavrzane! — jeknu Surep.

Ali se niko ne odazva...

Najedared pobesne sve. To više ne behu ljudi nego ljuti risovi... A nije ni šala!... Zavrzan je bio duša golaća... Više niko nije mislio o svojoj glavi...

I prolomiše silu tursku, prolomiše i provališe guste redove, onako isto kao što Drina valovita provaljuje drumove i nasipe što joj na putu stoje... Turci počeše naglo i u neredu odstupati. Uzalud ih golim sabljama nagoniše u boj — volelo je pasti i od svoje rođene sablje nego mreti od strašnog pogleda hajdučkog... Bežalo se to glavom bez obzira.

— Zavrzane!... Zavrzane!...

Ali se niko ne odazva.

— Da nije zarobljen?... — upita Ivanko.

— Onda ću ih goniti do njihove ćabe! — cikao je Zeka.

— Evo ga! — reče Latković.

Zavrzan je ležao sav umrljan krvlju i prašinom. Iz velike rane na čelu lopila je krv. Latković se nadneo nada nj.

— Mrtav?... — pitahu golaći.

— Nije... Diše...

— Hvala bogu!... Nosite ga u šarampov! — zapovedi Zeka.

Latković ga htede uzeti, ali pritrča Surep i odgurnu ga... Neka vatra sjajaše u njegovim strašnim očima...

— Ja ću njega nositi!... On je moj!...

I diže ga na ruke kao detence kakvo, pa ga ponese šancu... Ni sam ne znade kako, ali oseti kako mu se dva vrela mlaza slevaju niz obraze... — Zaplakao se ljuti ris za svojim drugom...

Turci se behu sasvim povukli... Vojvoda Anta, videći da se opet počinju pribirati, doviknu Zeki:

— Vrati se u šarampov!... Ako nas opet budu napali,

branićemo se; ali ja mislim da će oni pre preko Drine nego na nas!...

Zeka posluša vojvodu i povuče se sa svojim ljudima u šanac...

Te noći Surep se krenu sa Stankom i Zavrzanom na Drenovu gredu da ih vida...

Zbeg

Nemoćno i nejako napustilo je svoj mirni krov, pa se sklonilo u dubravu, u goru... A i kud bi moglo! Nebo je visoko, a zemljom hode dušmani. Šuma je branila slobodu, neka ona očuva i nejač!

Drenova greda bila je sklonište. U tom gustom, šumskom sklopu siročad srpska tražaše zaklona od ljute, nečovečne najezde, što je ubijala starce i čerečila nejaku dečicu...

Preko stotinu porodica bilo je na tom jednom mestu, a sve je živelo jednom dušom kao da je jedna...

Ništa tako ne može zbližiti ljude kao nevolja. Tu je jedna duša i jedno srce. Sve to oseća, sve plače... Tu je sêdi starina *đedo*, tu je sêda starica *naka*. Ranom zorom sve trči ruci njihovoj... Sve se oči upiru k nebu i sve šapće jednu istu molitvu:

— Bože! Sačuvaj nas!...

A žalost beše pogledati!... Ko je šta mogao poneti, poneo je: neko hrane, neko omršaja, neko drugog kakvog smoka, neko haljetak, neko ponjavetak... I to što se imalo delilo se...

Kako se spuštahu noći prilično hladne, to su starci vodili brigu o nejači.

Oni praviše kolibice i kopahu zemunice. Žene im pomagahu u tom poslu vrlo revnosno. Obarale su šumu i prevrtale crnu zemlju... Stari Trčag, koji beše u neku ruku kao starešina zbega, uzvikivaše:

— Tako, deco, tako!... Alal vam vera!... A čija si ti, snaho? — upita Jelicu, koja iđaše pod grdnim teretom jednog stuba kao delija.

— Ja sam iz Aleksića kuće! — odgovori Jelica.

— Da nisi Stankova?

— Jesam.

— Da si živa i zdrava! Što valja — valja! Valjan on, pa mu i čeljade valjano!...

Jelica porumene, pa ode gledati posla.

Na jednoj strani deca pište, na drugoj nemoćni uzdišu...

Jelica malo-malo pa otrkne da vidi Petru... Petra je bolovala, ali ne od kakve bolesti; videlo se kako su godine i briga stropoštale nekadanju snagu, pa sad védi i nestaje je kao snega pod proletnjim suncem...

— Šta radiš, majko?

— Ništa, ćeri!... Gledaj tamo posla, nemoj za me brinuti!... Eto... ja ću decu malo zabavljati...

I priđe dečici:

— Hodite baji!...

Dan je prolazio u radu. Pred veče se razdade po malo večere, pa se spustiše na crnu zemlju...

I noć ovlada... Ništa se više nije čulo, sem popka, što onako tajanstveno peva svoju pesmu te njome, naročito u ovim prilikama, nagoni još veću setu na dušu...

Jelica je spavala tvrdo posle dnevnog umora. Najedared Petra diže glavu i stade je buditi.

— Jelo!... Rano!...

Jelica otvori oči, pa onako bunovna upita:

— Vičeš ti, majko?

— Ja, kućo.

— Da nisi žedna? — Da ti nije zima? — upita Jelica i stade skidati sa sebe pokrivač da je pokrije.

— Nije, rano!...

— A da ti nije zlo? — reče Jelica i stade se dizati.

— Sedi, čedo moje!... Nije... Sasnila sam ružan san!...

Jelicu lednu nešto u srce. Najedared joj proleteše i polja, i šume, i bojišta ispred očiju. Glas joj drhtaše kad zapita:

— Da nisi sanjala njega?

— Jesam.

— Pa?...

— Upravo nisam sanjala njega nego Surepa. Dođe mi, nasloni ruku na rame, pa reče: ti spavaš serbezno, a tvoj sin leži ranjen!... Ja se samo trgoh...

U taj mah začu se bahat, kao da neko ide. Jelica skoči i vide neke ljude kako nose nekoga na nosilima.

Ona se okameni.

— Šta je?... Ko je to? — pitala je Petra.

Jelica ne umede ništa reći... U taj par i ljudi stigoše. Jedan od njih odvoji se i priđe Jelici.

— Šta radiš, Jelo?... Je l' mi majka živa?...

To beše Stanko.

Jelicu prođoše žmarci, a Petra, kako beše pokušala da ustane, samo klonu, jer joj se podsekoše noge.

— Živa sam, rano moja!... Hodi ovamo da te vidi majka!...

Stanko joj priđe ruci.

Smotri majka uvezanu ruku, pa ciknu:

— A šta je to?!

— Ništa, majko, ranjen sam!...

Zbeg se poče buditi. Surep ode tražiti svoju baba-Stoju, da ranjenike vida...

— A ko je to na nosilima?...

— Zavrzan... On je teško ranjen — reče Stanko.

— Je li još živ?

— Živ je!...

U taj mah stiže Surep sa baba-Stojom.

— Ovamo, bako, ovamo! Ovde su ranjenici.

Baba priđe nosilima. Išla je pogureno, oslanjajući se na štap.

— Da je malo videla! — reče.

Surep se maši pasa i iza silaja izvuče veliki kolut voštanice. Pritrča vatri i zapali je, pa prinese ranjeniku.

Zavrzan otvori oči i gleda oko sebe. Baba se naže nada nj.

— Gde si ranjen?

— Svuda, moja bako.

— Onda... A je l' privezano?

— Jeste! — reče Surep.

— Neka stoji do sutra!... Ne vidim!... Ali neka se sklone ljudi, da ih ne bije vedrina...

— Evo, ima koliba...

I Zavrzana odneše u kolibu...

— Hajde, Stanko, i ti se odmori! — reče Surep.

— Baš sam umoran!... Pravo veliš... Videćemo se, samo da malo odmorim snagu...

Ali ni Petra ni Jelica ne htedoše ga više pustiti. Digoše se s ponjavama i jastucima te u novoj kolibi namestiše ranjenicima taku postelju kakvu svoga veka nisu imali...

Stankova majka sa snahama dvoraše ranjenike. Ona više ne beše nemoćna. Gledala je babu Stoju, pa je iz njenih očiju čitala zapovesti.

— Ala su im vrele glave! Dajte, nakvasite kakve krpe...

U trenutku su bili nakvašeni ubrusi na glavama ranjeničkim. I oni pospaše.

Surep pogleda oko sebe pa, videći ljude što doneše Zavrzana gde stoje, reče im:

— Idite, spavajte!

— Pa i ti se malo odmori — reče mu baba Stoja.

— Ja nisam umoran. Ja ću sedeti kod njih... A vi... tajac!... Neka spavaju!...

To reče, pa ućuta. Pogled mu je počivao na ranjenicima...

I zaćuta sve kao zaklano... Samo se čuo popak...

***

Ali izneveri lepo vreme. Čim pređe ponoć, poduhnu od Drine hladan vetar... Nebom se počeše valjati sivi oblaci... Ovde-onde viđaše se po neka sjajna zvezda kako dršće i napreže se da prosija, ali je oblak hvata kao pauk muvu...

Pred zoru poče kiša, ona strašna sitna kiša što prodire kroz kožu do kostiju, od koje ti i sama duša ozebe...

Ozebla siročad poče plakati. Sve se najedared poče brinuti

da zaklona nađe. Zbeg ožive, ali ožive piskom sitne nejači. Stariji se digoše ložiti vatre da bi ogrejali siročad i svoja ozebla srca.

Čudno je odjekivala u noći ta piska. Kao da gledaš male ptiće u gnezdu kako gladni i ozebli majku traže... Stariji su hukali.

— Bože Gospode!... Što ne podrža lepo vreme!...

— Da bi još za koji dan, dok kolibe ne pogradimo ili bar zemunice ne iskopamo!...

— Zar ovo nije jad?... Eno jadne Stake... umire! — reče jedna baka.

— More, i naživela se!... Ali eno Pera, jedinac Živanin, umire!... — odgovara neko.

— Vala, ne znam koje mu je veća nesreća ja l' to, ja l' porađati se!... Eno, onamo se jedna porađa!... — reče jedna žena.

I tako je išlo. Jauk i zapevka prolamahu nebesa. Jedan starac reče:

— Ovo se i bog, bože oprosti, digao na nas zajedno s Turcima!...

Ta graja probudi ranjenike. Stanko otvori oči i pogleda nada se. Vide majku, ženu i snahe gde stoje više njihovih postelja, umuzgane od suza... Vide i pogruženo lice Surepovo, koji se okamenio.

— Šta je to?... Što jauče taj narod?...

— Ćuti! — reče mu Surep. — Bog čini svoje!...

Stanko poče da se diže, ali Surep ga zadrža...

— Ne ustaj!... Ne možeš ništa pomoći!... Napolju kiša, a sirotinja gola i bosa pod nebom!... Lezi!...

Stanku klonu glava... Poćuta nekoliko trenutaka, pa reče:

— A što će ovde ovolike ponjave i guberi?... Nosi tamo!...

I onom zdravom rukom poče bacati pokrivače sa sebe...

— Ne pomaže to kad srce ozebe! — reče bolno Surep.

— Oh!... Što nisam poginuo! — reče Stanko, pa se svali u postelju...

Zadrhta srce materino, pa je poče pogurkivati to napred, to nazad... Strašna beše želja Stankova, toliko strašna da joj sledi jauk na usnama.

On dođe sebi i vide njeno lice. Vide Jelicu kako stoji kao svetiteljka kad je na muke meću. Dve mu kapi kanuše iz očiju i prošaputa:

— Oprostite!... Sad mi nije do mojih rana!... Gore je ovo!...

A kad zabele zora, on viknu:

— Surepe!

— Šta je?

— Na posao!

— Šta ćeš?

— Što se god može uraditi! Ašov i sikiru u ruke!... Do mraka se ovaj narod mora skloniti ma pod kakav bilo krov!...

— Dobro, Stanko! — reče Surep i iziđe iz kolibe...

Napolju se čuo njegov glas kako odjekuje zapovednički.

— Ovamo ti! Daj to granje ovamo... Hajde vi, idite i doterajte slame!... Šta si se ti ulenio!... Dede, dede, snašo!... Tako, živa bila!... Dobro je!... Daj onu siročad ovde!... Hodi i ti, bako!... Jeste gotovi vi tamo?... Dobro je!... Daj one četiri porodilje! Šta, još dve?... Daj i njih dve!... Tako!

Razdanilo se. Surep je žurio na sve strane, zapovedajući i pomažući. Radilo je to kao jedna ruka pod njegovim oštrim nadzorom...

Dok je on nadgledao posao, baba Stoja opra i priveza rane ranjenicima.

— Stojo, sestro!... — šaputala je Petra. — Može li preboleti?

— Kost mu je samo prebijena, nije razmrskana... Moći će!... Mlada snaga, pa mlada i kost, ne brini!... A i ovome je dobro. Mnogo se krvi odlilo, al' rane nisu strašne. Ne brini!... S božjom pomoću sve će dobro biti!...

— A jesi li namestila kost?

— Jesam... jesam. I utegla sam!... Ništa ne brini!...

Opet se razleže zapevka:

— Šta je? — pitaše Stanko.

Jelica izide da vidi. Zamalo i vrati se.

— Deca neka pomrla... — reče snužbeno.

— Jadna sirotinjo! — reče Stanko. — Dokle ćeš nas, bože, mučiti!... Zovnite mi Surepa.

Jelica opet izide. Ne potraja dugo, vrati se sa Surepom.

— Ima li ovaj narod hrane?

— Ima nešto malo. Zato sam naredio te je nekoliko njih otišlo u Radenković, nekoliko u Banovo Polje, a nekoliko u Zasavicu, pa da iz ambara donesu hrane ovamo. Ovde blizu ima dve vodenice, pa ćemo to samleti. A naredio sam da doteraju i stoke.

— Dobro si učinio!

— Baš sad dižem nekoliko velikih vuruna za pecivo hleba.

— Dobro je.

— Pa ću narediti da se doteraju kazani da se i kuva štogod...

— Svega si se setio!

— Još se ovde ima puno posla!... Treba mi podići kaku talparu gde će se brašno držati...

— Je li se sklonilo sve?

— Još nije. Ali sve što je nejače i bolesnije sklonio sam!... Još rade...

Stanko dahnu dušom. Pogleda zahvalno Surepa, pa više za se reče:

— Da bar mogu mirno bolovati!

— A šta ti radiš? — upita Surep Zavrzana, koji je ležao otvorenih očiju.

— Slušam kako pametno zapovedaš! Hvala ti!...

Prođe nekoliko dana. Surep sa ono nekoliko ljudi beše udesio sve stvari u zbegu, te je imalo nekog reda. Sad već ne beše nikoga bez krova i hrane...

Ali ružno vreme dojadi. Sitna kiša i hladan vetar ne prestajahu... Vazduh težak i pun vlage.

Svako jutro osvitaše po koje mrtvo telo; svaku zoru dočekivala je nova zapevka... Strašna bolest srdobolja kosila je kao oštra kosa i ostarinu i omladinu...

Međutim, ranjenicima je išlo nabolje. Groznica već beše popustila, a zdrava krv i mlada tela nisu prečila puta ozdravljenju... Zavrzanovo zdravlje je bolje napredovalo od Stankovog, jer njegove rane behu lakše. Ali tek ni Stanku ne beše rđavo...

Baba Stoja je s nekim dostojanstvom vršila svoju dužnost. Ona je poimala koliko vredi njezino znanje, pa se nekako i sama dizala.

— Stojo, sestro!... Je li bolje? — pita Stankova majka uvek kad Stoja ranu odavije.

— Bolje je — veli Stoja ozbiljno. — Mlada krv, zdravo

meso… Ozdraviće pre nego što mi i mislimo. Čekaj samo dok mu previjem ovaj melem što čisti…

— A da neće ostati sakat?

— Neće… Evo, vidiš, kako miče prstima…

Jelica je sa strahom i trepetom gledala u ranjenika… Iako bi se toliko puta glasno zajaukala, opet onaj urođeni stid, što ga je s majčinim mlekom posisala, ne davaše maha ni njezinom srcu ni njenim osećanjima. Srce bi joj silno zalupalo i krv udarila u obraze kad bi gde čula Stankov glas, ali se svakad za vremena uzdržala da ne oda bola duše svoje…

Samo je jedno tištalo duše ranjenika. Stanko bi vazda, čim bi oči otvorio, pitao majku ili Jelicu: eda kakvog glasa od pobratima?… Pa kad bi čuo da niko ništa ne javlja, sklopio bi oči i ućutao.

Tako je išlo jedno za drugim osam jutara. Zavrzanu je bilo dobro. Mogao je sam izlaziti iz onog kolibarka i pogledati nad sobom sivo, oblačno nebo… Stanko, iako mu je bolje bilo, još nije smeo izlaziti, jer mu baba Stoja nije dala maći…

Deveto jutro osvanu Deva u zbegu… Neka čudnovata sila diže Stanka na noge. Zaprepašćenim očima gledaše Devu, ne smejući ga zapitati šta je bilo…

Pametno oko Devino smotri to, pa da bi ga umirio, reče:

— Ne brini! Dobro je.

— Dobro?

— Kako se samo poželeti može! Već je treći dan kako ono Turaka što osta u životu presaldumi, jer ih je mnogo ostalo na našoj strani u poljani…

Stanku senuše oči radošću. Zavrzan i Surep stali i raširili ruke kao da bi nekog hteli zagrliti.

— Pa da vidiš, i nas je bilo dosta... Došao Đorđe, pa Luka, pa Stojan, pa Jakov... Ala ih se natukosmo, do mile volje!... Ja mislim da im skoro neće pasti na um da Drinu prelaze!... To je bio strašan lom, koji se ne da ni opričati!...

I tu Deva sede pričati o borbi, o dolasku vojvodâ i Vožda, o junaštvu Kara-Đorđevom i o tome kako je sobom nišanio i palio iz topova...

Sve beše zinulo slušajući Devinu priču. Ranjenicima sevahu oči od zadovoljstva. Više nisu osećali rana, kao da ih i ne beše na telu njihovom...

Baba Stoja reče:

— Stanko, rano, lezi ti.

— Nemoj, bajo, molim te! Ti ne znaš da me ovo bolje leči i od tvojih melema!... Pa, veliš, sve ste rasterali? — pitaše opet Devu.

— Sve.

— I više nema turskog uva u Mačvi?

— Nema. Još mi Stojan reče da će vratiti narod iz zbegova kućama...

— O, hvala ti, bože!... A je l' se vratio moj pobratim?

— Danas se vraća. Večeras će biti u Parašnici... I pozdravio vas sve.

— Pozdravio?... Hvala mu!

— I odmah, sutra, eto ga na Drenovu gredu da vas obiđe...
Žene ponudiše Devu rakijom. On se malo napi, pa se diže.

— A kuda?...

— Da prođem malo zbegom, ne bih li koga svoga našao.

— Tu su! — reče Surep.

— Svi?

— Svi.

— Jesu li zdravi?

— Hvala bogu!

Deva sede, rekavši:

— Onda ću ih posle obići. Samo kad je bog života i zdravlja dao!...

— Je l' bilo boja sutradan po našem odlasku? — upita Surep.

— Te još kakvog boja! — reče on.

I onda poče pričati sve do sitnica; a on je znao sve do sitnica, jer se njegovom pogledu ništa nije izmaklo. Pričao je slatko, lepo, kao čovek koji je sve očima gledao...

Oni su gutali njegovu priču nedahnimice...

I prođe dan kao da ga neko ukrade... I spusti se tamna noć, još tamnija i strašnija sa one oblačine i vetra...

Ali ranjenici pospaše tako slatko i tako mirno kao da im sve po kući peva od zadovoljstva...

Tišinu noćnu narušio bi samo poneki teški uzdah, koji bi se izvio iz grudi nesrećne majke...

Malo vedrine

Prođe nekoliko dana. Ranjenicima beše mnogo bolje. Zeka, Nogić i drugi dolazili su vrlo često da ih obiđu i da se porazgovaraju, pa su se opet vraćali u Parašnicu. Jedini Surep se ne mače od njih. On se rešio da ih izvida pošto-poto. Baba Stoja samo građaše meleme, a Petra, Jelica i čeljad iz kuće Stankove lebdela je oko ranjenika...

Međutim, u Mačvi beše mirno. Turci kao da se behu mnogo umorili, kao da im više ne beše do megdana i bojne slave...

Jednoga dana, kad Zeka dođe, upita ga Stanko:

— Pa šta radite sad?

— Ništa, vala.

— Kako ništa?

— Eto tako. Izležavamo u dugu danu. Nigde Turčina od zakletve!... Katić tako pomalo džumbusi, što rekao Zavrzan, pređe Drinu, presretne po kog haračliju, te mu uzme ono para; to je sve.

— I Turci baš ćute?

— Ćute. Išao je Ivanko onomad do Sarajeva. „Nikom, veli, i ne pada na pamet da udara na nas.” A posle, i zima ide...

— Zato ti i htedoh reći! Kako bi bilo da se ovaj narod vrati svojim kućama?

— Pa da vidiš, pobratime, dobro!... Ovako se, bogami, mnogo mora muka podneti bez krova i kruva...

— I ja mislim da bi se mogao vratiti — reče Surep.

— Pa da se razgovorimo sa vojvodom! — reče Zeka.

— Bogami, razgovaraj!

Ali svet i ne čekaše da mu se to kaže. Jedna po jedna porodica odlažaše i iz mirnih badža poče se opet dimiti...

I Stanko se reši da ide kući. Bilo mu je toliko dobro da je ustajao i izlazio. Rana je zamlađivala pod melemima, on se osećao vrlo dobro, jeo je i spavao slatko, od groznice ni traga.

Zavrzan beše zdrav. Istina, bio je nešto bled, ali vedar i veseo kao i pre. U dugu danu šalio se sa Surepom, koji beše radostan što njihovo ozdravljenje tako napredovaše, pa je pristajao na svaku šalu...

Jednog jutra reče Stanku:

— Ja bih ti nešto rekao.

— Šta? — pita Stanko.

— Meni, brate, ovde dodijalo. Ja bih išao u Parašnicu.

— A ja? — reče Stanko. — Zar da ostanem sam?

— Nisi sam!... Eto...

Ali ga Stanko preseče mahnuvši rukom:

— Znam šta misliš reći!... Ali, zar sam ja čovek za to da uzdišem i plačem sa ženama?... Zar meni ne treba muškog društva i razgovora?... Ako je boj — boj; ako je leventovanje, zar nemam prava na nj?...

Surep se uplete:

— Stanko ima pravo!... Ja bih se ubio kad bih morao ležati a da me same žene dvore!... Ne smemo ga sad ostaviti!... Ali nešto drugo možemo učiniti.

— Šta? — upita Zavrzan.

— Da se krenemo Stankovoj kući. Tamo je zgodnije i njemu i nama.

— I ja samo mislio — reče Stanko. — I meni dodija sve ovo... Ja bih rado otrpeo i tri rane nego sve ovo što sam ovde u ovom jadu pretrpeo!...

I dokonaše da se vrate domovima..

***

Dok se ne namuči, čovek ne zna koliko je blago svoj krov... Ali kad ga nevolja otrgne od njega, pa se posle vrati, tek tada oseća sve...

Kao kakav mili, stari poznanik, tako te pozdravlja ono visoko sleme i onaj dimanjak s natkrovom. Pa ti se čini da se smeškaju na te, da su živi, da i njima teku suze od radosti što si tu!...

Jadna Petra!... Bolna prebolna, zaboravivši svoje bole i svoju nemoć nad posteljom milog ranjenika, napregla beše svu svoju snagu, pa je varala i sebe i druge zdravljem i izdržljivošću svojom...

Ali kad stupi pod krov koji je digla sa svojim pokojnim drugom, kad vide svoje zgrade i zgradice, svoje ćoškove i budžake, svoju decu živu oko sebe, ona klonu. Snaga, ona očajna snaga što se javlja kod samrtnika u poslednjem času, kad se sa smrću bori, ostavi je...

Ona oseti nemoć u svakom damaru i svakoj koščici... Osećala je kako joj trepavice padaju i kako je crna zemlja vuče...

I pade, pade kao kap.

Sve opkoli njenu postelju, polivajući je suzama.

Starica je žmurila i disala isprekidano... Ali svest je ne beše ostavila, to se poznade po prvom pogledu njenom kad oči otvori.

— O, Stvoritelju, koliko si dobar! Zar mi dosudi da umrem pod svojim krovom!...

Pa zaćuta i zaklopi oči. Disala je teško i isprekidano. Svi stojahu oko nje, nemi kao grobovi...

Ona opet otvori oči:

— Kažu da je majčin blagoslov što i božji. Ja vas sve blagosiljam! — šaputala je. — Blagosiljam orače, jer su hranitelji; blagosiljam ratnike, jer su branitelji!... Neka ste blagosloveni, deco moja! Neka vam je prosta i nega i hrana, a i vi oprostite majci, jer majka greši samo iz ljubavi...

Onda okrete glavu zidu. Poćuta nekoliko trenutaka, pa poče govoriti u zanosu:

— Jesi li tu, svetitelju?... Evo, ja sam spremna da stanem pred lice božje!... Mahni oštrim nožem tvojim, te učini volju božju!...

Pa se pridiže na ruke, koje su drhtale od nemoći... Oči joj se izljubiše i ukočiše, ruke klonuše, a za njima i telo pade na postelju.

— Sveću! — viknu Krstivoj.

Jelica mu dodade upaljenu voštanicu, a on je metnu u

ruke materine... Međutim, duša već beše ostavila trošno telo u kojem je počivala...

I onda nasta zapevka...

***

Na deset dana po sahrani Stanko se beše toliko okrepio da već mogaše pripasati oružje i otići do svoga pobratima.

Što je bliže prilazio Parašnici, osećao je kako mu sve jače srce bije. Nije šala, brate, toliko vreme ne vide on družine svoje, ne našali se šalom junačkom.

I dočekaše ga kao vojvodu. To beše pravi dan slave. Svaki ti to htede da se približi i poljubi sa Stankom. I Stanko se ljubio sa svima.

— Sve dobro?

— Dobro.

— Hvala bogu!

Stanko pogleda one kolibe: kao da su od sira srezane.

— Pa vi se baš okućili?

— Okućili, bogami! — reče Zeka.

— Ko ovo ovako lepo pogradi?

— Vojko i Petronije!... A... oni taj posao znaju!...

— Alal im vera!

Nastade veselje. Jelo se i pilo do mile volje. Jedini Stanko beše nešto setan međ družinom.

— Šta je, Stanko? — upita Zavrzan veoma razdragan i veseo. — Što si se ućutao, brate?...

— Ne diraj Stanka! — reče Zeka. — Ti znaš da je majku izgubio.

— Izgubio majku?... Pa i ja sam izgubio majku!... I šta nas ovde ima što smo izgubili majku, pa onda?... Treba valjda da se rasplačemo, šta li?...

Pa se diže na noge, videći da Zeka hoće da ga ućutka.

— Čekaj da reknem, pa onda govori!... Evo Stanka, neka sam presudi govorim li istinu!... Njegova majka, bog da je prosti, lepo se naživela. Mi nijedan nećemo dočekati njene starosti!... Skućila kuću, podgajila porod, ostavila za sobom stubove što će krsnu sveću držati, umrla na rukama svoje dece negovana i nadgledana!... Pa šta hoće čovek više?... Može li biti lepše smrti, samo ako i smrt može biti lepa?... Reci ti, Stanko!...

— Imaš pravo! — reče Stanko.

— A kako će Stanko svršiti?... I kako ćemo svi svršiti? Hoće li oko nas biti koga da nas nadgleda i ponudi?... Hej, braćo moja!... Ja sam možda lud, ali ovde, u duši svojoj, osećam da je pametno što vam govorim!... Poslušajte me, pa se nećete kajati! Ko zna šta nam nosi dan a šta noć! Sad lijemo piće, a za trenut-dva možemo liti i svoju rođenu krv!... I bog mi je svedok da ćemo je liti isto ovako svesrdno!... Zato ja hoću da svi budemo veseli!... Jer je veselih trenutaka vrlo malo!... Nad nama je nebo naoblačeno, i ja vidim ovo malo vedrine!... A volim vedrinu!... Stanko, voliš li ti vedrinu?

— Tako je, Zavrzane! Ti imaš pravo! Svakog trenutka se mogu oči sklopiti. Ja ću pre naći moga oca i majku nego oni mene! Braćo!... Veselimo se! — reče Stanko, razdragan.

I okrete pesma i veselje...

Zavrzan skinuo kapu, pa viče:

— Dok na jednoj strani jauču, mi pevamo! Ali junak

nije baba!... Neka baba jauče, a junak neka pije, peva, bije i pogine!...

— Haj! Haj!... — razlegalo se dubravom.

12

1813. godina

Tako su im prolazili dani. To behu dani junačkog odmora, gde se kadikad zapodene i poneka čarka, koliko da se ne zaboravi.

Jednom seđaše Stanko sa Zekom pred kolibom. Oko njih beše čitav život, jer se šalilo i smejalo do mile volje. I Zeka je bio raspoložen. Samo Stanko beše već nekoliko dana oborio glavu.

— Ama šta je tebi, pobratime? — upita ga Zeka.

— Ne znam — reče on — ali tako mi je nekako oko srca kao da nekog sahranjujem!

— Pa razgovori se, čoveče!

— Hteo sam ja to, ali ne može se!

— Zašto?

— Ne umem ti kazati!... Ali mi se čini da me je ova tuga obuzela od onoga dana kako slušah onaj jauk i pisku!... Znaš li ti, pobratime, da ja od toga doba mirna sna nemam!... Čim oči sklopim, ja čujem jauk i vidim pogurene starce i starice kako previjaju onu nejač oko sebe kao kvočka piliće!... U snu ja gledam ona brižna čela što dižu oči k nebu, i na onim zboranim licima vidim kako se mole, a ne nadaju se ničemu ni od boga ni od neba!...

— Ne govori tako, pobratime! — mahnu rukom Zeka.

— Ne bih, da me ne tišti ta nevolja!... Znaš li ti da bih se ja sit naplakao, da me nije stid plakati!... Pa ti bar znaš da ja nisam čovek koji suze lije!... Gledao si me kako muški jurim u najgušće redove turske!... I znaš li ti da bih ja voleo najljući okršaj; više bih voleo to nego zaviriti u jedan zbeg!...

— Pa šta možemo sad?

— To je ono zbog čega i obaram glavu!...

— Ti znaš da svadbe bez mesa biti ne može! Kad se ovako digne i svaka travka, kao što se mi digosmo protiv Turaka, onda se čovek ne sme obzirati. Znaš onu pripovetku kako su onome rekli: da ide, ali da se ne obzire, jer će se okameniti!...

— Znam.

— Onda se ne obziri. Ako imaš kakve druge brige, daj da porazmislimo, a toga se ostavi — reče Zeka.

— Imam.

— Šta želiš?

— Želeo bih da naši ljudi i u zbegovima podignu ovakve kućerke da se bar ono nezarobljeno roblje može skloniti od zla vremena.

— E, to ti je već nešto pametno. To ćemo učiniti sad, odmah!

Pa ustade i viknu:

— Vojko!

Vojko se zaneo, slušajući priču Zavrzanovu; prenu čim ču Zekin glas.

— Čujem, buljubašo!

— Odaberi družine koliko ti treba, pa otidi na Drenovu gredu. Ja želim da mi tako izgradiš kolibe kao ove ovde.

Surep se diže:

— Stoj, Zeko! — reče.

— Šta je?...

— Nemoj kolibe!... Kolibe se vide. Što ih ovde imamo, to valja! Mi bismo baš i voleli da nam Turci u pohode dolaze. Ali tamo će biti samo starost i nemoć, pa ja mislim da je bolje podići zemunice...

— Šta veliš, pobratime? — upita Zeka Stanka.

— Pa... dobro...

— Jest, jest, zemunice!... Možda zemunica nije dobra kao koliba, ali je u ovo vreme pametnija od kolibe — reče Zavrzan.

— Onda, zemunice! — reče Zeka.

— Tamo ima sve gotovo. Trebaće samo bolje pokriti. A Vojko će to sigurno bolje umeti! — reče Surep.

— Umeću, ne brini!... — reče Vojko.

— Onda, uzmi koliko hoćeš družine, pa idi.

Vojko odabra jednu desetinu, pa se krete s njima na Drenovu gredu...

***

Ali ne potrajaše dugo ti vedri dani. Crni oblaci gomilahu se po srpskom obzorju, a iz njih sevahu vatrene munje i potutnjavaše, kao da bi hteli uništiti sve do jednoga...

Glas za glasom crnji od crnjega, strašniji od strašnijega stizao je. Više ne beše radosnih vesti... Oboriše glave goli sinovi, kao da ih je oštra kosa smrti dohvatila. Više se ni Zavrzan ne nasmeja. Nesta onih veselih šala kao nestašnih leptirova — sve ode, sve proguta neka crna slutnja...

Zeka i Stanko retko kad i bejahu u Parašnici. Jurili su od Čupića Smiljaniću, od Smiljanića Srdanu, od Srdana Katiću. Nije se govorilo glasnom rečju nego šapatom. Svako čelo beše natušteno.

Čupić, kao vojvoda, naredi kmetovima da nejač sklanjaju u zbegove. I opet ožive Drenova greda.

A opusteše lepa sela. Oni mali kućerci stojahu nekako sumorno, kao da nikad živa duša nije u njima obitavala...

Dogovor beše da se digne šanac na Prudovima, na brodu gde Turci najradije prelaze.

I Čupić sazva čete i iskopa šanac; Zeka to isto uradi u Parašnici. Ali se Čupiću činilo da je to malo, da su to mesta nezgodna.

I na prvom skupu reče to.

— Pa šta da činimo? — upitaše svi.

I zamisliše se.

Posle kratkog ćutanja Čupić reče:

— Ja ovako mislim... Oni će preći Drinu, jer ih je mnogo — kako veli Deva. Ali neće smeti udariti kroz šume, nego će se držati vode: udariće, dakle, pored Drine i Save... Zeka će ih dočekati na Parašnici, ali njegova sila neće ih moći zadržati, oni će prodirati dalje... Ha! Sad znam!... Da kopamo šarampov na onoj uzini između Save i Zasavice i tu da ih pričekamo!...

Svima se dopade ta misao. Čupić se malo razgali.

— Prokopaću svu uzinu od Save do Zasavice, i to će biti šarampov. Ja sam javio Đorđu, i on je naredio da nam dođu u pomoć Jakov s Valjevcima i Miloš s Rudničanima. Tu, na Ravnju, zadržaćemo Turke dok nam Moler ne priteče u pomoć s Podrincima. Tada ćemo učiniti jedan juriš. Moler će udariti s boka... Alal im majci ako se održe!...

Lako je tekla reč sa usta Čupićevih. On govoraše tako ubedljivo da se svima učini da drukčije biti ne može. I sve ih nekako otkravi.

— Jesi li poručio Moleru? — upita Smiljanić.

— Još juče je otišao Deva.

— A kad će stići Jakov i Miloš?

— Kroz tri-četiri dana biće ovde.

— Ja bih nešto rekao! — reče Katić.

— Pa govori! — povikaše sa sviju strana.

— Ja ne bih ni kopao šanca na Parašnici!... Ja bih smesta na Ravnje! Stojan ima pravo kad veli da oni ne smeju udariti drumovima, nego će udariti pored vode. Ali đavo ne spava! Može to njima i doći u pamet. Ali, kad turske uvode vide da je Parašnica prazna — a, verujte, tamo će prvo otići — onda će se svi dobro čuvati druma i lugova... Opustiti Parašnicu, to je toliko isto koliko povesti Turke na Ravnje.

— To ti je pametno! — reče Čupić. — Onda, tako ćemo i raditi... Proto! — okrete se Smiljaniću. — Jedan od tvojih ljudi neka sačeka Jakova i Miloša, pa neka ih na Ravnje dovede...

— Dobro.

I svi se raziđoše da narede što je potrebno...

13

Ravnje

Niko ne zna zašto se tako zove. Ali što se zna to je: da 1813. godine Ravnje nije bilo selo. Ono nije imalo ni kućerka ni stanovnika, sem ako će se nazvati tim imenima ono kolibaraka i ono nekoliko domaćina iz okolnih sela što su tu svoje kovanluke imali... Ravnje je naseljeno docnije, a naselili su ga Bosanci...

Ono leži na severnom kraju Mačve, između dve vode. S jedne ga strane plavi Sava, a s druge Zasavica. Kad s proleća vode nabujaju, ono je sve u vodi...

Na toj, dakle, uzini po Čupićevom planu počeše kopati šanac, grdan šanac, koji se protezaše iz Zasavice u Savu.

Čupić se spremao za borbu na smrt i život. To mesto beše tako da se, prosto-naprosto, ne da zauzeti; ako bi se baš silom prodrlo, onda pobeđenima ne ostaje ništa drugo nego da pomru, pa bilo to od oštre sablje i kuršuma, bilo u valima Save ili Zasavice...

Kopanje je naglo napredovalo. Blagoslovene ručice prevrtahu majku zemlju i dizahu grad koji će im glave čuvati...

I podigoše šanac kao grad, šanac koji i dan-danji stoji, i koji će još dugo i mnogo pričati o junaštvu i požrtvovanju srcu koje oseća...

Napraviše kapiju, udariše oštro kolje da bi zaustavili konjicu tursku. Nijednu sitnicu ne propustiše, kao ono dobar domaćin kad zimnicu sprema...

Smešteni i osigurani tako, oni zadovoljno pogledahu na delo ruku svojih.

— Ovo nije šarampov, ovo je grad! — reče Katić.

— Što sam mislio, uradio sam — reče ponosito Čupić. — Još samo da se s hranom osiguramo... Neka mi te brige nije.

Pa naredi Zeki te razasla gole sinove na sve strane da što više hrane nabave.

Sve je išlo po volji. Ni senka zle slutnje. Srca su lupala od same pomisli na skori sukob.

Prvi, drugi li dan po Pantelinu dne stiže Jakov Nenadović s Valjevcima, a sutradan po dolasku njegovu stiže Miloš Obrenović s Rudničanima. Oko se ne može nagledati sivoga sokola što beše prekrilio onu uzinu između Save i Zasavice.

Vojvode zadovoljne, vojska vesela. Sve očekivaše, sve se nadaše sigurnoj pobedi. Čupić je razložio svoj plan vojvodama, i oni ga odobriše. Samo da se Turci jave, to se čekalo.

Dođe i taj dan.

Bilo je to na Gospođine poklade. Nebo se oblačilo i oblaci skoljavahu sa sviju strana... Vazdušna struja, puna svežine, razgaljivaše vrela tela ratnička...

U sami sunčev smiraj rupi čovek u turskom odelu.

— Deva!... Deva!... — povikaše sa sviju strana. — Šta nam nosiš?

— Gde je Čupić? — pitaše Deva.

— Eno ga u šarampovu s vojvodama.

— Idem k njemu.

Pa ne osvrćući se na razna zapitkivanja radoznalaca, uputi se pravo šancu. Prvi ga smotri Miloš.

— A gle!... Otkud Turčin?

Čupić pogleda, pa se nasmeja:

— Nije ono Turčin. To je Deva, čuo si za njega.

— Jesam... To je, dakle?

— To je.

U taj par pristupi Deva, skrsti ruke i pokloni se.

— Stiže li? — upita Čupić.

— Stigoh.

— Odakle ideš?

— Od Beljine.

— Kreću li se Turci?

— Mislim da su prešli Drinu.

— Ima li ih mnogo?

— Kao na gori lista!... Sami vele da ih ima na sto hiljada.

Vojvode zatreperiše.

— Jesi mogao razabrati na koju će stranu?

— Hteli su preko Badovinaca i Klenja na Bogatić pa pravo u Šabac. Ali ih poremeti prazna Parašnica... Sinoć dokonaše da se krenu pored vode.

— Ko ih vodi?

— Vezir Derendelija.

— Dakle, ti misliš da će ovuda?

— Tako su rekli.

— Jesi umoran?

— Nisam.

— A gladan?

— Nisam.

— Bi li popio jedan gutljaj rakije?

— To mogu.

Čupić ga ponudi, i on se napi.

— Sad idi, odmori se — reče. — Ali ni reči o Turskoj vojsci.

On se udalji.

Vojvode priča Devina beše prilično u brigu bacila. Po njegovom odlasku oni oboriše glave.

Čupić, kao da sam sebi govori, reče:

— Mnogo!... Sto hiljada... mnogo!

— Ko zna da l' je baš toliko? — reče Jakov. — Može biti da pregoni.

— Tako će i biti? — veli Miloš.

— Sad kako mu bude!... Nama se valja boriti dok jednoga traje. Ovo se diglo da nas satre!...

— Diglo, bogami! — reče Jakov. — Meni se čini da je dogovor da se sa sviju strana u jedan mah udari...

I vojvode se opet zamisliše.

Noć se spusti mirna i mračna. Nebo beše prekriveno oblacima, između kojih ovde-onde provirivaše poneka sjajna zvezda. Iz dubina je potutnjavalo, a od zapada mećaše svetlica.

Ratnici razgovarahu:

— Biće kiše.

— Kamo da hoće!

— Vala, pravo veliš, da se samo rashladim malo!

— More, da nam ne presedne!... Jer kad okupi, može se otegnuti...

— Pa?

— Pa?! A puške, a barut? Kad to pokisne, šta onda misliš? Misliš valjda s vrljikama na Turke?

— Neće, zar? — teškao se jedan na drugom kraju. — Nismo se ni mi na boga kamenjem bacali!...

— More, ostavite se takog razgovora!... Da spavamo!...

I jedan po jedan zaćutkivaše...

Ali ne da spavaju. Druge misli obujmiše ove junake... Tamo u šumama i u dubravama ostavili su oni nejač i roditelje. Teško je to kad ti na um padne da su tvoji bez krova i zalogaja, da ne znaš ni gde su ni kako su...

Ova crna noć svojim plaštom omota i sve crne misli... Seta neka zavlada ovom uzinom, kojoj su zidovi dve vode: jedna što šumori i šapuće kao lopov, i druga što ćuti kao mrtvac, a pokriva ih nebo naoblačeno...

14

Najezda

Sutradan osvanu kiša. Ljudi se pribijahu jedan uz drugog, čuvajući barut i oružje da ne zakisne. Nebom se ganjahu sivi oblaci, a dosta studen vetar nagna ih te počeše vatre ložiti...

— Kakve smo sreće, još će i osnežiti!... — reče jedan Valjevac.

— Vala, kako je dragom bogu volja!... — odgovori mu Rudničanin. — Da nije zbog puške i baruta, pa gotovo bolja ova hladovina!...

Vojvode iziđoše iz svojih šatora i prođoše kroz ljude, koliko da se vide i pozdrave.

— Jeste pokisli?

— Nešto malo, ali se da trpeti! — odgovarahu im.

Zeka zaseo s njegovim golaćima kraj jedne vatre, pa zaturio razgovor.

— Vala, da hoće udariti za ove hladovine, vredilo bi.

— Baš je gadno kad se čovek bije na vrućini! — veli Zavrzan, kome se opet vratila njegova veselost. — Posečeš Turčina, šikne mlaz krvi iz onog bičjeg vrata i poprska te, pa posle smrdiš vazdan na Muhameda!... Ovako hladovina, pa mlatiš kao po grahu!... Kad se svrši bitka, umiješ se kao posle vršaja, skineš đubre sa sebe, pa spavaš serbez!... Je l' tako, Devo?...

Deva je sedeo malo udeljen od vatre i premišljao neke duboke misli. Pitanje Zavrzanovo trže ga malo iz misli, i on, mada ne znađaše o čemu je Zavrzan govorio, odgovori onako nasumce:

— Tako je!

— A šta je tako?... — nasmeja se Zavrzan.

— To što govoriš.

— A šta sam govorio?...

Deva se ljutnju videći da se svi smeju.

— Guske te razumele!... Valjda čovek nema pametnijeg posla nego da tebe sluša!... Ti klepećeš kao moje čeketalo; i ja bih mogao zaspati pored tvoje priče!...

Zavrzan se smejao na sav glas.

— Video sam po njemu da ništa ne sluša!... A kako Surep? Eto, on sluša sve, je l' Surepe?

— Deva gotovo ima pravo!... Mnogo mi drobiš!...

— Mnogom sam i udrobio!

— Što ko radi, ono i pati! — reče Surep i popreti mu prstom.

— Vala, i pravo je!... Nek poginem sutra, zamenio sam svoju glavu!...

— To jesi!... — priznade mu Surep. — I te još kako zamenio!... Naposletku, brbljaj, u pravu si!

Najedared se sve uskomeša. Sve povrve ka sredini šanca, gde behu vojvode... Zeka odjuri tamo.

A glas prohuja:

— Idu Turci!...

Raspored je bio već gotov. Prvi niz zauzeše Čupićevi ljudi. Valjevci i Rudničani stadoše pozadi, kao potpora. Vojvode behu na svojim mestima.

Zavlada tajac, kao u grobu.

I zaista, čula se tutnjava iz dubina kako dolazi od Viškupije.

— Surepe!... Biće džumbusa!... — šapnu Zavrzan.

Surep samo klimnu glavom.

— Danas će i Deva osokoliti!... Šta veliš, Devo?

Ali ne dobi odgovora. Deve beše nestalo.

— Ala taj beži od baruta, kao gorsko zverče!... — nasmeja se Zavrzan.

— Ne grdi mi njega!... On je junak na svoju ruku!... — reče Zeka ozbiljno. — Poteže je svršiti njegov posao nego naš!... Šta bismo mi puta zalutali da ne beše njega!... Šta bi se jada desilo da ih on nije sprečio!... Junaštvo je veliko, Zavrzane, otići u Turke i saznati šta oni nameravaju!... Junak kao mi može biti svaki ko ima srca u grudima, ali kao Deva ne može!... Za to se treba roditi!...

— Pa ako sam što ružno kazao, oprosti!... Nisam ružno mislio!...

Tutnjava je dolazila sve bliže i bliže... Oštro uvo ratničko već je raspoznavalo topot kopita konjskih... I što se više približavala, sve strašnija bivaše.

Ratnici stojahu bledi i nemi.

Dok ti tek jeknuše svirke i borije, i zvuke njine ponese tiha Sava i odnese ih daleko, daleko...

— Tu su!...

— Budite spremni!... — zagrme Čupić. — Ali, samo u meso!...

Odrešiše se zavoji na kašiklucima, sve se pregleda, sve se udesi...

Turci se pojaviše. Išli su bezbrižno kao u svatove.

— Čekaj!... — reče Čupić. — Kad ti sasvim priđe, onda udri!... Sad neka svaki sebi izabere po jednoga!...

Turci su sve bliže prilazili. Već se mogahu raspoznati lica. Čupić viknu:

— Pali!...

Osu grmljavina kao iz neba. Redovi se turski prolomiše... Ovde vidiš kako pada čovek, a onamo kako se konj propinje te svaljuje po dvojicu...

Puške se opet napuniše...

Ali se Turci povukoše nazad, te se ukloniše ispred vatrenog pozdrava...

* * *

Prođe dan i spusti se noć... Turci i ne pokušaše više; čak se i ne pojaviše... Ne ču se ni svirka ni talambas; jedini zvuk sekire što šumu obara.

Čupić s vojvodama pozva sve starešine pred svoj šator i naredi da se svuda postave jake straže, da se postave čak i pored voda, da Turci ne bi zaobišli. Kad starešine odoše da izvrše nalog njegov, on se okrete Jakovu i Milošu:

— Ama šta vi mislite?

— Meni je čudnovato!... — reče Jakov.

— Ja se ne bih čudio! — reče Miloš. — Pre bih rekao da

oni nisu znali da smo mi ovde, pa su išli bez brige. Ali kad su udarili na vatru, oni se povukoše da se razmisle.

— Tako je — reče Čupić.

I pozva ih u šator da se posavetuju.

Međutim, starešine izvršiše nalog Čupićev, postaviše straže. Duž voda Zeka postavi svoje golaće, ljude koji vide noću kao i danju...

Ostalo polega da se odmara...

Čudno zaista! Ko je ma kad bio u borbi, taj će znati kako se posle borbe slatko spava. Tu se ne brine o postelji; dosta je samo spustiti se na crnu zemlju, pa bila ona suva, promrzla ili čak i kaljava...

Pa iako nije bila ni obična čarka a toli borba, opet sve pospa kao poklano. Tamna noć prekri sve svojim plaštom kao guberom, samo su straže i vojvode bile budne.

Ivanko beše na straži kraj Zasavice, nedaleko od samoga šanca. Njegovo mladićko, oštro oko zurilo je da mu ne izmakne nijedna sitnica...

Ali sve beše tiho i mirno... Samo je šaš šuštao, kao da šapuće...

Ivankovo se uvo brzo naviknu na ovaj šušanj, i on sedeći gledaše po pomrčini da mu se ne bi što otelo od pogleda...

Ona ledena, mrtva tišina pade na nj kao stena. Trepavice mu otežaše; ali dečko skoči i stade hodati obalom da bi san razbio.

Najedared mu se učini da neko pliva... On pogleda i ne vide ništa u onome šašu; napreže uvo i uveri se da neko zaista pliva...

On se zagleda opet u pomrčinu i zape pušku...

Čuo je kako voda lagano, vrlo lagano zapljuskuje obalu.

— To je dalga — pomisli on.

I opet se zagleda... U šašu uoči jednu glavu. Htede pružiti pušku, pa gotova posla! Ali se uzdrža videći samo jednoga.

— Što da pucam?... S njim ću ja i bez puške svršiti!...

I skloni se za jedan žbunić što beše kraj obale, pa odatle posmatraše.

Glava se sve više primicala lako, neosetno, da se jedva šaš zaljuljao...

Prikučivši obali, podiže se. Ivanko zinuo od čuda.

To beše Deva.

Čim iziđe na obalu, uputi se žbunu za kojim beše Ivanko. Ovaj stade preda nj.

— Otkud ti? — upita ga.

— Od Turaka. Hoću vojvodama. Jesi me opazio?

— Jesam. Malo te nisam pucao!

— Ha-ha-ha! — nasmeja se Deva. — Mnogo bi se vajdio!... Otkad ja gledam tebe!...

Pa prođe pored njega i uputi se Čupićevom šatoru.

Vojvode ne behu pospale. Sedela su sva trojica i premišljaše šta da čine. Kad Deva uđe, svi prenuše.

— Otkud ti?... Što si mokar tako? — upita Čupić.

— Od Turaka.

— Od Turaka?! — upitaše začuđeno.

— Jest, upravo iz turskog tabora. Naplivao sam na Zasavicu i dođoh da vam javim šta se kod Turaka radi.

Vojvode skočiše na noge.

— Šta se radi?

— Bruka! Prvi naši meci pamet im poremetiše. Htelo je

prsnuti kud koje. Paše su muku imale dok su ih primirili. Išli su sampas, bezbrižno; nisu se nadali ničemu, pa kad osuste vatru, oni premreše. Vele: „Nijedna puška džaba ne puče!...”

— A njihove vojvode? — upita Miloš.

— Sve je to glave pogubilo, počev od vezira. I da ga nije stid, mučno te se ne bi vratio.

— Pa šta sad rade, jesu li se primirili? — pitaše Čupić.

— Tako se čini. Ali je vezir naredio te su postavili jake straže da ne bi bežali...

— Hvala, Devo! — reče Čupić. — Hvala ti na tom dobrom glasu!... Idi, odmori se. Ili, još bolje!... Pričekaj tu!...

Deva izide pred šator da sačeka naloge, a oni zasedoše.

— Ja bih — reče Čupić — poslao čoveka Moleru, da požuri što pre!...

— Vrlo dobro! — reče Jakov.

— Samo, ja ne bih njega slao — dodade Miloš.

— Što? — upitaše obojica.

— Jer nam je ovde potreban. Koji bi od naših ljudi mogao i umeo ovako vešto uhoditi Turke?...

— To imaš pravo!

— Nego, promisli pa nađi koga drugog da pošljemo.

Čupić se malo zamisli. Po kratkom ćutanju progovori:

— Imam ja puno pouzdanih ljudi.

— Znam — reče Jakov — ali treba tu čovek što poznaje staze i bogaze.

— Zar ima boljih od Zekinih ljudi? Šta smeta Nogiću!

— Njega možeš! Poznajem ga! — reče Jakov. — Siguran je kao oštra sablja.

Stojan pozva Devu pa mu reče da ide malo prileći, i da mu pošlje Nogića.

Deva ode. Ne prođe nekoliko trenutaka a dođe Nogić.

— Nogiću! — reče Stojan. — Ako te je majka rodila da nas nešto poslušaš. Od hitrine tvojih nogu mnogo stoji!

— Evo me, Stojane!

— Možeš li se u se pouzdati da odneseš jednu knjigu Petru Moleru?

— Mogu!

— Da ga nađeš, pa gde bio da bio?

— Da ga nađem!

— Dobro! Onda pričekaj!

I Stojan sede i napisa pismo Moleru. Vojvode su ćutale. Kad bi gotov, pruži pismo Nogiću.

— Evo, nosi! Predaj mu u ruke i ostani s njim da mu se nađeš ako što zatreba.

— Dobro, Stojane.

— Sad idi, ali odmah.

— Zbogom!

— Zbogom pošao!

Pošto Nogić izide, Stojan diže oči nada se:

— Da hoće samo bog dati da za vremena stigne knjiga Moleru! Rekao sam mu s koje strane da udari na Turke. Ako to učini, može ih biti i tri stotine hiljada, opet su propali!... Biće telesima zagađena i Sava i Zasavica!

I kao da im se neki teret skide s duše. Sva trojica gledahu nekako pouzdano u budućnost.

— U šarampov mi ne mogu prodreti da ih je još toliko! —

reče Čupić. — Ne bojim ih se ni od Save ni od Zasavice!...
Ako je iko pao u klopku, to su oni!...

Pa se okrete i pogleda onu dvojicu:

— Straže su jake. Ne mogu proći, manj ako su muve ili mravi... Ako ste umorni, odmorite se... Sutra... drugi dan, druga i novaka!

Jakov i Miloš pozdraviše se, pa odoše u svoje šatore.

Kiša je opet pljuštala, i njene kapljice, što udarahu nekako setno u platna šatorska, uspavaše vojvode...

15

Ljuta bitka

Osvanu dan kišovit, pun vlage; nebo beše pretrpano mrko-sivim oblacima, koji se gomilahu i iz kojih je sipila sitna kiša...

Ljudi se pribili oko vatre, te se greju i suše u isti mah. Od silne vlage i nazeba svi su skoro govorili promuklo, očni im kapci naduveni, a oči zakrvavljene.

— Ljudi! Ako ovako potraje još dva dana, neće se moći barut sačuvati! — reče jedan.

— Bogami će trajati!

— Ja spavao u šarampovu, pa me probudi voda!

— I mene! Lepo podli poda me!...

— O, brate, ko bi pre tri dana rekao da će ovako zahlad-neti? — reče jedan Rudničanin.

Dok ti se najedared čuše puške. Straža koja je pred šancem čuvala, poče se povlačiti k šancu.

Logor se uskomeša. Svak se dokopa puške. Vojvode na-mestiše svoje ljude i narediše da se spreme za borbu...

Straža se sasvim povuče u šanac.

— Jesu se krenuli? — pitaju vojvode.

— Jesu. Sve se krenulo ovamo. Slušajte kako zemlja tutnji! — rekoše stražari.

I zaista, čuo se tutanj, kao da iz dubine zemlje dolazi.

Videći ona bleda lica, Čupić se nasmeja:

— Jadni Turci! — reče. — Sve misle da nas silom svojom zaplaše!... Svakad oni tako! Mišar... Loznica... Ali beže!... Pravo vele:

Boj ne bije svijetlo oružje.
Već boj bije srce u junaka.

I stade sokoliti svoje ljude...

I pomože to. Reč posta življa, oko svetlije a lice vedrije...

Ukazaše se prvi neprijateljski redovi...

Čupiću se slutilo da će danas biti okršaja. Nadao se ljutom boju stoga što je znao da će Turci svom silom nastati da probiju šanac... Srce mu je lupalo. Neka laka drhtavica obujimaše snagu njegovu. Da je bio nasamo, pustio bi zube da cvokoću do mile volje, ali ovako... stegao vilice i naturio osmejak na lice...

Sve beše spremno. Ratnici već uzeli svaki po jednog na oko i čekahu zapovest. Tobdžija stojaše kod topa sa zapaljenim vitiljem i čekaše zapovest da ga prinese valji.

— Samo junački, braćo! — vikao je Čupić. — Nemojte žuriti! Hitar odviše, sreću preskače!... Ne, on ne može lako ući u naš grad, jer ovo nije šarampov, već grad!... Pazi!...

Turci se sve više bližiše.

— Pali! — zapovedi on tobdžiji.

Riknu top, a sindžir đule pokosi turske redove...

Osu vatra. Puška učestala kao jaglica. Diže se oblak od dima. Zatutnji, zabruja, zapištaše uši, zaigraše ribići, zapali se meso na telesima...

To beše strašan okršaj. Turci su navaljivali kao besni, ali svakad behu odbijeni... Leš do leša padao je po poljani pred šancem. Kroz puščanu grmljavinu čula se zapevka ranjenika...

Turci stuknuše. Nasta tajac.

— Tako ja umem!... — reče Čupić. — Nego, vojvodo Jakove, neka tvoji ljudi zauzmu prve redove.

Jakov naredi.

— A da bi se što brže pucalo, ja mislim da ovi pozadi pune puške!...

— Vrlo dobro! — rekoše i Jakov i Miloš...

Puške se napuniše. Svaki nišandžija imađaše po četiri-pet na ruci...

— Šta je s Turcima? — reče neko. — Da ne pobegoše?

— Ne. Sad se pribiraju. Sad će udariti silovito, ali to ništa nije!... Samo dobro gađajte!... A sad mir!...

Zaćutaše. Tajac je bio kao u grobu. Čulo se kako šušti suv listak na drveću...

I zatutnji, zatutnji strašno...

— To su konjanici! — reče Čupić.

I nije se prevario. Udari konjica turska... Strašna je konjica njihova. Sve na hatu, svaki zasukao rukave i drži oštru đordu u rukama, a sve junak biran i odabran, krvavoga oka i pogleda.

Jure ka šancu kao besni. Vrišti hat da se nebesa prolamaju.

— Pazi!... — zapovedi Čupić.

Tobdžija opet prinese vitilj.

— Pali!...

Tek je top izdušio, a osu vatra puščana. I opet zaglunuše uši, i opet se navuče mrak na oči, i opet borba očajna, borba između neba i zemlje...

Sahat u sât gledajući trajala je ta borba. Konjanici su jurišali. Dva puta su dogonili do samoga šanca, i to ih je stalo mnogo žrtava. Ko se šancu primakao, taj više ne vide Bosne ponosne, ne zagrli majke ni seje, niti poljubi ljube.

Konji i konjanici ležahu kao obaljeni stubovi ili izvaljeni panjevi.

Jauk ranjenika i vriska konja nadmašivaše grmljavinu pušaka. To beše pokolj kakvog nije bilo. Niko od ovih što u šancu behu ne vide na jednom mestu toliko mrtvih i ranjenih...

Turci opet odstupiše.

Vojvode veselo prohodiše kroz vojsku; oni tapšahu svakog pojedinca po ramenu dovikujući:

— Alal ti vera!...

Borcima ovladalo neko oduševljenje za bojem. Oni bi sad pojurili iz šanca i jurnuli u Turke, ali im to starešine ne dadoše.

— Neka, neka!... U ovom šarampovu mi smo gromovi, kad bismo izišli odavde, mi bismo bili ili grobovi ili robovi!... — govorio je Čupić. — Neka nas ovde!... Turaka je mnogo, a nas je malo prema njima. Pa da nas je i manje, opet bismo bili jači!... Neka Turčin povede ne Bosnu nego Aziju — mi ćemo i nju ovde skrckati, kao što dobri zubi orahovu ljusku skrckaju!... Bolje će biti da malo puške pročistite!...

— Pravo veli!... Tako je!... — povikaše sa sviju strana.

I latiše se čišćenja oružja...

To se radilo brzo, jer su Turci mogli svaki čas udariti. Borba je bila jaka, pa su puške prilično zagorele...

Ali Turci kao da se predomišljahu da li da udare...

Vojvode stale nasred šanca, pa razgovaraju:

— Šta mislite, da l' će udariti? — pita Čupić.

— Neće!... — veli Miloš. — Dosta im je bilo!...

— Ja mislim da hoće!... — reče Jakov.

— Neće, neće!... — tvrdi Miloš.

— Znam ja Turke!... Ne ostavljaju se oni lako belaja!...

— Dok ne nabelaje...

Ali, iako su mislili da su Turke dobro iščibukali, opet se učini sve da ih ništa ne iznenadi. Vojska je bila u pripravnosti, topovi napunjeni, puške zapete. Očekivalo se ma šta, očekivao se samo pokušaj...

Vojvode prođoše kroz svoje vojske da hrabre. Ali ubrzo su videli da to nikako nije potrebno. Sve to beše ostrvljeno na boj, sve je očekivalo makar samo šušanj, svako je oko gorelo grozničavom vatrom...

Baš na samoj kapiji šanca beše Zeka s njegovim golaćima. Kad je Čupić došao među njih, Zavrzan se bio raspričao.

— Šta radite, dobri ljudi?...

— Čekamo, vojvodo!... — reče Zeka.

— Ja mislim da su se dobro oprljili...

— Jesu... Pogle lom ispred šanca — pokazuje Zeka.

— Vidim.

— Nego, čuješ vojvodo.

— Šta, buljubašo?

— Ja bih te nešto zamolio...

— Govori. Takom junaku ne mogu ništa odreći.

— Onda mi odobri da usred okršaja izletim s ovima mojim iz šarampova.

— Da izletiš?...

— Jest.

Čupić se malo zamisli. Ta on je i tako malo ljudi imao. A sad puštati Zeku i njegove ljude u vatru gde lako mogu glave pogubiti — to mu se ne može.

Zeka vide da se predomišlja.

— Vojvodo!... — reče on. — Nikad ja nisam boja bio dok malo nožem ne proradim!... Ja ovo i ne računam u boj!...

— Jeste, tako je!... Zeka pravo veli!... — privikaše golaći.

Čupić mahnu rukom:

— Najposle... neka ti je bogom prosto!...

— Hvala, vojvodo!

— Hvala!... Hvala!... — zaori se oko njega.

U taj mah zatutnji zemlja. Sa sviju strana povikaše:

— Idu Turci!...

Čupić ode niza šanac sokoliti ljude. Jakov i Miloš činiše to isto.

Naposletku ukazaše se, ali to beše les od ljudi, to je išlo kao ogroman talas koji je išao da potopi...

I dočeka ih vatra iz pušaka i topova...

I opet pade tama, i opet se prolomiše dubrave, i opet se diže vrisak i zapevka... Vojvode su proletale šancem sokoleći...

A Turci su navaljivali; njihova konjica dogonila je do samoga rova. To više ne beše ni očajnički napad, to beše borba u kojoj lude napadaju. Ljudi su padali kao kruške sa drveća, pa se preko njih gazilo kao da nisu od mesa i kostiju...

Usred najljućeg boja, usred najvećeg okršaja Zeka pogleda Stanka, čije je oko sevalo od razdraženja:

— Veliš li, pobro? — upita ga.

— Otkad ja na to pomišljam!... — reče Stanko i trže belokorac.

Zeka viknu družinu i otvori kapiju na šancu.

Poleteše kao sivi sokoli. Za čas ih nestade u redovima turskim.

I dotle se lila krv, ali se sad proli. Nasta zabuna među Turcima. Oni izgubiše pamet... Što pođe na šanac, to pade od zrna... Niko više i ne pomisli da napada, nego kako da se spase!...

I pršte sve, pršte kao sneg pod zracima proletnjeg sunca; razbiše se. Nešto udari na Zasavicu, nešto na Savu, a ostalo naže natrag, s glavom bez obzira.

Niko više ne može zadržati rasprslu i preplašenu vojsku... I same se starešine uzjazbile; i oni gledahu da spasu svoje glave...

Golaći juriše za njima kao mahniti. Usred ovog okršaja čuo se glas Zavrzanov:

— Samo džumbusi!... Neka nam nije žao kad su glave ovako jevtine!... Danas je skuplji jedan vepar od Turčina!...

Polje pred šancem osta prazno. Puške prestadoše.

Zeka viknu:

— Stoj!

— Što? — upita Zavrzan.

— Natrag.

— Ja mislim...

— Dosta je bilo! — reče Zeka.

— Ta ono pravo veliš — nasmeja se Zavrzan — treba što ostaviti i za sutra!

Svi se nasmejaše.

— Da se vratimo u šarampov!

Kad se vratiše dočekaše ih ne može lepše biti. Vojvode se ljubiše s njima. Čupić da je mogao u nedrima bi im mesta pravio.

— Nisam ja džaba rekao: dok mi je Zeke i njegovih golih sinova, mogao bih bez brige i na Stambol udariti!... Ne rekoh li vam da nam Turci ništa učiniti ne mogu!... Može ih biti još toliko koliko je pošlo, pa ćemo ih opet za petnaest dana pomlatiti kao jednog! — uzvikivao je Čupić.

Dim se dizao oblačnom nebu, odakle je kiša sipila; i taman se on raziđe, pade noć.

Starešine postaviše straže. Vojvode se povukoše u svoje šatore.

— Dokle li će ovo trajati? — pomisli Čupić kad u šator uđe.

Pa, bacivši se na postelju, prošaputa:

— Da samo hoće bog dati da ova kiša stane!... Nije mi zbog nas, ali će nam džebana ovlažiti ako ovako potraje!...

Na sve to odgovaraše mu sitne kapi, što čisto lopovski lupkahu po šatoru, kao da šapuću...

16

Užas

Kiša ne prestajaše. Velike bare behu u šancu i oko njega. Ratnici ne mogahu svu noć zaspati, premeštajući se s mesta na mesto.

Osvanu dan sumoran kao čelo samrtnikovo. Vojvode, i pored onako sjajnih pobeda, behu nešto zaćutale. Svima se slutilo nešto strašno, neočekivano.

I dođe... Logorom prođe glas da je barut zakisao i da nemaju ni zrna suva. Ljudi šaputahu jedan drugom na uvo te reči. Svakome se na taj glas koža ježila i kosa kostrešila...

Vojvode behu blede kao smrt. Oni su slutili i sami tu nesreću. Sastadoše se u Čupićevom šatoru gledeći jedan drugog uznemireno.

— Šta ćemo sad? — pita Miloš.

— Valja tražiti baruta — odgovori Čupić.

— Gde?

— Valja poslati u Mitrovicu. Šat se tamo nađe.

— A... dakle, ne znaš utvrdo da li ćeš naći...

— Ne znam.

— Onda je nesreća! — reče Jakov.

— Ako je tako, ja sklanjam moje ljude! — reče Miloš oštro.

— Kuda?

— Neka ide svaki svojoj kući!... Čekati onoliku silu bez džebane ja neću.

Čupić je kršio ruke.

— Šta da činim? — uzvikivao je hvatajući se za glavu.

— Šta ćeš činiti? Ako saznaju Turci da džebane nemamo, obrali smo bostan!... Nego... šalji što pre po barut.

Čupić se mišljaše koga da pošlje. Reče da mu dozovu Zeku.

— Evo me, vojvodo! — reče Zeka ulazeći u šator.

— Neka mi dođe Surep.

Zeka izide iz šatora i zamalo vrati se sa Surepom.

— Stanojlo!

— Čujem, vojvodo!... — odgovori Surep.

— Meni treba čovek koji ume umreti a reči ne izustiti.

— Dobro, vojvodo.

— Da ideš u Sremsku Mitrovicu.

— Dobro.

— Nama treba baruta. Nađi gde znaš i što više možeš... A evo ti novaca.

I baci preda nj punu kesu dukata.

Surep uze novac, pa ode bez obzira onom uzinom pravo k selu Zasavici.

— Zeko! Sazovi mi starešine...

Za nekoliko trenutaka sve beše tu. Jakov i Miloš sedeli su zabrinuto, a Stojan je hodio tamo-amo.

Kad ovi uđoše i stadoše, Stojan reče:

— Nesta nam baruta... Šta da radimo?

Sve obori glavu. Nasta tajac. Zeka reče:

— Zar ni zrna nemamo?

— Nešto ima u mome šatoru što nije pokislo. Ono što je bilo u lagumima sve je propalo. Nabujala voda, pa nalila u lagume...

— Dosta i to što imamo.

— Kako dosta? — upita Miloš. — To nema na svakog ni po jedan metak.

— Mi ćemo jurnuti na njih s noževima! — reče Zeka, a oko mu plamti.

— Ostavi se detinjarije — reče Miloš. — Ti misliš to je buljuk, pa da se probiješ kroz njega! Sila je to, sila!...

— Mi smo i silu dočekivali!

— Jesmo, al' je bar bilo džebane.

— Pa doneće Surep džebane.

— Doneće, ali ako saznaju Turci pre da nemamo?... Ako slučajno udare kao juče što su, pa vide i sami?... Ne govori, Zeko, detinjarije!...

— Pa šta hoćeš ti? — upita Zeka.

— Ja sam, braćo, smislio da mi sami odstupimo.

I Miloš pogleda po svima.

Zeka planu:

— Šta, da odstupimo?!

— Ja govorim kao pametan čovek! — reče Miloš — Ovde možemo svi izginuti, a pomoći nikom nećemo. Turci su jači od nas. Oni imaju svega: i pušaka, i topova, i džebane, i hrane. U nas svega ponestaje.

— Gotovo, pravo veli... — čulo se kako izbija iz žagora.

— A ovoj Srbiji trebamo mi!... Ako ne pobedimo ovde,

pobedićemo na drugom mestu! Ako oni savladaju nas danas, mi ćemo njih sutra...

I opet pogleda po svima.

— Tako je! — reče nekolicina, a neki se još predomišljahu.

Čupić se uplete:

— Nije baš tako, Milošu! Ja ne mislim da mi ostavimo šarampov.

— Ama ja, brate, nisam ovan da čekam da me Turčin kolje!

— Nismo ni mi ovnovi! — planu Čupić. — Ja sam ovde sazvao ljude na dogovor, a ne na sprdnju!

— Pa, eto — reče Miloš — pametuj kako da ostanemo! Caruj ti!

— Ja sam poslao po barut.

— Poslao! A hoće li naći baruta koliko treba?... A Turcima može doći ćef da baš sad udare!...

— Oni su zavarčeni! Neće im pasti na pamet...

— To je na vrbi svirala! — odseče Miloš. — Ja ne računam tako kad bijem boj s Turcima!... Nego, hteli vi, ne hteli, ja odlazim s mojim ljudima!... Meni oni trebaju i drugi put.

Pa se diže, pogleda svoje ljude i reče:

— Ko hoće neka ide za mnom!

I izide iz šatora, a njegovi za njim.

Stojan je drhtao od jeda, ali je osećao da Miloš govori istinu. I on, koji je umeo nadgovoriti najrečitijeg čoveka, ne umede sad reći reči; osećao je da govori koješta, da govori ono što pametan čovek ne treba da govori, naročito u ovoj prilici gde tolike glave igraju...

Pogleda Jakova... I on se nešto predomišlja... Pa i same

starešine glede nekako u zemlju. Niko, sem Zeke, ne umede reći reči.

A Zeka planu:

— Idite! — reče on. — Idite svi! Ja neću!... Ja ostajem ovde s mojim golim sinovima!... Ja ću od Ravnja načiniti Kosovo!...

Pa pogleda po svima. Oko mu je sevalo plemenitim i junačkim žarom...

U taj par upade među njih Deva, sav mokar kao da je iz močila. Lice mu beše bledo, kao da je smrt svoj pečat na njega stavila; oči mu gledahu unezvereno.

Sve se okameni kad ga vide takog. Čupić jedva dođe k sebi. Priđe i uhvati ga za rame:

— Šta je, ako boga znaš!

— Dakle, istina? — reče Deva.

— Šta?

— Nemate džebane.

— Nemamo, ali je Surep otišao u Mitrovicu da nabavi.

— Dockan! — jeknu Deva.

— Dockan?!

— Dockan!... Turci već znaju da džebane nemate. Javio im neko iz preka... neki kapetan. A već su se spremali da beže natrag... Strah je tako bio zavladao, tako ih spopao od onog trenutka kad je Zeka jurnuo među njih, da su se od šušnja plašili!... Ja sam u duši uzvikivao: hvala ti, Gospode, na tvome daru!...

— A sad?... — pitaše Čupić, a oči mu zakrvavile.

— Sad... pobesnili!... Sad se spremaju da jurnu... Ja sam jedva ugrabio da se izmaknem da ovo javim!... Čini šta znaš!...

Stojan pogleda Jakova i starešine:

— Šta ćemo? — upita nekim strašnim glasom.

Jakov se diže na noge:

— Stojane, brate! — reče on. — Sila boga ne moli!... Ti znaš da bih se ja borio do istrage, ali kad se nema su čim!... Bolje da odstupimo!...

— Bolje!... Bolje!... — grmnuše sa sviju strana.

Stojan vide čak i svoje ljude da tako misle. Crn u licu kao zemlja, prostenja:

— Velite?

— Velimo!...

— Ja ne velim! — zagrme Zeka. — Ja se neću maći odavde dok me svega ne iskablićaju na param parče!

— Ama šta možeš ti sam? — reče Jakov.

— Vojvodo!... Šta ja mogu, to će se čuti!... Ako ste dokonali da se uklonite, uklanjajte se što pre!... Idite!... Vi imate svoje kuće, svoje žene i dečicu; ja nemam ništa sem želje da se Turcima svetim!... I ja ću im se svetiti!... I do danas je od moje ruke palo mnogo turskih glava, ali danas, samo ako ih đavo nadari te udare, danas ću napraviti rusvaj da će se pričati dokle traje jednog Srbina!... Idite, dakle, uklonite se!... Zbogom!...

Pa izide besno iz šatora i ode međ svoje golaće...

U šatoru beše tišina kao u grobu. Svima su u ušima zvonile Zekine reči... Čupić prvi dođe k sebi.

— Rekosmo li? — upita.

— Rekosmo! — povikaše.

— Onda idite tamo, među ljude, i polako odstupajte s njima... Ako bi ko hteo preko vode preći, neka uzme po jedan list onog lokvanja u usta, neka se obrne na leđa — voda će ga sama preneti.

Starešine izidoše da narede odstupanje. Čupić opet pozva Zeku.

— Junački sine! — reče mu, a suze mu se svrteše u očima. — Alal neka ti je srpsko mleko koje te zadojilo!... Ali, Zeko brate, promisli! Ne bi li bolje bilo da i ti odstupiš?...

Zeka planu.

— Ne govori mi to! — reče. — Ja sam te voleo i poštovao kao oca rođenog... Ne govori tako, jer ću te omrznuti!... Šta ću ja ovde?... Šta čekam?... I čemu se mogu nadati od Turaka ako u životu ostanem?... Zar da se kao žena pustim da mi ruke svežu, pa onda glavu seku?... Nikad, vojvodo!

— Ti možeš preći preko Save.

— Ja sam jednom prešao Drinu i našao družinu koja sveti ono jadno roblje!... Danas da prelazim Savu, da padnem na hlebac kakvom sirotanu, neću!... I posle, ja nisam stvoren za miran život!... Meni bez okršaja nema vedra dana... ja sam onda kao ubijen!... Ne govori mi to, vojvodo!

— Ali...

Zeka mahnu rukom:

— Svršeno je!... Ja i moja družina, moji goli sinovi, ostajemo ovde, ostajemo ovde da izginemo! Mi smo se već dogovorili i zaverili!... Više ništa ne može nas povratiti da odustanemo od naše namere!...

— A džebana? — upita Čupić.

— Imamo nešto!... Kad to potrošimo, mašićemo se ljutih guja iza pasa, jurnuti u Turke, pa koga bog voli!

— Ima i u mene nešto očuvane džebane!... — reče Čupić.

I pokaza mu dva bureta baruta što behu u jednom ćošku šatora.

Zeki se razvedri čelo.

— Na tome ti hvala!... Nek sad udari dvaput tolika sila kolika je turska, ja ću je četiri sahata zadržati. Daj mi ruku, vojvodo, da je poljubim!

— Da se poljubimo, junače!... Da se oprostimo i alalimo!... Ja sam siguran da se više ovde na zemlji nećemo videti!... A starešina sam. Možda sam ti kadgod što i nažao učinio... Oprosti!...

— Oprosti i ti meni, a tebi neka je bogom prosto! — reče Zeka ljubeći se.

Obojica izidoše iz šatora.

Strašno beše pogledati kako se prazni onaj maleni okô... Sve odlazi naglo, brzo, ne čekajući ni druga ni prijatelja. Na svakom se licu ogledao strah i užas...

Čupiću udariše suze.

— Šta ja doživeh?!... Što mi, Gospode, juče život ne uze! — mislio je u sebi.

Zeka mu još jednom pruži ruku:

— Zbogom, vojvodo!

— Zbogom, junače!...

Zeka ode u šanac da naredi da se džebana iz šatora prenese... Čupić je stojao, nem i očajan, gledajući kako se raspala snaga kojom je on vladao, snaga koja mu još juče beše slava, a danas?... Danas...

On ne smede dovršiti tu misao... Jurnu da pobegne od nje...

I skoči u Savu!... Kad je izbio na vodu, čuo je kako zemlja tutnji.

— To Turci idu! — pomisli.

Pa zapliva...

17

Divovi

Zeka se vrati u šanac. Tamo ga dočekaše veselo. Zavrzan nije znao šta čini od radosti, samo je žalio što mu Surep nije tu.

— Ali, stići će valjda... — reče.

I Stanku se srce razigralo... Kad Zeka dođe, on reče:

— Jedva čekam!... Čuješ li tutanj?... To idu oni... Otkad ne imadosmo serbeznog boja. Sve ti je neko nad glavom, zapoveda ti kad ćeš udariti na dušmanina i kad ćeš metnuti belokorac u korice!... Ovo me, pobratime, seća na ono srećno vreme kad carovasmo po lugovima našim!...

— Da se dogovorimo i razgovorimo, braćo! — viknu Zeka.

Sve se okupi oko njega.

— I otoič vam rekoh, a i sad kažem: tući ćemo se s Turcima dok jednoga traje. Nagone nije, i kome se živi neka ide!...

Sve je ćutalo.

— Ostajete svi? — upita.

— Svi!

Zekin glas posta najedanput nežniji.

— Onda, braćo... — reče — da se oprostimo!... Ljudi smo,

pa smo mogli zgrešiti jedan drugom. Neko je nekome, i preko volje, štogod nažao učinio... Reda je, braćo, i da to nismo učinili, da se bratski izgrlimo i oprostimo!... Sila na nas ide, ovo nam je kao i smrtni čas!...

Pa uzdiže glasom i viknu:

— Još jedanput velim: kome je život mio, ko ima za koga živeti, neka ide!...

Sve je ćutalo. Zavrzan se okrete i smotri Devu, naslonjena na zid od šanca.

— Manj Deva da ide, drugi niko neće!...

— A što ja da idem? — upita Deva. — Zar se vaša družina stidi mene?...

— Bože sačuvaj!... — povikaše sa sviju strana.

— Ja sam mislio... — poče Zavrzan ozbiljno.

— Ne tiče se mene šta si ti mislio... Ti valjda misliš da meni smrdi barut, šta li?...

— Oprosti, Devo!... Mislio sam tako!... Ali...

— Neka ti je bogom prosto!... Ja praštam i molim da se i meni oprosti!... I ja ću s vama!... Moj je posao svršen, i sad mi ostaje samo da umrem junački s junacima, ako me primate?...

Zeka ga zagrli.

— Ama što me gledaš tako?... Ja ti govorim celu istinu!... Ja sam svršio svoja posla... Kome ću sad?... Kome bih i mogao pričati nedela turska?... Koga bih ja pozvao da brani sirot-inju?... Nema više!... Što je srca i junaštva, ovde je!... Vama sam jade jadao, s vama hoću i da poginem!... Umem ja i puškom gađati i nožem seći, a ne samo dotrčati i došapnuti!...

Zeka, Stanko, Zavrzan, Jovan, Jovica... sve se to grlilo i

ljubilo s Devom... Ovaj čovek kao da ih zadahnu novim životom i novom snagom. Svako srce življe zakuca...

U taj par sunce razagna oblake i sjajni zraci njegovi obasjaše...

Zeka diže ruku:

— Braćo!... Bog nas sluša!... Čuo nas je!... Gledajte!... Šalje nam sina svoga, jarko sunašce, da nas oveseli i obasja... Hvala ti, oče nebesni! — reče on skidajući kapu. — Hvala ti kad nam šilješ tvoju milost u ovom času...

Najedared se nešto prolomi. Oni prenuše... Poljanu pred šancem pritiskao Turčin...

— Mirno, sokolovi!... Samo u meso gađajte!... Neka svako zrno olova donese smrt onome koji se zakleo uništiti ime naše!...

Dok je on to govorio, ovi divovi, što tako junački htedoše pogledati smrti u oči, razrediše se po šancu...

— Pali!...

I planu...

I otvori se borba strašna, i nečuvena, i neviđena. Ohrabreni, Turci jurišahu svom snagom, ali ih ovi odbijahu...

I nešto čudno obujmi Stanka u ovoj borbi. On je punio svoju šaru, nišanio i gađao u meso, ali mu misao beše sasvim na drugoj strani.

Pred očima njegovim lebdela je slika lepe žene, koja držaše detence u rukama... Oh, koliko je on žudeo za tim stvorovima!... Kako li bi ih sad prigrlio!...

I oboje se smeškahu na nj. I to beše tako živo, tako jasno, da on ništa drugo i ne viđaše sem njih. Ovu grmljavinu što je nebesa prolamala nadmašavaše tepanje sa njihovih usana...

Punio je svoju šaru i pucao, i gađao svakim metkom, ali to je činio tako kao kad bi deljao kakvu iverku...

Do njega s desne strane stojaše Zeka, ponosit kao bog, a s leve Zavrzan, koji brbljaše kao vrabac s Devom. Mašao se čuturice, što mu je preko ramena o kajišu visila, pa veli Devi:

— Hajde da pijemo daću onome na zelenku, što je usturio čalmu te mu se sija temenjača kao bakrena tepsija i... onome lepom, crnomanjastom Turčinu do njega.

— Hajde! — veli Deva.

— E... đavo ih odneo!

— Nek nosi!

Nagnu čuturom, pa uzme njih dvojicu na oko... Puške planu, a oni strmoglavice s konja.

— Dobro je! — veli Deva.

— Zato ja svakad i volim tući konjanika, što nekako smešno padne! — veli Zavrzan smejući se. — A sad onu dvojicu do njih. Ko li je onaj u srmi?...

— Vidajić iz Beljine!... — veli Deva.

— Eh... njega i onog do njega.

I opet pucanj, i opet uzvici radosti.

Jovan i Jovica zaseli kao kod kazana, pa ne biraju... Njima je pravo ko bio, samo neka je Turčin...

Dva sahata u sât gledajući trajaše ta strašna borba, i Turci se moradoše povući natrag, jer pogubiše tolike begove i vojskovođe...

Videći da se Turci povlače, Zeka se nasmeja, pa reče Stanku.

— Bog i duša, pobratime, još ćemo ih nadbiti!

Stanko prenu iz svojih sanova i reče onako, i ne znajući šta govori:

— Gotovo...

I bi mu krivo što borba prestade, jer za sve vreme dok se tukoše, on je bio svoj gosa; sad pak morade odgovarati na pitanja sa raznih strana...

Zavrzan pogledaše niza Savu.

— Šta gledaš, Zavrzane? — pita Latković.

— Pogledam Surepa! Ih, da mi je on ovde, pa da vidiš džumbusa!... Je li, Devo, bi li primio i njega u ortakluk?

— Bih! — reče Deva smešeći se.

— I ovakih trgovaca nije niko zapamtio.

— A kakva je to trgovina? — upitaše sa sviju strana.

— Pazi! — viknu Zeka.

Pogledaše... A uputila se u trku konjica turska pravo k šancu...

Najedanput sve poleže po crnoj zemlji i zavlada tajac. Čuo se samo topot što je zemlju potresao i cakat oroza na puškama...

Ništa skuplje i ništa jevtinije od glave čovečje. I kruške kad treseš milostiviji si nego u boju... To je padalo kao snoplje; svaki pucanj nosio je po jedan život... Kroz onaj lom razlegala se zapevka i vrisak konjski. Jarko sunce, koje tek što beše obasjalo, zavi se tamnim plaštom, kroz koji ne mogoše probiti sjajni zraci...

Ali se opet tuklo. Starešine turske golim sabljama nagoniše svoje ljude u borbu... A ovi u šancu sve oduševljeniji...

Stanko je jurio tamo-amo i tukao. Zeka, prav kao bor, čisto popevaše od radosti što njegova nejaka četica takav lom gradi. Zavrzan je pravio šale i sa živim i sa mrtvim. Ivanko mu reče:

— Grehota je podsmevati se mrtvacu!...

— A šta smo mi? — pitaše on onako uzgred, pa, ne tražeći odgovora, iđaše dalje od jednog do drugog.

Deva je sedeo mirno i pucao. Nijedan ribić na njemu nije zaigrao. On beše hladan kao da pokiva kamen u svojoj vodenici...

Triput jurišaše Turci, i triput ih odbiše... Glasno se smejao Zavrzan kad ugleda da se povijaju njihovi redovi.

— Zeko!... Još ćeš ih zavitlati u Bosnu!...

I ko zna šta bi učinila ova šaka sokolova da beše baruta; ali baruta nestade.

Turci baš u taj mah jurnuše četvrti put.

— Nema baruta!... Da jurišamo! — viče Zavrzan.

I skoro da se reše, ali se diže Deva i reče:

— Ne.

— Pa šta ćemo? — upitaše.

— I jurišaćemo!... Ali najpre da učinimo sve. Neka pođu nekoliko za mnom...

— Šta li je sad smislio? — pitaše Stanko Zeku.

— Mora da je nešto pametno — reče Zeka.

Pa zapovedi nekolicini te pođoše za Devom.

— Pritegnite vi malo!... — reče Deva.

Ode. I za nekoliko trenutaka vrati se. Svaki je nosio po dve košnice u rukama...

Glasan smeh pozdravi ga.

A on dokopa košnicu i stade uza sami bedem.

— Puštajte Turke bliže! — reče tiho.

Za nekoliko trenutaka utišaše se oni u šancu. Turci halaknuše i jurnuše... Konji se propinjahu da uskoče u šanac...

U taj mah pade nekoliko košnica među njih.

I nasta nov lom... Razljućene pčele činiše svoje. To behu tek neprijatelji, što goniše i konje i junake u vale savske i zasavičke...

Kad se to načini, Deva pogleda u Zeku pa reče:

— Sad možeš otvoriti kapiju...

— To i hoću!... Nego, braćo, da se još jedanput alalimo! — reče Zeka.

I izljubiše se kao da će u svatove.

— Ja govorim braći i junacima... Hoćemo li da izginemo?

— Do jednog! — povikaše.

— Onda, evo!...

I otvori kapiju, pa jurnuše s golim noževima među Turke... I izgubiše se u turskim redovima...

Čulo se samo dovikivanje:

— Ha!... Ne daj!... Drž' onog tamo!... Zbogom braćo... osvetite me!...

I susretahu se u ljutom boju.

— Junački, Devo! — dovikuje Zavrzan. — Ala Stanko džumbusa!... Gledaj Zeku šta čini! Ej, veseli Klempo, zar izgubi glavu?... Ček da te bar ja osvetim!...

I mlatnu Turčina što odseče glavu Klempi, ali udarac što ga iza leđa dobi obori i njega!... Umuknuše usta koja su veselila držinu...

— Pogibe Zavrzan! — viknu Stanko Zeki. — Juriš tamo!

I upade u najgušće redove. Otuda se vrati s prebijenim nožem...

Ali družina sve manja. Ostalo ih desetak, i to bez oružja. Tukli su se puškama kao vrljikama. U najvećem očajanju Stanko pogleda u nebo. Pogled mu pade na sadevene hvatove, što ih preko Save prenosiše na nekoliko dana pred borbu. Njemu senu kroz glavu:

— Pobratime!... Evo nam oružja!...

I u trenutku svaki držaše po jednu cepanicu u rukama...

I složno učiniše još jedan juriš. Još jednom prsnuše mozgovi, pa se sve utiša...

I Turci provališe Ravnje...

* * *

Šumi Sava i svojim šumorom priča priče o junacima... Ćuti Zasavica kao stari grešnik od koga ne možeš rečce iščupati; i njeni vivci kao i njene ribe nemi su. Ali stoji neko što remeti istoriju, što joj ništi najsjajnije primere, što je odskočio od sviju i stao u red Termopila. To je šanac na Ravnju. Kao seda starina, on je obrastao u trnje i korov; ali je još ponosit te dere nebesa...

Janko Veselinović, jedan od najznačajnijih predstavnika seoskog realizma u srpskoj književnosti, rođen je 1862. godine u mačvanskom selu Salaš Crnobarski u svešteničkoj porodici.

Detinjstvo provodi u obližnjem selu Glogovac gde se porodica preselila ubrzo po Jankovom rođenju. U ovom mestu pohađa i završava osnovnu školu. Četiri razreda gimnazije završava u Šapcu.

Na očevo insistiranje 1878. godine upisuje bogosloviju u Beogradu, ali školovanje već iste godine napušta i prelazi na učiteljsku školu, koju takođe ubrzo napušta.

Iako bez formalnog obrazovanja, 1880. godine dobija mesto seoskog učitelja u Svileuvi, kod Koceljeva.

Tu upoznaje Jovanku Joku Jovanović sa kojom će se venčati godinu dana kasnije.

Podstaknut idejama Svetozara Markovića, pridružuje se radikalima i započinje svoje aktivno učešće u politici.

Učiteljsku službu napušta 1882. godine i odlazi u Beč na šestomesečni telegrafski kurs. Zbog lošeg zdravstvenog stanja, školovanje nastavlja u Beogradu, ali ni ovoga puta ne uspeva da ga privede kraju sukobivši se sa upravnikom kursa. Budući bez posla, sa suprugom i ćerkom vraća se u roditeljski dom.

Godine 1885. pridružuje se srpskoj vojsci kao četni intendant u Srpsko-bugarskom ratu.

Po povratku iz rata ponovo dobija mesto učitelja u Svileuvi.

Zbog radikalskih ideja i istupa početkom 1888. premešten je na mesto učitelja u Kamičak, a zatim u Koceljevu.

Iste godine završava u zatvoru zbog sukoba sa vlastima, a sledeće biva izabran za predsednika opštine Koceljeva. Sa tog mesta ubrzo je smenjen zbog manjka u državnoj kasi zbog čega mu je opet pretio zatvor. Zahvaljujući intervenciji književnika Stevana Sremca i Vojislava Ilića kod kralja Milana Obrenovića, oslobođen je krivične odgovornosti.

Ponovo se našao bez posla i bez sredstava za život, sve do 1892. kada dobija učiteljsko mesto u Šapcu. U martu iste godine izabran je za urednika šabačkog lista Radikalac, preko kojeg se vodila oštra borba s političkim protivnicima. Pošto su mu vlasti dva meseca kasnije zabranile da uređuje list, vratio se da radi kao učitelj.

U Beograd prelazi 1893. godine gde dobija mesto pomoćnika glavnog urednika Srpskih novina. Od tada uređuje mnogobrojne časopise (Zvezda, Pobratim, Dnevni list). Bio je član književno-umetničkog odbora u Narodnom pozorištu i jedno vreme radio kao dramaturg menjajući Branislava Nušića na ovoj poziciji.

Od aprila 1895. do kraja 1898. vršio je dužnost korektora Državne štamparije u Beogradu.

Kralj Aleksandar Obrenović odlikovao ga je Takovskim krstom četvrtog reda za doprinos srpskoj književnosti, a kralj Petar I Karađorđević 1904. Ordenom Svetog Save trećeg reda.

Teško narušenog zdravlja i razočaran 1905. godine vraća

se u Glogovac. Preminuo je iste godine od tuberkuloze u roditeljskom domu. Sahranjen je na mesnom groblju u Glogovcu. Njegovoj sahrani prisustvovao je veliki broj književnika i novinara među kojima Simo Matavulj, Radoje Domanović, a Svetozar Ćorović i Aleksa Šantić su ovom prilikom doputovali čak iz Mostara.

Hajduk Stanko najpoznatiji je istorijski roman s kraja 19. veka. Nadahnut junaštvom srpskog naroda i njegovom neukrotivom željom za oslobođenjem od Turaka, napisan je u stilu epskih priča i pesama o junacima kojima su hrabrost i čast bili najvažniji. Pored opisa života običnih ljudi i znamenitih istorijskih ličnosti toga burnog istorijskog perioda, roman prati i ljubavnu priču glavnog junaka i njegove izabranice Jelice. Zbog svađe sa najboljim prijateljem oko devojke, Stanko odlazi u hajduke i tamo postaje surovi borac za pravdu.

agovati — gospodariti, uživati

aman! — milost, oprosti!

ar, ahar — konjušnica

arbija, harbija — drvena ili gvozdena šipka za nabijanje puške
  ili pištolja

ašik — dragan, voljen čovek

ašluk — trošak, džeparac

avaz — glas, vest

bakračlija — bakarne korice za sablju, predmeti od bakra

balinčad — deca neukih i prostih muslimana

batli — srećan čovek

belokorac — nož sa ručicom od bele kosti

bimbaša — zapovednik veće vojne jedinice

binjedžija — dobar konjanik

borija — truba

budak — ćošak, zakutak

bugija — prašina, oblak prašine

buljubaša — četovođa

busija — zaseda

cagrije — korice za nož, nožnice
cvancik — stari austrijski novac; sitan novac, sitniš

čeketalo — daščica preko koje zrno iz mlinskog koša klizi na
    žrvanj; brbljiv čovek koji govori „kao da melje"
čobanja — drveni sud za vodu
čuma — kuga

Ćaba — zgrada u Meki gde se nalazi uzidan crni kamen,
    svetinja muslimana
ćesar — car
ćiler — orman, ostava
ćumez — kokošinjac; kućica

dalga — val, talasanje vode
din — vera, zakon
dupke — uspravno, stojeći
durbilj — dogled
duvar — zid

džebana — municija; barut i olovo

đakotje — posluženje, poslastica
đaur — nevernik, pogrdno ime za hrišćane
đorda — sablja

ejvala! — uzvik zahvalnosti, od: ej valah — dobar je Bog!

gida — želja, volja da se nešto učini
grm — hrast

halakanje — prizivanje alaha u pomoć
han — drumska gostionica; prenoćište
hanuma — gospođa
hasna — korist, dobit, ćar
hat — konj, arapski konj

iđit — junak, delija
ispiraziti se — ispizmiti se, naljutiti se na nekog
istraga — istrebljenje, uništenje
ištira — vrsta poreza u hrani
izmećar — sluga, u pogrdnom značenju
izmir — pomirenje
izvećati — iskopneti, dotrajati

jaglica — iskokano zrnevlje; pucanje pušaka kao kad se kokaju
   zrna kukuruza
jandžik — vrsta kožne torbe
jaran — najbolji drug, pobratim
jordam — oholost, ponositost, gordljivost

kabuliti — dopustiti nešto, mariti za nečim
kada, kaduna — gospođa; kneginja
kandžija, kamdžija — bič
karda, kardaš — pobratim
kašiluk — na pušci ognjilo, kašikasti deo oroza
kotlac, kotalac — jamica pod grlom, do ključne kosti

kovanluk — pčelinjak

kubura, kuburlija — kratka puška, a i kožna futrola u koju se
     stavlja kubura

kumbara — manji top, a i zrno koje se iz njega izbacuje

last — uživanje, zadovoljstvo, nešto što je po volji

lastak — duševno olakšanje

lažičica — slabina

lijo, liho — bez parnjaka, sam

lotra — rešetkasta stranica na zaprežnim kolima

maganjiti — prljati, poganiti (ruke)

mandal — prečaga za zatvaranje vrata iznutra

mazija — čelnik, zapovednik

menđele, mengele — kovačka sprava za stezanje predmeta
     u radu

minderluk — mesto gde se sedi i leži; krevet naročito načinjen
     da se na njemu sedi skrštenih nogu bez obuće

mirbožiti se — ljubiti se na Božić uz opraštanje ranijih uvreda

moštanica — brvno za prelaz preko vode

mučnjak — sanduk za brašno ispod vodeničnog kamena

nemirosan — koji nije pomazan svetim mirom (osvećenim
     uljem u pravoslavnoj crkvi)

novaka, nafaka — sudbina, volja božja

oašlučiti se — dobiti novac za ašluk, trošak

okorno — prekorno, gorka reč

okumešan — snalažljiv, dovitljiv, umešan, vešt

ordija — vojska, velika vojnička trupa
otparkivati — dostavljati nekome tuđe reči
ovavestiti se — doći k sebi, osvestiti se

pafta — kopča, karika
paoci — zupčanici na drvenom točku
parbiti se — parničiti se, preganjati
paspalj — sitan prah kad se melje žito, otpaci
pokoške — pasti oba zajedno, naporedo
pomam — hrana za stoku; smamiti stoku na hranu
premaglavica — rđav izgled, stajati nekoga glave
prepočetak — uzorak, mustra (obično za ručni rad)
presaldumiti — promeniti mišljenje, preći na drugu stranu
prten — kudeljan, lanen

rajetin — hrišćanin, siromašak, prezreni
ravan — način konjskog hoda, kad konj istovremeno gazi
    obema levim ili obema desnim nogama
razjagliti — podstaći, podgrevati
reviti — režati
rucelje — ručke, drške na ralici, plugu, kosi
ručanica — doba ručka, podne

sampas — bezbrižno, komotno
satljik — staklena bočica iz koje se pije rakija
serbez — slobodno, bezbrižno, komotno
silaj, silav — pojas za oružje
sinija — nizak okrugao sto za ručavanje
slota — nešto ogromno, vrlo veliko, preterano

srebrnjak — mala puška, pištolj srebrom okovan
srma — čisto srebro, srebrni novac
stinuti se — ohladiti se, stegnuti
subaša — podstarešina, poljak, seoski starešina

šarampov — utvrđen opkop, šanac
šat — valjda, možda, ako, da
šešana — stara vrsta puške
šindra — drvne daščice za pokrivanje zgrada

takum — oprema, konjski pribor
talambas — bubanj
talpara — brvnara
tančica — vrsta tanke puške
teluće — tupa strana noža, hrbat
tišma — gomila, navala
toka — metalno dugme prišiveno kao ukras i kao štitnik
trešnjevac — top načinjen od trešnjinog debla
tukar — ugao, tesnac
tunos — vrsta fesa (kape) poreklom iz Tunisa

ubarabariti — ujednačiti
ubetežiti se — razboleti se
uja, huja — prekid rada, odmor
ujdurisati — udesiti
unkaš — oblučje na sedlu
uzjazbiti se — pretrnuti, premreti od straha, preneraziti se

valja, falja — rupica na pušci ili topu gde se pali barut

vediti — venuti, nestajati
veskati se — vrzmati se, obilaziti, češće navraćati
vrg — tikva, bundeva

zajmiti (stoku) — poterati (stoku)
zakocaćiti — zavrnuti, zabaciti, zaturiti (šiju)
zalučiti — odvojiti telad od krava
zaprevežena — mlada s prevezom preko glave
zavarčiti — staviti, onesposobiti, zatvoriti
zimkulja — krava koja se muze zimi
zor — sila
zurka — rupa kroz koju se viri; trunka, mrvica

SADRŽAJ

SADRŽAJ

III DEO: BESMRTNIK

SADRŽAJ

Janko Veselinović
HAJDUK STANKO

London, 2022

Izdavač
Globland Books
27 Old Gloucester Street
London, WC1N 3AX
United Kingdom
www.globlandbooks.com
info@globlandbooks.com

Naslovna fotografija
Sylvester Sabo (sylvester_s)
(https://unsplash.com/photos/QWW3_XZs8rs6)

www.ingramcontent.com/pod-product-compliance
Lightning Source LLC
Chambersburg PA
CBHW070338170726
48291CB00001B/100